DER BINGO-PALAST

Louise Erdrich

Deutsch von
Edith Nerke und Jürgen Bauer

ROMAN

Rowohlt

Die Originalausgabe erschien 1994 unter dem Titel
«The Bingo Palace» bei HarperCollins, Publishers, Inc., New York

Die Übersetzer danken Greg Barrett und
Tony Tranter für ihre Hilfe

1. Auflage März 1995

Umschlaggestaltung Büro Hamburg
(Gemälde «Der Kampf der Schmetterlinge in Tocito»
von Greg Cohoe, 1982)
Foto der Autorin: Jerry Bauer
Satz aus der Palatino und Gill auf der
Monotype Lasercomp von LibroSatz, Kriftel
Druck und Bindung Clausen & Bosse, Leck
Printed in Germany
ISBN 3 498 01658 X

Für Michael –
Du bist ein Glück für mich

DANKSAGUNG

Megwitch und *Merci* an meine Bingo-Anleitungen, an Susan Moldow, Lise, Angela und Heid Ellen Erdrich, Delia Bebonang, Thelma Stiffarm und die Familie Duane Bird Bear, Pat Steun, Peter Brandvold, Alan Quint, Gail Hand, Pauline Russette, Laurie SunChild, Marlin Gourneau, Chris Gourneau, Bob und Peggy Treuer mit Familie, Two Martin, Trent Duffy, Tom MacDonald, und wie immer an Michael Dorris für seine herzliche Anteilnahme an diesem Buch. Dank auch meinem Vater Ralph Erdrich, der das Bingo-Leben stets im Auge behielt, und wieder einmal meinem Großvater Pat Gourneau, der immer einen Trumpf im Ärmel hatte.

INHALT

KAPITEL EINS

Die Botschaft

An den meisten Wintertagen rührte sich Lulu Lamartine erst, wenn ihr die Sonne einen Flecken Wärme hinwarf, in dem sie sich aalen und wie eine Katze schnurren konnte. Dann stand sie auf, brühte sich einen Kaffee, erhitzte etwas Sahne in einem Töpfchen, setzte sich an ihren Tisch und trank das Gemisch aus einer Porzellantasse. Daran schlürfend, in Gedanken versunken, betrat sie die verschneite Welt. Ein süßes Brötchen, ein Doughnut, gelegentlich eine Schale Cornflakes folgten auf diesen Kaffee, dann noch mehr Kaffee und immer so weiter, bis Lulu sich schließlich für munter befand und ihr Tagewerk aufnahm: die Organisation des Stammes. Wir kennen ihren Tagesbeginn – viele von uns teilen ihn –, drum machten wir gleich die anderen aufmerksam, als sie vor der üblichen Zeit gesichtet wurde, wie sie in der Kälte des ungeschützten Parkplatzes auf die Tür ihres Wagens zusteuerte. Und wirklich, sie hatte sich für irgendwas zurechtgemacht. Wie sie in ihren braunen Citation stieg, trug sie Seidenstrümpfe, Stiefel mit Sporen und unter dem flauschigen lila Wintermantel ein langes geblümtes Abendkleid. Sie stellte den Rückspiegel ein und setzte die Sonnenbrille auf. Dann ließ sie den Motor an und fuhr hinaus auf die abschüssige, kurvige Straße. Vom Hügel aus sahen wir sie ins Herz des Reservates fahren.

Sie strebte ruhig ihrem Ziel zu, hielt an den Stoppzeichen, achtete sogar auf die Vorfahrt, steuerte einen der beiden Orte an, die zu dieser frühen Stunde schon geöffnet hatten. Die Tankstelle – womöglich hatte sie eine längere Tour vor – oder das Postamt. Das waren die beiden Möglichkeiten, die unserer Meinung nach bestanden. Als sie an der ersten vorbeifuhr, wußten wir, es mußte die zweite sein, und von da an verließen wir uns auf den Bericht von Tag Zwillingspferd darüber, wie Lulu unter der Flagge der Vereinigten Staaten, dem Großsiegel von North Dakota und dem Emblem unserer Chippewa-Nation hinweg das Postamt betrat, wie sie sich dann herumdrückte, sich umsah, sich am Heizkörper wärmte und sich dabei die ganze Zeit mit einem lackierten Fingernagel auf die Lippen klopfte.

Tag Zwillingspferd beobachtete sie, das heißt, bis sie es bemerkte, sich umdrehte und dann für Unruhe sorgte. Erst warf sie ihm einen Hexenblick zu, worauf er sich gleich einen Finger an der Paketwaage festklebte. Das Klebeband schien ein überraschendes Eigenleben zu führen, und als er sich vorbeugte, den Finger wegzuziehen versuchte und dabei das Band zu einem Knäuel ballte, wurde er immer aufgeregter. Denn während er mit der klebrigen Unterseite kämpfte, kam Mrs. Josette Bizhieu herein, ungeduldig wie immer, mit drei Paketen. Solange Postmeister Tag Zwillingspferd sie bediente, konnte er Lulu nicht im Auge behalten, wie sie herumging und gegen die Zahlenschlösser der kleinen Fächer schnippte, die anderer Leute Rechnungen enthielten. Er sah nicht, daß sie sorgfältig die Bedienungsanleitung des Kopierers las und sich über die Glasvitrine mit den Stiften, briefmarkenverzierten Tassen und Sammelalben beugte. Er sah auch nicht, daß sie vor den Plakaten mit den Fahndungsbildern stehenblieb, sie schnell und ruhig studierte, den schweren Packen durchblätterte, bis sie zum Foto ihres Sohnes kam.

Es war Josette, die scharf und wachsam wie ein Luchs den Kopf senkte und das Gesicht ein winziges bißchen drehte, so daß sie Lulu Lamartine beobachten konnte, als die rasch zwischen die gesammelten Verbrecherfotos griff und mit einem schnellen Ruck, glatt und sauber, als trenne sie ein Papierwischtuch ab, Staatseigentum herausriß. Mit dem Stück Papier in der Hand ging Lulu zum Kopierer. Sorgfältig legte sie das Foto auf die Glasplatte und steckte zwei Münzen in den Schlitz. Zufriedenheit breitete sich über ihr Gesicht, als sie neben der blitzenden, brummenden Maschine stand. Sie nahm erst das Original heraus, dann die Kopie, als die sich aus dem Gerät schob. Diese faltete sie in einen Umschlag und ging damit schnell zum Briefschlitz für andere Bestimmungsorte, wo Josette jetzt mit ihren Paketen stand und nicht zu wissen schien, welches sie als erstes aufgeben sollte. Als Lulu sah, wie Josette den Blick senkte, warf sie flink den Brief ein, aber trotzdem konnte Josette von der Adresse, die Lulu schon vorher auf den frankierten Umschlag geschrieben hatte, zumindest noch die Stadt lesen.

Fargo, North Dakota. Aha – der allseits bekannte Aufenthaltsort des verlorenen Enkels, den sich Lulu Lamartine und Marie Kashpaw mit unguten Gefühlen teilten. Also schickte Lulu Lamartine dem Sohn das Foto des Vaters. Vielleicht eine Aufforderung, nach Hause zu kommen. Eine Warnung. Ganz bestimmt bedeutete es etwas. Lulu hatte immer einen Grund für das, was sie tat, auch wenn es ein Weilchen dauerte, bis man ihn herausbekam, den Code entschlüsseln konnte. Jetzt schritt Lulu geradewegs durch die Glastür hinaus und ließ Josette und Tag Zwillingspferd im Postamt zurück.

Die beiden starrten ihr nach und zogen nachdenklich die Stirn kraus. Rings um sich spürten sie plötzlich den Lufthauch von Chancen und Möglichkeiten, denn das Postamt ist ein Ort, wo vieles an einer falschen Zahl scheitern kann. Ihr Blick verharrte auf den metallenen Postfächern – so exakt in einer Reihe, so leicht verwechselbar. Und dann auf den Haltern für die Gummistempel, die einer wie der andere aussahen und doch einen Brief um die halbe Welt befördern konnten. Und natürlich auf den Briefmarken, die in Heftchen oder als Bögen in gewachstem Zellophanpapier verkauft wurden. Adler. Blumen. Heißluftballons. Hund mit Herz. Wild Bill Hickok. Die vertraute Welt wirkte plötzlich klein, merkwürdig. Mißtrauisch trat Josette einen Schritt zurück, verengte die cleveren Augen zu Schlitzen. Tag Zwillingspferd blickte auf sein olivfarbenes Klebeband. Die Rolle lag wieder fügsam und ordentlich in seiner Hand. Er fuhr mit dem Fingernagel an der Oberfläche entlang, suchte nach der Stelle, wo er das Band abziehen konnte, doch es verlief nahtlos glatt, frustrierend, perfekt, genau wie der kleine Vorfall mit Lulu. Er fand nichts, wo er hätte ansetzen können, und doch wußte er, daß sich hinter dieser unscheinbaren Handlung ein kompliziertes Motiv und eine längere Geschichte verbargen.

Wie sich jedoch herausstellen sollte, gab es nicht viel mehr über die Dinge zu wissen, die Lulu an diesem speziellen Tag tat. Über später hätten wir uns sorgen sollen, über die langfristigen Folgen. Trotzdem bemühten wir uns, Lulu Lamartine im Auge zu behalten, drum wissen wir auch, daß sie, nachdem sie das Postamt verlassen hatte, im feinsten Geschenkladen von Hoopdance einen Bilderrahmen aus Messing kaufte. Sie brachte ihn in ihre Wohnung und legte ihn auf den Küchentisch. Josette, die dort mit einem Glas Wasser saß und sich von ihren Besorgungen erholte, erzählte, daß Lulu ihre Nagelfeile nahm und damit die Klammern löste, die die Rückseite hielten. Sie entfernte den aufgerauhten Pappkarton, dann das innere Rechteck mit dem gewellten Rand und schließlich auch die schlechte Reproduktion eines glücklichen Hochzeitspaares. Sie warf das Kitschfoto weg und legte das Fahndungsbild ihres Sohnes aufs Glas. Sie strich das billige Papier glatt, brachte das Rückteil wieder an und drehte schließlich das Porträt herum, um das jüngste Foto ihres berühmten kriminellen Sohnes zu betrachten.

Sogar auf diesem Fahndungsbild waren die Nanapush-Augen zu erkennen, die Pillager-Knochen, das Glitzern eines Ohrrings an der Wange. Gerry Nanapush strahlte verhaltenen Zorn aus, basses Erstaunen unter dem dichten Haar. Sie suchte nach Ähnlichkeiten mit sich selbst – die Nase natürlich – und mit seinem Vater – das Grinsen, das versteckte Lächeln, wölfisch weiß, funkelnd. Als sie über ihre runden Arme darauf herniedersah, war ihre Miene nachdenklich, meinte Josette, zu clever, berechnend. Aber wir fanden sowieso, daß Lulu nie den Gesichtsausdruck trug, der ihr angestanden hätte – den einer Mutter, die sich mit ihrem Los abgefunden hat. Ihre selbstbewußten Augen glänzten immer gefährlich hell, ihr Lächeln war stets bemüht, sich zu lösen und zu becircen. Ihre Züge waren weich, die Arme kräftig, und obwohl sie an Arthritis litt, hatte sie die Hände eines Safeknackers. Trotzdem, wir dachten, die Geschichte wäre zu Ende, sobald das Foto auf dem Regal stand. Schließlich war er vor kurzem wieder verhaftet worden und für immer hinter Schloß und Riegel verschwunden. Nie hätten wir geglaubt, daß sie so weit gehen würde, wie sie es dann tat. Wir meinten, Lulu Lamartine würde sich damit begnügen, ab und zu den Standort des Bildes zu verändern, es hierhin und dahin zu rücken, bis es schließlich auf ihrem Krimskrams-Regal landete, dort, wo man es notgedrungen gleich beim Betreten der Wohnung sah.

Es waren Lulus berechnende Augen, die Josette an diesem Tag folgten, nicht der starre Blick des Bildes; aber die beiden Augenpaare ähnelten einander so sehr, daß man immer überlegen mußte, welchem man ausweichen wollte, wenn man eintrat. Einige von uns versuchten, sich dagegen zu wappnen, aber man wurde unwillkürlich davon angezogen. Wir wollten mehr erfahren, selbst wenn wir nie alles verstehen würden. Die Geschichte kommt einfach daher, drängt sich uns ins Oberstübchen, und bald darauf versuchen wir, uns zum Anfang durchzufitzen, die Familien richtig einzuordnen, den Sinn der Dinge zu entwirren. Wir fangen bei einer Person an, aber dann kommt noch eine und noch eine und wieder eine, bis wir den Faden verloren haben.

Wir könnten alles mögliche aus Lulu rausleiern, egal was, und es käme doch immer nur das gleiche verfitzte Knäuel zum Vorschein. Angefangen zum Beispiel mit ihrem Sohn Gerry Nanapush, dem auf dem Fahndungsbild. Dann weiter mit ihren anderen Söhnen, die Brüder und Halbbrüder sind, bis zum jüngsten, Lyman Lamartine. Das war einer, den alle kannten und auch wieder nicht, ein finsterer Ränkeschmied, ein verbitterter und doch gefährlich freundlicher Unternehmer, ein Hai, der Uncle Sam das Geld aus der Tasche zog, der andere lachend ins Messer laufen ließ, der das Reservat genauso zerstückelte wie sein leiblicher Vater Nector Kashpaw und der seine Interessen so sehr mit denen seines Volkes vermischte, daß er seinen eigenen Ehrgeiz nicht mehr vom Stolz des Kashpaw-Clans unterscheiden konnte. Lyman ging sogar so weit, einer viel jüngeren Frau den Hof zu machen. Er liebte und scheiterte, aber davon hat sich noch kein Kashpaw oder Lamartine unterkriegen lassen.

Festhalten am brüchigen Seil. Ein Sturm kommt auf, ein Blizzard. June Morrissey läuft noch immer durch das jähe österliche Schneetreiben. Sie war eine wunderschöne Frau, von vielen geliebt, mit vielen Sorgen. Sie überließ ihren Sohn dem Tod und ihren Mann einer anderen Frau, und sie ließ ihren gepackten Koffer in ihrem Zimmer zurück, wo der Türknauf fehlte. Die Erinnerung an sie wurde nirgends wachgehalten außer in den Gedanken ihrer Nichte Albertine – eine Kashpaw, eine Johnson, ein bißchen von allem, aber auch in alles verstrickt.

Wir sehen Albertine beim Powwow tanzen, die langen Zöpfe im Rücken, ihr Tuch ein blauer Wirbel. Wir sehen, wie sie gekrümmt über den Medizinbüchern aus der Bibliothek sitzt und seit dem Anatomiekurs keine Zigarette mehr anfaßt. Wir sehen sie tun, was die *Zhaginash*, die Weißen, als «das Äußerste geben» bezeichnen, also sich abrackern, abrackern, bis sie glaubt, ihr zerspränge der Kopf in tausend Stücke. Es scheint ihr auferlegt, hoch aufzusteigen und tief zu sinken, Dinge schnell und von allen Seiten zugleich anzupacken wie der Wind, jeden Gegner mit ihrer Dramatik zu plätten. Wir sehen sie verletzt, wenn ihr heftiger Ansturm scheitert. Wir sehen sie zurückspringen, neue Kräfte sammeln.

Wir schütteln den Kopf, versuchen es mal so, mal so. Die rote Schnur zwischen Mutter und Kind ist die Hoffnung unseres Volkes. Sie zieht, sie federt, sie spannt, sie nährt, und sie hält. Und wie. Der Schock, sich mit aller Macht dagegen aufzubäumen, hat schon so manche wilde junge Frau gezügelt, hat sie umgeworfen und wieder aufstehen und sich abbürsten lassen, empört und zermürbt. Shawnee Ray, Shawnee Ray Toose und ihr Kleiner zum Beispiel. Die alten Männer schließen die Augen und versuchen, nicht direkt auf die Schönheit dieser jungen Frau zu schauen, denn noch immer erwacht dann klar und blau eine heiße Flamme zum Leben, und was können sie schon dagegen tun? Lieber mit der Zunge schnalzen. Wir haben Shawnee Ray in der Schwitzhütte mit den Geistern reden hören, auf eine so anmutige, eine so althergebrachte Weise, so respektvoll, daß sie einfach antworten müssen. Wir wissen nicht, wie sie mit dieser herrschsüchtigen *Ikwe* Zelda zurechtkommt, die schon als Mädchen einen Palisadenzaun um ihr Herz errichtet hat. Wir wissen nicht, wie es ausgehen wird, wie es weitergeht, drum schauen wir so gebannt zu, alle zusammen, eine einzige streitende Stimme.

Immerhin wissen wir, niemand von uns wird so weise, daß er anderen Menschen ins Herz schauen kann, und doch ist es unsere Lebensaufgabe, es zu versuchen. Wir kauen am harten Leder, machen uns unsere Gedanken. Wir denken an die Pillager-Frau, Fleur, die sowieso immer ein halber Geist war. Mit einem Bein auf der Todesstraße, dann ein schneller Schritt zurück: Ihr Tänzchen ermüdet uns. Trotzdem wünschen sich einige, sie käme wieder aus dem Wald heraus. Wir fürchten sie nicht mehr – wie der Tod ist sie ein alter Freund, der ruhig wartet, ein geduldiger Gefährte. Wir wissen, sie trödelt, hält sich zurück, solange sie kann, wartet darauf, daß jemand an ihre Stelle tritt, aber nicht so wie damals, als sie ihr Todeslied anderen in den Mund gelegt hat. Diesmal wartet sie auf jemand Junges, einen Nachfolger, jemanden, der ihr Wissen weitergibt, und weil wir wissen, wer das ist, bedauern wir sie. Wir finden, sie liegt falsch. Wir finden, Fleur Pillager sollte ihr Knochengestell zu uns in die Sonne legen und Ruhe geben, anstatt ihre letzten Worte an diesen Jungen mit dem Zauber zu verschwenden.

Lipsha Morrissey.

Wir sind alle entsetzt über diesen Sohn von dem auf dem Fahndungsbild. Zu diesem Morrissey, den Marie Kashpaw da aus dem Sumpf gerettet hat, fällt uns nichts mehr ein. Geister haben an seinen Fingern gezupft, als er noch ein Baby war, und doch gibt er nichts auf seine Macht. Sein Zauber war stark, aber er hat ihn beschnitten. Diese ewigen Gänge in die Stadt haben ihn geschwächt und verwirrt, und jetzt jagt er im Kreis herum dem eigenen Schwanz nach. Er schießt über die Straße wie ein Kojote, duckt sich zwischen den Rädern hindurch, und dann seht ihr ihn auf dem Spielplatz, beim Schaukeln, und wieder hat er sich mit seiner Haschpfeife um den Verstand gebracht. Er laugt uns aus. Wir versuchen, ihm beizustehen, ihn auf die Erde zurückzuholen, ihm Ratschläge zu erteilen. Wir sagen ihm, er soll wieder festen Boden unter die Füße bekommen, sich hinsetzen, die Hände im Staub vergraben und die Manitus anrufen. Wir haben so viel für ihn getan, und doch hat er, bei Licht besehen, noch nichts Wesentliches vollbracht.

Wir wünschten, wir könnten etwas anderes berichten, seit er zum letztenmal seine Geschichte erzählt hat, aber hier sind die Tatsachen: Der Junge ist zurück ins Reservat gekommen, stolz, im blauen Firebird seiner Mutter, und dann hat er sich die Chancen aus den Fingern gleiten lassen. Eine Zeitlang sah es so aus, als würde etwas aus ihm. Er machte mit der Highschool weiter, schnitt hervorragend beim College-Test von North Dakota ab. Damit hat er uns alle schockiert, denn wir dachten, er wäre ein Taugenichts, eine Last, einer dieser traurigen Fälle für die Reservatsstatistik. Seiner Grandma Marie flatterten Angebote in den Briefkasten – alles, vom Kfz-Mechaniker bis zum Piloten. Aber dann sollten wir doch recht behalten. Denn nichts weckte sein Interesse. Nichts begeisterte ihn. Nichts zündete.

Er stieß zu einer Gruppe, die aus einem alten, stillgelegten Lokschuppen ein schickes Restaurant machen wollte, der letzte Renovierungsschrei. Es gelang auch perfekt, wie nach Maß, bloß wenn die Züge vorbeifuhren, dann fielen Teller zu Boden, Glas zerbrach, und Wasser wurde verschüttet. Als nächstes arbeitete er in einer Fabrik, die Tomahawks herstellte. Da sorgte er dafür, daß ihm das Unternehmen buchstäblich über dem Kopf zusammenfiel, und blieb nicht einmal, um beim Aufräumen zu helfen, sondern verkrümelte sich nach Fargo. Dort fand er Arbeit in einer Zuckerrübenfabrik, schaufelte Zucker. Berge davon, den ganzen Tag, von einer Seite auf die andere. Er rief über den Gemeinschaftsanschluß bei seiner Grandma Marie zu Hause an, immer per R-Gespräch, und immer beklagte er sich.

Wir konnten es uns gut vorstellen. Was war das auch für eine Arbeit für einen Chippewa? Wir waren nicht sehr angetan von dieser Vorstellung. Jedesmal, wenn er in sein Zimmer kam, hielt er eine Kehrichtschaufel unter Schuhe und Socken und schüttete ein kleines Häufchen darauf. Er schüttelte die Hose in der Badewanne aus, bürstete sich die Haare und spülte den Zucker in den Abfluß. Trotzdem knackten die Körner unter seinen Füßen und der Teppich verfilzte. Der Flor klebte, und der süße Geruch zog Kakerlaken und Silberfischchen an, die er dann totsprühte. Nichts sei mehr sauber, sagte er zu Marie, und wir hörten mit. Der Zucker verdickte sich zu Sirup, und das Insektenspray versiegelte alles, so daß eine klebrige Lasur auf dem Teppich zurückblieb und hart wurde.

Genau wie er. Er baute sich einen schützenden Panzer,

verhärtete sich, versteckte sich darin. Aus Quellen, die wir lieber nicht preisgeben wollen, erfuhren wir, daß er in Bars gesehen wurde, an den übleren Orten, den Dealer-Treffs und unter den Brücken, wo so vieles am Gesetz vorbei von der Hand in den Mund gereicht wird. Ganz der Vater, dachten wir und sagten es nur mit den Augen, ganz der Vater, da haben wir's. Und dann kam eines Tages Lulus Bild von Gerry Nanapush in Fargo an, eine Botschaft über seinen Vater, die den Jungen offensichtlich dazu brachte, innezuhalten und sich umzusehen. Das war also sein Leben – das hätten wir ihm schon beim ersten Telefongespräch sagen können. Da saß er nun an dem furnierten Holztisch, lauschte den Autos drunten auf der Straße. Eingehüllt in eine zuckrige Chemikalienschwade, konserviert, zwischen allen Stühlen, in der Falle wie ein in Plastik gegossenes Insekt. Gefangen in einer fremden Haut, überhäuft mit Drogen, Zucker und Geld, in einem Zementkuchen hartgebacken.

Wir kannten ihn nicht, wir wollten ihn nicht kennenlernen, und um ehrlich zu sein, es war uns auch egal. *Er ist bloß das, was er immer gewesen ist,* warnten wir Marie. *Wenn er nicht achtgibt, wird er schon sehen, was aus ihm wird.*

Vielleicht vibrierte ein Trommeln in seinen Fingern, oder vielleicht brannte sein ganzes Gesicht, als habe er sich aus einem langen Schlaf geohrfeigt. Jedenfalls stand er auf und war schon aus der Tür, nahm nur mit, was er tragen konnte – Jacken, Geld, Ghettoblaster, Kleider, Bücher, Kassetten. Er ging den Flur entlang und die Treppe hinunter, hinaus auf die Straße. Er lud alles ins Auto, und dann, als er am Steuer saß, war nur noch das Fahren wichtig.

Wir sahen ihn gleich, als er während des Winter-Powwows in die Turnhalle kam. Mitten in einem Lied schob er sich durch die Menge. Wir sahen, wie er sich an die Wand drückte und den strahlenden, vorbeiwirbelnden Tänzern zusah, und es war unübersehbar, daß es keinen Platz gab, an den der Junge paßte. Er hatte nichts mit der Organisation des Powwows zu tun, war kein hohes Tier im Stammesrat, kein Arzt im Polizeiwagen auf dem Parkplatz, niemand, dem wir unser Leben anvertraut hätten. Er gehörte zu keiner Trommlergruppe, war kein Sänger, kein Süßigkeitenverkäufer. Keine alte Cree-Frau mit einem Schal unter dem Kinn, einem dünnen Notizbuch im Schoß und einem Becher Cola in der Hand. Keiner von uns, keiner der schönen Tänzer mit dem Spiegel auf dem Kopf und der langen Stachelschweinmähne, keiner, der die Traditionen pflegte, keine der Tänzerinnen mit dem langen Tuch, die die Eltern von Kopf bis Fuß mit Perlen geschmückt hatten. Er war auch nicht unser Großvater mit dem Gesicht wie sauberes, nach alter Weise durchgekautes Leder, der mit gesenktem Kopf ins Mikrofon betete. Er war nicht mal einer von denen, die sich draußen vor der Tür um die Cola-Automaten drückten, die nicht nach drinnen in die warme, stickige Luft wollten, weil sie zu betrunken, zu verliebt oder schlicht zu schüchtern waren. Er war keine Chippewa-Frau mit Ringen in der Nase oder die alte Tante, der das Glück durch die Finger rann, oder der Ansager mit seinem zerklüfteten Gesicht und den paar Federn am Hut.

Er war keiner von ihnen, nur Lipsha, der heimgekommen war.

KAPITEL ZWEI

Lipsha

Lipsha Morrissey

Als ich an diesem Abend ins Licht der Highschool-Turnhalle trete, bleibe ich stehen, wie um den Weg nach einem Ort zu erfragen, den ich schon lange kenne. Die Trommeln dröhnen, lassen mein Blut aufwallen. Mein Herz fängt an zu hüpfen. Ich bin mit einem Schlag verwirrt, scheu und wieder da, wo ich hingehöre, aber ohne einen Ort, an den ich passe, ohne einen Menschen, an den ich mich wenden, ohne einen Freund, den ich begrüßen kann. Natürlich dauert es nicht lange, bis ich Satin sehe, das Markenzeichen meiner Cousine Albertine Johnson. Sie ist bekannt für ihre Ausdauer mit diesem glatten Stoff, und genauso hätte ich mir die himmelblaue Farbe vorgestellt, die dunklen Schattierungen, die sie sich aussuchen würde. Meine Augen verhaken sich sofort in dem kurzen Blick, mit dem sie mich streift, als sie zum erstenmal im großen Bogen an mir vorbeitanzt.

Ich beobachte sie. Ein mattblauer Adler spreizt seine Perlenflügel über ihren Rücken, und sie trägt ein blaues Tuch in allen Schattierungen von Marineblau bis zu den türkisfarbenen Fransen. Die Beinkleider sind mit blauen Perlen besetzt, und ihre Mokassins haben die gleiche Farbe. Das rötlich-braune Haar ist zu einem langen, dicken Zopf geflochten, ein spitz zulaufendes Seil, oben am Kopf an jeder Seite von einer passenden Rosette gehalten, und eine weiße

Feder hebt und senkt sich sanft bei jedem Schritt. Normalerweise würde ich euch jetzt alles über Albertine erzählen: wie sie fortgegangen ist zur Schule, wie ihr Leben so kompliziert und anders wurde. Aber weil sie dort nicht allein tanzt, wird sich meine Geschichte erst mal nicht um sie drehen. Albertine kommt später dran. Nein, die Heldin meiner Erzählung, das verrückte Licht, die Hoffnung ist die andere Frau, die ich da beim Winter-Powwow tanzen sehe.

Unsere Kleine Muschel.

Ich folge dem sanften Licht auf Albertines Gesicht dorthin, wo es auf den härteren Glanz von Shawnee Ray Toose trifft, die es aufnimmt und irgendwie zu mir weiterspiegelt, so daß ich, als die beiden vorbeitanzen, den verwirrenden Eindruck habe, die Strahlen blitzten von Shawnees Zähnen. Ich trete einen Schritt vor, um die beiden besser sehen zu können, aber irgendwie bleibt mein Blick an Shawnee Ray hängen. Die Rückenansicht ihres Glöckchenkleides aus einem schlangenhaften, dunkelrot schimmernden Material packt mich und läßt mich nicht mehr los. Der Stoff liegt so eng an ihrem Körper und der Gürtel, auf dem mit glitzernden Perlen Kleine Muschel geschrieben steht, so fest um die Taille.

Ich blinzele und schüttele den Kopf. Meine Augen wollen mehr sehen, mehr, und näher heran, aber meine Hände retten mich, denn ich verschränke die Arme und schiebe mich zurück in die Menge. Trotzdem, immer wenn die beiden Frauen an mir vorbeigleiten, bin ich wie versteinert. Ich kann den Blick nicht von Shawnee Rays eingeschnürten Brüsten lösen, die sie zur Schau stellt, die sie im Kreis vor mir herträgt wie Lotteriegewinne in einem Korb, und dazu all die V-förmig aufgenähten Glöckchen, so daß jede einzelne dieser feuchtschimmernden roten Kurven von der

Musik ihres Körpers erklingt. Ich betrachte ihr kräftiges, kühnes Profil. Sie trägt das Haar zu einer Art Zopf gebunden, der aussieht wie auf den Kopf gestickt, und obendrauf sitzt eine Krone aus glitzernden Steinen. Einmal, als ich sie zu lange ansehe, scheint sie meine Aufmerksamkeit zu spüren, denn ganz plötzlich stellt sie sich auf die Zehenspitzen, reckt sich. Hoch hinauf in den Popcorn-Duft, und dann schwebt sie frei und entrückt wie ein Panthergeist, so schwerelos, daß ich an Wolken denke, an Sonne, an Luft über Schneelicht.

Dann landet sie, beugt sich vor und legt eine Hand an die Hüfte. Mit einer strahlenden Geste hebt sie den Arm und streckt ihren Fächer vor.

Sie hält den kompletten Flügel eines großen Adlerweibchens in der Hand, einschließlich der Schulter. Ich male mir aus, wie sie abhebt, den Vogel mitten im Flug packt und ihn sauber in zwei Hälften teilt. Ihr könnt Shawnee Ray direkt sehen, wie sie in grauer Vergangenheit einem Büffel nachstellt, auf einem kleinen Streitroß oder nur mit ihren gelenkigen Beinen. Ihr könnt sie sehen, wie sie das Tier mit einem Faustschlag gegen den Schädel niederstreckt. Oder wie sie, den Ellbogen angewinkelt, mit einer Lanze dasteht. Ihr könnt sie sehen, wie sie den Speer dann schnurstracks mitten durch einen Kavalleristen oder ein Mastodon jagt. Shawnee Ray: das Beste unserer Vergangenheit, unserer Gegenwart, unsere Zukunftshoffnung.

Jetzt sehe ich auch ihre Eltern. Elward Starke Rippen, zweiter Ehemann der dicken Irene Toose. Sie sind auf Besuch im Reservat. Shawnees richtiger Vater ist vor einiger Zeit bei einem schlimmen Unfall gestorben, und nachdem Irene wieder geheiratet hatte, ist sie mit ihrem neuen Mann nach Minot gezogen, wo sie jetzt beide arbeiten. Shawnee Ray ist hier im Reservat geblieben, um die Highschool zu beenden, und, ja natürlich, um ihr Baby zu bekommen, was mittlerweile für alle ganz normal ist.

Heute abend sitzen Elward und Irene auf zwei nebeneinander stehenden Plastikstühlen, aber so weit wie möglich voneinander entfernt, und versuchen, nicht allzuoft auf ihre Tochter zu schauen, nicht allzu zufrieden mit ihr oder unzufrieden miteinander zu erscheinen. Sie versuchen zu übersehen, daß Irenes andere Töchter nicht hier im Raum sind, sondern höchstwahrscheinlich beim Trinken draußen auf dem Parkplatz oder noch weiter weg, in den dunklen Hügeln dahinter. Sie versuchen zu übersehen, daß sie den besten Platz haben, direkt vor, aber nicht zu nah an der Trommel von Aufsteigender Wind, und sie versuchen, mit niemandem allzu lange zu reden oder ihre Zuneigung zu zeigen, auch wenn sie der kräftigen Frau im schweren, perlenbestickten schwarzen Samtkleid, die mit einem Kind auf dem Arm neben ihnen steht, zustimmend zunicken.

Zelda Kashpaw.

Wenn Frauen älter und somit mächtiger werden, kann kein Wind sie umpusten, keine Hand ihr Wissen verdrängen, keine Tatsache ihren Standpunkt ändern. So ist es auch bei der Frau, die ich immer als ältere Schwester betrachten sollte und respektvoll Tante nenne, der Dame mit den Samtperlen, die Shawnee Rays Kleinen trägt. Sowie ich Zelda Kashpaw sehe, fällt mir ein, wie sehr mich ihre Güte mit Schrecken erfüllt. Fällt mir ein, wie sehr ich ihr Mitleid fürchte, ihre hilfsbereite Art. Eigentlich ist sie der Hauptgrund, warum die Heimkehr nie einfach ist: Zelda hat immer etwas in petto, das ich nicht sehen kann, das aber schon da ist, sich rings um mich zusammenspinnt. Es ist unsichtbar, ein Wust von Fallstricken, ein wie von selbst entstandenes

Willensnetz, ein perfektes Fingerfadenspiel, das sich zu bewegen beginnt, sobald Zelda mich bemerkt. Ich trete einen Schritt zurück. Ihr Kopf fliegt herum. Was denke ich bloß? Meine Tante weiß sowieso alles. Sie hat einen ganz besonderen Instinkt dafür, wie man alle Fäden in der Hand hält. Sie hätte mehr Kinder bekommen sollen, oder zumindest ein kleines Volk, über das sie herrschen kann. Aber so eingeengt, wie sie sind, bewegen ihre Talente die Leute nur dazu, für andere Leute, die sie nicht mögen, Dinge zu tun, die sie nicht wollen. Zelda ist der Motor knauseriger Mildtätigkeit im Reservat, die Anstifterin nobler Werke, die stets ihrem Konto gutgeschrieben werden.

Zelda ist ein Fels in der Brandung, eine Frau, der viel zu verdanken ist. Sie bewegt sich in einem Kokon von Rechenschaftsberichten, und wie immer ist klar, daß ich ihr zutiefst verpflichtet bin, wenn ich auch noch nicht weiß, wofür. Das geht jedesmal anders und immer auf rätselhafte Weise. Wie erstaunt bin ich doch oft, wenn ich glaube, ganz ehrlich und aus mir selbst heraus zu handeln, um dann festzustellen, daß Zelda es geplant hat.

Zum Beispiel weiß sie alles über meine Rückkehr. Daß mich Grandma Lulu herzitiert hat. Ganz ohne Worte. Jetzt hat Zelda die Familie Starke Rippen-Toose verlassen und kommt zu mir herüber. Sie trägt Redford, Shawnee Rays Kleinen, vorsichtig im Arm, aber er ist nur ein Köder in ihren Berechnungen. So viel weiß ich inzwischen schon. Es ist egal, daß ich auf Umwegen nach Hause gekommen bin. Egal, daß ich meine Tante in keinster Weise über meine Reisepläne informiert habe. Es stellt sich heraus, daß ich die ganze Zeit, ohne es zu wissen, einfach nur ihren geistigen Anweisungen gefolgt bin.

«Ich hab ihnen gesagt, daß du's schaffst», sagt sie und

stellt den Jungen auf den Boden. Der stürmt sogleich in den Kreis der Tänzer und schafft es irgendwie, den trampelnden Mokassins der vorbeitänzelnden dickwanstigen Krieger auszuweichen, die in ihrer Montur und Bemalung viel zu stolz und zu schwerfällig sind, um die Knie anzuheben. Redford rennt direkt auf seine Mutter zu, und sie drückt ihn fest an sich. Sein rundes Gesicht hellt sich auf, die Augen werden groß und zärtlich, erglühen vor dunkler Faszination. Keiner redet viel über Redfords Vater, denn meist scheint er überall gleichzeitig zu sein – er hat in allem die Finger drin, einen Riecher für Intrigen. Wenn ich das hier laut ausspreche, dann sage ich nur, was eh alle wissen und sich zuflüstern. Der kleine Junge ist der Sohn meines Halbonkels und früheren Arbeitgebers Lyman Lamartine.

Mit Lyman gebe ich oft an, denn obwohl ich ihn für einen großen Schleimer halte, bin ich doch stolz darauf, mit dieser Reservatsgröße verwandt zu sein. So ein Unternehmertyp muß sich eben anbiedern. Muß es jeder Stammesfraktion recht machen. Muß clever sein, muß mit seiner Meinung hinterm Berg halten, darf keinem auf die Zehen treten. Auf diese Art hat Lyman schon so viele Geschäfte gemacht, daß kaum noch einer mit dem Zählen nachkommt – Cafés, Tankstellen, eine Tomahawkfabrik, ein Blumengeschäft, ein indianisches Taco-Restaurant, eine Bar, die er an seine kleine Spielhalle für Bingo und Black Jack angebaut hat und die er durch seine Gewinne in etwas Größeres verwandeln will, etwas, dessen Namen wir noch nicht kennen, etwas mit riesigen Dollarzeichen, die uns seine eigentliche Bedeutung vernebeln. Mein Onkel fing an, sich für mich zu interessieren, als ich bei den College-Tests so gut abschnitt, obwohl ich nicht glaube, daß er mich als Mensch je besonders gemocht hat. Es ist bekannt, daß er und Shawnee Ray schon lange zusammen sind, daß immer wieder Hochzeitstermine festgesetzt, verschoben und abgesagt werden. Aber niemand weiß, wer von beiden den Termin festsetzt und wer ihn absagt, wer auf Freiersfüßen geht und wer kalte Füße bekommt.

«Redford ist ganz schön gewachsen», sage ich zu Zelda. Sie fächelt sich mit einem Papierteller aus ihrer perlenbestickten Handtasche Luft zu und wartet darauf, daß ich weiterrede. Zelda wurde früher das Mädchen mit dem Rabenhaar genannt und hat das nie vergessen; deshalb läßt sie diese erstaunliche Naturerscheinung zu besonderen Gelegenheiten noch immer in einem wilden Flügel den Rücken hinabhängen. Sie trägt das Weidmesser ihrer Großmutter Rushes Bear an ihrer kräftigen Hüfte und berührt jetzt die perlenbesetzte Scheide, als wolle sie ihre Ahnin anrufen.

Unlängst hat meine Tante jäh die Aufmerksamkeit der lokalen Öffentlichkeit auf sich gezogen, als Shawnee kundtat, sie würde ihr Baby behalten. Da ihre Eltern fortgezogen waren und die beiden Schwestern tranken, brauchte Shawnee ein Zuhause. Zelda nahm sie auf – um den Preis, sich unbeschränkt einmischen zu dürfen. Sie trat vor und schuf ein Erklärungsgerüst für die Situation. Sie bereinigte, feilte und sorgte so für eine Geschichte und eine Zukunft, die den Erwartungen entsprachen und jedermanns Herz ruhig schlagen ließen.

Mit wildem Klatsch zwang sie Shawnee und ihren Liebhaber quasi zur Verlobung und setzt jetzt alles daran, die Hochzeitsvorbereitungen für die beiden zu treffen. Als ich an die Hochzeit von Shawnee Ray und Lyman denke, durchfährt mich ein Schmerz. Ich merke überrascht, daß da eine Hoffnung enttäuscht wird, von deren Existenz ich noch gar nichts wußte.

Die meisten Leute sind eifersüchtig auf Lyman, und vielleicht bin ich das ja auch. Er ist eine Insel des Habens in einem Meer von Habenichtsen. Und mehr noch, er war immer etwas Besonderes, Auserlesenes. Zwar ist er nicht groß, aber mit seinem Schwimmerkreuz, dem Zahnarztlächeln und seiner gewieften, sandgestrahlten Persönlichkeit füllt er jeden Raum aus. Seine Hemden sind blütenweiß, die Kragen schmutzfrei, und seine Krawattennadel ist nicht mit Glasperlen besetzt, sondern mit Halbedelsteinen. Manche meinen, daß er in die Fußstapfen seines Vaters Nector Kashpaw tritt und daß er vielleicht sogar mal nach Washington geht, in die indianische Stratosphäre aufsteigt. Manche Neidhammel sehen ihn schon die Bingohalle verlassen, ein öffentliches Amt anstreben und seine Kröten in der Politik verdienen. Ganz als wären Geschäft und Erfolg sportliche Disziplinen, hält er sich immer in Topform, und das in seinem Alter. Sein Brustkorb ist wie geschaffen dafür, daß sich eine Frau draufstürzen und an den Knöpfen seiner Weste reißen kann, die extra fest angenäht sind. Auf seinem muskelgestählten, waschbrettharten Bauch könnte ein Mädchen eine ganze Ladung Wäsche sauberrubbeln. Weil ich ihm beim Bankdrücken zugesehen habe, weiß ich, daß seine Bizepse glatt und rund sind, hart wie die Steine im See.

Ich könnte ewig über Lyman weiterreden. Die Sache ist die, daß einige Dinge, auf die wir keinen Einfluß haben, unser Verhältnis schwierig machen. Sein richtiger Vater war mein Stiefvater. Seine Mutter ist meine Großmutter. Sein Halbbruder ist mein Vater. Und ich habe mich Knall auf Fall in sein Mädchen verliebt.

Lesen ist mein liebstes Hobby, und ich habe auch ein paar Dramen der alten Griechen durchgeschmökert. Wäre damals so etwas wie mit Lyman und mir passiert, dann müßte bestimmt einer von uns oder vielleicht gar alle beide sterben. Aber wir Indianer sind so an solche Verstrickungen gewöhnt, daß wir einfach nur darüber lachen. Wir werden mit einer Bürde geboren, auf die normale Waagen nicht ansprechen. Vom ersten Tag an haben wir unser Päckchen zu tragen. Unsere Geschichte, persönliche Intrigen, verhedderte Blutsbande. Wir sind viel zu beschäftigt damit, die Dinge um uns herum zu richten, als daß wir reich werden könnten.

Außer Lyman, der beides tut, und zwar ordentlich.

Als heimliche Halbschwester hält Zelda Kashpaw zu ihm und versucht, ihm unter die Arme zu greifen. In Hunderten von Telefonaten und Klatschgesprächen rückt sie seine und Redfords Zukunft ins rechte Licht, bittet die Priester und ihre Freundinnen, die Nonnen, um Unterstützung. Sie organisiert Andachten für ledige Mütter. Sie hilft Shawnee auf jede erdenkliche Art und Weise – hätte das Baby am liebsten selbst bekommen und es mit der gehaltvollen, befriedigenden Milch ihrer legendären Güte auch gleich selbst gestillt. Mittlerweile ist es so, daß keiner mehr über Redford und Shawnee Ray reden kann, ohne im gleichen Atemzug Zeldas Güte zu erwähnen.

«Ist es nicht toll, was Zelda tut?» sagen die Leute immer wieder zueinander. «Shawnee Ray kann von Glück reden, daß sie sich so um sie kümmert.»

Ja, Zelda sammelt endlos Punkte mit ihrer unerschöpflichen Energie. Sie sorgt dafür, daß Redford eine Namensgebungszeremonie bekommt, und manipuliert Unterlagen und Blutproben im Reservatsbüro, wo sie arbeitet, damit er als vollblütiger Indianer eingetragen wird. Sie zwackt Lebensmittelspenden für ihn ab und steht immer bei den Schwestern vor der Tür, wenn die Kleider verkaufen oder verschenken. Sie kann sich nehmen, was sie will, denn alle wissen, es ist für das Kind, das immer, zu jeder Zeit, angezogen ist wie auf einem Reklamefoto. Selbst wenn Shawnee Ray ihm selbst etwas genäht hat, wie das, was er jetzt trägt – traditionelle Beinkleider, ein Bänderhemd aus gesprenkeltem Kattun –, kommt bald heraus, daß Zelda diesen «besonderen» Stoff gekauft hat.

Nur um das auszutesten, deute ich auf Redford.

«Schöner Stoff», bemerke ich.

Zelda richtet sich zu voller Größe auf.

«Das kommt *dir* vielleicht so vor», entgegnet sie. «Aber es war nicht das, was ich wollte. Nie haben sie das, was man sucht! Ich mußte in drei Geschäfte, dann hab ich es aufgegeben und bin nach Hoopdance gefahren.» Sie runzelt die Stirn und schüttelt den Kopf, als sie an das verfahrene Benzin denkt und an die vielen Ballen ungenügenden Stoffs, die ihrem prüfenden Daumen und Zeigefinger nicht standgehalten haben.

«Und Shawnee Ray, sie sieht aus, als ob es ihr recht gut ginge.» Ich gebe mich betont lässig, schaffe es aber nicht, ihren Namen unerwähnt zu lassen.

«Ja, der geht es recht gut.» Zeldas Hand fährt in die perlenbesetzte Handtasche. Sie zieht einen mit Alufolie umwickelten Ziegelstein hervor und drückt ihn mir in die Hand. Das Ding ist bleischwer. Ich brauche gar nicht zu fragen – es ist Zeldas traditioneller Früchtekuchen mit handverlesenen Zutaten: mitsamt den Kernen zu Mus verarbeitete Wildkirschen, getrocknetes Büffelfleisch, Molasse, Rosinen, Pflaumen und alles mögliche, Hauptsache schwer. Ein Brikett, denke ich, als ich das Ding hochhebe. Ich bedanke mich, und als ich merke, daß das nicht genügt, bedanke ich mich noch mal dafür, daß sie es über den Jahreswechsel für mich aufgehoben hat.

Zelda nimmt meinen Dank an und wendet mir jetzt ihre volle Aufmerksamkeit zu. Ich spüre, wie sie mein Gehirn jäh mit dem emotionslosen Blick eines Röntgengeräts durchleuchtet. Ein Schaubild meiner Gefühle erscheint in blauem Monitorlicht, ein Diagramm, das Zelda konzentriert betrachtet.

Kleine Muschel.

Plötzlich starre ich so heftig auf das blitzende, vorbeitanzende Rot, daß mir Zeldas Reaktion ganz entgeht, und das ist schlecht, denn hätte ich gesehen, was sie da auf dem Diagramm alles neu gezeichnet und abgeändert hat, damit es ihren Vorstellungen und Wünschen entsprach, dann hätte ich vielleicht all das abwenden können, was geschehen ist. Aber zu spät. Ich habe den Eindruck, daß mein Interesse für Shawnee Ray, wie ich sie so beobachte, ganz natürlich wirkt. Deshalb stehe ich einfach da und schaue weiter hin, als sich in mir eine vage Gefühlswallung regt. In diesem Augenblick glaube ich, daß es Schicksal ist, aber natürlich stellt sich heraus, es ist Zelda.

Man kann in sich selbst gefangen sein. Man kann den eigenen Verfall beobachten, Schritt für Schritt. Man kann auf mancherlei Art spinnen. Man kann nie genug oder immer zuviel bekommen. Ich sage mir, Lipsha, du hättest ja nicht zurückkommen brauchen. Du hast das Fahndungsbild deines Vaters mit der Post bekommen, frei Haus von Grandma Lulu. Und als du auf dieses gehetzte Gesicht gestarrt hast, da wolltest du dein Leben ändern. Aber diesen Augenblick konkret umzusetzen ist schwieriger, als du gedacht hast. Wie immer suchst du nach einer schnellen Lösung, aber sobald du in Zeldas Reichweite gelangst, spielt das keine Rolle mehr. Hier ist etwas anderes am Werk. Ich muß mich wirklich fragen, ob da mehr dran ist – hat es mich speziell hierhergezogen, damit ich den Kreis beobachten kann, in dem die hübsche kleine Toose jetzt auftaucht? Und Shawnee Ray selbst, unsere Zukunftshoffnung, ist es ihr auch bewußt, und hat sie mich in jedes ihrer kleinen Schnupftabakdosen-Glöckchen eingerollt? Mich mit einer dünnen Nadel in ihr Kleid genäht? Rein/raus. Rein/raus. Lipsha Morrissey. Mein Mann. Ob das möglich ist?

Wenn ich etwas erst mal für denkbar halte, werde ich den Gedanken ziemlich sicher so schnell nicht wieder los, also lasse ich mich mit Zeldas Geschenk nieder. Ich setze mich auf einen Metallstuhl und warte, starre von ganz neuen Perspektiven verwirrt zu Boden. Ich bin nicht mehr ich selbst, weil alles um mich herum mir sagt, was ich tun soll. Ich war draußen, in einer Welt, wo niemandem daran lag, mich zu manipulieren, und vielleicht betrachte ich jetzt diese unsichtbaren Ränke als Zeichen der Anteilnahme, womöglich gar als Beruhigung, und verfalle wieder ihrem Zauber. Das kann gut sein, denn selbst als kurz darauf ein anderer Teil des Plans deutlich wird, verstehe ich seine Bedeutung nicht.

Lyman Lamartine attackiert den gebohnerten Holzboden mit stampfenden Füßen. Er zischt an mir vorbei, und ich schaue kaum auf, merke nur, daß er schon wieder eine Sache gut kann. Lyman hat die Kleider, die er trägt, von seinem Bruder Henry, dem Grastanz-Champion, geerbt. Verglichen mit den anderen, mit Fäden und Bändern verzierten Sachen sehen sie altmodisch aus, haben aber gleichzeitig etwas Klassisches. Sein altertümlicher Haarschmuck besteht aus weißen Federn, die von zwei gespannten Gaszugfedern herunterhängen, und langen, silberglänzenden Fransen von einem alten Sofa; dazu trägt er ein wunderschönes perlenbesetztes Halsband und einen spitz zulaufenden Kragen, passende Armreifen und auf der Stirn einen herzförmigen Spiegel, der seinen hin und her huschenden Blick verdeckt.

Wenn Lyman angestarrt wird, wächst er, streckt die Brust vor und bläht die Nüstern. Er wird auch zusehends größer, sobald er sich in Bewegung setzt. Vielleicht ist er deshalb so gut beim Tanzen. Je mehr Leute ihn beobachten, desto schneller und wilder dreht er sich, als ernähre er sich von den Blicken. Er nimmt den Namen seines Tanzes wörtlich und spielt ein Drama, das in seinem Kopf vorgeht. Er glaubt an sich wie kein anderer. Jetzt beobachte ich ihn genau, immer genauer, und bin gebannt von den Dingen, die ich sehe: ein Mann auf dem Sprung, leichtfüßig, nervös, der sich an etwas Nichtsahnendes heranschleicht, niederkauert, sich durchs hohe Gras schlängelt. Das Gras schließt sich über ihm. Man sieht nur, wie es sich bewegt, während er weiterschleicht, mit der Natur eins wird. Ein Wind streicht vorbei, krümmt und umspielt die Halme, die Stiele, die Federn. Der schleichende . . . Krieger? Nein, der *Liebhaber* reckt den Kopf. Zieht ihn wieder ein. Jetzt kommt er nah heran. Wieder streicht Wind durchs Gras, daß es wogt. Sein Opfer schläft weiter. Plötzlich springt Lyman. Viermal, genau im Trommeltakt, springt er im Kreis, landet wuchtig auf beiden Beinen, sein herzförmiger Spiegel leuchtet wie ein Scheinwerfer, hell, durchdringend, gezielt, geradewegs in Shawnee Rays tiefbraune Augen, die zurückzuckt, blinzelt, dann weit die Augen aufreißt und sich seinen verrückten, abrupten Tanz mit skeptischem Blick zu Gemüte führt.

Natürlich steht Tante Zelda direkt neben Shawnee und bündelt dieses Liebeslicht zu einem dünnen Laserstrahl. Sie beugt sich vor und trifft durch kleine Bemerkungen Schicksalsentscheidungen. Beim Reden schaukelt sie Redford auf dem Arm, der mit seinem dunkelbraunen Haar und seinen strahlenden Augen ganz auf seinen Vater konzentriert ist. Shawnee Ray wendet sich von Lyman ab. Zelda schiebt Redford ein Bonbon in den Mund, damit er die beiden nicht ablenkt. Schamlos nutzt sie die unersättliche Kindergier aus und hält den Kleinen beschäftigt, fixiert auf die Hand, die den Rest der Süßigkeiten in der Tüte verschließt.

Jetzt nicht nachlassen, das Gewirr, die Ränke, die Musik des Heimkommens verdichten sich. Lyman hat einen wesentlichen Vorteil. Zelda wirft aus der Entfernung ihre Netze nach ihm aus, und er läßt zu, daß sie hängen bleiben. Sie sind beide in diese Sache verstrickt, nur daß er es noch nicht weiß. Als er spürt, daß zu seiner Unterstützung unsichtbare Zugfäden angebracht worden sind, kommt er einfach herüber, lächelt seinem Sohn zu. Er ist freundlich, kümmert sich nicht um Blicke und Geflüster. Er begrüßt Shawnee Ray, neigt sich Zeldas Umarmung entgegen und übernimmt Redford, der sich ihm mit zitternden Armen und offenem Gesicht entgegenreckt. Zeldas Lippen sind zusammengepreßt, durch die eigenen Anweisungen verschlossen wie ein Briefumschlag. Sie hat darauf bestanden, daß alles geradeheraus und normal sein soll, und das sind jetzt die Früchte, das ist ihre Ernte.

In dem Moment muß ich Lyman bewundern, denn ganz offensichtlich hat er sich immer um eine enge Beziehung zu seinem Sohn bemüht. Vielleicht sollte ich mal bei ihm in die Schule gehen, aber ich tu's nicht. Ich habe nicht den großen Überblick, und auch sonst kann ich es nicht so gut wie er. Vielleicht fällt das engmaschige Netz, das um ihn herumwirbelt, durch Zufall über mich. Ich merke kaum, was als nächstes passiert, obwohl ich es näherkommen höre: ihre Schritte. Dann sind ihre steakzarten, tänzelnden Hüften direkt vor mir, auf Augenhöhe, und ich schaue hoch, über den Körbcheninhalt hinweg, in Shawnees Augen, die fest auf mich herabblicken.

«Du bist zurück», stellt sie fest. «Für immer?»

«Immer für dich», versuche ich zu scherzen.

Sie lacht nicht.

Ich sehe weg, irgendwohin, nur nicht auf sie, und versuche, mich zu sammeln. Ich habe das Gefühl, ein Gewicht senkt sich herab, und dann kommt eine heftige Bewegung von unten. Plötzlich weiß ich: Egal, was ich mit meinem Leben anfange, egal, wie weit ich fortgehe oder mich verändere, wie erwachsen und erfahren ich werde, von hier werde ich nie wieder loskommen. Immer werde ich Teil eines Planes sein, der größer ist als ich, eines Systems, das mechanisch funktioniert, so daß, egal was ich tue, alles immer auf das hier hinauslaufen wird. Shawnee Ray und ich – unmöglich, unwahrscheinlich. Ich weiß nicht, ob ich in diesem Moment nachgebe oder ob ich auf den Anblick ihrer schmalen, silberberingten, kräftigen Finger reagiere, die einen Augenblick lang auf meinen Händen liegen. Ich weiß nur, daß ich die Ohren vor dem Getrommel verschließe, mein Herz vor dem Sturm, und daß ich auf das Gewirbel von Plastik auf Plastik starre, auf den fleckigen Linoleumboden der Turnhalle, der sich so ruhig und solide unter meinen Füßen ausbreitet und sich jedesmal verändert, wenn ich mit den Augen blinzele, so daß ein springender Bulle zu einer Haubitze wird und dann zu einem Apfelbaum mit kleinen Kerzen darauf oder einem Hügel mit einer hübschen kleinen Tür, die zu weiteren Türen führt, mehr, als ich zählen kann, dunkleren Türen, die verschachtelt immer tiefer in Räume führen, die ich noch nie gesehen habe, an Orte, die ich nicht benennen kann.

KAPITEL DREI

Solitär

Selbst im direkten, kunstgerechten Wettstreit mit dem Tod konnte Albertine dem eisernen Schatten der unterdrückten Geschichte ihrer Mutter nicht entkommen. Ihr Name war die weibliche Form des Zweitnamens vom ersten Freund ihrer Mutter, Xavier Albert Toose. Wenn sie sich früher, als kleines Mädchen, bei ihrer Mutter darüber beschwerte, dann sah Zelda sie ernst an und fragte, ob sie etwa lieber nach ihrem Vater, dem Schweden, benannt worden wäre, einem verdrießlichen, wenngleich gutaussehenden Mann auf einem vergilbenden Foto.

Kürzlich hatte sie bei einer von Xavier Toose selbst vollzogenen Zeremonie, bei der auch Fleur Pillager anwesend war, einen traditionellen Namen erhalten, den einer Frau, die ihre Großmutter einmal mit ihrer leisen Stimme als Heilerin bezeichnet hatte. Seitdem arbeitete sich Albertine, sobald sie etwas Zeit dazu fand, durch Akten, Trappertagebücher und lückenhafte Kirchenbucheinträge, um etwas über Vier Seelen zu erfahren.

Sie war tief in die verstreuten Aufzeichnungen über die Pillagers, in diese dünne, seltsame Substanz von Daten und Namen versunken. Die Worte sickerten in sie hinein, und die Namen taten ihr beinahe weh mit ihren vagen Hinweisen auf die unbekannten Persönlichkeiten dahinter: Ogimaakwe, Die-das-Sagen-hat; Wildkirschen-Mädchen; Bineshii, Kleiner Vogel, auch bekannt als Josette. Da gab es Unbekannte Wolke. Rote Wiege. Der-von-oben-kommt. Der-ins-Wasser-stürzt.

Und schließlich Vier Seelen, nur ein kurzer Schnörkel in der Chronik der Chippewas, die Pater Damien in jenem ersten Jahrzehnt geführt hatte, als die nach Westen verdrängten Menschen halb verhungert ins Reservat kamen und ihnen Essensrationen und Land zugewiesen wurden.

Wo sie auch hinsah, als sie vom Tisch aufstand, überall stieß sie auf Zeichen der allfälligen Wohltaten ihrer Mutter: Bücher, Haarspangen, viele Ohrringe, Lebensmittel in Kisten und Kartons, blumige Kärtchen und Bilder. Ihr Koffer für die Zeit zu Hause war stets halb gepackt, und jetzt ging ihr pflichtgemäß das Herz über, ein Quell des heiligen Wassers der Schuld. Albertine gehörte zu den Menschen, die sich immer zuviel aufladen und dann ständig mit sich unzufrieden sind. Und es klappte: Eine Wolke von verbrannter Energie durchzog ihre hektisch konzentrierten Tage, und ihre Nächte waren schwarz. Gewöhnlich fühlte sie sich wohl mit der Erschöpfung, aber heute abend war sie zu aufgedreht, um einschlafen zu können, und schaltete den Fernseher ein.

Eine vibrierende, dunkle, respekteinflößende männliche Stimme beschrieb ein Mikrowellengericht. Albertine ließ den Kopf nach hinten fallen, sank in das bestickte Kissen auf ihrer Couch und wickelte sich bis ans Kinn in eine von Zeldas Patchworkdecken. Als nächstes erläuterte die Stimme, wie wichtig es sei, daß alle Privatgespräche und Telefonate sorgfältig aufgezeichnet würden, und die Kamera zeigte einen langen Korridor mit strahlend weißen Wänden und blau und braun gestreiften Linoleumfliesen. Eine Stunde

Sport am Tag, Kletterwand. Knastwärter. Die Beschreibung von Kopfschutz, Helmen, Knieschonern. Albertine beugte sich vor, stellte das Gerät lauter und starrte wie gebannt auf den Bildschirm. Jetzt sprach eine andere Stimme über das Leben im Strafvollzug.

Ich verbringe meine Zeit damit, über Rache nachzudenken, und versuche, mit den Monstern fertig zu werden, die aus der Asche kriechen.

Und wieder eine andere Stimme.

Hände und Füße in Ketten, vier Tage Isohaft.

Und dann sein Gesicht, das unmögliche Lächeln, aber anders, eine sanfte Wildnis, ein Tempel undurchdachter Absichten, ganz anders als der Mann, den sie gekannt hatte. Dieser Gerry Nanapush hatte Beschimpfungen mit seinem schrägen Humor aufgefangen und abgefedert. Er war ein Mann mit leuchtenden, funkensprühenden Augen gewesen, der einst aus einem Fenster im Krankenhaus gesprungen war und den Eingang mit einem Rollstuhl versperrt hatte, um die Geburt seiner Tochter bekanntzugeben. Jetzt war Gerrys Blick so verzweifelt hungrig und rasierklingenscharf, daß der Augenblick, in dem die beiden sich über die Entfernung hinweg ansahen, keine Tiefe und kein Ende zu haben schien.

Bei der Urteilsverkündung in seinem Prozeß, als die Stimme im holzverkleideten Sitzungssaal die schwerwiegenden Worte fallen ließ, hatten sich die Zuschauer im hinteren Teil des Raumes erhoben, waren von den Bänken aufgesprungen und hatten alle zugleich *nein* geschrien wie mit einer Stimme, einer hohen, erstickten Stimme, die das Wort durch die Luft trug. *Nein. Nein.*

Nun, bei Gerrys Anblick, wiederholte Albertine es laut. *Nein.* Doch jetzt war Gerry gefrorene Luft, gefangen in den

Schatten des auf den Bildschirm geworfenen Videobandes, genau wie auf den Fahndungsbildern und in den Zeitungsmeldungen, Kinofilmen und Fernsehberichten über seine Fluchtversuche. Das Fernsehbild löste sich auf, doch aus ihrem Verstand sickerte das Begriffsvermögen wie auslaufende, verwischende schwarze Tinte, bis es düster um sie wurde, bis die permanente, unterschwellige Erschöpfung sie in die Tiefe zog.

KAPITEL VIER

Lipshas Glück

Marie Kashpaw saß an dem runden Holztisch in ihrer Wohnung im Seniorenheim, die abgearbeiteten Hände leicht aufeinandergelegt. Durch die Nylongardinen warf die Wintersonne ihr butterfarbenes Licht auf den Tisch und wärmte ihre knochigen Finger. Sie wußte, bald würde ihr Jüngster zu Besuch kommen, und sie versuchte, Ruhe und Frieden zu finden. Sie betete zu keinem Heiligen, glaubte aber an Beständigkeit und Glück. Ihr Jüngster machte ihr Sorgen. Er war anders als die anderen, wilder, ängstlicher. Sie hatte ihn aufgenommen, als er verlassen worden war, doch von Anfang an hatte sie ihn als einen der ihren betrachtet. Obwohl er jetzt erwachsen war, bemutterte sie ihn noch immer, hatte seine Schulfotos am Kühlschrank hängen, kaufte ihm Kleider aus dem Sonderangebot, sammelte in einem Glas Geld für ihn.

Vielleicht hatte sie ihre ganze Leidenschaft so lange in das Großziehen von Kindern gelegt, daß sie nicht mehr aufhören konnte. Vielleicht verwöhnte sie ihn zu sehr, gab zu schnell nach, übertrieb es mit ihrer Fürsorglichkeit. Lulu Lamartine fand das jedenfalls, doch Marie war anderer Meinung. Schon vor langer Zeit hatte sie beschlossen, für Lipsha mehr zu tun. Weil man ihn aus dem Sumpf gezogen hatte, halb ertrunken, brauchte er mehr als andere Kinder.

Sie hatte versucht, seiner Mutter June eine Mutter zu sein, aber es war im Grunde zu spät gewesen, um sie zu retten. June hatte jedermann zermürbt mit ihrer verletzten, überstürzten Hast. June war eine Herumtreiberin, wurde einmal fast erfroren in einem Verschlag gefunden, dann in einem Graben, auf den Stufen vor dem Haus der Nonnen und zuletzt verhungernd im Wald. Manchen Kindern war einfach nicht zu helfen.

Als Baby konnte Lipsha seine Fäuste so ballen, daß sie nicht mehr von Maries Kleidung loszukriegen waren. Er klammerte sich so fest an sie, daß er winzige Spuren auf ihrer Haut hinterließ. Und selbst als er älter war, umarmte er sie oft verzweifelt, wenn die anderen nicht hinschauten. Manchmal sah sie, wie er sich ein Stück weiches Leder, das sie ihm zum Kuscheln geschenkt hatte, ans Gesicht drückte. Sie sah ihn grundlos weinen. Sie sah, wie er in einem Haufen Laub und Dreck toter Mann spielte.

Jetzt hörte Marie seine Schritte im Flur, sein Klopfen, und strich mit der Hand über die Hirschledertasche, in der Nectors Pfeife steckte. Die bestickte Hülle lag ordentlich vor ihr, auf einem gehäkelten Deckchen.

Peendigaen.

Lipsha kam herein; er sah mitgenommen aus, das wilde Haar auf Schulterlänge gestutzt, die dünnen Schnurrbarthaare an den Seiten nach unten gebogen. Seine Haut war sauber und weich, hellbraun wie die seiner Mutter, und auch die Augen waren von ihr, wunderschön und in den Winkeln leicht nach oben gezogen. Er warf ihr ein heiteres, kindisch liebevolles Lächeln zu und setzte sich mit einem Achselzukken an den Tisch.

«Was ist denn das?»

«Nectors Pfeife.»

Er trug eine schwarze Baseball-Jacke, schwarze Jeans, ein weißes T-Shirt voller Slogans. Sie sagte nichts weiter, und er ließ seine Nachlässigkeit und Sorglosigkeit hinter einem stillen, aufmerksamen Stirnrunzeln verschwinden. Eine Zeitlang horchten sie, wie der Schnee vom Dachvorsprung über dem Fenster heruntertropfte, und sogen die strahlende Sonne auf, die durch das Netz der Gardinen hereindrang. Die Pfeife in der Tasche lag zwischen ihnen, und ihre Gedanken waren kleine Splitter, Augenblitze. Lipsha dachte an früher und sah vor seinem inneren Auge, wie Nector mit ruhigen, geschickten Händen die Kräuter in den Pfeifenkopf stopfte. Marie hörte, wie er in der alten Sprache redete, in abgehackten Sätzen, immer zu lange betete und jeden in seine Gebete einschloß. Nector hatte immer leicht schielend in die Ferne gestarrt, und seine Arme hatten mit der Pfeife gerudert, wenn er um etwas bat.

«Du weißt, wie man mit ihr umgeht», sagte Marie. «Er hat es dir beigebracht.»

Lipsha hob den Kopf, sah sie an und ließ sich von der Güte ihrer Absichten erwärmen, bis ein scheues Lächeln nervös über sein Gesicht huschte und er zwinkerte; dann sah er hinab auf die Pfeife und setzte wieder eine ernste Miene auf. Er schien es noch immer nicht zu glauben, als sie die Pfeife in seine Hände legte. Als er sie da liegen sah, schien es, als wolle er etwas sagen. Ein paarmal räusperte er sich, schüttelte den Kopf, fand die Worte nicht.

Eine Stunde oder zwei nach einem Job herumzufragen ließ Lipsha unruhig werden, und er beschloß, eine Pause zu machen und sich die Zeit mit ein paar Videospielen im neuen Einkaufszentrum zu vertreiben, einem Gebäude, das errichtet worden war, damit das Geld am Ort blieb. Bald leuchteten seine Initialen an der Unterseite zweier Bildschirme, er hatte die höchste Punktzahl. Als ihm langweilig wurde, verließ er das dämmrige Loch und setzte sich auf eine verkratzte Holzbank, die am Boden festgeschraubt war. Ein Wunsch führte zum nächsten, und bald redete er sich ein, daß es schon nicht weiter schlimm wäre, Shawnee Ray anzurufen, bloß um mit ihr zu plaudern. Voller Hoffnung ging er zum Münztelefon und nahm es als gutes Vorzeichen, daß es nicht mit Klebeband umwickelt und kaputt war, sondern funktionierte. Er kannte die Nummer, denn er war im alten Haus der Kashpaws groß geworden, wo Shawnee jetzt mit Zelda lebte. Er wählte und vergaß zu atmen. Er erwartete nicht, daß sie gleich zu Anfang etwas Wichtiges sagen würde, doch sie beantwortete seine aus dem Stegreif gestellte Frage, ob sie mit ihm ausgehen würde, genauso, wie sie tanzte, schnell und sicher.

«Klar.»

Ein rohes, heißes Etwas erblühte in Lipshas Brust.

«Hey. Bist du noch da?»

Shawnee klang beunruhigt, und dieser kleine Anflug von Besorgnis in ihrer Stimme beglückte Lipsha. Er stotterte, und ein eifriges Lächeln breitete sich über sein Gesicht. Ideen kamen von rechts und links auf ihn zugaloppiert, und er konnte sie nicht stoppen, nicht bezähmen. Er versuchte es mit ein paar Minuten Smalltalk, vereinbarte eine Zeit mit ihr, verabschiedete sich und stand dann da, am Eingang des Einkaufszentrums, den Hörer in der Hand. Er sah hinab auf die kleinen schwarzen Löcher in der Sprechmuschel, und plötzlich wurde ihm klar, daß schon viele Lippen sie berührt hatten, vielleicht sogar Shawnees. Zärtlich hängte er den Hörer auf die Gabel. Mit dem Ärmel polierte er das metallene Rechteck daneben blank. Wenn er an Münzfernsprechern vorbeiging, griff er normalerweise in die dunkle Rückgabeöffnung, in der Hoffnung, daß jemand etwas darin vergessen hatte. Jetzt kam ihm eine ganz andere Eingebung. Er nahm eine weitere Münze aus der Hosentasche und schob sie in den Geldeinwurfschlitz. Dann warf er die Arme in die Luft, zog sie wieder eng an den Körper und flüsterte froh und angstvoll: «Ja!»

An diesem Abend fuhr er zu Zelda und hielt vor der Tür ihres kleinen Hauses. Obwohl es kalt war, saß Shawnee Ray auf der Treppe; jetzt stand sie auf und lief, die Hände in den Jackentaschen, hinüber zu ihm. Die Haustür ging auf, und Zelda stand im Küchenlicht, winkte ein paarmal gemächlich herüber, ernst, aber mit einem unergründlichen Ausdruck der Befriedigung auf dem Gesicht. Lipsha kurbelte das Fenster herunter, winkte zurück, und Zelda verschwand. Shawnee schob sich auf den Beifahrersitz und schnallte sich an.

«Ist das jetzt ein Rendezvous?» Ihre Stimme klang besorgt.

Es folgte ein langes Schweigen, während der Wagen langsam die kurvige Zufahrt entlangholperte.

«Ich kann Rendezvous nicht leiden, da ist doch immer der Spaß vorprogrammiert.» Lipsha redete schnell, hektisch. «Und egal, was man tut, man hat nie genug Spaß, oder man hat ihn nur zum Vergnügen des anderen, oder man hat nicht den Spaß, den man haben wollte. Entweder an dem Spaß ist was faul, oder er ist eigentlich kein richtiger Spaß, weißt du?»

«Ich fände es nämlich besser, wenn das hier kein Rendezvous wäre», fuhr Shawnee Ray fort.

«Wir könnten nach Kanada fahren», schlug Lipsha vor. «Ins Ho Wun.»

«Gute Idee.»

Lipsha konnte fast spüren, wie sich Shawnees Lächeln in der Dunkelheit entfaltete. Das nächste chinesische Restaurant befand sich in einer Kleinstadt hinter der Grenze, und es war ein romantischer Ort, mit roten Tapeten mit jeder Menge Laternen drauf, Symbolen für Fröhlichkeit, Milde und Glück. Shrimps in Sojasauce. Klöße. Blütenblättersuppe. All das stand auf der Speisekarte. Reichhaltige Nahrung, exotisches Gemüse, angesichts dessen sie in Verzückung geraten konnten. Über ein neues Stück Highway fuhren sie in den dunklen Norden.

«Und, wie geht's Lyman?» fragte Lipsha und biß sich sofort auf die Lippe, überrascht, daß er Lymans Namen einfach so ausgesprochen hatte. Er wußte nicht, warum er ihn so unvermittelt gesagt hatte, er hatte nur so viel über Shawnee und Lyman nachgedacht, ob und wie sie miteinander zu tun hatten, und da war er ihm herausgerutscht.

«Ganz gut, denk ich.» Shawnee Rays Ton war zurückhaltend, steif.

«Und wie geht's deinem Onkel Xavier?»

«Auch gut.»

«Und wie geht's deiner Mutter.»

«Geht so.»

«Und wie geht's Zelda?»

«Geht auch so.»

«Geht, geht, geht. Ich geh kaputt, gehst du mit?»

Shawnee lachte einmal kurz auf, und dann wurde die Atmosphäre im Auto zäh, wie Gummi. Alles, was Lipsha von da an sagte, prallte ab und kam unverändert wieder bei ihm an, deshalb stellte er das Radio an und drehte am Senderwahlknopf, wollte etwas anderes finden als die christlichen Predigten, die den Äther füllten. *Manchmal macht mich Seine Macht richtig an,* sagte ein Mann. Schnell suchte er weiter, und die Meilen rasten vorbei, bis sie das erleuchtete Haus neben dem Highway sahen, den Grenzübergang, den die Leute aus dem Reservat immer nahmen, wenn sie hoch nach Kanada fuhren.

Lipsha kurbelte das Fenster herunter, um die üblichen Fragen zu beantworten, und da fing er an, dieser kleine Knoten im Schicksal, von dem er später glaubte, Zelda habe ihn geknüpft. Der Vorfall erwuchs aus weiter nichts als der schlechten Laune eines Grenzbeamten oder vielleicht einer unerfüllten Quote oder nur einem Anflug von Pflichtbewußtsein. Der Grenzpolizist, ein älterer, geschniegelter Typ mit tiefer, barscher Stimme, forderte Lipsha auf auszusteigen. Der stellte den Motor ab und stieg aus. Der Polizist griff ans Armaturenbrett, holte den Aschenbecher heraus und nahm ihn mit ans flutlichterhellte Grenzhäuschen, um ihn zu untersuchen. Lipsha setzte sich wieder ins Auto und versuchte, Shawnee beruhigend anzulächeln, doch die sah ihn nicht an. Der Polizist pulte eine ganze Weile mit einem Kugelschreiber in der Asche herum, dann schien er etwas gefunden zu haben. Er kam zurück und beugte sich zum Fenster herab.

«Schlechte Nachrichten», meinte er und hielt etwas zwischen Daumen und Zeigefinger, was aussah wie ein winziges Samenkorn. Seine Stimme war förmlich und neutral. «Ich muß dieses Fahrzeug durchsuchen.»

Vorsichtig, mit vor der Brust gefalteten Händen und gesenktem Kopf, stiegen Lipsha und Shawnee aus und gingen in den mit Linoleum ausgelegten und von Neonlampen hell erleuchteten Warteraum. Dort setzten sie sich einander gegenüber auf die harten Bänke.

Shawnee Ray trug einen weiten, dicken Parka, der ihre Schultern riesig erscheinen ließ. Zu den Hüften hin wurde sie schmal wie ein Bodybuilder. Ihr Haar war zu Locken aufgedreht und mit Festiger behandelt, und jetzt stand es wild vom Kopf ab, als sei es starr vor Wut oder Furcht. Aber ihr Blick war gereizt, nicht ängstlich. Lipsha setzte sich neben sie, sog den Geruch ihres Parfüms in tiefen Zügen ein und kniff die Augen zu Schlitzen zusammen, weil das Licht von der Decke so grell war. Shawnee Ray starrte auf ihre Hände, die ruhig in ihrem Schoß lagen. Sie schien sich brennend für das Muster auf ihren grünen Strickhandschuhen zu interessieren und war so fasziniert davon, daß Lipsha nicht wagte, sie aus ihrer Betrachtung zu reißen. Mittlerweile konnte er hören, wie draußen auf dem Parkplatz gutgelaunt Kisten und Taschen auf den Asphalt geworfen wurden.

«Tut mir leid, ich fürchte fast, das ist meine Schuld.»

«Ist es auch», erwiderte Shawnee. «Wo kommt das Zeug her?»

«Weiß ich nicht.»

«Und noch was. Zelda hat mir schon gleich nach dem Powwow gesagt, du würdest anrufen. Woher hat sie das gewußt?»

«Vielleicht hat sie mitgekriegt, wie ich dich angesehen hab.»

Shawnee blickte auf und erstarrte, gefangen in Lipshas Blick, der so direkt war, daß er zuerst selbst erschrak, bis er merkte, daß er hoffnungsvoll und friedlich in Shawnees Augen sah wie auf ein tolles, kompliziertes Computerspiel, dessen Freuden und Geheimnisse er noch nicht und vielleicht nie ermessen konnte. Shawnees Ausdruck verwandelte sich, während sie seinen offenen Blick erwiderte, ihre Züge schmolzen vor innerer Wärme dahin. Wenn da der Strom ausgefallen wäre, dachte Lipsha später, hätte sie von innen heraus geglüht. Ihr Haar wurde weich wie eine Wolke, wartete darauf, von willkommenen Händen gestreichelt zu werden.

Lipshas Herz pochte heftig, dachte in seinem eigenen Rhythmus. Jetzt hörte er, wie draußen die Sachen zurück in den Kofferraum gepackt wurden – wie sie hineingequetscht und zusammengedrückt wurden, wie dann der Kofferraumdeckel zuschlug. Na und? Es war an der Zeit, die verfahrene Lage wieder ins Lot zu bringen. Das *Noch nicht* seines vorstellbaren Lebens paßte genau zu Shawnees *Ich bin,* ihrem *Sein,* überlegte er, während Lymans *War schon immer* mit dem *Zweifellos* irgendeiner anderen namenlosen, erfolgreichen Frau harmonierte. Das Gerüst dieser Verabredung war vorher sauber entworfen worden, das wurde ihm jetzt klar. Und dahinter steckte Zelda, wie bei allem, an dem sie ein Interesse hatte. Auch Lyman war irgendwo dabei – nicht auf dem Rücksitz, aber ganz sicher im Geiste zwischen ihnen. Im Licht des stillen Warteraums, das alles zum Vorschein brachte, meinte Lipsha zu erkennen, daß, was immer nun da war an Liebe zwischen Shawnee und Lyman, aus der Dose kam, daß es Liebe war, die sie von Zeldas Regal aßen, Liebe, von der sie nicht zugeben konnten, daß sie nicht existierte, da alles unter dem Stern des *Wie es sein sollte* stand. Das heißt, Lyman sollte Shawnee lieben, weil er der Vater ihres Kindes war, und Shawnee sollte ihn aus dem gleichen Grund wieder mit offenen Armen aufnehmen.

Lipsha erinnerte sich an den rätselhaften Blick, den Zelda ihm beim Abschied zugeworfen hatte, und ihm fiel ein Begriff aus dem Chemieunterricht an der Highschool wieder ein. Sie wollte, daß er als drittes Element hinzukam, das zwei neutrale Substanzen zu einer heftigen Reaktion veranlassen konnte. Er war ein Tropfen Eifersucht – stark, klar und bitter: ein Katalysator. Er dachte mit aller Kraft darüber nach, doch das Verständnis, das er schon fast gewonnen hatte, rann ihm durch die Finger und hatte sowieso keine Auswirkungen, denn gerade als er versuchte, Zeldas Plan umzustrukturieren, indem er alle Männer außer sich selbst aus Shawnees Gedanken vertrieb – er konzentrierte all diese Gedanken auf einen, wie er hoffte, umwerfenden Kuß –, war es, als hätte Zelda auch das gewußt, als hätte sie diese Gefahr gespürt und mit geschwindem Zauber Lipshas Pläne aus großer Entfernung durchkreuzt.

Der Grenzpolizist kam zur Tür herein, den kleinen, in Folie verpackten Ziegel, Zeldas traditionellen Früchtekuchen, in der Hand. In der anderen trug er die kunstvolle Tasche mit der heiligen Pfeife, die einst Nector Kashpaw gehört hatte.

«Sie werden hierbleiben, bis ich Sie abholen lassen kann», sagte er und klimperte mit Lipshas Autoschlüsseln. «Sie sind in Gewahrsam, bis ich hiervon eine Laboranalyse habe.»

«Aber», setzte Lipsha an, «das ist –»

«Geben Sie sich keine Mühe», sagte der Polizist nicht unfreundlich. Fast lächelte er vor grimmiger Zufriedenheit. «Ich hab das alles schon hundertmal gehört und gesehen. Aber das hier ist eine Pfeife, und ich weiß, was Hasch ist.»

Und dann sah er die beiden ruhig an, legte das Früchtebrot beiseite, öffnete die bestickte Tasche und zog den Pfeifenkopf und das lange, geschnitzte Rohr heraus. Er streckte die Hände vor, und dann sahen sie im grellen Licht, wie er von einem Stück zum anderen schaute und beschloß, die Pfeife zusammenzustecken. So viele Dinge sollten in den nächsten Monaten geschehen, schon sehr bald, daß Lipsha keine Zeit blieb, sie alle wahrzunehmen oder gar zu verstehen. Aber nie würde er vergessen, wie langsam, zeitlos, endlos diese Handlung ablief. Rückblickend schien es, als wäre dort, in dieser kleinen Grenzstation, in den Händen des ersten Nicht-Indianers, der jemals diese Pfeife zusammensetzte, der Himmel auf die Erde herabgestürzt.

«Bitte nicht», flüsterte Lipsha.

Doch der Mann preßte sorgfältig und methodisch das Rohr in den Kopf, drehte und drückte so lange, bis die beiden Teile fest verbunden waren. Die Adlerfeder hing herab, die alten Perlen klingelten dreimal aneinander. Dann herrschte Stille, Schweigen, abgesehen vom Summen des Lichts. Der Polizist drehte sich um und ging telefonieren, lief dabei gegen den Uhrzeigersinn um den Schreibtisch herum. Die Pfeife hing in seiner Hand, der Kopf nach hinten, locker wie ein Baseballschläger. Die Adlerfeder senkte sich hinab, immer tiefer, bis sie schließlich den Boden berührte.

KAPITEL FÜNF

Lipsha

Besuch

Wenn ich an all die Unwägbarkeiten denke, die folgen sollten, an die Zusammenstöße mit der Wahrheit und der Katastrophe, möchte ich hinhechten und die breite Feder berühren, sie aufheben. Ich möchte die Zeit zurückdrehen und mit lautem Kinoquietschen den Firebird wenden, mich in der Geschichte zurückzoomen, die Pfeife auseinandernehmen, dieses einsame Samenkorn verschlucken. Und doch gibt es vom gegenwärtigen Augenblick aus kein Zurück, und alles, was ich tun kann, ist in Erfahrung zu bringen, wie ich mit den Folgen fertig werden kann. Denn dieses rückwärtsgerichtete Streben, der Sturz vom Himmel auf die Erde, ist Teil der menschlichen Natur. Besonders meiner, scheint es.

Als ich mit Shawnee Ray in dem gleißendhellen Raum sitze und auf die Polizei mit ihren heulenden Sirenen warte, rede ich schnell. Ich versuche, den Gedanken zu verdrängen, auf den Shawnee Ray auf keinen Fall kommen soll.

«Stell dir vor, wenn die Laboranalyse kommt», versuche ich zu witzeln. «Rosinen, getrocknetes Büffelfleisch, *Pukhons*, Nierenfett, Pflaumen, Reifengummi . . .»

Sie antwortet nicht. Ihr Kopf bleibt gesenkt.

«Denkst du nach?» wage ich mich vor.

Sie seufzt nur, steht auf und geht hinüber zum Telefon.

Lyman Lamartine braucht nur eine halbe Stunde, um auf den Anruf zu reagieren, der von Shawnee zu Zelda und wahrscheinlich durch das ganze interne Informationsnetz geleitet wird. Mit einem mächtigen Kreischen seiner Spikereifen fährt er auf den Hof der Grenzstation. Ich hoffe unwillkürlich, daß er bis nach Kanada durchrutscht, aber Lyman kommt nie vom Weg ab. All die kleinen silbernen Nägel krallen sich ins Eis. Shawnee Ray und ich stehen am Fenster und sehen, wie er mit der Wache verhandelt; beruhigende Handbewegungen, Kopfschütteln, kurzes Lächeln, und wie er dann die Pfeife, die ihm hingehalten wird, eifrig untersucht, wie er sie beim Reden von sich streckt und den traditionellen Gebrauch mit einer schlichten Höflichkeit erklärt, um die ich ihn beneide. Er trägt eine Krawatte und eine Brille mit silbernen Bügeln. Sein Haar ist lang, aber sorgfältig geschnitten, es reicht gerade bis zum Kragen seines Mantels. Nach einer Weile scheint das Gespräch eine freundlichere Wende zu nehmen, denn der Grenzpolizist nickt einmal und reckt sich dann, als sei ihm etwas aufgegangen.

«Zelda muß ihn angerufen haben», sagt Shawnee Ray. Ihr vom Flaum der Kapuze eingerahmtes Gesicht ist gerötet und angespannt. Ich will sie gerade fragen, wie ich mich in dieser ungewöhnlichen Situation verhalten und was ich sagen soll, ob sie mir einen Tip geben kann, als Lyman und der Wachmann hereinkommen.

Shawnee dreht sich nicht um, um Lyman zu begrüßen, sondern starrt weiter mit versteinertem Blick aus dem Fenster, scheinbar beeindruckt vom Anblick des asphaltierten Parkplatzes und der nachtdunklen, schneebedeckten Erde. Ich bin so verdattert, daß ich mich ganz normal benehme und hinüber zu Lyman gehe, um mit ihm zu reden, so weit von ihr entfernt, daß sie unser Gespräch nicht mitbekommt. Für unser Verwandtschaftsverhältnis gibt es nicht mehr genügend Bezeichnungen im Reservat. Es ist etwas weniger verwirrend, wenn man sich einfach für eines entscheidet und die Verstrickungen außer acht läßt.

«Hallo, Onkel», sage ich, sobald der Wachmann mit Telefonieren und Papierkram beschäftigt ist. «Es ist anständig, daß du herkommst und das klärst, deshalb will ich mich bedanken und dir versichern, daß Shawnee Ray mit dieser Sache nichts zu tun hat.»

«Das hätte ich auch im Traum nicht gedacht.»

«Siehst du, wie recht du hast.»

Lyman hält die Pfeife noch immer vorsichtig in beiden Händen. Er wiegt sie und nimmt langsam Kopf und Rohr auseinander. Ich strecke die Hand aus, will sie ergreifen, aber er dreht die Einzelteile weiter in der Hand, als wären sie magnetisch aufgeladen. Das Doppelrohr ist so lang wie mein Arm, ein einzigartiges Stück. Es ist noch auf die alte Weise gebohrt, und der Kopf ist von einem längst vergessenen Fachmann geschnitzt, aus rotem Stein, der in South Dakota eingetauscht wurde.

«Ich geb dir dreihundert», sagt er.

Zuerst verstehe ich nicht. Ich bleibe still stehen, warte darauf, daß er mit seiner Untersuchung fertig wird. Diese Pfeife, die Nector von seinem Vater Donnernder Himmel bekommen hat, wurde geraucht, um den Vertrag mit der amerikanischen Regierung zu besiegeln. Deshalb meinen einige, sie sei mißbraucht worden und müsse erneut geweiht werden, und ich will es gar nicht abstreiten, es ist wirklich eine Pfeife, mit der ein riesengroßer Fehler besiegelt wurde. Es ist die Pfeife, die die Pillagers verweigerten, weil sie unser Land nicht aufgeben wollten, die Pfeife, mit der die

Zeremonie zur Namensgebung der Gattin eines US-Präsidenten vollzogen wurde, aber es ist auch die Pfeife, mit der der zehn Sommer andauernde Sonnentanz begonnen wurde. Es ist eine Art Öffentlichkeitsarbeits-Pfeife, aber mit historischer Bedeutung. Und mit persönlicher. Ich habe sie von Nector geerbt. Die grobe Behandlung durch den Polizisten, an der ich schuld bin, ist eine Entehrung. Wie ich so schuldbewußt dastehe, warte ich darauf, daß der Himmel herabfällt. Ich warte darauf, daß sich die Erde auftut, daß etwas Schreckliches passiert, aber das einzige, was geschieht, ist, daß ich einen Job annehme.

«Ich schätze», sagt Lyman, als er mir die Pfeife zögernd in die Hand drückt, «du hast keinen Platz, an dem du das museale Stück aufbewahren kannst.»

«Ich hab im Moment keinen festen Platz», gebe ich zu. «Ich hatte sie in einem kleinen Koffer im Auto.»

Lyman senkt den Kopf und sieht mich unter den Augenbrauen hindurch an.

«Hast du 'n Job?»

«Ich hab im Moment auch keinen festen Job.»

«Vielleicht», fährt er fort und entblößt einen Teil seiner Zähne, «könntest du ja wieder für mich arbeiten. In meiner Nähe. Wo ich dich im Auge behalten kann.»

Wir sehen beide nicht zu Shawnee Ray hinüber, reden aber automatisch leiser weiter.

«Möglich», sage ich und stecke die Pfeife zurück in die Tasche, schiebe sie in meine Jacke, drücke sie mir ans Herz. «Ich werd darauf zurückkommen. In deiner Nähe bleiben. Wo ich *dich* im Auge behalten kann.»

So werde ich also dazu angestellt, früh aufzustehen und die Bingohalle auszukehren. Ab und zu helfe ich auch an der Bar aus. Mein Arbeitsplatz ist ein Multifunktionslager mit einem Spielbereich, den Lyman irgendwann mal erweitern möchte, und einem Bingoraum, der sich in einen Tanzsaal umwandeln läßt, samt einer Bar, und es gibt sogar ein paar ältere Videospiele, die trübe gegen die Wand blinken. Jeden Morgen um fünf wälze ich mich in einem Zimmer hinter der Bar aus dem Bett, fülle einen Eimer mit heißem Wasser, gebe einen Seifenspritzer hinein, wringe den Mop aus und mache mich an die Arbeit. Wenn ich das Linoleum geschrubbt habe, wische ich über Sitze und Tische. Ich wasche auch die Wände ab, dort, wo die Leute stolpern und die Hände ausstrecken, um sich abzustützen oder nach Halt zu suchen, Hände, mit denen sie Autos repariert, Pferde gebändigt und den neuen Highway asphaltiert haben, Hände, die, fettig vom vielen Popcorn, abgerutscht sind. Hände, in denen das gleiche Blut fließt wie in meinen eigenen, bis in die Fingerspitzen.

Es ist meine Aufgabe, einzusammeln, was die Leute verlieren, wenn ihnen die Sinne schwinden. Jeden Morgen hebe ich auf, was ihnen aus den Taschen gerutscht ist und in den Nischen zwischen den Plastiksitzen eingekeilt liegt. Alle Spuren der vergangenen Nacht führen zu mir, und während ich die verlorenen Dinge aufsammele, fühle ich mich leichter, als hätten die Schlüssel und Münzen kein Gewicht, als seien sie von einem schwerelosen Planeten herabgefallen. Beim Putzen sehe und höre ich all die Dramen wieder. Streitszenen setzen sich aus ihren Bruchstücken zusammen und hallen mit ihrem Krach um mich wider.

In diesen Stunden zwischen Nacht und Tag sind die Trinker und die Nonnen, die für sie beten, die einzigen Menschen, die außer mir die Augen offen haben. Manchmal stelle ich mir die Schwestern oben auf dem Hügel mit Wolken vor, die über ihren Stirnen schweben. Reine weiße

Wolken, voller Milch. Während sich ihre Lippen bewegen, ziehen die Wolken an uns vorbei, regnen Gnadentropfen auf die Unwürdigen und die Guten.

Indessen strömen in diesen Stunden Wolken aus Dampf aus den Ohren meiner Brüder und Schwestern beim Saufgelage und formen aus verschwommenen, ballonartigen Buchstaben die Frage: *Wo zum Teufel krieg ich das nächste Glas her?*

Die Antwort: *Hier. Mußt bloß bis sieben durchhalten.*

Von außen ist mein Arbeitsplatz ein fabrikähnlicher, blauschwarzer Fertigbauschuppen – ein großer Halbzylinder voll falscher Zuversicht neben dem Highway nach Hoopdance. Am Tag sieht der Ort schäbig und dürftig aus – ein zerfurchter unbefestigter Parkplatz umgibt die Wellblechwände. Die weite Fläche, kahl und voller glitzernder Glasscherben, ist pockennarbig mit tiefen Schlaglöchern übersät. Das Pabst-Schild baumelt schief, und die flache Holztür hängt durch, als sei sie vor zu vielen Nasen zugeschlagen worden, gegen harte Fäuste. Aber die Dellen und Risse in den Wänden und auch den Müll sieht man nicht mehr, wenn es dunkel ist. Dann wirkt das Gebäude mit seiner Christbaumbeleuchtung und den abwechselnd blinkenden Neonlichterketten über das flache, düstere Land hinweg wie ein Disney-Park, ein Zirkus, ein Raumschiff, wie eine in sich zusammengefallene Sternenkonstellation.

Innen herrscht ständig trübes Zwielicht. Die Atmosphäre ist stickig und drückend, wie vor einem Sturm. Man geht nicht durch die Tür, es ist eher, als würde man verschluckt wie der Diener Gottes, der vom Wal verschlungen wurde. Oben wölben sich Stahlrippen, und der Fußboden ist feucht. Ich krieg ihn nicht mal mit dem Ventilator trocken. Die

Sitznischen sind durch dicke, kaputte Plastikwände abgeteilt, die mit alten Mustern verziert und mit Vinylleim so wieder geklebt sind, daß sich die Narben wulstig abheben. Aber nach neun Uhr stört das niemanden mehr.

Auf der einen Seite ist die Bar, so mit Spiegeln ausgekleidet, daß der Barkeeper alle Flaschen im Blick hat und auch dann noch die Kunden sehen kann, wenn er mit Zapfen beschäftigt ist. Der Popcornautomat steht am Ende der Theke; es ist der am besten beleuchtete Fleck im ganzen Raum. Die Glühbirnen in der Haube des Automaten senden goldene Strahlen auf die vier oder fünf Barhocker, von denen die Frauen angezogen werden. Sie wissen, dieses Licht läßt ihre Augen sanft und dunkel erscheinen; der Duft von Salz und Butter bleibt an ihnen haften, setzt sich in den Kleidern fest und vermischt sich mit Schweiß, Parfüm und Zigarettenrauch zu einem gehaltvollen Geruch, fast einer Substanz, einer Art Zauberelixier, das die Männer, wenn sie einen Hauch davon in sich aufnehmen, nur noch hungriger und begieriger macht.

Diese Begierde ist die treibende Kraft im Bingo-Palast, sie bringt die Leute durch die kalten, feuchten Nächte. Abgesehen vom hellen Glanz des gläsernen Popcornbehälters und der ganz in Lila getauchten Bühne herrscht in dem großen, niedrigen Raum nur Düsternis, die sich wärmend auf einen legt. Verliebte in den kleinen Nischen oder an den freistehenden, bunt zusammengewürfelten Tischen und Stühlen umschlingen einander mit Armen und Beinen und werfen sich durch Rauchringe magnetische Blicke zu. Der Rauch hängt tief wie eine schwere Wolke, sammelt sich auf einer Ebene, zieht in pulsierenden Schwaden über die Köpfe der Spieler und Tänzer. Über den Tischen sinkt er tiefer herab, breitet sich aus wie ein stiller See.

Unter der Wolke kommen und gehen die Leute. Einige zur Bar, andere zum Bingo. Da sind die muskelbepackten Straßenarbeiter auf Montage, die schnelles Geld machen und nagelneue Pickups mit teurer Sonderausstattung und Airbrush-Verzierungen an den Türen fahren. Geschäftsleute aus der Gegend, Typen mit grünen Augen und schwarzem Haar, mit französischen Namen und indianischem Blut, unterhalten sich in den ruhigeren Ecken, besiegeln ihre Geschäfte mit immer gleichen Handbewegungen. Farmer kommen vorbei, ein oder zwei skandinavische Großfamilien, still wie immer, schon halb am Einschlafen, abgearbeitet. Wenn die Männer ihre breitkrempigen Cowboyhüte ablegen, sieht man den oberen Teil ihrer blassen Stirn beim Nicken und Reden im Dunkel auf- und abhüpfen.

Alte Indianer mit zusammengebundenem Haar, billigen schwarzen Kassengestell-Brillen und fleckenlosen weißen Westernhemden mit Druckknöpfen, die wie Perlen schimmern, sitzen kerzengerade an den Tischen. Obwohl sie leise und mit sanfter Stimme reden, kann man trotz des Lärms jedes ihrer Worte verstehen. Manchmal sitzt eine Frau im geblümten Hosenanzug bei ihnen, deren zurückgekämmtes Haar von einer Perlenrosette gehalten wird. Sie nippt an ihrem Bier, nickt, wirft hin und wieder ein passendes Wort ein und hat durch die Macht ihrer ruhigen Ausstrahlung alles im Griff.

Nahe dem Strahlenkranz um den Popcornautomaten stehen, gegen die Stahlsäulen am Hintereingang gelehnt, die jüngeren Indianer. Scheinbar ohne die Blicke zu beachten, die ihnen zugeworfen werden oder auch nicht – und ich weiß das, denn ich versuche meist, mich zu ihnen zu gesellen –, stolzieren sie herum wie Präriehähne. Einige tragen Stetson-Strohhüte mit Medaillons aus Fasanenfedern vorn oder an der Seite, andere schwarz-goldene Baseballmützen mit perlenbesetztem Rand. Ein paar haben lange Pferdeschwänze, die bis an die Hüfte reichen, oder sie tragen das dichte Haar lose, über die Schulter geworfen. Manche lassen die Sonnenbrille auch hier drinnen auf. Einige tragen grellgemusterte Westernhemden oder schicke, mit Rosen, Wäldern und gestickten Sonnenaufgängen darauf. Rockerjacken, Surfershirts, um manchen Hals eines von diesen Dingern, die im Dunkeln leuchten. Alles, was die Aufmerksamkeit eines Mädchens auf sich zieht. Da stehen stattliche Männer mit harten, angriffslustigen Bäuchen und dünne Jungs mit rätselhaften, offenen Gesichtern und verstohlenen Handbewegungen. Aber alle tragen wir Boots und Jeans, in denen sich unsere Hüften stolz und mit trägem Vergnügen bewegen, geschmeidig, wie in Getriebeöl gebadet oder in derselben Butter, die sich die Frauen an der Bar von den Fingern lecken und den Männern auf die Hände schmieren, wenn sie zum Tanzen gehen – oder anderswohin. Denn bei fortgeschrittener Nacht ist der riesige, unbeleuchtete Parkplatz hinter dem Palast voller scheinbar leerer Autos, die schaukeln, auf den Sprungfedern hüpfen, stöhnen und seufzen.

Na gut, mögt ihr sagen, was ist nun mit der Wahrheit und der Katastrophe, von der ich gesprochen habe? Sie fängt hier im Bingo-Palast an, mit einer der eben erwähnten Frauen, die still in der Mitte des Raumes sitzen und alles im Griff haben. Tante Zelda, natürlich.

Immer wenn Tante Zelda die Nase voll hatte vom Leben, kam sie in Lymans Bar – nicht um zu trinken, sondern um alles, was sie um sich sah, zu mißbilligen. An dem Abend, als mich das Glück besucht, spüre ich ihre Anwesenheit, sowie sie zur Tür hereinkommt. Als sie durch den Raum pflügt, mustert ihr prüfender Blick die dunklen Nischen, und ihre

Mundwinkel verziehen sich in gerechtem Zorn. Ich brauche mich nicht mal umzudrehen oder in den Spiegel zu sehen, um zu wissen, daß sie es ist. Laut wie eine Rechenmaschine klackert sie über den Boden und wischt dann mit einem Taschentuch, das sie aus dem Ärmel zieht, den hintersten Barhocker ab.

«Ein Tonic water, bitte», verlangt sie mit verhaltener Stimme. Ich greife hinüber und gieße das Getränk in ein Glas mit Eiswürfeln. Dann wringe ich einen Lappen ordentlich aus, wische die Theke ab und stelle das Glas auf eine kleine weiße Serviette aus einem Extrastapel, ohne Alkoholwerbung oder deftige Witze. Vorsichtig stelle ich die Frage: «Zitrone?» Sie nickt kurz, macht eine winzige Geste aus dem Handgelenk. Kaum merklich senken sich ihre Schultern. Ich spieße nicht ein Zitronenstück, sondern zwei auf ein kleines Plastikschwert und tauche sie in ihr Glas.

Erst dann nimmt sie den Hocker in Besitz.

«Geht auf Kosten des Hauses.» Mit dieser Bemerkung verscheuche ich den aufgerissenen Metallrachen ihrer kleinen Geldbörse. Sie läßt den Verschluß wieder zuschnappen, bedankt sich und richtet sich noch ein Stück weiter auf.

«Du verleihst diesem Lokal, was es braucht», sage ich zu ihr, «einen Hauch von Klasse.»

Als sie nicht antwortet, wiederhole ich mein Kompliment mit etwas mehr Nachdruck, und da lächelt sie, zieht die Enden ihrer voller Sorgfalt spitz zulaufend geschminkten Lippen nach oben.

«Auf dein Wohl», prostet sie mir gepflegt zu. Ihr greller Lippenstift hinterläßt auf dem Glas einen Abdruck, durch den ihr energischer Mund noch etwas mehr verschwimmt.

Es wird eine ganze Reihe formvollendet zubereiteter Gläser Tonic water mit einem sorgfältig bemessenen Schuß Gin brauchen, bis ihr Gesicht menschliche Züge annimmt. Mein Motiv ist edel – Shawnee Ray das Leben etwas zu erleichtern, denn sobald die geringen Mengen Alkohol Wirkung zeigen, kommt Zeldas verborgene Güte zum Vorschein. Dann verteilt sie ihr Wohlwollen großzügiger. Ihr Lächeln wird entspannter – strahlende geschmolzene Perlen. Aus ihrer Ecke heraus versendet sie wohlwollende Blicke wie Balsam. Egal, wie sehr es drunter und drüber geht an solchen Abenden, wenn Zelda lange genug dableibt, deckt ihr besänftigendes Lächeln schließlich alles zu. Wie bei einer Haushalts-Heiligen.

Doch man muß ihr eine Kerze anzünden, ein Opfer bringen.

Zelda ist sich bewußt, daß ihr chemischer Versuch unerwartete Folgen hat – hier stehe ich und mixe Drinks für meinen Chef, den Zukünftigen des Mädchens, das sie bei sich aufgenommen hat, während dieses Mädchen, Shawnee Ray, nicht mit Lyman Lamartine ausgeht, sondern zu Hause ihren Kleinen bemuttert. Ich finde, Zelda sollte bei einer so unsicheren Sache nicht alles auf eine Karte setzen. Das Herz des Menschen besteht aus Elementen, die keiner kennt und keiner je kennen wird, und auch jetzt noch, da bin ich sicher, köchelt in mir ein unerklärliches Interesse an Shawnee Ray. Zugegeben, unser erstes Rendezvous war nicht so toll. Trotzdem hat sie seitdem schon ein paarmal am Telefon mit mir gesprochen.

Ich will mein Glück nicht erzwingen, sondern halte mich ein Weilchen zurück, tue meine Arbeit und schaue zu, wie die anderen in Zeldas Schußlinie geraten. Wie immer muß sie eine Menge Leute dirigieren, und so fehlt ihr die Zeit, sich voll auf mich zu konzentrieren. Ich bin zufrieden, und so soll es bleiben. Ich mag meine Tante mit ihren heimlichen

Absichten, auch wenn es mir schwerfällt, mich nicht von ihr überfahren zu lassen.

Fünfachser. Vollbeladene Sattelschlepper. Man weiß nie, was auf einen zukommt, wenn Zelda erst mal in Schwung gerät. Vielleicht ist es nur mein Mißtrauen, vielleicht will ich sie bloß bremsen. Vielleicht trete ich mit einer roten Signalflagge vor sie oder habe vergessen, meine grellorange Jacke anzuziehen. Egal wie, jedenfalls werde ich nachlässig mit ihren Drinks. Es ist nicht viel los heute. Wahrscheinlich bin ich müde geworden und passe beim Einschenken nicht auf. Ich schütte genau den winzigen Schluck zuviel in Zeldas Tonic, der sie volles Rohr auf mich losdonnern läßt. Zu blöde, daß ich nicht ausweichen kann.

Es fängt damit an, daß sie mir erzählt, wie meine Urgroßmutter, diese gefährliche Fleur Pillager, sich umzubringen versuchte, indem sie ihre Taschen mit Steinen füllte und geradewegs in den Matchimanitosee marschierte. Nur hatte sie sich die falschen Steine ausgesucht: nämlich die, die neben ihrem Bett lagen, die, zu denen sie immer gesprochen hatte. Die makellosen. Die runden. Die kannten sie und halfen ihr. Die ließen sie nicht untergehen. Es waren Geistersteine, die sie nach oben treiben ließen.

Als nächstes vertraut mir Zelda an, wer ihr erster Freund war, der einzige Mann, den sie je geliebt hat. Es ist Shawnee Rays Onkel Xavier Toose. Komisch, Zelda sagt mir geradeheraus, daß es ihn seine Finger gekostet hat, sie zu berühren. Dann schweigt sie, starrt lange in den Spiegel hinter mir, bewegt nur die Lippen. Ich versuche, sie aus ihren Grübeleien herauszureißen, und erkundige mich, wie es Redford geht. Doch als hätte ich nur eine Kassette wieder richtig eingelegt, redet sie weiter von Xavier, dem bekannten Sänger alter Lieder, den ich zuletzt beim Powwow gesehen habe, als er die Hand ans Ohr legte wie eine Muschel, wie eine Tierpfote. Als er zu trommeln anfing, fiel seine Stimme bei jedem hohen Ton der Aufsteigender-Wind-Sänger mit ein.

Wieder hält sie inne. «Also», fragt sie, «soll ich es dir erzählen?»

«Was?»

«Soll ich dir diese Geschichte erzählen?»

Ich will nein sagen, will den Hahn ihres Redeflusses sachte zudrehen, aber ihre Augen strahlen zu hell, ihr Verlangen ist zu stark.

«Man könnte es», sagt sie mit einem Blick, der zugleich verträumt und stechend ist, «die Geschichte einer brennenden Liebe nennen.»

Mit diesem Thema kenne ich mich seit kurzem auch gut aus, deshalb beuge ich mich vor und sperre die Ohren auf.

«Xavier Toose war der bestaussehende Mann in der ganzen Gegend und klug dazu, aber er war nicht der Mann, auf den ich wartete. Das mußte ein Weißer sein, der mich aus dem Reservat fortgebracht und in die Zwillingsstädte mitgenommen hätte, wo ich mein Leben schon mit Hilfe von Katalogen und Zeitschriften geplant hatte. Ich widerstand Xavier Toose, und trotzdem schlug mein Herz höher, wenn er sich in unserer Küche niederließ. Es schlug so laut, trommelte so heftig den Kaninchentanz, daß es mir den Atem raubte; mein Herz pochte, wenn ich sah, wie er da auf dem Holzstuhl saß und seine schlanken Beine von sich streckte. Er wußte, wenn er sprach, erlauschte ich die Untertöne, das unterschwellige Liebeswerben in allem, was er sagte, die wirklichen und die versteckten Bedeutungen.

Und da waren noch andere Dinge. Ich zündete für die

Heiligen Kerzen an, um diese Gedanken zu verscheuchen, aber es half nichts. Jede Nacht träumte ich von ihm. Ich denke, er wußte es. Ich denke, er hat mir einen Zauber in den Tee getan. Und trotzdem war er der Falsche für mich, paßte nicht zu meiner Zukunft, in der ich mich mit einer Pfanne über einem kleinen weißen Herd stehen sah. In diesen Wunschträumen war ich rosa gekleidet oder hellblau. Ich sah nicht nur gut aus, sondern hatte auch Köpfchen, wollte hoch hinaus.

Nicht so Xavier. Er lebte in einer traditionellen Hütte. Er war auf dem besten Weg zu einem Leben, das aus fröhlichen Powwows bestehen würde, wenn er nicht dem Alkohol verfiel. O ja, damals trank er einiges. Ich sah ihn beim Tanzen, Singen und Trommeln. Er hielt es in einem schlechtbezahlten Job aus, um die größere Aufgabe zu erfüllen, Indianer zu sein. Jetzt ist er ein Zeremonien-Mann, religiös und abgeklärt, aber damals steckte ein kleiner Teufel in ihm.

Die Zeit verging und ich wies ihn immer wieder ab. Frühling. Sommer. Herbst. Dann kam der Winter. Zum letztenmal würde er die Frage stellen. Beim vierten Mal, so war es Brauch, nimmst du an oder lehnst für immer ab. Also sah es so aus, als fände jetzt die Entscheidungsschlacht statt. Er kam mich jeden Abend besuchen, und die Leute glaubten schon, ich hätte ja gesagt. Aber ich hatte kein Wort gesagt, denn er hatte mich nicht direkt gefragt, obwohl er mich immerzu ansah, ja anstarrte, mit geduldiger Entschlossenheit.

Dann kam die längste Nacht des Jahres. Er kam in unser Haus herüber, und als das Licht weich und trübe wurde, begann er zu flüstern, lächelte und ließ den neuen Ring in seiner Hand aufblitzen. Unwillig folgte ich ihm hinaus zum Stall, legte mir das Nein in den Mund wie einen Kiesel, den ich ihm entgegenspucken würde. Drinnen standen wir dann bei den dunklen Boxen, und er zeigte mir den goldenen Ring, den er mit seinem Geld von der Heuernte gekauft hatte.

‹Willst du ihn?› fragte er.

Ich brachte nicht den Mut auf, zu sprechen, deshalb schüttelte ich den Kopf. *Nein.*

‹Sicher?›

Mein Herz verriet mich, so schnell raste es. Mein Gesicht beugte sich seinem entgegen. Ich starrte ihm in die Augen, und mein Blick verschwamm.

‹Geh›, sagte ich.

‹Ich gehe heut abend nicht weg, bis du mir die Wahrheit sagst. Du liebst mich, aber du willst einen Weißen, ich kenne dich. Aber du würdest nicht glücklich. Du brauchst jemand wie mich.›

Xavier hatte eine Flasche Whiskey in die Krippe gelegt, unter einen Ballen Heu, und jetzt zog er sie hervor, hielt sie mir hin. Ich nahm einen Schluck, wäre fast erstickt, als er mir in der Kehle brannte, nahm noch einen, und mein Kopf war wieder klar.

‹Ich werde nicht gehen. Ich werde hier draußen vor deinem Fenster sitzenbleiben und die ganze Nacht Streichhölzer anzünden.› Er lachte. ‹Ich werde mich auf deiner Türschwelle betrinken. Sag ja!›

Ich drehte mich um und stürzte wütend ins Haus, und doch sehnte sich mein Herz danach, zurück zum Stall zu gehen, zur Wärme seiner Hände, die schon ganz rauh waren vom vielen Arbeiten. Aber ich war stark, siehst du? Ich bin nicht zurückgegangen. Ich zog eine Decke aus dem großen Bett, das ich mit meinen kleinen Schwestern teilte, wickelte mich hinein und schaute hinaus. Nachdem die Lichter ausgegangen waren, sah ich in der windstillen Nacht Streichhölzer aufglühen, eines nach dem anderen. Ein kleines Licht, dann noch eines. Ich döste ein und sah trotzdem die kleinen Lichter im Dunkel, vor dem bläulichen Schnee.

Am nächsten Morgen brachten meine Brüder ihn herein. Sie fanden ihn zusammengekauert, steifgefroren, immer noch in einer kleinen Schneewehe sitzend. Eine Hand hatte er auf dem Herzen liegen, erzählten sie, die andere umfaßte die Flasche. Aber nicht die, sondern die Hand am Herzen war erfroren, und von dieser Hand hat er die Finger verloren.»

Zelda schweigt, nimmt einen tiefen Schluck und schaut mir fest in die Augen, will sehen, wie ich reagiere.

«Geh jetzt bitte heim», bettele ich.

Aber sie geht nicht, sie hat gerade erst angefangen, eine Geschichte hängt mit der nächsten zusammen. Sie erzählt mir, daß meine Grandma Lulu als Kind mal einen Toten im Wald gefunden hat und daß sie selbst zugeschaut hat, als ihr Vater das Haus der Lamartines niederbrannte. Sie sagt, deshalb ist sie froh, daß sie Xavier abgewiesen hat. «Die Liebe macht alles kaputt, sie ist ein brennendes Zeichen am Himmel, ein Ärgernis», grummelt sie. Sie sagt Dinge, die sie besser für sich behalten hätte, über die sie schweigen, nicht reden sollte. Und dann sagt sie mir, warum ich ihr alles verdanke.

«Du bist süß», sagt sie geradeheraus. Ihr Haar ist ein bißchen zerzaust.

«Das kommt aus der Zeit, als ich in der Zuckerrübenfabrik gearbeitet habe», erkläre ich.

«Es kommt aus dir selbst.» Ihre schwarzen Augen schweifen umher. «Nicht von deiner Mutter.»

«Meiner Mutter?»

Ich kann nichts dagegen tun, daß meine Ohren glühen, daß sie mehr erfahren wollen. Also knülle ich mein Wischtuch zusammen, lehne mich über die Theke und stelle die Frage, die ich nicht stellen sollte.

«Was ist mit ihr?»

Und dann erzählt Zelda mir die unschönen Details, wie meine Mutter mich bei meiner Grandma gelassen hat. Sie sagt mir Dinge, bei denen mir elend zumute wird. Sie tut das Allerschlimmste: Sie sagt mir die Wahrheit.

«Ich weiß nicht, wie sie das tun konnte.» Zelda schüttelt den Kopf, kneift fest den Mund zusammen.

«Was?»

«Es ist schrecklich, dir das ins Gesicht zu sagen.» Sie beugt sich vor, steigert die Intensität. «Aber du hast ja schon von dem Leinensack gehört.»

Meine Tante genießt den Augenblick. Sie tut, als sei es nicht so, aber tief im Innern macht es ihr Freude, die Fakten und die schmerzlichen Details preiszugeben. Ich könnte sie aufhalten, aber als sie meine Mutter erwähnt, bin ich hilflos. Egal, was June Morrissey mir angetan hat, egal, daß sie nicht mehr da ist, ich liebe sie noch immer. Ich kann nicht genug von ihr erfahren. Zumindest glaube ich das.

«Das mit dem Leinensack war doch nur ein Witz.» Ich spreche zuversichtlich. «Grandma hat mich damit auf den Arm genommen, daß mich meine richtige Mutter in den Sumpf werfen wollte. Aber keine Mutter . . .»

Zelda unterbricht mich, stimmt mit einem Kopfnicken zu. «Keine Mutter, sie war ganz bestimmt keine richtige Mutter. June Morrissey, Kashpaw, oder wie auch immer, sie *hat* dich reingeworfen.»

«*N'missae*», sage ich jetzt, ganz langsam, nenne sie meine große Schwester. «Du hattest einen kleinen Extra-Mix heute abend. Ich hab dir was in dein Tonic getan. Sei mir nicht böse. Es geht auf Kosten des Hauses.»

Aber sie schüttelt den Kopf über meine Version dieser Geschichte, die in ihrer Erinnerung aufgestiegen ist.

«Sie *hat* dich reingeschmissen», fährt sie fort. «Ich muß es wissen. Ich hab dich nämlich rausgezogen.»

«Das hast du ja noch nie erzählt.» Ich schaue auf die Flasche Gin. Ich weiß nicht genau, wieviel ich ihr eingeschenkt habe.

«Ich war immer eine gute Beobachterin, hab immer genau hingesehen. Ich saß hinten auf der Treppe, sah den Hügel hinunter. Da kam June und warf ein Bündel in den Sumpf.»

«Du hast zu tief ins Glas geschaut», entgegne ich. Ich sage es geradeheraus, werfe sogar dabei meinen Lappen auf die Theke. Aber ich kann mich nicht wegdrehen, nicht weghören, als sie weiterredet, mit einer Stimme, die immer rauher wird, fesselnd und nur allzu glaubhaft.

«Den Augenblick werd ich nie vergessen, Lipsha. Ein wolkiger Sommertag. Ich war schlau und hab gewartet, bis June weg war. Dann ging ich hin, wollte selbst sehen, was sie da ins Wasser geworfen hatte.» Hier hört Zelda auf, beißt sich auf die Unterlippe, dreht das Glas in den Händen. «Ich weiß nicht, wie lange ich gewartet habe. Hätte ich gewußt, daß du es bist, wäre ich sofort runtergerannt.»

«Das war ich auch nicht», sage ich mit fester, lauter Stimme. «Das war nicht Lipsha. Keine Mutter . . .»

Zwecklos. Zelda bemerkt mich kaum. Sie erzählt von dem Moment, den sie am Rande dieses kaffeebraunen Wasserlochs durchlebt hat, in dem Rohrkolben und Lilien wuchsen und an dessen Ufern Enten, Moorhühner und bunte Stockenten lebten.

«Ich bin reingewatet.» Ihre Stimme wird fest, bestimmt und sicher. «Ich bin knietief in den Schlamm, dann ins Wasser, bis ich nicht mehr stehen konnte, deshalb mußte ich außen herumschwimmen und mich zu erinnern versuchen, wo June den Sack hingeworfen hatte. Ich fing an zu tauchen, brauchte drei, vier Anläufe, bis ich ihn erwischt habe. Dann ein, zwei weitere Anläufe, bis ich ihn rausziehen konnte, denn . . .» Jetzt legt Zelda eine Kunstpause ein, starrt durch mich hindurch, als wäre ich nicht da. «June hatte *Steine* reingetan. Ich hab den schweren Sack an Land geschleift, ihn rausgezogen. Dann packte ich ihn, samt den aneinanderklappernden Steinen drin, und trug ihn durch den Wald bis zum Feld.» Bei dieser Erinnerung beißt Zelda auf den Strohhalm. «Ich hätte ihn auf der Stelle aufgemacht, Lipsha, wenn ich gewußt hätte, daß du da drin steckst.»

Jetzt kommt dieses schreckliche Schraubstockgefühl, das einen packt, wenn man nicht sehen will, was direkt vor den eigenen Augen passiert.

«Das war nicht ich!» Meine Stimme ist laut, und ein paar verschlafene Gäste sehen neugierig rüber. Mir schwirrt der Kopf. Meine Arme werden schwach, gefühllos, verlangen nach etwas, woran sie sich festhalten können, nach einem Baum, einem Zweig, einem Klumpen Erde, einem anderen Menschen. Doch Zelda duldet keine Überraschungen. Ich kann sie nicht anfassen, und überhaupt ist sie ja der Grund für meine Verwirrung, also bleibe ich stehen, obwohl ich meine Füße zittern spüre. Ich rühre mich nicht, als sie weiterspricht.

«Ich habe den Sack aufgemacht, sobald ich aus dem Wald war. Als ich sah, daß es ein Kind war, schrie ich auf! Als du mich sahst, hast du die Augen weit aufgerissen und gelächelt. Dabei warst du doch zwanzig Minuten lang in dem Sack, vielleicht sogar eine halbe Stunde.»

«War ich nicht.»

«Vielleicht noch länger.» Sie duldet keinen Widerspruch. «Aber etwas hat mir immer zu denken gegeben.» Sie kratzt mit einem Sektquirl auf der Theke herum. «Lipsha, du hast wirklich lange in dem Sumpf gelegen.»

«Nein, hab ich nicht.»

Sie macht eine Pause, starrt mich an und flüstert dann: *«Warum bist du nicht ertrunken?»*

Und weil ich böse auf sie bin, weil sie diese Scheißgeschichte und alles erfunden hat, starre ich geradewegs zurück.

«Paß auf», funkele ich sie an. *«Du wirst an meine Stelle treten!»*

Ich zische Zelda die Worte ins Gesicht, diese unheimliche Drohung, die meine Urgroßmutter, Fleur Pillager, damals zu ihrem Retter gesagt haben soll, der bald darauf starb und ihren Platz auf der Todesstraße einnahm. Ich benutze die Familienwarnung, und Zelda zuckt tatsächlich zurück. Ein winziger Schimmer von Furcht flammt in ihren Augen auf und verlischt wieder, schnell wie ein billiges Motel-Streichholz. Aber Zelda läßt sich nicht verfluchen. Sie ist zu stark, zu herrisch, und wehrt meine Pillager-Worte mit einer raschen Bekreuzigung ab.

Das gleiche hätte ich auch gern mit ihren Worten getan, aber seltsamerweise kann ich es nicht. Ich sage mir, der Alkohol hat ihre Phantasie beflügelt, sie hat meine Geschichte in ihrer Erinnerung ausgeschmückt, mit bunten Perlen verziert. Es stimmt nicht, sage ich mir immer wieder. Es stimmt einfach nicht.

Stimmt nicht, wiederhole ich, als ich spät nachts zu Bett

gehe. Stimmt nicht, beharre ich, als ich das Licht ausmache. *Stimmt nicht, stimmt nicht, stimmt nicht.* Ich falle in meine Träume. Sage mir, daß Zelda die Geschichte dramatisiert und ausgeschmückt hat. Sie hat mich nie in einem Leinensack gefunden. Ich rufe mir in Erinnerung, daß ich glaube, was Grandma Kashpaw mir erzählt hat – daß ich ihr unter traurigen, aber nachvollziehbaren Umständen übergeben wurde, von einer Mutter, die wunderschön, aber zu wild war, um allein einen Jungen großzuziehen. Mit dieser Geschichte hatte ich mich abgefunden, hatte June verziehen, daß sie so nah am Abgrund des Lebens stand, daß sie sich nicht richtig um mich kümmern konnte.

Diesen festen Boden, dieses Wissen, will ich unter den Füßen behalten, aber meine Träume sind schreckliche Strömungen.

In dieser Nacht werde ich tief nach unten gezogen. Ich versinke in weichem Schwarz, mein Herz hämmert, will aus der Falle der engen Brust ausbrechen. Ich wache mit einem dumpfen Schlag auf, als wäre ich aus meinem Wasserbett auf den Boden gefallen. Ich springe auf, ziehe mir die Jeans über, mache das Licht an und beschließe, eine Runde zu drehen, eine Art Wachgang durchs Haus, mir vielleicht einen Drink zu genehmigen, obwohl ich das selten tue.

Leise gehe ich durch die schattigen Echos der Leere. An der Bar vorbei, dann hinüber zur anderen Seite. Ich bin gerade dabei, mir eine Flasche auszusuchen, als ich einen Blick in den Spiegel werfe.

Und June sehe.

Ihr Gesicht ist blasser, verschwommener als das Dunkel, die Augen sind Quarze aus dem See, und aus der leeren Stille starrt sie mich mit trauriger Beharrlichkeit an. Sie trägt eine rosa Bluse, die ein bißchen schimmert, wie der

Bailey's Irish Cream in ihrem kleinen Glas. Ihr Haar ist schwarz, schmiegt sich in zwei sanften Federn um ihr Kinn. Sie ist alterslos – hochbetagt, blutjung, schlank wie ein Mädchen. Sie könnte irgendwer sein, jede Frau. Sie ist meine Mutter.

Sie sieht aus wie früher, als ich noch klein war, wenn ich sie sah, wie sie mal wieder aus der Stadt zurückkam. Sie sieht aus, wie sie ausgesehen hätte, wenn sie dageblieben wäre, wenn sie nicht vom rechten Weg abgekommen, sondern alt und anmutig geworden wäre. Sie sieht mich durch den langen, niedrigen Raum an. Jetzt ist da kein Rauch, der sich teilen muß, um ihren Blick durchzulassen. Kein Lärm, in dem man etwas überhört. Ich kann nicht behaupten, daß sie undeutlich zu sehen ist. Ich kann nicht behaupten, daß ihre Stimme gedämpft klingt.

Behutsam öffnet June ihre Handtasche und holt eine Zigarette heraus. Das Dunkel vor ihr gerät in Bewegung, und als ich mich umgedreht habe und zur anderen Seite des Raumes gegangen bin, ist ihr Stuhl leer. Sie ist weg. Mir stellen sich die Nackenhaare auf, als ich sie an der anderen Seite der Bar sehe. Es läuft mir kalt den Rücken hinunter, und mir zittern die Knie. Ich stolpere, falle beinahe hin.

«Du mußt zu ihr», sage ich mir, versuche, mein rasendes Herz zu beruhigen. «Sie hat einen Grund für ihren Besuch.»

An manchen Stellen hat sich im Bar-Bereich der Estrich unter dem Holzboden gesenkt. In kalten Nächten kann ich in meinem Zimmer hören, wie das Holz arbeitet. Auch jetzt höre ich diesen Ton, ein dumpfes Krachen. Dann ist es einen Augenblick lang still, nichts rührt sich. Draußen ist kein Wind, kein fernes Motorgeräusch zu hören. Keine laute Stimme. Kein Ton draußen auf dem Feld. Kein Hundegebell, nichts.

Plötzlich stößt der Ofen einen kläglichen Schnaufer aus. Im Kühlfach fällt Eis runter.

Ich zittere.

Immer hatte ich mir gesagt, daß Geister auch eine gute Seite haben. Meine Überlegungen gehen von den folgenden Unwägbarkeiten aus: Gibt es außer dieser Welt noch etwas? Wie viele Dimensionen? Was für ein Leben nach dem Tod? Welchem Gott werde ich gegenüberstehen, welchem Gericht? Ein Geist könnte zumindest die Grundfrage beantworten, ob es noch etwas außer der Welt gibt, die ich kenne, außer den Dingen, die ich berühre. Wenn ich einen Geist sehe, eröffnen sich neue Möglichkeiten. All das habe ich mir immer gesagt, und trotzdem zittere ich jetzt, wo ich vor einem stehe.

Ich wiederhole mir, daß meine Mutter keine Gefahr darstellt, und außerdem ist es für sie sicher nicht leicht gewesen, mich zu besuchen. Sicher ist sie durchs Feuer gelaufen, durchs Wasser, hat die große Schwelle aus eingezäunten Weiden und Feldern, die vom Schnee flachgescheuert sind, überschritten. Sie ist die Drei-Tage-Straße zurückgegangen, die Totenstraße. Es muß sie einiges gekostet haben, hierher zu kommen, das meine ich damit. Ich sage mir, daß ich jetzt zumindest rausfinden sollte, warum.

Ich hole tief Luft und betrete die große, stille Ebene des Bingo-Palastes. Ich knipse die Lichter an, aber die Birnen haben eh so wenig Watt, sind so trübe, daß es kaum einen Unterschied macht. Bei jedem Schritt, den ich tue, bleibe ich stehen, lausche auf ein Echo, eine Spur. Bei jedem Halt höre ich die Stille, dröhnend wie eine Hitzewallung. Mein Herz pumpt mir das Blut in den Kopf, daß es hinter den Augen pulsiert, und meine Fingerspitzen brennen, als würden sie in Eis stecken. Ich komme zu dem Hocker, auf dem ich sie sitzen sah, berühre ihn mit der Handfläche, und mir scheint, er ist angewärmt. «Wo ist mein Auto?» fragt sie dann, direkt neben mir, als wären wir mitten im Gespräch unterbrochen worden. «Ich bin zurückgekommen, weil ich nicht mehr weiß, wo du es hingestellt hast. Wo zum Teufel ist mein Auto?»

«Es steht draußen», sage ich, aber meine Stimme klingt, als spräche ich aus einem tiefen Brunnen.

«Was hast du damit gemacht?» Ihre Stimme ist spitz. «Zu Schrott gefahren?»

«Nein.»

«Na, was denn dann?»

«Es ist mir irgendwie abgesoffen», sage ich.

«Irgendwie? Was meinst du mit ‹irgendwie›?»

«Es braucht nur eine Starthilfe.»

«Ich geb dir gleich Starthilfe. Scheiße!»

Sie setzt sich wuchtig an einen Tisch, deutet mit einem Nicken zu einem Stuhl hin. Mir ist ganz elend, die Knie zittern mir, zwei weiche Lappen. Wenn ich gewußt hätte, daß ihr die Sache mit dem blauen Firebird, der mit dem Geld ihrer Sterbeversicherung bezahlt wurde, so stinken würde, noch über das Grab hinaus – vergiß es. Selbst nach dem, was Zelda gesagt hat, habe ich mir wohl immer noch vorgestellt, meine Mutter wäre freundlich zu mir, hätte vielleicht sogar ein schlechtes Gewissen, aber das war entweder Wunschdenken, oder ihr ist heute nacht einfach nicht danach. Ihre Stimme ist hart, für Smalltalk hat sie keine Zeit. Ich überlege, daß es vielleicht Probleme gibt, irgendwas Unerfreuliches dort drüben, wo sie hergekommen ist, eine Situation, in der sie ein bißchen Erholung braucht oder zumindest einen fahrbaren Untersatz.

Nachdem wir eine ganze Weile dagesessen und in unserem Schweigen geschmort haben, traue ich mich endlich, etwas zu sagen.

«June . . ., Mom», fange ich behutsam an, bin überrascht, wie dieses Wort aus meinem Mund klingt, «was willst du von mir?»

Lauwarme Rauchschwaden schweben in der Luft zwischen uns, und sie runzelt die Stirn.

«Ich hab's eilig. Muß weg. Aber hör mal zu. Spielst du Bingo?»

«Hab ich noch nie gemacht», sage ich. «Na ja, fast nie.»

«Dann fängst du jetzt an.»

Sie läßt die Zigarette im Mundwinkel hängen und öffnet noch mal ihre Handtasche, wühlt mit beiden Händen darin herum, zieht vorsichtig ein abgewetztes Heftchen heraus und schiebt es zwischen uns auf den Tisch. Ich sehe, daß die Papierschnipsel Bingokarten sind, voller kleiner Quadrate mit Buchstaben und Zahlen. Höflich blättere ich das Heftchen durch, wie man sich Urlaubsfotos von Freunden ansieht, überlege, was sie damit wohl will, aber an diesen Karten ist absolut nichts Ungewöhnliches. Als ich den Kopf hebe und ihr danken will, ist niemand mehr da. Sie hat sich in dem abgestandenen Rauch, der ihren Stuhl umhüllt, verflüchtigt.

Ich renne hinaus in die eiskalte schwarze Luft, ohne Mantel, und rufe den Namen meiner Mutter, aber keine Antwort ertönt. Über mir, am Himmel, von wo sie gekommen ist, strahlen kalte Sterne, stechendes, uraltes Licht, zierlich und einsam. Aus gespenstischem Staub bilden sich riesige Wolken. Großartige Formationen. Und während ich hinaufschaue, bricht ein Stern aus seiner Position aus und stürzt herab.

Es passiert. Ich weiß es. Endlich kommt mein Glück. Ich

gehe wieder rein, krieche in mein Schlafsackbett, und irgendwann läßt das Gefühl von Angst und Aufregung nach, und ich schwebe durch den Wirrwarr hinab. Einmal schrecke ich hoch, bilde mir ein, daß ich durch die dick isolierten Wände der Bar das leise Aufheulen eines Autos gehört habe. Einen Augenblick lang mache ich mir Gedanken um meinen Wagen, aber dann überkommt mich wieder der Schlaf. Ich drehe mich um und lasse mich in die Wasserkuhle rollen.

KAPITEL SECHS

Junes Glück

Zuerst wurde Junes Mutter nur unbeholfen, schubste die Tassen von den Haken und knallte den Eimer gegen den Herd. Mitten in der Nacht fing sie dann an, alte Rundtanzlieder zu singen, und von ihrem Schlafplatz hinter dem Vorhang ertönte schrilles Gelächter. Der Morgen graute, und June stand allein auf, fand ein kleines, kaltes Stück Brot im ebenso kalten Herd. Sie kratzte die Asche ab und schob es sich in den Mund, kaute die süßen, verbrannten Krümel. Dann ging sie zum Schulbus, war schon auf halbem Weg, als sich plötzlich ihr Gesicht umwölkte. Sie rannte zurück, berührte die Wange der schlafenden Mutter und war weg, ehe die sich regte.

Lucille Lazarre hatte dünne Arme und Beine, doch ihr Bauch war massig und fest wie ein Baumstamm. Sie sah riesig aus, wenn sie in der Barackentür stand und June von der Schule bei den Nonnen zurückerwartete. An diesem Tag hatte June gute Noten bekommen und ein Skapulier aus bronzefarbenem Filz gewonnen. Ihr älterer Bruder Geezhig, der über Nacht in der Stadt geblieben war, drückte sich mit den Ellbogen an seiner Mutter vorbei, doch Lucille packte ihn und zog ihn an sich. Er sah auf seine Füße und machte den Hals steif, während sie ihm mit ihren warmen Händen das Haar zerwühlte. Sie hörte nicht auf, rubbelte immer heftiger.

«Laß mich los.»

Sie schob ihn weg und wandte sich June zu. Ihre Augen waren rot unterlaufen und brannten, ihre Lippen waren trocken und violett. Das lange Haar reichte ihr fast bis zur Hüfte. Wenn sie an guten Tagen auf einem Stuhl saß, Körbe machte und sich dabei von June das Haar kämmen und flechten ließ, stellte June sich vor, sie hätte das Haar ihrer Mutter, säße sicher in diesem Zelt.

Jetzt streckte June die Hand vor, versuchte eine Strähne zu erwischen – ein Fehler, das erkannte sie, noch ehe die Hand ihrer Mutter zuschlug. Und doch geschah es so schnell, daß June zuerst nicht reagierte. Sie blinzelte durch den Schmerz auf Lucilles Bluse, auf das blaue Muster der auf dem Kopf stehenden Teekannen. Lucilles hellbraunes Kleid war lang und fleckig, als habe sie am Feuer gestanden und der Rauch sei an ihrem Körper hochgestiegen. Jetzt, wegen des Schlages, schien auf dem Kleid ein seltsamer Schimmer, ein Geglitzer zu liegen, ein wie mit Perlen durchwirktes Etwas, das ihr heftig zublinzelte. June rieb sich die Augen, drehte sich um und rannte hinaus, befreite sich von der Last der schweren Stimme ihrer Mutter. Die nächsten paar Stunden saß sie hoch oben in ihrem Baum.

Als June wieder ins Haus kam, sah das Gesicht ihrer Mutter wie mit Kreide bemalt aus, wie mit weißem Staub bedeckt. Allein und schweigend saß sie auf ihrem Stuhl. Sie hielt keine Flasche in der Hand, es war überhaupt keine Flasche zu sehen, und June schlich an ihr vorbei in die Ecke mit dem Stapel Decken, auf dem sie und Geezhig nachts schliefen. Bald war es vollkommen dunkel, und sie schmiegte sich an Geezhigs knochigen Rücken und schlief, bis er ihr aufs Gesicht klopfte, ganz sanft, und sie aufweckte.

«Lauf raus in den Busch», flüsterte er, «mach schon, Schwesterchen.»

Draußen war Lucilles Freund, ein Mann namens Leonard, über den sie sich wegen seiner dicken roten Lippen lustig machten. Sein Körper war ein mächtiger Klotz, kurz und breit, und beim Gehen schob er den Kopf vor wie einen Keil. Weil er das borstige Haar ganz kurz trug, nannten sie ihn Stachelschwein. Seine Nase war dunkler als der Rest des Gesichts, aber er stank nicht wie ein Stachelschwein, er roch wunderbar. Er benutzte ein süßliches Deo, eine Art *Zhaginash* am Körper, das ihn für Lucille anziehend machte.

Die Luft um Junes Gesicht schien kalt. Sie rutschte tiefer unter die kratzigen alten Armeedecken, in die Kuhle, die ihr Körper geformt hatte. Normalerweise bekam ohnehin immer Geezhig Prügel; zu ihr kam die Mutter erst, wenn sie nicht mehr so zürnte, wenn ihr Arm lahm und müde geworden war. June rollte sich zusammen und stellte sich taub gegen Geezhigs Stimme. Es war zu kalt, um draußen im Laub zu schlafen. Sie blieb. Die Stimmen dröhnten um sie herum, tiefe, gedämpfte Trommelgeräusche, die ihren Körper mit einer leichten Wärme erfüllten. Im Schlaf brauchte sie ihnen nicht zuzuhören, deshalb ließ sie sich in das Geschrei versinken und schmiegte sich gegen eine Wand aus Lärm.

Licht flammte auf, in Junes Kopf schrillte es. Dann flog sie und traf auf. Flach hingespreizt schnappte sie nach Luft. Ihr Brustkorb wurde platt gedrückt wie die Seiten eines Buches. Sie sah die Nabe eines gelben Rades, das sich wild drehte, Funken sprühte, riesige Segel aufblies.

Über goldenes Wasser hinweg schrie ihre Mutter: «*Wo ist er?*» Junes Atem ging in Stößen, und die Furcht schob sie zur Tür. Fast war sie durch, wand sich wie eine Katze, doch

Leonard packte sie mit seinen Sprungfederhänden und rang sie zu Boden. Ihre Mutter gab ihr einen Klaps, nicht allzu fest. Doch dann, anders als je zuvor, kniete sie sich auf sie, klemmte sie zwischen den Knien ein, wand mit einem Stück Wäscheleine komplizierte Schlingen um ihre Arme und band ihre Tochter schließlich an das Bein des schmiedeeisernen Herdes.

«Jetzt ist Schluß mit Wegrennen!»

Lucilles Atem ging keuchend ein und aus, in abgehackten, kraftlosen Stößen. Sie nahm die Flasche und entfernte sich, setzte sie im Gehen immer wieder an die Lippen. June bäumte sich gegen die Fesseln, versuchte, sich herauszuwinden oder freizubeißen, aber die Leine zog sich um so enger zu, je heftiger sie dagegen ankämpfte. Einmal vernahm sie Leonards schweren Schritt, doch er kam nicht näher. Dann hörte sie ihn hinüber zur Tür der Baracke gehen, wo das Bett ihrer Mutter stand, und obwohl der Fußboden nur kahler, staubiger Lehm war, der ihr Hustenreiz verursachte, dämmerte sie weg, sickerte schließlich der Schlaf in sie hinein.

Sie spürte seine Hand auf ihrem Mund, groß und schwer. Sie nahm den süßlichen Geruch wahr, sein Parfüm, und darunter die saure Hefe und schwere Würze seiner Achselhöhlen. Er berührte sie mit Händen wie heiße Glocken. Er band sie los, hielt sie aber mit den Händen fest. Seine Finger waren Stahlklammern. Sie suchten sie, fanden sie, bis sie gegen ihn anstürmte. Egal, wohin sie auswich, seine Zunge kam auf sie hernieder. Dann sang das Rad wieder, brach von den Speichen los und krachte gegen eine glitzernde Wand. Es gab einen Weg, wie ein Mann in ihren Körper gelangen konnte, und sie hatte ihn nicht gekannt. Der Schmerz schrillte überall. June versuchte sich herauszuwinden, doch sein

Kinn hielt ihre Schulter fest. Sie versuchte sich unter ihm wegzurollen, doch er war überall. Funken sprühten auf sie herab, bedeckten Augen und Gesicht. Dann war sie ganz klein, nur noch ein brennender Punkt, eine Sternschnuppe, die durchs Dunkel schoß, durch die Luft, schneller und schneller und ohne Unterlaß, bis sie schließlich in einen Teil ihrer Sinne fliehen konnte, wo sie ein Gelübde ablegte, ehe sie ohnmächtig wurde.

Nie mehr soll mich jemand festhalten.

KAPITEL SIEBEN

Lipsha

Der Bingo-Van

Als ich an diesem Abend im Spätwinter zum Bingo gehe, bin ich ein Spieler wie jeder andere, mit vagen Wünschen und Hoffnungen. Beim Betreten des Raumes suche ich nach Freunden aus Vergangenheit und Gegenwart oder nach irgendwelchen Verwandten, und gleich sehe ich Grandma Lulu. Sie hat fünf Karten vor sich ausgebreitet. Ihre beiden Nachbarn haben nur je eine. Als die Ziehung beginnt, nimmt sie in jede Hand einen kleinen Schwamm zum Austupfen der Zahlen. Es ist das erste Spiel am Abend, mit einhundert Dollar dotiert, und noch ist keiner besonders aufgekratzt oder konzentriert.

«Lipsha, geh und hol mir eine Cola», sagt sie zu mir, als jemand anders gewonnen hat. «Und dir auch.»

Ich gehe rüber zur Theke, schnappe mir zwei Dosen Cola und komme wieder zurück, stelle sie ab, setze mich an den Tisch und breite meine Karten vor mir aus. Wie ich schon sagte, meine Grandma spielt immer mit fünf, so macht man richtig Geld. Langfristig gehört sie wohl zu den wenigen Chippewas, die beim Bingo nicht nur nicht draufzahlen, sondern sogar einsacken. Aber das ist auch ihr derzeitiges Lieblingsspiel um Geld. Keine Glückslose. Kein Black Jack. Keine Spielautomaten. Alles nichts für Lulu. Die geht nie ins Hinterzimmer, trinkt nie Alkohol. Sie bunkert ihr ganzes

Geld. Ich denke, ich kann von Lulu Lamartine lernen, deshalb beobachte ich sie genau.

Konzentration. Noch ehe überhaupt die Zahlen gezogen werden, setzt sie sich auf ihren Glücksplatz, einen Stuhl, den sich niemand sonst zu nehmen traut: vierte Reihe, vierter Platz von rechts an der Ostwand. Sie setzt eine gelassene Miene auf, läßt die Handtasche zuschnappen. Sie taucht die kleinen Tupfschwämme in die Tinte. Wirft einen Blick auf die Uhr. Die Cola, sie trinkt einen Schluck davon, nur einen winzigen. Sie ist eine Frau mit zusammenstehenden Augen, rundem Kinn und gelocktem Haar. Die blaue Plastikbrille hängt ihr an zwei Ketten um den Hals. Sie setzt sie auf, als der Ansager die Bühne betritt, hält die Tupfer bereit, als er den Ball aus der Rutsche holt. Er liest die Zahl vor. B 7. Jetzt ist sie ins Spiel vertieft, konzentriert, tupft auf ihren Karten herum. Sie redet nicht vor sich hin. Hat keinen Glücksbringer zum Anfassen. Und hinterher, selbst wenn sie einen Blackout nur um ein Quadrat verpaßt hat, jammert sie nie.

Ganz bei der Sache ist Lulu. Und es zahlt sich aus.

Ich glaube, ich könnte genauso konzentriert bei der Sache sein, wenn da nicht der Campingbus hinter dem Vorhang wäre. Ich weiß es noch nicht, aber das ist der Preis, der mein Lebensgefüge verändern wird. Wegen diesem Van muß ich erst dumm werden, dann schlau. Muß mich weiter abstrampeln, versuchen, meinen Platz in der Welt zu finden. Ich hab alles klar vor Augen, im hellen Sonnenlicht, wie bei einer Namenszeremonie. Und wünsche mir sehnlichst, der Mann zu sein, der Shawnee Ray beeindrucken kann.

«Lipsha Morrissey, du mußt einen Beruf lernen», sagt Grandma Lulu in einer Pause.

«Vielleicht gewinne ich ja beim Bingo», sage ich voller Hoffnung.

Ihr Lächeln ist still und gekrümmt wie das einer Katze, die Wangen sind rund und weich, die Fingernägel perfekte Krallen in glänzendem Pink.

«Beim Bingo gewinnen», wiederholt sie nachdenklich. «Einmal gewinnen kann jeder. Das nächste und übernächste Mal, darüber mußt du dir Gedanken machen.»

Aber sie weiß ja nicht, daß ich nach den Anweisungen eines Geistes Bingo spiele, und ich habe ihr auch nicht von meinem Job als Barkeeper und Nachtwächter erzählt. Ich möchte wohl, daß sie mich für erfolgreicher hält, als ich tatsächlich bin, deshalb halte ich den Mund, obwohl ich gar nicht so hinter dem Berg zu halten bräuchte. Dieser Job bringt mir einen Platz zum Schlafen ein, zwanzig Dollar die Woche und soviel Corned beef, Erdnüsse und Würstchen, wie ich essen kann.

Aus diesen drei künstlichen Substanzen bestehe ich im Augenblick. Kein Nahrungsmittel liegt weniger als vierzig Monate in so einer Bar herum. Und wenn der Mensch ist, was er ißt, werde ich ewig leben, beschließe ich.

Dann wird der Vorhang weggezogen, und ich vergesse mein ewiges Leben. Mir wird klar, daß ich gar nicht so lange leben will, wenn ich nicht diesen *Van* bekomme. Mit allen erdenklichen Sonderausstattungen – blauer Plüsch am Lenkrad, rautenförmige Seitenfensterchen, der Innenraum komplett mit Teppich ausgelegt. Die Sitze sind bequeme Ohrensessel mit eingebauten kleinen Kopfhörern, und alles unsichtbar verkabelt. In den Pausen kann man hingehen und ihn anfassen. Der Lack ist cremefarben, abgesehen von dem blau hervorgehobenen geometrischen Sioux-Muster. Hinten gibt's einen kleinen Kühlschrank, daneben eine gepolsterte Schlafstelle. Fürs erste ein Zuhause, eine fahrbare Höhle mit Vorderradantrieb, ein Ort, wo ich mit Shawnee

Ray und ihrem kleinen Jungen leben kann, wenn sie will. Aber selbst wenn sie nicht will, wird er sie beeindrucken.

Ja, ja, ich weiß schon, was da in mir vorgeht, ist ein Symptom des nationalen Verfalls. Ihr werdet lästern und schimpfen, ihr werdet sagen, was hat dieser Nichtsnutz Lipsha Morrissey, der seine Brötchen damit verdient, daß er auf Bier aufpaßt, über Dinge außerhalb seiner eigenen Stammesgrenzen zu befinden? Aber dank der Anweisungen meiner Mutter und dank Lulu, von der ich bald lerne, mich voll und ganz auf das Erreichen eines materiellen Ziels zu konzentrieren, habe ich den Überblick.

Nach diesem ersten Mal gehe ich immer zum Bingo, wenn ich vom Dienst an der Bar oder vom Putzen befreit bin. Lyman hält mich nie zurück; er empfindet es bestimmt als wirtschaftlich sinnvoll, wenn seine Mitarbeiter ihren Lohn im Palast lassen, indem sie ihre Freizeit an den langen Spieltischen oder mit Biertrinken verbringen. Jede Minute, die ich dem Ausrufen der Bingozahlen zuhöre, macht mich sicherer, daß ich nah dran bin. Es gibt nur ein Spiel pro Abend, an dem der Bus der Hauptpreis ist, die Blackout-Variante, bei der jede Zahl auf der Bingokarte ausgefüllt werden muß. Je mehr Karten man kauft, desto größer die Chancen. Ich versuche, mit fünf Karten zu spielen wie Grandma Lulu, aber jede kostet fünf Dollar.

Um meinen Bus zu bekommen, muß ich der Gier die Hand reichen.

Ich vergesse meine Prinzipien. Wie ich vielleicht schon gesagt habe, ist mein einziges Talent in diesem Leben eine Heilkraft, die ich vom Pillager-Zweig meiner Vorfahren mitgekriegt habe. Die Gabe des Handauflegens. Ich schnalze so fest mit den Fingern, daß beinahe Funken sprühen. Dann schalte ich mein Gehirn ab und lege die Hände auf. Mittlerweile bin ich dafür bekannt, daß ich entzündete Gelenke und Venen heile. Ich kann Schmerzen bei alten Menschen lindern, die ein halbes Jahrhundert vornübergebeugt geschuftet haben. Da ist eine Kraft in mir, die widerstandslos herausfließt. Meine Träume und Gedanken sind lebendig. Aber ich habe nicht gemerkt, daß meine Heilquelle versiegt, sobald ich mir meine Dienste bezahlen lasse.

Ihr wißt, wie das ist, wenn man für etwas Geld verlangt. Plötzlich meinen die Leute, man sei was wert. Früher bin ich überall hingegangen, wohin ich gerufen wurde, nahm, was man mir bot, oder auch gar nichts. Aber seit ich verlauten lassen habe, daß ich für meine Grunddienste einen Zwanziger erwarte, hört das Telefon an der Bar gar nicht mehr auf zu klingeln.

«Wo ist dieser Medizinjunge?» fragen die Leute. «Wo ist Lipsha?»

Ich nehme ihr Geld. Und es ist ja nicht so, daß ich mich für weniger als einen Zwanziger nicht anstrengen würde; ich strenge mich sogar mehr an als zuvor. Ich drücke die Handflächen gegeneinander, schnalze mit den Fingern, lege sie dahin, wo ihr Zauber hinfließen soll. Aber wenn ich dann versuche, mein Gehirn abzuschalten, scheitere ich jedesmal. Denn immer ist im Mittelpunkt der Wolke, die sich dann auf mein Gehirn herabsenkt, klar und deutlich erkennbar der Bingo-Van geparkt.

Eines Nachmittags läßt Grandma Lulu ausrichten, ich soll rüber zu ihr kommen und einen Patienten heilen, und obwohl sie nicht von Geld spricht, merke ich an ihrer Stimme, daß es ein wichtiger Kunde ist. Vielleicht ihr neuester Liebhaber. Hat sicher einen Job oder bekommt zumindest Beihilfe. Also gehe ich hin. Als ich ihre Wohnung betrete, wechsele ich wie immer Grüße mit meinem Dad auf dem Foto, das auf ihrem Regalbrett mit den vielen kleinen Erinnerungen steht.

«Das ist Russell Kashpaw», sagt Grandma, und dann schüttele ich dem höchstdekorierten Kriegshelden im ganzen Bundesstaat, der sich gerade von mehreren Schlaganfällen und alten Schrapnellwunden zu erholen versucht, die Hand. Russell sitzt im Rollstuhl. Sein Job ist es, Leute mit Rosen, Schädeln, Harleys und Kung-Fu-Drachen zu tätowieren, und am besten geht sein Geschäft, nachdem die Kneipen zugemacht haben. Er lebt draußen im Busch an einer kurvigen Straße, und fast jeden Abend kann man seine neuesten Arbeiten bewundern.

Russell sieht aus wie eine Statue, nicht wie die in Geschichtsbüchern, sondern eher wie die, die am Highway feilgeboten werden. Ein richtiger indianischer Holzfällertyp, grobgehauen, wie mit der Kettensäge geschnitzt. Ich schüttele ihm die Hand, hoffe seinen Puls zu spüren, irgendwelche Informationen zu kriegen. Ich halte die Hand fest, warte darauf, daß ein Funken überspringt, aber es kommt nichts.

«Manchmal sind diese alten Kriegsverletzungen richtig statisch aufgeladen», sage ich laut. «Wo spürst du den Knoten?»

Mit tiefer, fester Stimme fängt er an, mir lang und breit seine Schmerzen, seine Zipperlein, seine Wehwehchen und Ticks aufzuzählen. Meine beiden Grandmas und ihre Nachbarin, die alte Klatschbase Josette Bizhieu, sitzen auch mit im Wohnzimmer. Bei jedem Symptom nicken und glucken sie verständnisvoll und versichern Russell mit glühendem Eifer, daß er auf seiner Suche nach einer Kur an den richtigen Ort gekommen ist. Ich reibe fest und schnell die Hände gegeneinander, richtig inspiriert, dann drücke ich ihm die brennenden Handflächen seitlich gegen die Schultern, denn heute sind es Nacken und Rückgrat, die ihm die ärgsten Schmerzen bereiten. Aber obwohl ich ihn knete wie Grandma Lulu ihren Brot- und Kuchenteig, obwohl ich meine Hände noch einmal aufheize wie einen Blitz und obwohl ich mir brezelmäßig die Finger verrenke, ich spüre den Zauber nicht an ihm.

Er ist so übel zusammengeschossen worden, daß immer noch Metall in ihm steckt, das meine Energie kurzschließt. Er ist voller Narben und Einschüsse, und ich kriege ihn nicht entspannt. Aber ich gebe nicht auf. Ich versuche es immer wieder, bis ich ihm offenbar noch mehr wehtue, weil ich so verzweifelt zupacke, mit aller Kraft.

«Spinnst du?» schreit er.

«Verdammt, Mr. Kashpaw. Tut mir leid.»

Ich bin ganz verwirrt, eine Art verhedderter Spulendraht. Ein Wirrwarr widerstreitender Energien, ein jämmerliches Stück durchgeschmortes Kabel. Und das allerschlimmste: Die Augen meiner Grandmas sind mit wachsendem Ärger und Enttäuschung auf mich gerichtet, während ich immer wieder scheitere, meinem Patienten nicht helfen kann. Russell bezahlt mich, ist aber nicht glücklich, und ich bin es auch nicht, denn ich weiß, jetzt wird es in der Gerüchteküche brodeln, die Sache wird von Mund zu Mund gehen, von Lulus Wohnung im Seniorenheim aus in jedermanns Haus, die Straßen entlang. Der Zauber hat mich verlassen. Meine Hände sind ausgebrannt, nutzlos geworden. Und ich bin wieder das unscheinbare Nichts, das ich schon immer gewesen bin.

Nach diesem Ereignis setze ich meine ganze verzweifelte Hoffnung aufs Bingo. Ich sehne mich ebenso nach dem

Kleinbus, wie ich angefangen habe, mir Shawnee Ray zu wünschen. Und dann geschieht etwas, das mich weiterbringt.

Anstatt alles auf den Van zu setzen, alles zu sparen, um so viele Karten wie möglich für das spezielle Blackout-Bingo zu kaufen, konzentriere ich mich kurzfristig auf etwas anderes, auf die Freie-Wahl-Karten, bei denen man sich selbst Zahlen ausdenken und eintragen muß.

Als erstes schreibe ich meine Hosen- und Schuhgröße auf. Das kann ja nicht klappen. Ich nehme mein Geburtsdatum, danach verdopple ich es. Noch immer kein Glück. Ich schreibe die Hausnummer und den Geburtstag meiner Grandma auf. Nichts. Dann wird mir klar: Wenn meine Freie-Wahl-Karten gewinnen sollen, muß es eine Offenbarung sein und nichts Erzwungenes. Also schließe ich mitten am langen Bingo-Tisch die Augen, lasse meine Gedanken leerlaufen wie das weiße Rauschen im Fernseher, bis sich etwas daraus formt. Der Van natürlich. Aber diesmal ist ein Nummernschild hinten drangeschraubt. Die Nummer schreibe ich hin.

Bingo!

Zweihundert Dollar bringt mir dieses Phantasie-Nummernschild. Ich hab sie in der Tasche, als ich nachts weggehe. Am nächsten Morgen sind es nur noch fünfzig Cent. Aber mit Shawnee Ray ist das nicht so, wie ihr denkt, und ich werd's euch erklären. Sie will nichts von mir, sie kümmert sich nie darum, ob ich Geld habe, fragt nie danach. Sie will selbst Geld verdienen. Um das College zu bezahlen, will sie ihre selbstentworfenen Schnittmuster verkaufen, von denen sie schon sechs Hefte voll hat.

Mit jedem Anruf habe ich Shawnee Ray ein bißchen näher kennengelernt, aber mittlerweile fällt mir kein Vorwand mehr ein, unter dem ich ihre Nummer wählen könnte.

Sie hat ihre Zukunft dermaßen durchgeplant, daß sie mich richtig einschüchtert – mit ihrem Ehrgeiz, ihren vielen Talenten und Hobbies. Ich würde sie gern bitten, noch mal mit mir auszugehen, aber immer wieder steht mir die peinliche Erinnerung an unser erstes Rendezvous vor Augen. Schließlich sage ich mir: «Lipsha, du siehst doch nicht schlecht aus. Bist ein Gewinner-Typ. Du weißt, daß Zeldas Waschmaschine ständig kaputt ist. Tu einfach so, als würdest du Shawnee zufällig im Waschsalon treffen.»

Also beschatte ich diesen Ort tagelang, bis sie endlich auftaucht. Dann gehe ich direkt auf sie zu, als sie beim Münzautomaten steht, und setze eine verblüffte Miene auf, die gegen meine eigentliche Absicht sofort in große Freude umschlägt. Ich brauche sie nur zu sehen, schon dreht sich mir der Kopf, und meine Hände fassen an den Brustkorb. Zum hundertsten Mal entschuldige ich mich, daß ich sie in Schwierigkeiten gebracht habe. Dann mache ich einen Witz: «Wollen wir tanzen?» Im Waschsalon gibt's nichts zu tanzen. Trotzdem kann ich sehen, daß sie mich mindestens noch genauso mag wie letzte Woche. Wir ziehen uns ein Wurst-Sandwich und ein paar Kekse aus dem Automaten, und dann meint Shawnee, während ihre frisch gewaschene Wäsche im Trockner wirbelt, sie würde gern eine kleine Spritztour machen, und wir schließen uns ein paar Leuten an, die ein Auto haben, setzen uns auf den Rücksitz. Sie fahren nach Süden, Richtung Hoopdance, wo was los ist.

«Shawnee Ray», flüstere ich ihr unterwegs zu, «ich muß immerzu an dich denken.»

«Lipsha.» Sie lächelt. «Ich muß auch immerzu an dich denken.»

Den Namen Lyman Lamartine erwähne ich nicht, sie auch nicht, und doch überkommt mich plötzlich das Gefühl, daß er direkt hinter uns hockt, auf der Hutablage, mit nickendem Kopf wie einer dieser Spielzeughunde. Nichtsdestotrotz rükken wir ein bißchen enger zusammen. Meine Hand liegt auf meinem Knie, und ich überlege hin und her, wie ich irgendeine Geste machen und dann die Hand ganz langsam auf ihres sinken lassen könnte, daß sie es vielleicht nicht merkt, wenn ich ganz schnell rede, in der Hitze des Augenblicks, ihre Hand in meiner, wir beide Hand in Hand, unsere Lippen, die sich einander langsam nähern. Doch dann beschließe ich, diese Gedanken aufzugeben und meinen ganzen Mut zusammenzuraffen, sie in den Arm zu nehmen und ihr dabei in die Augen zu schauen. Das tue ich auch. Die Leute vorn unterhalten sich. Wir sitzen einfach da. Unter dem Gewicht meines Blickes wird ihr Mund rauh und heiß, und ich beuge mich vor. Sie lehnt sich zurück. «Willst du mich küssen?» fragt sie. Doch ich sage, ohne zu planen, wie die Worte herauskommen: «Nein, nicht hier. Unser erster Kuß muß ein magischer Augenblick sein, für uns ganz allein.»

Ihre Augen glitzern sanfter, als ich es mir je hätte vorstellen können, weiten sich dann wie die eines Rehs, und ihr strahlendes Lächeln erblüht. Ihre Haut ist dunkel, ihr Haar von einem glühenden Schwarzbraun. An diesem Abend trägt sie keinen Schmuck, keine Ringe, nur das, was sie nach eigenem Entwurf geschneidert hat – ein Jackett und eine Hose, beides eierschalfarben, mit blaugestickten Symbolen an den Rändern, den Manschetten und am Saum. Ich sauge den Anblick voller Bewunderung in mich auf, und erst nach einem Weilchen merke ich, daß Shawnee Rays schöne Kleidung mich deshalb so verwirrt, weil sie genau zu meinem Bingo-Van paßt. Von diesem überraschenden Zufall kann ich ihr wohl kaum erzählen, aber er zeigt mir, daß es soweit ist, daß die Zeit reif ist.

Die anderen halten irgendwo an, und wir steigen aus, können kaum den Blick voneinander wenden. Ihr wollt wissen, was das für ein Ort ist? Okay. Ich erzähl's euch. Also, es ist ein Motel, eine lange, niedrige Doppelreihe kleiner Zimmer, weiß getüncht, mit braunen Holztüren. Davor steht ein wunderschönes Schild mit einem See drauf, aus dem ein paar Fische hoch in die Luft springen. Wir stehen neben dem gemalten Wasser.

«Das hab ich seit Redford nicht mehr gemacht», sagt sie nervös. «Ich muß Zelda anrufen und ihr sagen, daß es später wird.»

Draußen vor der Rezeption hängt in so einer Plastikmuschel ein Telefon. Sie geht hinüber. Auch ohne zu lauschen, weiß ich: Wenn Shawnee Ray fragt, ob Zelda was dagegen hat, wenn es später wird, werden zwar keine Namen genannt, aber der von Lyman steht im Raum.

«Er schläft», sagt sie, als sie wiederkommt.

Ich gehe ins Büro, an die Metalltheke. Eine Zahl schwirrt mir durch den Kopf.

«Ist Zimmer zweiundzwanzig frei?» frage ich einfach so.

Ich denke, ich sehe wohl zu indianisch aus. Die Besitzerin, eine dicke Frau in einer glänzend schwarzen Bluse, sieht es jedenfalls. Mit der Zeit kriegt man ein Gespür dafür, wie es dann über die Gesichter der Leute huscht, so wie der Wind Wasser kräuselt. Die Frau überlegt eine Zeitlang, ringt mit sich. Hinter ihr flüstert der Fernseher. Dann öffnet sie den Mund, aber ich lasse ihr keine Chance.

«Das hier ist Andrew Jackson», sage ich und lege ihr einen Zwanzig-Dollar-Schein hin. «Bekannt dafür, daß er unsere Stammesbrüder im Süden auf den Pfad der Tränen getrieben hat. Und damit er nicht so allein ist, hier noch zwei Hamiltons.»

Die Frau entwickelt Geschäftssinn und nimmt die vierzig Dollar an sich.

«Keine Parties.» Sie reicht mir einen Schlüssel, der an einem orangen Plastikquadrat hängt.

«Bloß Sex», meine ich ihr versichern zu müssen. Aber das ist nur Gerede, Angeberei eines jungen Mannes, der kaum Erfahrung hat und nichts, was einem Verhütungsmittel auch nur ähnlich wäre. Ich gehöre nicht zu den Typen, denen jedesmal, wenn sie die Brieftasche aufmachen, ein kleines, in Folie verpacktes rechteckiges Ding rausfällt. Nein, tief im Herzen ist Lipsha Morrissey ein wilder Romantiker, sage ich mir, ein grenzenloser Narr. Ich gehe hinaus zu Shawnee Ray und ergreife ihre Hand. Innerlich zittere ich, doch meine Stimme ist ruhig, und die Hände sind kühl.

«Komm.» Ich zeige ihr den Schlüssel. «Denken wir nicht an morgen.»

«So hab ich Redford bekommen», erwidert Shawnee Ray.

Wir bleiben unentschlossen stehen.

«Ich geh schon mal rein», sagt sie schließlich. «Da hinten ist eine Tankstelle. Die haben so was.»

Okay. Das Leben heutzutage ist vielleicht doch nicht ganz so romantisch. So kommt es einem jedenfalls in dem harten Vierundzwanzigstunden-Licht vor, in dem ich aus dem Gestell neben der Kasse aussuche, was ich brauche. Jede Menge Auswahl – Materialien, Formen, sogar Farben. Ich merke, daß ich beobachtet werde, und greife mir schnell das nächstbeste, zwei Schachteln, Sparpackungen.

«Schwer was vor?» kommentiert mein Beobachter.

Ich vermute, er hat Spätschicht, langweilt sich, und ich komme ihm gerade recht. Auf seinem T-Shirt steht Big Sky

Country Montana. Er grinst hämisch. Also geb ich ihm eine Antwort.

«Nee. Muß ein paar Freunde aus Montana versorgen. Sonst gibt's da zu viele Schafe.»

Er grinst unverwandt weiter. Vielleicht kriegt er ständig Witze über Sodomie mit Schafen zu hören, vielleicht kommt er auch gar nicht aus Montana. Ich schaue auf die Schachteln in meiner Hand und lege eine zurück.

«Paß auf», sagt er, «ich zeig dir, was du brauchst. Die Dinger da.»

Er nimmt eine Plastiktüte mit kleinen Party-Luftballons aus dem Regal. Grellorange, pink und blau.

«Zu schrill», sage ich. «Meine Freundin ist Designerin. Mag keine Farben, die sich beißen.» Mit einemmal atme ich schwer und er auch. Unsere Blicke treffen sich, entzünden sich aneinander.

«Was entwirft sie denn?» fragt er. «Bettwäsche?»

«Und deine?» gebe ich zurück. «Schafwollpullover?»

Ich lege das Geld hin. «Damit du's weißt, meine Freundin ist nicht nur hübsch, wir gehören auch der gleichen Gattung an.»

Er wartet und fragt dann, welcher denn.

«Nimm die Kohle», herrsche ich ihn an. «Rück das Wechselgeld raus, und ich bin weg. Reiz mich nicht zu was, das mir noch leid tun könnte.»

«Oh, da hätt ich aber Schiß.» Er wendet sich ab, tippt den Betrag in die Kasse. «Totale Panik hätt ich, bloß weiß ich eben, daß ihr Indianer Hosenscheißer seid.»

Als ich mich mit der Schachtel umdrehe, höre ich ihn etwas murmeln und bleibe stehen. Ich bin mir nicht ganz sicher, was ich gehört habe, aber es klang wie Prärienigger.

«Was?» Ich drehe mich um. «Was war das?»

«Nichts.»

Der Typ sieht mich nur an, zuckt mit den Schultern und starrt mir direkt in die Augen. Seine sind hell, kalt, leer. Und meine, meine brennen, als ich mich abwende.

Ich nehme die Schachtel und das Wechselgeld.

«Mäh . . .», blöke ich und mache, daß ich wegkomme.

Komisch, wie gesprächig ein schüchterner Mensch wie ich in solch weniger angenehmen Grenzsituationen wird. Ich mache einen kleinen Umweg zurück zur Nr. 22 und klopfe. Shawnee Ray zieht den Vorhang zurück, runzelt die Stirn und läßt mich rein.

«Also», sage ich, um die peinliche Situation zu überbrükken, «jetzt wären wir soweit.»

Sie nimmt mir die Tüte aus der Hand, sagt kein Wort, legt sie nur auf das Tischchen neben dem Bett. Da stehen zwei Stühle. Wir setzen uns und versinken dann jeder in seine Gedanken. Irgendwie fehlt jetzt die Romantik, aber der Raum hat eine Aura, die mir Hoffnung macht.

Es ist ein kleines Motel, direkt hinter der Reservatsgrenze, ein bescheidener Ort, sauber. Beim Hineingehen spürt man gleich den schwachen Desinfektionsgeruch. Man kann auf den Fernseher an der Wand sehen, oder auf das Bild mit den goldenen Bäumen und dem Wasserfall. Man kann ausgiebig duschen in der kleinen zementierten Duschkabine, steht dabei sicher auf einer rutschfesten Badematte. Es gibt auch einen kleinen Metallschreibtisch. Man kann sich hinsetzen und auf ein Blatt weißes Papier einen Brief schreiben. Man kann im Buch der Bücher lesen, das jemand in die Schublade gelegt hat. Ich nehme es heraus, Neues Testament, Psalmen, Sprüche. Ein grünes Büchlein, nicht größer als meine Hand, mit einem kleinen Kreis in der Ecke und in dem goldenen Kreis ein Gefäß und eine Flamme.

Wie wir in der tönenden Stille sitzen, öffne ich das Buch und fange wie immer ganz hinten an zu lesen, damit ich weiß, wie es ausgeht. Ich habe kaum die letzten beiden Seiten durch, als Shawnee Ray neugierig wird, meine Hand berührt und fragt, was ich da mache. Ihre Stimme ist normalerweise fest, aber in diesem Augenblick muß ich an Tauben auf Stromleitungen denken. Egal, was passiert, denke ich, als ich sie ansehe, ich will mich daran erinnern. Ich will ein Souvenir. Vielleicht habe ich in meinem Leben nie mehr so viel Hoffnung wie in diesem Augenblick. Vielleicht ist es typisch für mich, daß ich als erstes daran denke, was ich stehlen könnte. Aber na ja, so bin ich eben, war ich immer, werde ich immer sein. Ich überlege, ob ich den Lampenschirm aus fest zusammengebundenem, gepreßtem Schilfrohr mitnehmen soll. Wäre möglich, aber nicht besonders romantisch. Die Decke auf der großen Matratze ist rötlich, aus rostfarbenem Baumwollstoff. Zu groß, zu auffällig. Oder den Ventilator. Fällt vielleicht erst im Frühling auf. Aschenbecher und Streichhölzer, ein trauriger, blinder Spiegel, ein paar Ansichtskarten vom Motel mit aufgedruckten Fischen, dem Firmenemblem. Aber worum ich dann die Hand schließe, was ich dann in die Tasche stecke, das ist die winzige Bibel, die in grellgrünes Plastik gebundene Gideon-Bibel.

«Ich weiß nicht, warum wir hier sind», sage ich schließlich. «Tut mir leid.»

Shawnee Ray nimmt eine kleine Bürste aus ihrer Handtasche.

«Hast du Lust, mich zu kämmen?»

Ich nehme die Bürste und setze mich hinter sie aufs Bett. Ich fange an den Enden an, ganz vorsichtig, aber ihr Haar ist kaum verfilzt. Es ist durchweg gleichmäßig dunkel. «Dein

Licht geht nachts nicht aus», flüstere ich verträumt. Sie hört mich nicht. Meine Hand folgt der Bürste, streicht ihr nach, bis ihr Haar wie hypnotisierende Seide fällt. Ich entferne die Hand von den Haaren, und einzelne Strähnen folgen ihr, elektrisiert, weiche Seide, die im Raum hängt, bis ich weiterbürste. Sie rührt sich nicht, außer um das Licht und dann den Fernseher auszumachen. Dann setzt sie sich im Dunkeln wieder hin und bittet mich weiterzumachen. Die Luft wird dick. Ihr Haar wird heller, ist bläulich aufgeladen, und ich komme nicht mehr davon weg, so stark ist seine Anziehungskraft. Ein goldener Funke springt auf den Teppich. Shawnee Ray dreht sich zu mir um. Jetzt fällt das Haar über sie wie ein Energiezelt.

Also, die Sache mit dem Geld hat wirklich nichts damit zu tun. Auch wenn es stimmt, daß ich alles Shawnee Ray gebe. Sie will sich davon Stoff kaufen und die Sachen nähen, deren Entwürfe sie in ihre Notizhefte skizziert. Modisch, mit einem Hauch von Chippewa-Tradition, erklärt sie; ganz sicher wird sie einen Preis beim Hauswirtschaftswettbewerb von North Dakota gewinnen. Sie verspricht mir Zinsen, wenn sie erst ihre eigene Boutique aufgemacht hat. Am nächsten Abend, nachdem wir uns getrennt haben, nachdem sie die stocktrockene Wäsche im Waschsalon abgeholt hat und ich einen Blick in die Bar geworfen habe, die ich in der Nacht hätte bewachen sollen, nach all dem gehe ich hinaus in den Wald, um nachzudenken. Nicht über das Geld, das jetzt mit meinen besten Wünschen Shawnee gehört, nicht mal über die Bibel, die ich geklaut habe und in der ich immer wieder lese, wenn ich einsam bin. Nicht über all das will ich nachdenken, sondern über das Wichtigere: nämlich Shawnee Ray und mich.

Sie ist zwei Jahre jünger, hat aber ein Ziel, während ich noch im Hyperspace treibe, mein Talent vergeude, das mir schon langsam aus den Händen gleitet. Ich frage mich, was uns die Zukunft bringen kann, selbst wenn sie mit Lyman Lamartine Schluß macht. Eines ist sicher, meinen Job bin ich los, wenn Shawnee und ich uns zusammentun. Ich kenne keinen Mann, der eine Familie mit Bingospielen ernähren könnte, und seit dem Flop mit Russell Kashpaw lassen die Anfragen wegen meiner Heilkunst von Woche zu Woche nach, werden immer weniger, während mein Zauber nicht mehr wirkt, mich im Stich läßt, sich vor mir versteckt.

Ich sitze auf der Erde, auf der einst Pillagers gewandelt sind. Der Wald um mich herum besteht aus dichten Birken und Eichen, ein alter Wald. Der Matchimanitosee wirft graue Wellen mit einer weißen Schaumborte. Dünne Möwen hocken aufgereiht auf einer Sandbank. Der Himmel wird dunkel. Ich schließe die Augen, und da sehe ich die kleine schwarze Sternschnuppe herabfallen. Sie stürzt aus dem Dunkel in mich hinein, obwohl sie selbst das Dunkel ist. Ich sehe sie vorbeisausen, immer kleiner werden, und ich denke an den Besuch meiner Mutter.

Das ist der richtige Augenblick. Junes Augenblick, ein Zeichen, das meine nächsten Schritte lenkt.

«Heute abend versuch ich es zum letztenmal mit dem Bus», sage ich mir. Nach dem Besuch meiner Mutter war das Heft mit den Bingokarten eine Zeitlang verschwunden, dann fand ich die Karten eines Morgens beim Putzen wieder, in einer Plastiksitznische zwischen Polster und Lehne geklemmt. Für mich sind sie aufgeladen mit Junes Zauber – gespenstisch aufgeladen. Ich habe mich nie getraut, sie zu benutzen. Jetzt werde ich es tun, beschließe ich. Jetzt oder nie. Ich werde mit diesen allerletzten Karten spielen, und wenn sie alle sind, treffe ich eine wirkliche Entscheidung. Ich werde nicht mehr für Lyman arbeiten, sondern mich ganz auf Shawnee Ray konzentrieren, die Gelben Seiten aufschlagen, irgendwo hintippen und mir so einen Job suchen.

Natürlich rechne ich nicht damit, daß ich den Van tatsächlich gewinne.

Ich spiele mit diesen überirdischen Bingokarten Blackout. Wie immer sitze ich neben Lulu. Ihre Wachsamkeit hilft mir. Sie leiht mir ihren Reservetupfer, raucht eine Filterzigarette und beobachtet die stille Hektik, die sich um sie herum ausbreitet. Obwohl der Van nun schon seit fünf Monaten auf der Bühne steht, obwohl noch niemand ihn gewonnen hat und alle meinen, es sei nur ein Trick von Lyman – wenn er als Hauptgewinn ausgerufen wird, kaufen doch die meisten ein paar Karten. Ich habe an diesem Abend nur eine, aber es ist eine von June.

Ein Mädchen liest die Zahlen aus der Ballmaschine vor. Durch das Mikrophon klingt ihre Stimme hell und klar. Lulu deutet auf eine Stelle, die ich auf meinem Gewinner-Ticket ausgelassen habe. Dann fehlen mir nur noch zwei Quadrate, und plötzlich bricht mir der Schweiß aus, fange ich an zu frösteln, wird mir heiß und kalt zugleich. Nach all meinem Streben, all meinen Plänen, bin ich jetzt N 36 und G 52: Ich mache mich klein, zwänge mich in die Quadrate auf der Karte. Immer wenn sie eine Zahl vorliest, und es ist nicht die 36 oder 52, wird mir elend, dann wieder besser, stockt mir der Atem.

Ich falle fast in Ohnmacht bei jeder Zahl, die sie vorliest, bis zur N 36. Und gleich darauf kommt G 52 über ihre Lippen.

Ich schreie auf. Es ist mir richtig peinlich zu sagen, wie laut. Das Mädchen kommt zu mir herüber, holt Lyman Lamartine aus seinem Büro hinter dem Saal. Sein Gesicht wird hochrot vor Ärger, als er sieht, daß ich es bin, und dann prüft er langsam und sorgfältig meine Zahlen, während es rings um uns still wird. Zweimal überprüft er die Karte. Dann preßt er die Lippen aufeinander, wünscht, er müßte es nicht sagen.

«Bingo», verkündet er schließlich der Menge.

Lärm steigt an die Decke, Gerede darüber, wie dicht einige andere dran waren, neidisches Geschwätz. Alle Augen sind auf mich gerichtet, was mir unangenehm ist. Ich hab noch nie im Mittelpunkt gestanden, doch nicht Lipsha, der hier zum Inventar gehört. Und nicht alle Blicke sind erfreut – einige sind schlicht neidisch, bereit, das erstbeste zu glauben, was eine böse Zunge mir anhängen könnte. Von allen, die in diesen langen Monaten um den Van herumgeschlichen sind, bin ich jetzt der einzige, der über dieser Hoffnung kein Geld verloren hat.

Tja, was ist das nur für einer, dieser Lipsha Morrissey, dem die Schlüssel kein bißchen in der Hand brennen und der noch am gleichen Abend auf und davon braust, so schnell wie möglich, nachdem er nur die allernötigsten Papiere ausgefüllt hat? Ich will eigentlich zu Shawnee Ray, fahre aber vor lauter Ungläubigkeit erst mal einfach durch die Gegend, gewöhne mich an mein neues Ich. In diesem Van sitze ich ganz hoch oben, vielleicht liegt es daran. Auf andere runterzublicken, und sei es nur vom Sitz eines Campingbusses aus, den man eigentlich nicht verdient hat, verändert die Menschen. Schwer zu sagen. Jedenfalls verändert es mich. Nur einen Abend lang die Reservatsstraße langfahren, an

Pkws und Pickups vorbeibrettern, und schon lächle ich über die selbstgebastelten Vehikel, die frisierten Schlitten und die Limousinen der alten Damen, die sich vorsichtig über die Schotterwege tasten.

Einmal, an einer Kreuzung, glaube ich, wie einen vorbeifliegenden Zauber den blauen Firebird zu sehen, der früher mir gehört hat und jetzt, wie ich finde zu Recht, meiner Mutter. Schließlich hat sie mir in der Nacht, als sie mir die Bingokarten gab, gesagt, sie sei gekommen, um ihn zu holen. Jedenfalls war er am nächsten Morgen weg. Ich habe ihn als gestohlen gemeldet und bei der Reservatspolizei Anzeige erstattet, nur der Form halber, wegen der Versicherung. Ich weiß, wer ihn jetzt hat. Wie ich so in meinem neuen Bus dahinfahre, wünsche ich ihr alles Gute. Ich bin froh über das, was ich habe, bin zufrieden mit mir und meinem Glück.

Ich sage mir, ich sollte Shawnee vielleicht lieber nicht mehr besuchen, weil es schon spät ist, aber am Ende fahre ich doch zu Zelda. Ich kann mir nicht helfen, brettere mit Schwung in die Einfahrt. Als der Bus in ein Schlagloch rutscht, lasse ich den Motor aufheulen. Einen Augenblick sitze ich im Dunkeln, lasse die Scheinwerfer die Tür anstrahlen, bis sie aufgeht.

Der Mann, der mich anfunkelt, ist Lyman Lamartine.

«Mach das Scheiß-Licht aus!» schreit er. «Redford ist krank.»

Ich kurbele das Fenster runter, frage, ob ich helfen kann. Ich warte im Dunkeln. Hinter Lyman geht ein schwaches Licht an, und ich sehe ein paar Schatten – Zelda, eine kleine Gestalt in einem Strampler, eine größere Person, die auf und ab geht. Ich sehe, wie Shawnee gestikuliert und dann das Kind nimmt.

«Komm rein, wenn's sein muß», ruft Lyman.

Aber um es kurz zu machen: Ich sag ihm, daß er Shawnee von mir grüßen soll, wünsche Redford gute Besserung, und dann drehe ich, fahre die Einfahrt runter und lasse sie allein. Ich hätte bleiben können. Hätte meine Heilkraft, wo auch immer sie ist, zurückholen können. Hätte anbieten können, Redford in meinem neuen Bus zum Gesundheitsdienst zu bringen. Hätte still vor dem Haus sitzen bleiben können, so wie ein Hund seine Gefährtin, sein eigen Fleisch und Blut bewacht, obwohl ich eifersüchtig war. Hätte was anderes tun können als das, was ich tat, nämlich nach Hoopdance fahren, um mich zu amüsieren.

Ich fahre rum, bis ich dahin komme, wo an diesem Abend die Party stattfindet. Ich fahre über den niedrigen Bordstein auf den Hof und parke dort. Ich schaue mich um, bis ich diverse Autos und die Silhouetten von ein paar Indianern und anderen Leuten erkenne, um sicherzugehen, daß ich nicht in etwas verwickelt werde, was die Zeitungen gern als «Zwischenfall» bezeichnen. Die Tür ist weiß, von einem Hund befleckt und zerkratzt und hat ein winziges fächerförmiges Fenster. Ich gehe hindurch und stehe mitten im Raum. Alles ist in Bewegung, ein gedämpftes Wirbeln heller und dunkler Haare, die einträchtig durch die Luft fliegen. Etwa die Hälfte der Leute sind Indianer. Solche Parties nennen wir hier «Haarige Büffel»; die meisten Leute stehen mit Pappbechern in der Hand um einen großen braunen Plastikeimer, der als Bowlegefäß dient. Dabei wird alles, was die Leute zum Trinken mitbringen, in rosafarbenen Hawaiipunsch gekippt. Viele von den Leuten kenne ich schon seit meiner Kindheit, sogar beim Spitznamen; andere, mit denen ich nicht so eng befreundet war, kenne ich vom Sehen. Unter den letzteren ist ein junger Rotschopf.

Die Sache stört mich. Ich kenne ihn zwar, weiß aber nicht,

woher. Ich bin nicht mit ihm zur Schule gegangen, habe nie beim Sport gegen ihn gespielt. Ich weiß nicht, wo ich ihn schon mal gesehen habe, bis er später, als es wärmer wird, seine Bomberjacke auszieht. Da sehe ich die Buchstaben auf blauem Grund: Big Sky Country Montana.

Ich verdrücke mich um die Ecke in den Flur und überlege. Wird er mich erkennen, oder bin ich nur einer unter vielen, ein längst vergessener Kunde? Wahrscheinlich ist er gar nicht aus Montana, vielleicht hat er sich durch unseren kleinen Wortwechsel gar nicht beleidigt gefühlt oder ihn schon wieder vergessen. Ich sage mir, daß er das T-Shirt wahrscheinlich im Urlaub gekauft hat. Rede beruhigend auf mich ein, daß ich wieder hineingehen und mich amüsieren sollte. Was mich davon abhält, ist der plötzliche Gedanke an Shawnee, an unsere gemeinsame Nacht, an das, was ich gekauft und benutzt habe.

Wenn ich an etwas zurückdenke, klinke ich mich einfach aus der Gegenwart aus. Dann holt mich ein Teil von mir ein.

Es fällt mir schwer, mich zu betrinken. So bin ich eben. Ich fange an nachzudenken und vergesse, den Becher wieder aufzufüllen, oder ich erinnere mich an etwas, das ich noch tun muß, und verlasse schließlich die Party. Ich hab schon eine volle Dose Bier wieder hingestellt und bin gegangen, um das Rhabarberbeet meiner Grandma zu jäten oder das Auto eines Cousins zu reparieren. Aber an diesem Abend, als ich mich an Lymans Gesicht erinnere, fange ich an zu trinken und denke nicht dran aufzuhören. Ich trinke viel, um meine Gefühle loszuwerden.

Ich muß auch immerzu an dich denken.

Das höre ich laut von Shawnee Rays Stimme ausgesprochen, direkt hinter mir, wo außer der Wand nichts ist. Ich schiebe mich daran entlang, bis ich an eine Tür komme, und betrete ein winziges, mit Mänteln und Jacken vollgestopftes Schlafzimmer; noch ist dieser Raum weder Liebesnest noch Ausnüchterungszelle. Ich setze mich auf einen Haufen Parkas und Jeansjacken und höre das Gedröhne aus dem Partyraum. Ich sehe ein Telefon und wähle Shawnee Rays Nummer. Natürlich hebt Zelda ab.

«Leg auf», sagt sie. «Wir warten auf den Arzt.»

«Was fehlt Redford denn?» frage ich. Mein Kopf ist voller klingender Münzen.

Am anderen Ende herrscht Schweigen, dann höre ich Shawnees Stimme.

«Kannst du bitte auflegen?»

«Ich komm rüber.»

«Nein, bleib wo du bist.»

Es klickt, die Leitung ist unterbrochen. Ich halte den tutenden Hörer in der Hand und versuche, einen klaren Kopf zu bekommen. Das einzige, was ich halbwegs deutlich sehen kann, ist mein Bus. Ich nehme das als Zeichen, mich hinters Steuer zu klemmen und direkt zu Zelda zu fahren. Also stelle ich meinen Drink aufs Fensterbrett, gehe zur Tür raus, stolpere die Treppe runter, und da warten sie schon.

Er hat mich wohl erkannt und kommt doch aus Montana. Und er hat Freunde dabei. Sie stehen um den Bus herum, und ihre Köpfe reichen bis ans Dach, so groß sind sie.

«Machen wir einen kleinen Ausflug», meint der Typ mit dem T-Shirt aus der Tankstelle.

Er klopft mit den Knöcheln gegen das Fenster. Als ich nein danke sage, springt er auf die Motorhaube. Er trägt spitz zulaufende schwarze Cowboystiefel mit abgewetzten Absätzen, und jedesmal, wenn er springt, macht er kleine Dellen in die Haube.

«Jedenfalls vielen Dank», sage ich, «aber die Party ist noch nicht vorbei.» Ich versuche, zurück ins Haus zu kommen, doch wie in einem schlechten Traum klemmt die Tür, oder sie ist abgeschlossen. Ich brülle, trommle dagegen, trete gegen die Kratzspuren, die ein verzweifelter Hund zurückgelassen hat, aber die Musik wird immer lauter, und keiner hört mich. Und so sitze ich schließlich doch hinter dem Steuer. Sie sind sehr liebenswürdig. Drängen mich zu fahren. So nett wie die sind, versuche ich mir einzureden, können sie gar nicht so schlimm sein. Und siehe da, nachdem wir ein bißchen rumgefahren sind, erzählen mir diese Jungs aus Montana, sie hätten zusammengelegt für ein Geschenk für mich.

«Was denn?» will ich wissen.

«Klappe», sagt der Tankwart. Er sitzt auf dem Beifahrersitz und paßt auf mich auf.

«Ich steh nicht so auf Überraschungen», sage ich. «Wie heißt du überhaupt?»

«Marty.»

«Ich hab einen Cousin, der heißt auch so.»

«Scheiß drauf.»

Die Typen auf dem Rücksitz tauschen ein grimmiges Gelächter aus, ein wissendes Schnaufen und Stöhnen. Marty wendet sich mir grinsend zu. «Wenn du unbedingt wissen willst, was wir dir schenken, sag ich's dir. Eine Karte. Eine Karte von Montana.»

Ihr Lachen wird hysterisch, hört gar nicht mehr auf.

«Ein schöner Staat», sage ich ernst.

«Was du nicht sagst», entgegnet Marty. «Dann sitzt du hoffentlich auch gern drauf.» Er bedeutet mir abzubiegen, und plötzlich wird mir klar, daß hier irgendwo Russell Kashpaw wohnt. Er macht seine Tätowierarbeiten im Keller, hat seine Gerätschaften immer bereit fürs Wochenende, und natürlich fällt mir sofort wieder ein, wie ich an seinen Schmerzen gescheitert bin.

«He.» Ich bremse ab. «Ihr könnt keinen gegen seinen Willen tätowieren lassen. Das ist Körperverletzung.»

«Kannst ja morgen zum Anwalt gehen.» Marty lehnt sich zu mir herüber, so daß ich seine starren Augen sehen kann. Ich lege wieder den Gang ein, tuckere aber nur langsam weiter, bin verzweifelt am Überlegen. Zur Linderung seiner Schmerzen verbringt Russell viel Zeit in der traditionellen Schwitzhütte, und zum Geldverdienen oder aus Liebhaberei hat er den Beruf, den er in Übersee gelernt hat und den er im Sitzen ausüben kann, wieder aufgenommen. Von ihm erwarte ich nicht viel Mitleid, und als ich vor meinem geistigen Auge Farben und schwirrende Nadeln sehe, die mich anstechen, sich in mich bohren, beschließe ich, Marty ganz höflich zu bitten, mich doch lieber zusammenzuschlagen. Wenn das nichts nützt, werde ich ihm sagen, daß es eine Menge Bundesstaaten gibt, die mir lieber wären, zum Beispiel Minnesota mit seinen weiblichen Sanduhr-Konturen, oder das kleine Rhode Island, oder sogar Hawaii, ein Haufen zarter Kreise. Idaho. Das sieht wenigstens nach was aus.

«Kommt jemand von euch aus einem anderen Staat?» frage ich verhandlungsbereit.

«Kansas.»

«South Dakota.»

Nicht, daß ich was gegen diese Staaten hätte, es ist nur so: Diese geraden Umrisse sind einfach nichts für uns Chippewas. Man braucht sich doch bloß umzusehen: Alles ist rund, alles in der Natur. Es gibt keine natürlichen Grenzen außer den sich windenden Flüssen. Nur vom Menschen geschaffene Dinge sind rechteckig oder quadratisch – zum Beispiel der Van. Ein gutes Beispiel. Plötzlich wird mir klar, daß ich eine vierrädrige Version von North Dakota fahre.

«Schlagt mich doch einfach zusammen, Jungs. Dann haben wir's hinter uns.»

Doch sie lachen nur noch lauter, und dann sind wir bei Russell.

An der Tür zum Keller steht *Come in.* Ich werde von fünf kräftigen Footballerhänden gepackt und hineingeschoben, so daß ich Russell als erster sehe und merke, daß er nicht Teil des ganzen Ramsches und angesammelten Krimskrams ist, der sich auf dem Kellerboden stapelt, sondern ein Mensch, der still wie eine Statue dasitzt, in einer Ecke im Rollstuhl, der quietscht und singt, als er sich mit seinen alten, aber kräftigen langen Armen auf uns zuschiebt.

«Bitte!» flehe ich mit verzweifelter Stimme. «Ich will nicht –»

Marty packt mich am Hals und zerzaust mir das Haar.

«Kalte Füße? Also, Mr. Kashpaw, ich hab's Ihnen ja schon am Telefon gesagt. Die Karte von Montana. Wohin, wissen Sie. Und viele Details.»

Ich versuche zu schreien.

«Ich hatte», fährt Marty fort, «an so eine Karte gedacht, wie wir sie in der Schule gemalt haben, mit Sachen, die's da gibt. Kuhköpfe, Öltürme, Militärstützpunkte, Getreidegarben und all so was ...»

Russell Kashpaw blickt von Marty zu mir und zurück zu ihm und wieder zu mir, skeptisch, geduldig, und dann fährt er sich übers kantige Kinn und überlegt.

«Bindet ihn fest», sagt er schließlich. Seine Stimme ist fest, voll militärischer Schärfe. «Und dann geht.»

Das tun sie. Meine Hose und den Autoschlüssel nehmen sie mit. Ich höre den Motor aufheulen und leiser werden und wälze mich in meinen Fesseln hin und her. Ich spüre Russells Hand auf der Schulter, und urplötzlich springen mir von irgendwoher aus einer Hirnwindung Worte wie Brot in den Mund.

Ich fange an zu stammeln: «Bitte, Mr. Kashpaw. Ich bin nicht freiwillig hier, diese Typen aus Montana haben mich gekidnappt. Haben Sie Mitleid!»

«Sei still.» Jetzt, wo die anderen weg sind, ist Russell Kashpaws Stimme anders, leiser, paßt eher zu seiner Erscheinung, gar nicht unfreundlich. Ich richte meinen flehenden Blick auf ihn. Aus meiner Wurmperspektive sieht er aus wie ein heruntergekommener Gott. Seine Augen sind eisig schwarz, die militärisch kurzen Haare dunkel, halb ergraut, und die narbigen Wangen glänzen im grellen Neonlicht von der Decke. Man weiß nie, wann man auf dieser Welt seinen Zwilling trifft, sein Double. Ich meine nicht vom Aussehen her, sondern eher vom Gedanklichen. Man weiß nie, wann man die gleichen Gedanken in einem anderen Hirn findet, aber wenn es passiert, merkt man es sofort, als wäre man mit einem dünnen elektrischen Draht verbunden, der auf einmal rot glüht und Funken sprüht. Genau das geschieht, als ich zu Russell Kashpaw hochstarre und er plötzlich grinst.

Er legt eine Hand ans Kinn.

«Hab keine Vorlage für Montana», sagt er. Mit ein paar raschen Handbewegungen bindet er mich los, macht ein paar verächtliche Bemerkungen über die schlampigen Knoten. Dann läßt er sich wieder in seinen Rollstuhl zurücksinken und sieht zu, wie ich mich aufrapple.

«Ich wollte überhaupt keine Tätowierung haben, Mr. Kashpaw. Nicht, daß ich was gegen Tattoos hätte», sage ich, um seine Berufsehre nicht zu verletzen. «Aber das hier war so eine Art Racheakt.»

Er sitzt still da und wartet ab, mit gefalteten Händen und ernstem Gesicht. Jetzt weiß ich, daß mir nichts mehr passieren kann, aber ich weiß nicht wohin, also setze ich mich auf einen Stapel Zeitschriften. Er fragt, was für ein Racheakt, und ich erzähle ihm die ganze Geschichte, von Anfang an. Ich erzähle ihm, wie meine Mutter mich besucht hat, und gehe noch weiter zurück, weiter als bis zum Bingo, bis dahin, wo ich zum Winter-Powwow gekommen bin. Die persönlichen Details von Shawnee und mir lasse ich weg, aber er versteht schon, was los ist. Ich erzähle ihm alles über den Van.

«Ein ungewöhnlicher Glücksfall.»

«Haben Sie das je erlebt? Glück?»

«Ständig. Die Jungs haben eine Menge Geld bezahlt. Vielleicht wollen sie es zurück, aber andererseits – guck doch einfach ein bißchen gequält, weißt schon, reib dir den Hintern, wenn du sie das nächste Mal siehst. Und halt sie mir vom Hals.»

Er öffnet ein Buch, das auf dem Tisch liegt, ein Notizbuch mit Plastikseiten, die man einzeln rausnehmen kann, und reicht es mir.

«Such dir was aus», meint er.

Ich tue interessiert – will ihn natürlich nicht enttäuschen – und blättere die Drachen und Herzen durch, überlege, wie ich ihn abwimmeln kann. Dann sehe ich plötzlich den Stern. Der gleiche, der mein Glück an den Nachthimmel gestreut hat, als meine Mutter mich allein ließ, das gleiche Bild, das mir durch den Kopf geschossen ist, als ich im Wald war. Jetzt hab ich ihn. Er fällt vom Himmel, strebt Strahlen sprühend zum Blattrand. Mein Glück ist unbeständig, aber es kommt zurück. Mich packt eine wilde, unheimliche Hoffnung. In meinem Kopf formt sich ein Gedanke, klar und grundsätzlich: Dieser kleine Stern wird mir meinen Zauber zurückbringen und Shawnee davon überzeugen, daß ich es ernst mit ihr meine.

«Den da. Machen Sie ihn mir hier auf die Hand.»

Russell nickt, gibt mir einen Lappen zum Draufbeißen und nimmt die Nadel.

Jetzt läßt mir die Hand keine Ruhe mehr. Sie pocht, sticht und schmerzt, als habe sie in Eis gelegen. Aber ich weiß jetzt, daß ich vorankommen werde, daß ich Shawnee Ray diese Hand präsentieren werde. Selbst in dieser enorm weiten grünen Hose von Russell Kashpaw, in der ich die Straße entlanggehe, zum Bingo-Palast, wo alles ist, was ich besitze, komme ich voran. Meine Hand ist ein Nadelkissen, aber wenn ich darauf schaue, sehe ich den kleinen Stern vom Himmel fallen.

Ich bin gewappnet gegen das, was jetzt kommt. Deshalb werfe ich mich auch nicht zu Boden oder fange an zu brüllen, als ich den Van auf einem Feld stehen sehe. Zuerst denke ich, es ist der Traumbus, so wie ich ihn immer in meinen Visionen gesehen habe. Dann merke ich, es ist das echte Auto. Schrottreif.

Mein Bingo-Van ist an den Seiten eingebeult, total verkratzt, die Inneneinrichtung kaputtgeschlagen. Herausgerissene Teppichteile, Drähte der Stereoanlage, Glassplitter – alles im Weizenfeld verstreut. Mit Mühe bekomme ich eine der eingedellten Türen auf. Ich quetsche mich hinters Steuer, das in einem komischen Winkel absteht, und sehe hinaus. Die Windschutzscheibe ist zerschmettert, ein sonnenüberflutetes Netz, durch das die Welt komplizierter aussieht, als ich gedacht hätte, und auch friedlicher.

Ich war die ganze Nacht auf, und der lange Tag liegt vor

mir, deshalb beschließe ich, an Ort und Stelle zu schlafen. Ein Teil des Sitzes ist noch immer ausgezeichnet gepolstert, dick und weich, und die Rückenlehne ganz nach hinten gekippt – für immer, aber was soll's. Ich lasse mich ins Weiche zurücksinken, mein Körper ist warm wie der eines Tieres, die Gedanken schweben frei. Es ist unsinnig, aber in diesem Augenblick fühle ich mich reich. Beim Eindämmern scheint mir alles Besitzenswerte greifbar nah zu sein. Ich brauche nur die Hand in die Leere auszustrecken.

KAPITEL ACHT

Lymans Glück

Die beiden saßen einander gegenüber an einem verkratzten Plastiktisch in der Bar des Bingo-Palasts. Lipsha Morrissey hatte die Ellbogen aufgestützt, die Hände gefaltet und kippelte auf seinem Stuhl nach vorn. Lyman saß leicht zurückgelehnt, die Hände nebeneinander auf dem Tisch. Seit er gesehen hatte, wie die Grenzbeamten dem Jungen die Pfeife wieder aushändigten, kam er von dem Gedanken daran gar nicht mehr los. Er wollte diese Pfeife mit einer Entschiedenheit, die nicht mit ihrem Wert als historisch interessantem Gegenstand in Zusammenhang stand. Obwohl er nicht über alle seine Motive nachgedacht hatte, war ihm klar, daß dieses Verlangen etwas mit seinem leiblichen Vater zu tun hatte, denn wenn er sich vorstellte, daß er die Pfeife rauchte, die einst Nector Kashpaw gehört hatte, sah er sich vor seinem geistigen Auge diesen heiligen Gegenstand feierlich aus der kleinen Tasche ziehen und an Freunde weiterreichen, aber auch an Geschäftspartner, immer mit dem Gefühl, daß sie sein rechtmäßiges Erbe war.

Die Vorstellung, diese Pfeife zu besitzen, hatte sich so nachhaltig in Lymans Kopf festgesetzt, daß er schon mehrmals den Versuch unternommen hatte, sie Lipsha abzukaufen. Jedesmal war er behutsam abgewiesen worden, doch jetzt glaubte er, etwas druckvoller argumentieren zu können. Er verschränkte seine dicken Finger und schaute auf den teuren Juwel an seinem Ring, einen blauen Edelstein, der das Licht aufsaugte. Er legte den Kopf schief und sah aus seinen weit auseinanderstehenden Augen berechnend drein.

«Es geht mir ja gar nicht um mich», fing er an. «Sieh es mal so – du würdest die Pfeife deinem Volk zurückgeben.»

Lipsha leckte am Ende seines Strohhalms und schüttelte mit einem abwesenden Lächeln den Kopf.

«Ich würde sie ausstellen», fuhr Lyman fort. «Irgendwo, wo man sie immer sehen kann, vielleicht in einem Glaskasten am Eingang zum Kasino. Wenn du sie behältst, verlierst du sie womöglich noch. Es könnte was passieren, wie damals an der Grenze.»

«Wir haben sie doch zurückbekommen», entgegnete Lipsha. «Von Rechts wegen hätten sie sie gar nicht nehmen dürfen, das haben sie selbst zugegeben.»

«Ich behaupte ja nicht, daß es deine Schuld war.» Lyman schüttelte den Kopf und betrachtete finster seine ineinander verhakten Finger. «Ich meine nur, *es könnte alles mögliche passieren.*»

«Es könnte alles mögliche passieren», stimmte Lipsha zu.

«Und dir passiert dauernd alles mögliche.»

«Scheint so.» Lipsha preßte die Finger fest zusammen und besah sich den kleinen Stern, der dabei über seinen Handrücken wanderte. Titus, der an der Bar arbeitete, stellte ihm einen Hamburger hin. Titus war ganz in Schwarz gekleidet – schwarze Jeans, Motorradstiefel, T-Shirt, eine schwarze Taucheruhr aus Plastik. Die langen Locken hingen ihm spröde und widerspenstig über die Schultern. Er starrte von Lyman zu Lipsha.

«Hast 'n Kater?» fragte er Lipsha. «Laß dich nicht mit

Lyman ein, wenn du nicht top drauf bist. Er ist hinter der Pfeife her.»

«Was du nicht sagst.» Lipsha aß weiter. Seine Kiefer mahlten immer langsamer, bis er nur noch so tat, als kaue er, einmal, zweimal. Dann rutschte ihm das Haar aus dem Stirnband, und er schob sich den Rest des Hamburgers in einem Stück in den Mund. Er schluckte, starrte auf den Tisch, das Haar wirr im Gesicht; dann warf er den Kopf zurück und klemmte sich die losen Strähnen hinter die Ohren.

«Ich glaub nicht, daß ich verkaufen sollte.»

«Warum denn nicht?» Lymans Gesicht umwölkte sich, während er versuchte, seinen aufsteigenden Ärger zu unterdrücken.

«Hast du schon mal die Geschichte von dem Chaos wegen dem Linsengericht gehört?»

«Wie?»

«Ein Bruder tritt sein Erstgeborenenrecht für ein Frühstück an den anderen ab. Steht in der Bibel.»

Lymans Blick heiterte sich etwas auf; fast hätte er zu lachen angefangen.

«Der Hamburger da geht auf Kosten des Hauses.» Dann runzelte er mißtrauisch die Stirn. Er rieb sich mit einer Hand über die andere, hin und her, als würde er einen Hund streicheln. Er rubbelte schneller und schneller, und dann redete er mit abgehackter, barscher Stimme weiter.

«Nector Kashpaw war *mein* richtiger Vater.»

«Was hat das denn damit zu tun?»

«Verdammt, Lipsha! Streng doch mal deinen Grips an. Diese Pfeife kann jeden inspirieren, sie ist ein echtes Kunstwerk, ein spirituelles Objekt. Aber du würdest sie lieber in deinem kaputten Kofferraum liegen haben oder sie in deine Truhe stopfen. Irgendwohin. Du verdienst sie einfach nicht!»

Lipsha starrte seinem Onkel mit leicht geöffnetem Mund, entrückt, seltsam friedlich und beschaulich ins Gesicht.

Lyman senkte die Stimme und zog sein überzeugendstes Register. «Sie gehört uns allen, Lipsha. Und ganz besonders mir.»

«Wie Shawnee Ray?»

Lyman zog die Mundwinkel zwischen die Zahnreihen und zuckte ein wenig zurück, wie vor Schreck über diese überraschend unfaire Frage. Er spannte die Kiefermuskeln und fuhr im zwingenden, belehrenden Tonfall eines Predigers ungehalten fort.

«Shawnee Ray ‹gehört› mir nicht, Lipsha. Sie ist mit mir zusammen, weil sie es will, weil sie etwas in mir sieht, das sie bewundert. Und sie hat einen guten Geschmack, schätzt harte Arbeit und Intelligenz. Sie ist aus freien Stücken mit mir zusammen und nicht, weil ich sie dazu zwinge.»

Während Lipsha zuhörte, wurden seine Augen immer größer, sein Blick fast verzweifelt, bohrend.

«Ich tausche die Pfeife!» rief er plötzlich aus.

«Gegen was?»

«Shawnee Ray. Hör zu: Ich geb dir die Pfeife, und du hältst dich zurück, machst dich dünne.»

«Du Arschloch!»

Lipsha hob die Hände, kehrte die Handflächen nach außen und grinste wie irr, als Lyman, unfähig, sich noch länger zu beherrschen, aufsprang. Lyman ging hinüber zur Bar, rückte Hocker gerade, staubte Tische ab, hob Stühle hoch und stellte sie wieder hin. Er nahm sich eine Traubenlimonade aus dem gläsernen Kühlfach und setzte sich mit einer Schale Popcorn wieder hin.

«Soll ich die Pfeife gleich holen?» fragte Lipsha mit noch breiterem Grinsen.

Lyman führte eine Handvoll Popcorn zum Mund, hielt auf halbem Weg inne und blinzelte mit einem Auge an seiner Faust vorbei.

«Ich stell dir den Scheck aus», sagte er.

«Ich werde nicht *verkaufen.*» Lipsha war jetzt beherrscht und ruhig. «Nur tauschen. Du kriegst die Pfeife, und ich warte darauf, daß Shawnee ihre eigene Entscheidung fällt.»

Lyman lehnte sich zurück, ließ das Kinn auf die Brust sinken und dachte nach. Er starrte auf die Theke, erst ausdruckslos, dann berechnend.

«Sie wird begeistert sein, wenn sie erfährt, was du da ausgeheckt hast», meinte er.

Lipsha drehte sich weg, nun seinerseits ratlos. Eine kleine Ewigkeit lang sagte keiner etwas. Die einzigen Geräusche im Saal kamen aus einer gedämpften Gesprächswolke um den Billardtisch, vom gelegentlichen Klacken der Kugeln, von Titus, der im Hinterzimmer telefonierte. Die Popcornmaschine spuckte los, ein letzter Kern explodierte leise in der gelben Luft.

Als Lyman seinen Koffer für den Kongreß der indianischen Glücksspielveranstalter packte, wog er die Pfeife einen Augenblick lang in den Händen. Dann legte er sie schnell und vorsichtig mitsamt dem Beutel in die Innentasche seiner Reisetasche und zog sämtliche Reißverschlüsse zu. Er blätterte seine Flugtickets durch: Bismarck – Denver, Denver – Reno. Die Reservierung: Hotel Sands Regency. Die Bestätigungskarte war mit lila Tinte geschrieben, und winzige Sterne flogen von den Buchstaben des Hotels. Er kontrollierte alles zweimal, nahm die Tasche und trug sie ins Wohnzimmer. Er schlüpfte in sein ledernes Jackett, das braun war und weich, versicherte sich, daß Fenster und Türen zu waren, und schloß dann die Wohnungstür dreimal ab.

Lyman war noch nie in der Wüste gewesen. Er folgte den Schildern zum Hotel-Shuttle und wartete auf den Bus. Die Luft, die seine Lungen durchströmte, schmeckte nach Staub, sie schien ein wenig gefärbt, in einem kühlen, melancholischen Ton. Alle Gebäude, die er sehen konnte, hatten eine blaßgelbe, margarineähnliche Farbe. Er vertrat sich kurz die Beine. Die in Kübel gepflanzten Palmen stanken nach Katzenurin. Schon jetzt schwitzte, ja kochte er in seinem Lederjackett. Sein Haar fiel in schlaffen, feuchten Strähnen herab. Obwohl er den Kongreß mitorganisiert hatte, war er aufgeregt und unsicher, wäre am liebsten auf der Stelle umgekehrt und wieder nach Hause geflogen. Dann kam der Bus, er stellte die Tasche hinein, warf den Kopf zurück und war plötzlich davon überzeugt, daß etwas mit ihm geschehen würde. Sein Mund wurde wäßrig, Tränen traten ihm in die Augen, seine Gedanken wirbelten, und sein Herz pochte heiß und wachsam. Er versuchte, es im Zaum zu halten, doch als er in die Lobby des Hotels kam und das hohe, manische Piepsen der Spielautomaten, die verhaltenen Rufe der Croupiers vernahm und schlechte Blätter geräuschvoll auf dem Tisch aufschlagen hörte, schoß ihm ein Adrenalinstoß in die Adern.

Er zwang sich, an der Rezeption den Schlüssel zu holen und dann in sein Zimmer zu gehen. Es war ganz in einem dschungelfarbenen Bronzeton gehalten, das riesige Bett eine Tigerhöhle. Glänzende Folie und schwarze Leopardentupfer umgaben den Spiegel, säumten den Tisch und die Plastikstühle. Flauschige grüne Auslegeware bedeckte den Boden mit langem, schmierigem Flor. Er zog die Brieftasche heraus und legte sie in die Reisetasche, stellte diese ab, ging wieder hinaus und verschloß die Tür.

Die riesige Kasino-Halle, die Lyman durchquerte – die größte, die er je gesehen hatte – war in große Abteile unterteilt; Bereiche voller Lärm und Gewimmel waren abgetrennt von anderen Bereichen voller Rauch und Stimmen. Die tiefhängende Decke war verspiegelt, der endlose teppichgedämpfte Boden hatte eine satte Barbecue-Farbe. Der Raum war grell beleuchtet und mittels breiter Wege und großer, durch dicke Samtseile abgegrenzter Rundflächen so gestaltet, daß er wie ein traumhafter Park wirkte. Freude durchströmte ihn wie Harz. Er betrat dunkle Höhlen, wo aus blauen Styroporbehältern gekühlte Eiskrem in tausend Geschmacksrichtungen verkauft wurde. Ein Türrahmen war ganz mit bunten Glasperlen besetzt, eine riesige Orange mit Saft gefüllt. Einem Lift entsprangen adrette Hostessen, die nach dem Chlor des Swimmingpools im Obergeschoß rochen und anboten, einen mit Parfüm zu besprühen. Fasziniert, ja ehrfurchtsvoll sah er zwei älteren Frauen in identischen grünen Hosenanzügen zu, die sich an einem Spielautomaten betätigten, wartete mit den beiden auf das fröhliche Geräusch herauspurzelnder Münzen. Er ging an den Video-Pokermaschinen vorbei und hatte, als er am anderen Ende ankam, die Hände noch immer fest in den Hosentaschen. Ein roter Camaro. Ein hellblauer Mustang. Lyman fuhr mit den Fingern über die Hauben der Autos, um die im hinteren Teil des Kasinos gespielt wurde. Er ging an den Black Jack-Tischen mit fünf Dollar Mindesteinsatz vorbei, dann an denen mit zehn Dollar. Er ging zum Anfang zurück, wollte zeigen, daß es ihm nichts ausmachte, noch einmal daran vorbeizugehen. Er kam an die Hunderter-Tische, dann an die Fünfhunderter. Schließlich durchlief er den ganzen Parcours ein drittes Mal, und als er dastand und nicht auf die Spieler, sondern zur Seite schaute und konzentriert ein- und ausatmete, erhoben sich seine Hände aus den Taschen zu einem magischen Bogen in die Luft.

Das war der Augenblick, in dem er herumwirbelte, fast im Laufschritt zum Lift eilte, hineinsprang und auf seine Etage hochfuhr. All diese Details waren zuviel für ihn, zogen ihn an, überwältigten ihn, ihm taten richtig die Augen weh von den Eindrücken. Im Zimmer griff er sofort nach dem Telefon, rief den Service an, bestellte einen großen Obstsalat mit Hüttenkäse. Dann telefonierte er noch einmal und bestellte eine Limonade, schließlich ein drittes Mal, um sich einen Teller Nachos bringen zu lassen, und dann setzte er sich ans Fenster und zwang sich zu warten. Es folgte eine lange Leere, eine Zeitspanne, die er eigentlich für die Vorbereitung des Vortrags hätte verwenden sollen, den er am nächsten Tag halten mußte. Oder er hätte jemanden anrufen können – bestimmt war schon irgendwer da, den er von anderen, regionalen Kongressen her kannte. Sicher war er nicht als einziger so früh eingetroffen. Er sah auf die Uhr. Das dauerte! Er hätte besser daran getan, hinauszugehen, nach einem richtigen Restaurant zu fragen oder sich seinen Appetit einfach aus dem Leib zu laufen.

Warum eigentlich nicht?

Er sprang auf, suchte nach seiner Brieftasche und strich sich die Taschen glatt. Draußen begegnete er dem Kellner mit dem Wagen, der mit gelangweilter Entschlossenheit auf sein Zimmer zuging, und fast wäre er stehengeblieben. Doch dann sah er den Salat – ein großes Ananasviertel, noch mit dem stacheligen Schopf, ein Stück Wassermelone und ein paar Scheiben Honigmelone, rote Weintrauben. Die Plastikhülle sah aus, als sei sie mit den Früchten verschweißt.

Er ging weiter, nahm den Lift hinunter in die Lobby. Schon im Begriff, auf die Straße zu treten, schwenkte er plötzlich um die strahlenden Säulen herum, an den surrenden Spielautomaten vorbei und zu den Tischen, wo noch die gleichen Leute Karten aufnahmen und ablegten.

Langsam zerstreuten sich die Leute, die Luft unter dem brummenden Neon flackerte. Fünf Stunden später stand Lyman vom Black Jack-Tisch auf, reckte die Arme und gab dem Kartengeber ein Trinkgeld. Er war um siebenhundert Dollar glücklicher als beim Hinsetzen. «Jetzt», sagte er zu sich selbst, *«jetzt.»* Er riet sich zu gehen, aufzubrechen und das italienische Restaurant zu suchen, das ihm der Kartengeber empfohlen hatte, der ihn ganz offensichtlich loswerden wollte. «La Florentine», sagte er entschlossen. Er nickte den anderen Spielern zu, die immer noch wie gebannt auf die nächste Karte starrten, in Gedanken die Chips und Punkte zählten. Lymans Gewinn war ein kühler Stapel Chips in seiner Hand, und er ging damit zur Kasse, aber als er die kurze Schlange sah, wollte er nicht so lange warten. Er würde noch mal kurz zu den Spielautomaten laufen, sich ein bißchen die Beine vertreten. Er kam am Eisstand vorbei und bestellte sich einen Erdnußbecher. Dann klemmte er sich den Stapel Chips unter den Arm und aß sein Eis, stand da und sah zu, wie die Leute hin und her eilten und die Münzen in den weißen Plastikeimerchen klimpern ließen.

Sein Gesicht war eine Maske. Äußerlich wirkte er ruhig, gelassen, doch darunter spürte er, wie sich seine wahren, verborgenen Züge in fassungslosem Entsetzen verzogen. Plötzlich durchlief ihn ein nervöser Schauder, zusammen mit dem kalten Eis. Seine Sinne wurden taub, sein Mund gefühllos, er schmeckte nichts mehr, hörte nur noch die Kasinogeräusche, spürte die eigene Hand nicht mehr, die die

Erdnußsauce zwischen seine Lippen löffelte. Eine Gewißheit klatschte hernieder wie eine nasse Hand, und sein Gehirn schaltete ab. Fixiert auf das schwache Trostpflaster für seine Niederlage, warf er den Rest des Eisbechers weg und trug seine siebenhundert Dollar in Chips zurück an den Tisch mit den hohen Einsätzen.

Und er hätte auch gespielt, wenn nicht der Zwischenfall gewesen wäre. Ein älterer Mann in einem sauberen weißen Hemd und karierten Hosen stieß mitten im Raum mit ihm zusammen, und seine Chips flogen zu Boden. Als sie alle wieder eingesammelt waren, murmelte Lyman beschämt, er sei auf dem Weg zur Kasse gewesen. Woraufhin er, als habe sich in seinem Hirn ein anderes Programm eingeschaltet, tatsächlich dorthinlief, die Chips einlöste und wieder zurück durch die Menge ging. Es war, als bewege er sich jetzt in einem Kraftfeld. Er war immun. Er ging zum Lift, fuhr hoch auf sein Zimmer. Er setzte sich ans Fenster, sah hinaus auf die Fenster und Lichter von anderen Zimmern, zog dabei die Plastikfolie von dem Salat und verzehrte das warme Obst und die Maischips, die sich in der Salsa und der sauren Sahne auflösten. Er aß alles auf und trank die wäßrige Limonade. Dann schlief er, traumlos, die siebenhundert Dollar aufgefächert im Aschenbecher neben seinem Kopf.

Um zwei Uhr nachts wachte er auf, wieder klar im Kopf; sein Gehirn war eingeschaltet und summte wie eine an das Geld angeschlossene Maschine. Rasch zog er sich an, fuhr sich mit den Händen durchs Haar und ging hinunter, im Wissen, daß nichts schiefgehen konnte. Und es ging nichts schief. In der nächsten Stunde spielte er perfekt, und die Chips vor ihm vermehrten sich, bis er weit in Führung lag. Dann gewann er eine Zeitlang nicht mehr so oft, aber der Stapel Chips wuchs weiter. Eintausend, zweitausend, noch mehr. Und dann, als er knapp unter dreitausend lag, spürte er eine Art Welle, eine grüne Woge des Ekels, die ihn überkam, und befahl sich zu gehen. Aber zu diesem Zeitpunkt war er in zwei Personen gespalten, die sich nicht voneinander lösen konnten. Er ließ sich in einen Sumpf nachlässiger Spiele ziehen und begann sich zu verkrampfen. Sein Glück wurde unbeständig, und doch spielte er schwunglos weiter. Der Zauber war gebrochen. Das Blatt wendete sich gegen ihn. Nur um das Gefühl des Gewinnens noch einmal zu erleben, um das Glück erneut zu bezwingen, spielte er weiter, nachdem er längst alles verloren hatte.

Um vier Uhr morgens stand er vor dem Geldautomaten, gab immer wieder seine Geheimnummer ein und konnte nicht fassen, daß er seinen Kreditrahmen ausgeschöpft hatte.

Um Viertel nach vier löste er den Scheck ein, den ihm das Amt für indianische Angelegenheiten zur Finanzierung des Kongresses zur Verfügung gestellt hatte. Die Hälfte nahm er in Chips, für die andere Hälfte ließ er sich vom Kassierer einen Scheck ausstellen. Erst gewann er, doch dann zogen ihn die Verluste wieder nach unten, bis er bankrott war.

Um fünf machte er auch den zweiten Scheck flüssig.

Um sechs brachte er Nectors Pfeife zu dem rund um die Uhr geöffneten Pfandhaus und bekam hundert Dollar dafür.

«Bis heute nachmittag bin ich wieder hier», versprach er dem Pfandleiher.

Um sieben Uhr morgens hatte er nichts mehr, was er zu Geld machen konnte, fühlte sich aber trotzdem gut, ausgelaugt zwar, aber Herr der Lage, aufmerksam und klar im Kopf. Er ging durch die Doppelglastür hinaus und blieb mit hängenden Armen in der kühlen, trockenen Morgendämmerung von Nevada stehen. Auf dem Parkplatz sah er zu, wie der Himmel von Silber nach Blau wechselte, und spürte, wie das Sonnenlicht kräftiger wurde. Er wußte, daß hinter der Bahnlinie eine Brücke war, und als könne er das Wasser bereits riechen und schmecken, ging er darauf zu. Die Bäume, der Park mit Wiesen waren nur zwei Häuserblocks entfernt, und bald umgaben ihn die Geräusche des Morgens, das Knacken der Zitterpappeln, ein leises Murmeln. Eine milde Brise drängte sich gegen ihn, und er roch den trockenen Sagebrush und das Öl abgebrochener Zypressenzweige. Er ging hinüber zu dem Geländer am Flußufer, dachte hoffnungsvoll daran, sich hineinzustürzen, aber der Truckee River war nur einen Fuß tief, suchte sich seinen Weg zwischen grauen Felsen, zu schwach zum Strömen, zu seicht zum Fließen.

KAPITEL NEUN

Lipsha

Isolierung

Was ich in Händen halte, nachdem ich sie ins Nirgendwo ausgestreckt habe, ist Isoliermaterial. Ihr mögt es Geld nennen, aber ich weiß es besser. Wenn man arm ist und plötzlich bingoreich wird, betrachtet man das Geld so, wie ich es im Moment sehe. Man sieht nicht so sehr, was es einem bringt, sondern was es fernhält – Kälte, Hitze, wunde Füße, Nikotinentzug, hungrige Tage, sogar andere Menschen. Eine Zeitlang überlege ich, was ich jetzt tun soll. Ich schlage die Bibel auf und lese zufällig einen Satz aus Lukas. *Teile das Erbe,* lehrt er. Das hab ich schon getan, schließlich habe ich Nectors Pfeife mit Lyman Lamartine geteilt. Im Gegenzug dafür, daß er Shawnee Ray nicht erzählt, wie ich mir ihre ungeteilte Aufmerksamkeit erkaufen wollte, hat er sich die Pfeife für unbestimmte Zeit geborgt.

Isolierung bringt mehr Isolierung, so geht das bei mir. Jedesmal, wenn ich mit einer Bingokarte von June um Geld spiele, gewinne ich etwas. Beim ersten Mal sind es fünfzig Dollar, bloß ein bißchen Benzingeld, aber der Trend hält an. Eine Woche vergeht, und ich gewinne insgesamt sechshundert Dollar, in der nächsten sind es zweihundert und in der danach wieder sechshundert, dann tagelang nichts, dann hier mal was und da mal was, aber immer erwerbe ich neue Isolierung. Die Bingokarten meiner Mutter ziehen das

Glück an wie ein Magnet. Endlich hält sie, voll mit Hundertern und Zwanzigern, die Hand über mich. Ich stecke alles in die Tasche. So mancher Schein verliert sich in den Händen meiner Kumpel, aber das meiste sammelt sich unter meiner Matratze an.

Mit Geld, das merke ich mit der Zeit, wird der Frühling milder, sogar diese heißen Wochen, wo es dann plötzlich bis auf den Gefrierpunkt abstürzt. Dank der künstlichen frischen Brise in meinem Zimmer schlafe ich nachts gut, auch wenn es heiß ist. Andere würden vielleicht von einer tollen Belüftungsanlage sprechen, für mich ist es Isolierung. Ich hoffe immer noch, diese Isolierung wird Zelda Kashpaw irgendwann so beeindrucken, daß sie mir nicht länger im Weg steht, denn seit dem Morgen, als ich in meinem schrottreifen Van eingedöst und umgeben von kaputten Scheiben und schwankenden schwarzen Sonnenblumenstielen vom Vorjahr aufgewacht bin, kann ich an nichts und niemanden mehr denken außer an Shawnee Ray. Manchmal, wenn ich im luftigen Dunkel einschlafe, denke ich daran, wie eng wir einander umschlungen haben. Es war so natürlich, als wären wir zu einer einzigen Pflanze zusammengewachsen. Und jetzt sehne ich mich so schrecklich nach ihr, jetzt sind meine Arme abgebrochene Stengel. Ich versuche, andere Frauen ernst und abschätzend anzusehen, aber es klappt nicht. Ich kriege das Gefühl nicht auf die Reihe.

Ich schimpfe mein Herz aus, weil es kopfüber auf dem Tisch steht wie ein leerer Becher. Aber ich kann keine außer Shawnee Ray für voll nehmen. Selbst wenn ich mir sage, die Liebe ist nur ein Bild, so wie die geistige Vorstellung vom eigenen Zuhause – das, wenn man dorthin zurückkommt, voller besorgter Fragen und Menschen ist, alles andere als perfekt –, selbst wenn ich mir sage, ich muß da weitermachen, wo ich aufgehört habe, bleibt mein Herz stur.

Ich hänge in der Grauzone von Shawnee Rays Armen fest. Meine Liebe ist so stark, daß sie Grenzen und Moralvorstellungen sprengt, sie sucht sich ihren Weg, dringt durch Polster und Stahl wie eine Kugel, trifft. Tut weh. Doch als Beweis für die wunderschönen Dinge, die geschehen sind, habe ich nur geistige Orientierungspunkte. Zimmer zweiundzwanzig. Die Zwillingszwei. In Gedanken stelle ich Messingpfosten auf und spanne dicke Bänder aus weinfarbenem Samt vor die schäbige Tür. Ich beschirme die Liebesszene, das Liebestableau, vor der Berührung durch das Gewöhnliche. Ich gehe dorthin, wie man in ein Museum geht. Schließe die Augen, um Frische zu tanken. Duft hängt an meinen Fingern, an meiner Haut. Roher Zimt. Frisches Salz. Ein Tiergeruch, der Geruch von unmittelbarer Empfindung, Schmerz und Freude, bei jeder Berührung in mich gedrungen, so daß ich über die Grenzen meines Körpers hinauswachse, in einen größeren, lieblicheren, geschickteren.

Ich kann nicht von ihr lassen. Mein Herz pocht ihren Namen.

Doch je mehr ich der Liebe hinterherrenne, desto schneller flieht sie. Je mehr sich mein Inneres darauf konzentriert, sie einzufangen, desto unerreichbarer wird sie, ein Tier, das lernt, Fallen zu umgehen. Die Liebe ist hart, die Einsamkeit gewiß. All die Lieder, die ich mir jammernd anhöre, vermitteln diese Wahrheit. Wann hat man je ein Lied über eine erfüllte Liebe gehört? Über einen wahr gewordenen Traum? Egal wie ich mich bemühe, stets entgleitet die Liebe meinen Fingerspitzen, wertvoll wie ein Diadem und unerreichbar, immer auf dem Rückzug. Die Liebe ist der Urknall – wir schlafen miteinander, alles explodiert, und die Teile wirbeln bis in alle Ewigkeit frei umher.

Dank meines Isoliermaterials kann ich den Van reparieren lassen, und dann lege ich mich auf die Lauer und warte auf Shawnee Ray. Ich will mit ihr reden, ihr Gesicht sehen, ihr die Hand aufs Knie legen. Mit dem Geld kann ich Benzin kaufen und mit dem Van spazierenfahren. Ich warte vor dem Gemüseladen oder auf dem Weg zur Wohnung der Kashpaws oder beim College – überall, wo meine Kleine Muschel vorbeikommen könnte. Es dauert nicht lange, bis ich sie vor der Post erwische und sie zu mir winke. Sie kommt sofort, mit federnden Schritten, schwingt eine Tasche voller Schulbücher. Sie springt auf den Beifahrersitz, und eine Minute lang atmen wir beide nicht, starren einander nur in die Augen, freuen uns über die überraschende Nähe.

«Ich hab versucht, dich anzurufen.»

«Das solltest du nicht. Zelda und Lyman, die sind beide –»

«Was soll ich machen? Ich muß immerzu an dich denken.»

Sie dreht das Gesicht weg. «Ich hab geglaubt, ich würde ihn heiraten – ich meine, er hat es auch geglaubt.»

«Du triffst dich immer noch mit Lyman?»

«Ja klar.» Fast trotzig sieht sie mich an, als ob ich ein Recht darauf hätte, eifersüchtig zu sein, ein Gedanke, den ich erst mal beiseite schiebe, um ihn später zu verdauen.

Sie macht eine Pause, sammelt sich und redet dann, als habe sie den Text auswendig gelernt. «Das war eigentlich immer klar, seit Redford. Du läßt mich am besten eine Weile zufrieden, damit ich wieder ins Lot komme.»

«Aber liebst du mich denn nicht?» Ich flüstere es, versuche, sie mit meiner Stimme zu umschmeicheln.

Sie sieht mich so lange an, so zärtlich, mit so sehnsüchtig

dunklen Augen, daß sie die Frage eigentlich gar nicht zu beantworten braucht. In den folgenden Tagen habe ich diesen Blick wie ein hinter klarem Plastik steckendes Brieftaschenfoto ständig vor Augen. Jedesmal wenn mein Herz vor Verlangen nach ihr, vor Panik über ihren Rückzug zu rasen beginnt, schalte ich um auf dieses kleine Bild von ihr, auf dem sie von den gleichen Wünschen überwältigt ist wie ich. Und irgendwie komme ich dann immer zu der Überzeugung, daß wir zwar harte Zeiten voll brennender Probleme vor uns haben, daß uns aber zweifelsohne eine von Liebe erfüllte gemeinsame Zukunft winkt.

Nicht, daß dies der einzige Druck wäre, der auf mir lastet, denn ich habe nie herausbekommen, was Lyman mit der Pfeife angestellt hat. Etwa eine Woche, nachdem er aus Reno zurück ist, will ich sie zurückhaben. Da erzählt mir Lyman Lamartine mit aschfahlem Gesicht und mißtrauischem Blick, daß sie sich derzeit nicht in seinem Besitz befindet, daß er aber daran arbeitet, sie zurückzubekommen.

«Soll das heißen, sie ist weg?» schreie ich ihn fast an.

Er sagt nicht, wo oder bei wem sie ist, und ich überlege, ob ihn vielleicht jemand aus einem Museum angesprochen hat, wie diese Leute das ja öfter tun. Doch er redet einfach nicht weiter, reißt sich nur zusammen und starrt mich zornig an. In seine Ausführungen hat sich ein Zwischenton geschlichen, wie von einer überdehnten Saite, eine Angst, die ich noch nie bei ihm gehört habe, eine Grobheit, die nicht zu seiner glatten Zunge paßt. Ich bereue, ihm die Pfeife geliehen zu haben, und dennoch: Mit den geröteten Augen und den ausgewachsenen Haaren sieht er jetzt ungepflegter aus, menschlicher; fast wie jemand, dem ich trauen kann.

Wir haben alle dunkle Flecke in unserem Leben. Niemand

stirbt mit weißer Weste. Wir alle müssen dem Nichts vor uns und hinter uns ins Auge sehen. Nennen wir es Schlaf. Wir alle fangen im Schlaf an, und so finden wir auch unser Ende. Selbst zwischendrin versucht uns der Schlaf immer wieder zu übermannen. Im Leben so lange wie möglich wach zu bleiben – das könnte es sein.

Geld hilft dabei, aber nicht so sehr, wie man denkt, wenn man keines hat. Jedenfalls ist dies hier nur vorübergehendes Bingo-Glück-Geld, nichts Dauerhaftes. Wie sehr ich auch versucht bin, meinen Nachtwächterjob an den Nagel zu hängen – ich denke an Shawnee Ray und behalte ihn. Aber die Arbeit an der Bar stört mich nicht mehr so wie früher. Mit der neuen Stereoanlage in meinem Zimmer kann ich mir meine Musik anhören, wann ich will. Neue Hemden in den Schubladen, da brauche ich die alten nicht mehr so oft im Seniorenwohnheim zu waschen, was bedeutet, daß ich mir nicht mehr soviel Alte-Leute-Gekrittel anhören muß. Isolierung. Man lacht nicht mehr über Lipsha, denn man könnte ja mal ein Darlehen von ihm brauchen. Man fragt nicht mehr nach dem Jungen mit den heilenden Händen, sondern nach dem mit dem Geld in den Händen. Niemand kommt mehr einfach so bei mir vorbei und stiehlt mir die Zeit – außer Lyman Lamartine, der immer schon gut isoliert war, genug Geld hatte und die Veränderungen, die es so mit sich bringt, gelassen hinnimmt.

Mit der Zeit scheint er sich zu erholen, findet zu seiner alten, lockeren Art zurück und gelangt wieder ins Zentrum des Reservatsklüngels. Er sagt, er habe die Pfeife jetzt wieder, bittet mich aber, sie noch ein paar Wochen behalten zu dürfen, und obwohl mir nicht ganz wohl dabei ist, sage ich okay. Er sagt, er müsse sie exorzieren, wieder neu weihen lassen, aber wie sehr ich auch dränge, er erzählt mir nicht, was passiert ist. Meine Empfindungen ihm gegenüber sind schon seltsam, denn unser Geschick ist ein verheddertes Band, und ich klammere mich daran fest, obwohl ich zugleich versuche, mich aus den Schlingen zu befreien. Er ist mein Rivale, mein Feind, und ich habe ihn schon einmal besiegt, weil ich mit Shawnee Ray geschlafen habe, und empfinde trotzdem Schuld, obwohl ich nie zur Kirche gegangen bin. Die Schuld ist einfach in mir drin, quasi eingebaut. Wenn er da ist, bin ich immer freundlich, hilfsbereit, mitleidig und auch beschämt, weil sich zeigt, daß er sie tatsächlich liebt. Nur nicht so sehr wie ich. Niemand, da bin ich sicher, kann einen anderen Menschen so sehr lieben, wie ich die Kleine Muschel liebe.

Trotzdem beschwere ich mich bei Lyman.

«Du hast gesagt, wenn du die Pfeife hast, triffst du sie nicht mehr», erinnere ich ihn an sein Versprechen.

«Ich weiß, daß ich das gesagt habe», gibt er zu und sieht mich lange an. «Aber ich kann nicht anders – verstehst du das nicht?»

Das Problem ist, ich verstehe ganz genau, wie er sich fühlt, ich weiß, wie sehr er Shawnee Ray braucht, und obwohl mich eine Welle glühenden Hasses überflutet, die richtig zwischen uns schimmert, kann ich nicht leugnen, daß ich seine Gefühle billige. Er war zuerst da, aber andererseits, gibt es für Shawnee Ray irgendwelche Schürfrechte? Ist sie eine Wohnung für jemand mit Berechtigungsschein? Ist sie ein versunkener Schatz, eine gefundene Beute? Natürlich nicht. Meine Hände zucken nach Lymans Hals.

«Hast du eigentlich ein Konto aufgemacht für all das Geld, das du da gewinnst?» fragt er, und ich bin dankbar, daß er unser beider Aufmerksamkeit auf harte Währungsstratageme lenkt.

«Hab die Knete versteckt», antworte ich.

Er schüttelt den Kopf, lächelt kaum merklich. «Du brauchst einen Finanzberater.»

Ich zucke die Achseln. «Ich hab beim College-Test gut abgeschnitten, auch wenn ich nicht so toll reden kann wie du, auch wenn mir Geld nichts bedeutet.»

«Du hast den Durchblick, aber nicht den Überblick», sagt Lyman. «Den könnte ich dir verschaffen.»

«Vielen Dank. Du hast mir schon genug damit geholfen, daß du mir den Job gegeben hast.»

Da gibt er mir recht. «Du warst schon ein Risiko, Lipsha. Aber es wird sich auszahlen.»

«Doppelt und dreifach.»

«Doppelt und dreifach.» Er gestattet sich ein Lachen, aber wieder ruhen seine Augen zu lange berechnend auf mir.

Die Zeit zieht uns zum toten Punkt des Nachmittags. Wir sitzen an einem leeren Tisch, wie so oft, ehe der Ansturm beginnt. Das Kunstlicht scheint auf uns und unsere Hamburger herab, die Lyman wie immer vorsorglich bestellt hat. Ich brauche nicht dafür zu bezahlen, obwohl mich mein Bingo-Glück auch diese Woche nicht im Stich gelassen hat. Er erwähnt das Bingo nicht einmal, aber ich weiß, daß ihm meine Glückssträhne nicht aus dem Kopf geht. Er ist so bemüht, mein Geld zu sparen, als wäre es sein eigenes, was es natürlich irgendwie auch ist. Als wir dann über das Geld reden, merke ich zu meiner Überraschung, daß ich gerne darüber spreche, wie die Scheine durch meine Hände gleiten, denn vorher hatte ich nie Gelegenheit dazu, ich meine, über Geld zu reden. Es macht einfach keinen Spaß, mit armen Leuten darüber zu reden – erst mal wissen sie gar nicht, wovon man spricht, und dann denken sie unwillkürlich: *Rück's schon raus, Arschloch.* Ich finde es so angenehm, ganz nüchtern über Dollars und Cents zu diskutieren, als wäre es gar nichts Besonderes, sie zu besitzen.

«Geld lebt», sagt Lyman zu mir. «Man schafft es nicht einfach irgendwohin und läßt es da liegen. Man muß es an einen Ort tun, wo es wächst.»

«Geld ist totes Zeugs, aber ich mag es.»

Ich beiße ein großes Stück von meinem Hamburger ab. Er kommt mit allen Extras, Pickles, Majo, ganz wie mein Leben jetzt, wo ich reich bin.

«Schon mal was von Zinseszins gehört?» Jetzt sieht Lyman mich ernst an. Ich nicke, um das Gespräch in Gang zu halten, und er fährt fort: «Zins ist Wachstum. Wie soll ich das erklären?» Er trommelt mit den Fingern. «Du läßt dein Geld für dich arbeiten, als wäre jeder Dollar ein Pferd, und du verleihst die Herde an Leute, die dir dafür extra was zahlen. Es wächst, wird immer mehr.»

«Wie im Aufklärungsunterricht», witzele ich.

In dieser Hinsicht ist Lyman humorlos. «Allerdings. Der Sex des Geldes. Wie es sich vermehrt, wenn du es hoch genug aufstapelst und für die richtige Atmosphäre sorgst.»

Ich lege meinen faden Hamburger beiseite, und ganz plötzlich kommt mir auch der Humor abhanden. «Erzähl mir alles darüber.»

Das Blut pocht mir in den Ohren, strudelt mir durch den Kopf. Ich versuche, mich so gut wie möglich auf Lymans Worte zu konzentrieren, bin aber nicht sicher, ob ich all sein Wissen aufnehmen kann. An sein Wohlstandsniveau bin ich nämlich nicht gewöhnt, und während er redet, würde ich am liebsten immer wieder das Gespräch abwürgen, in verrücktes Gelächter ausbrechen.

«Erfolg ruiniert genauso viele Menschen wie Mißerfolg»,

sagt er. «Besonders Indianer. Wir sind einfach nicht darauf gepolt.»

«Ich hatte aber von Anfang an Glück», widerspreche ich. «Ich bin ein Glückspilz.»

Lyman schüttelt den Kopf. «Du hattest nie Glück, das du auch mit Händen greifen kannst.»

«Ist doch egal.»

«Kennst du den Witz mit den Flußkrebsen? Hör zu. Drei Fischer, ein Ire, ein Franzose und ein Indianer, fangen Flußkrebse. Jeder hat einen Eimer. Sie arbeiten gleich schnell, fangen gleich viele Krebse. Der Ire füllt seinen Eimer, aber als er sich umdreht, krabbeln die Krebse alle wieder raus. Der Franzose füllt seinen Eimer, und als er sich umdreht, passiert das gleiche. Aber als sich der Indianer umdreht, bleibt der Eimer voll. Die anderen beiden können es nicht glauben und fragen ihn, wie das geht. Der Indianer sagt: Ganz einfach. Ich hab nur indianische Krebse gefangen – wenn einer versucht rauszukrabbeln, halten die anderen ihn fest.»

«Ja und?»

«Denk mal drüber nach.»

Das einzige, was mir einfällt, ist, wie Grandma Marie mir ihr Geld gegeben hat, als ich die Busfahrkarte brauchte, wie Albertine mir ihr Studiengeld geliehen hat, wie Grandma Lulu mich für die Beihilfe angemeldet hat, wie Leute mir geholfen haben, sich angestrengt haben, damit ich etwas aus meinem Leben machen konnte.

«Laß dir bloß nicht einreden, Geld würde die Menschen nicht netter, freundlicher oder besser machen», sagt Lyman, um mich mundtot zu machen.

Vielleicht hat er ja recht. Trotzdem kann ich nur daran denken, daß alle guten Menschen, die ich in meinem Leben kennengelernt habe, kaum Geld hatten. Dieses Gespräch bringt mich dazu, sie noch mehr zu schätzen, denn die Freundlichkeit muß ihnen doppelt schwer gefallen sein. Ich sag es nicht gern, und ich will auch kein Urteil abgeben, aber ich denke, nachdem Lyman Lamartine mit seiner Pseudo-Tomahawkfabrik so grandios pleite gegangen ist, muß er es jetzt allen richtig zeigen. Und doch, der Bingo-Palast, den er gerade erst mit geschickten Winkelzügen eröffnet hat, läuft gut und trägt erheblich zum Wirtschaftsleben unseres Reservats bei, wie es so schön in seinen Prospekten heißt. Wo also liegt sein Problem? Eigentlich könnte er stolz sein, aber ich sage euch, was mit Lyman Lamartine los ist. Jetzt kommt der springende Punkt: Sein Gesicht verbirgt ein Geheimnis, das nur jemand sehen kann, der mal den Zauber besessen hat. Ein Geheimnis.

Ich beobachte ihn, wie er mich berät und mir erzählt, welche Bank hier in der Gegend die sicherste ist und daß er mir helfen wird, ein Konto zu eröffnen. Ich mustere ihn, als er mich unumwunden bittet, mit in sein nächstes Projekt einzusteigen, einen noch profitableren, noch größeren Bingo-Palast mit einer solchen Zugkraft, daß nicht nur Leute aus der Umgebung kommen werden, sondern auch welche von so weit weg wie Grand Forks oder Winnipeg. Zwischenzeitlich mußte er seine Pläne zurückstellen, gibt er zu, aber aufgeben wird er nicht. Er läßt sich von nichts aufhalten.

Aber das Geheimnis ist, er glaubt, daß das, was er tut, schwieriger ist, als einfach nur Geld zu machen.

«Es ist nicht unkompliziert, genau wie du», lacht er mich an. «Es gibt eine ganze Reihe von Möglichkeiten, Geld zu machen, und Spielen ist nicht die schönste, nicht die beste, nicht die netteste. Es ist nur die einzige, die im Moment zur Verfügung steht.»

«Die einfachste.»

«Stimmt, auch das.»

Mein Glück macht mich unbekümmert und sicher. Doch an Lymans mißbilligendem Lächeln und seinem berechnenden Blick merke ich, daß er mich für einen Idioten hält, viel zu simpel für seine komplizierten Ratschläge, die er mir nichtsdestotrotz gibt.

«Bemüh dich um etwas Reales», sagt er mit bedeutungsschwangerem Unterton. Ich lasse den Satz zwischen uns stehen, an Stärke gewinnen, lasse jedes Wort sich ins nächste verhaken, wie die Muskeln in den Armen zweier Ringkämpfer. Es ist eine Herausforderung, aus bloßer Unkenntnis, denn er weiß ja gar nicht, um was ich mich in Wirklichkeit bemühe.

Shawnee Ray, Shawnee Ray, meine Liebe, *n'gwunajiwi*. Sie fällt mir beim Anblick der schmalhüftigen sauberen Biergläser ein. Sie fällt mir beim Anblick der Servietten ein, die sie bestimmt aus Höflichkeit bei Zelda auch benutzt. Sie fällt mir ein, wenn ich Taschenkämme und Nüsse in das kleine Regal tue, und sogar wenn ich die Gläser mit sauer eingelegten Eiern auf der Theke auffülle. Sie ist überall. Jeden Abend spielt die Band langsame, klagende Country-Liebeslieder, und mein Herz gibt nach, wird schwer, von Löchern durchbohrt. Die Liebe läuft aus mir heraus. Wenn ich an sie denke, grinse ich wie ein Idiot, wische übertrieben auf Theken und Tischen herum, als wollte ich ihren Körper polieren – ihren glatten Körper, der weich ist vom Duschen im Motel, warm unter meinen Berührungen und Küssen. Ich habe ein Bild von ihr aus der Zeitung, von einem ihrer Highschool-Modeerfolge, und diesen Ausschnitt halte ich so oft an die Lippen, daß die Druckerschwärze sie verschmiert und nicht mehr abzuwaschen ist, daß ihr geliebtes Foto silbrig verblaßt.

Dauernd läuft mir eine Bilderprozession von Shawnee Ray durch den Kopf. Ich schreibe ihr Briefe, Gedichte und Lieder, die ich in meinem alten Schulringbuch abhefte. Ich führe Phantasietelefonate mit ihr, in denen ich mich bemühe, an mich zu halten und gesittet mit ihr zu reden, während ich immerzu denke: bitte, Liebste, bitte, bitte. Ich versuche, sie wie versprochen in Ruhe zu lassen, damit sie nachdenken kann, aber eines Morgens geht sie schon nach dem ersten verzweifelten Klingeln ran. Sie sagt, das Nachdenken habe sich ausgezahlt, sie sei jetzt wieder mehr sie selbst, und ich solle sie einfach weiter in Ruhe lassen.

«Wie?»

«Du warst toll zu mir, ich kann dir gar nicht genug danken.»

«He, warte mal!»

Irgendwie paßt das, was sie sagt, nicht zusammen, es widerspricht sich. Bei dem plötzlichen Gedanken, daß Lyman es vielleicht geschafft hat, sich wieder in ihre Herzensgefilde zu schmeicheln, hämmert mein Puls los, und ich spüre eine animalische Kraft.

«Ich bin noch am Überlegen», sagt sie, jetzt etwas lahmer, mit verhaltener Stimme.

«Du hast schon viel zu viel überlegt! Bleib da, ich komme rüber.»

Ich lege mitten in ihren lautstarken Widerspruch hinein auf und springe in den Bus. Aber ganz habe ich den Kopf noch nicht verloren. Es ist Sonntag, also stelle ich erst mal sicher, daß Zelda in der Messe ist. Dann besorge ich für Shawnee ein paar Blumen. Ich kaufe purpurne Astern und tiefrote Nelken, die aussehen, als würden sie in der Vase eine

Weile halten. Ich denke an Schokolade, an ein Lasergewehr, ein Buch oder einen Kopf Salat, an irgendwas, das ich Redford mitbringen kann. Doch ich kaufe nichts davon, aus Angst, Shawnee Ray könnte denken, ich will mit meinem Geld protzen, aber am liebsten würde ich ihr ein neues Haus kaufen, ein Schoßtier, ein Auto, rot wie das Blut, das sie aus meinem Herzen fließen läßt.

Ich fahre rüber zu Zeldas Haus, springe mit den Blumen in der Hand aus dem Bus, klopfe an die Tür. Es ist ein warmer Tag, eine feuchte Brise weht durch die Pappelblätter und den Fliederbusch in Zeldas Garten. Zelda lebt noch in dem alten Holzhaus, das von Donnernder Himmel erbaut und im Lauf der Jahre mit so vielen Schichten von billigen Steinplatten und Putz bedeckt wurde, daß die dicken Mauern im Winter die warme Luft und im Sommer die nächtlich kühle drinnen halten. Die Holzverkleidung ist jetzt in hellem Türkis gestrichen, und das Innere ist, anders als früher, sehr eng, von Zelda in Zimmer und Flure unterteilt, so daß es mir immer wie ein wäßriger Sumpf vorkommt, obwohl es hier gar kein Wasser gibt, außer ganz weit unten am Fuß des Hügels. Im Haus herrscht ein permanentes Halbdunkel, ein angenehmes Unterwassergefühl.

Shawnee Ray öffnet die Tür. Ich strecke ihr die Blumen entgegen, schiebe sie ihr fast ins Gesicht. Ihre warmen Augen beginnen zu leuchten, ehe es ihr einfällt, mich mißtrauisch zu mustern.

«Was willst du?»

«Nur mal kurz vorbeischauen.»

Ich lasse den Kopf sinken. Sie kennt mich als Lipsha, den zu Geld gekommenen Nichtsnutz und Schwindler. Wahrscheinlich wartet sie wie alle darauf, daß ich Mist baue, mein Geld verpulvere, sie verlasse, wieder da lande, wo ich hingehöre. Und trotzdem, als sie so vor mir in der Tür steht, danke ich ihr demütig dafür, daß sie mich einläßt. Sie sagt kein Wort, wirft mir nur einen Was-hat-er-jetzt-bloß-wieder-vor-Blick zu und bedeutet mir, die Blumen durch einen kleinen Flur nach hinten ins Haus zu tragen.

Trotz ihres Verhaltens überkommt mich ein Gefühl der Ruhe, als ich an ihrer Zimmertür stehe. Hoffnungsfrohe Gedanken zerren an meinem Herzen.

«Es ist mir eine Ehre, hier sein zu dürfen», sage ich.

Sie zieht eine Augenbraue hoch.

«Was willst du wirklich?» fragt sie.

Hinter ihren Worten dräut Schweigen, und meine wahren Gefühle drängen durch meine Hände hinaus. Ihr Schlafzimmer ist hell. Gelbe Strahlen ergießen sich durchs Fenster, das den Blick auf einen mit Büschen bewachsenen Abhang freigibt. Ihr Bett steht in der Ecke an der Wand und ist von sorgfältig aufgehängten Kalendern, Zeichnungen, Sprüchen und Trockenblumen umrahmt. An der Wand hängt eine Trommel, daneben ein mit Leder umwickelter Schlagstock, dessen Griff mit orangen und blauen Glasperlen verziert ist. Nicht ein Traumfänger schützt ihr Fenster, sondern gleich drei, und mir fällt wieder ein, daß Redford manchmal Alpträume hat. Im Moment ist er mit Zelda in der Kirche, aber ich stelle mir vor, wie er neben Shawnee schläft, zu einer kleinen Kugel eingerollt, auf einem kleinen Matratzenlager direkt unter dem Fenster. Unwillkürlich sehe ich auch mich selbst, mit verschränkten Fingern, wie ich die beiden vor bösen Geistern beschütze, während sie ruhig wie Bären im Winterschlaf gemeinsam träumen.

Im ganzen Zimmer stehen Pappkartons, halb gefüllt mit zusammengefalteten Kleidern und Schnittmustern. Die

Schubladen stehen offen, und ich merke, daß ich sie bei etwas störe.

«Ich hab nicht viel Zeit. Bin am Packen.»

«Du ziehst aus?»

«Vielleicht. Jedenfalls bald. Jetzt muß ich Zelda und Redford aus der Kirche abholen und das da fertigmachen.»

Sie legt ein paar Dinge beiseite, nimmt ein Stück Stoff hoch, an dem sie gerade arbeitet, und versucht, mich dabei nicht anzusehen. An ihrem Rücken, am vorgebeugten Hals, am wirren Haar erkenne ich, daß sie sich voll konzentriert. Dann – und das trifft mich wie ein Hammerschlag – setzt sie eine unheimlich süße Brille auf. Nur Gläser, keinen Rahmen, wie sie eine Großmutter oder eine Nonne tragen würde. Ich halte es kaum aus, meine Beine werden weich wie Pudding, und die Hände mit den Blumen zittern. In diesem Augenblick will ich sie am liebsten ganz ausziehen und sie lieben wie noch nie. Nein, nicht ganz, diese kleine Brille würde ich ihr auf der Nase lassen, draufhauchen, daran lecken, sie küssen. Zwischen den Lippen hat sie Nadeln stecken, und das erregt mich auch. Die Gefahr, meine ich. Ich würde sie ihr einzeln zwischen den Zähnen herausziehen und dann auf das kleine herzförmige Nadelkissen stecken, ehe ich meine Lippen auf ihre pressen würde.

Doch sie nimmt die Nadeln selbst weg, ganz vorsichtig. «Gleich fertig», sagt sie, als ihr Mund frei ist. «Würdest du das mal eben anprobieren?»

Sie hält eine Lederweste mit Fransen hoch, in Kattun eingefaßt und mit Satinbändern verziert.

«Toll», sage ich fast ehrfürchtig, nehme sie ihr aus der Hand und schlüpfe in die großzügig geschnittenen Armlöcher. «Paßt genau, als hättest du die Größe gewußt.»

«Na klar.» Sie zieht mir die Weste wieder aus. «Ich habe natürlich vorher bei Lyman Maß genommen.»

Ich klappe einen Aluminium-Gartenstuhl auf, der an der Wand lehnt, und setze mich darauf – offensichtlich ist der auch für Lyman gedacht.

Shawnee Ray sieht mich an, verblüfft und fragend, nimmt mir dann die Blumen vom Schoß, zieht das Gummiband von den Stengeln und legt es sorgfältig in eine Schublade. Sie stellt die Blumen in ein Glas Wasser, aus dem sie getrunken hat, ehe ich ins Zimmer kam. Dann arrangiert sie die einzelnen Stiele wie eine Floristin. Aber die Sache ist: Sie lächelt so nett dabei, zu nett. Und da regt sich Empörung in mir, werde ich eifersüchtig auf diese Blumen, eifersüchtig darauf, daß sie sie zum Lächeln bringen, aber das Lächeln nicht mir gilt, eifersüchtig darauf, mit welch bewunderndem Blick sie die herrlichen Farben betrachtet.

Ich strecke die Hand aus, zwischen uns, und zeige ihr meinen kleinen eintätowierten Stern, der schnell in die Vertiefung zwischen den Fingerknöcheln gleitet. Obwohl es mir unangenehm ist, sage ich ihr, daß ich den Stern extra für sie habe machen lassen. Sie scheint nicht zu verstehen und zieht verwirrt und besorgt die Augenbrauen hoch.

«Magst du denn keine Sterne?»

«Eigentlich nicht.»

«Oh.»

«Ich meine, es ist okay, wenn du sie magst», beruhigt sie mich höflich. «Ich finde Tätowierungen abartig.»

Ich vergrabe meine Hand in der Hosentasche. «He!» rufe ich, versuche sie abzulenken und ein neues Thema anzuschneiden, das sie vielleicht beeindruckt. «Rat mal, mit wem ich gesprochen hab! Mit Lyman.»

Sie sieht mich mißtrauisch an, deshalb versuche ich sie zu beruhigen.

«Er hat mich in Geldsachen beraten. Wir sind neuerdings so miteinander.» Ich presse die beiden Zeigefinger fest gegeneinander und halte sie hoch.

Sie reagiert nicht, also rede ich lauter. «Er will, daß ich groß mit ihm investiere. In ein Projekt. Wir haben sogar schon ein Konto aufgemacht, das auf beide Namen läuft.»

Sie schüttelt den Kopf und stemmt die Hände in die Hüften.

«Willst du denn nicht mal wissen, worum es geht?»

Ihre Augen sind leuchtende Scheinwerfer. Natürlich will sie es wissen, deshalb erkläre ich ihr die Sache in groben Zügen. Doch während ich rede, mich hineinsteigere, ihr mehr und mehr Details darlege, Dinge, die ich vielleicht überhaupt nicht erzählen sollte, wird ihr Gesichtsausdruck zugleich interessiert und besorgt.

Ich halte inne. «Was ist los? Stimmt was nicht?»

«Wo ist das Land, von dem du da redest, dieses große Erholungsgebiet an einem unerschlossenen See? Wo ist das?»

«An einem See eben», antworte ich. «Wo sonst nichts ist. Der Landbesitz am Ufer ist mittlerweile so aufgesplittert, daß es wieder in Stammesbesitz zurückgegeben wurde, beziehungsweise es wird zurückgegeben werden, sobald . . .»

Ihr Gesicht verschließt sich zunehmend, als sie die Morsezeichen meines Zögerns aufnimmt, ihr wirklich alles zu erzählen.

Ich versuche, das Thema zu wechseln. «Sollen wir morgen miteinander ausgehen? Oder übermorgen, überübermorgen?»

«Lipsha, was meinst du mit ‹Stammesbesitz›? Lebt da jetzt jemand?»

Ich kann nicht lügen, aber ich kann auch nicht antworten. Ich schaue hinab auf meine schönen neuen Treter, die mit Pailletten besetzten Boots aus Schlangenleder, die ich von dem Bingogeld gekauft habe, und als ich die Herrlichkeit sehe, in der ich mich bewege, werde ich störrisch. Warum soll ich antworten?

Sie fängt an zu bohren.

«Warum sagst du's mir nicht? Was verheimlichst du vor mir?»

«Ich will nicht darüber reden.»

«Du hast damit angefangen.»

«Okay, und jetzt hör ich damit auf. Gehen wir aus, irgendwohin. Du fehlst mir.»

«Lenk nicht ab. Wo ist das Land für diesen Bingo-Palast? An welchem See?»

«Gehen wir tanzen», beharre ich eindringlicher.

«Ich will eine klare Antwort.»

Ich weiß nicht, was mich überkommt, was meine Zunge fliegen läßt. Ich bin wohl verletzt, aber das allein rechtfertigt es nicht. Ich schleudere den Satz so hart heraus, daß er böse klingt.

«Du weißt, daß ich verrückt nach dir bin.»

Shawnee reagiert nicht, zieht nur ein Gesicht und legt die Hände an die Wangen.

«Hör auf damit», sagt sie.

«Nein.»

Jetzt ist es, als würden die Worte, die schon so lange in mir sind, übersprudeln. «Wenn du bei Zelda ausziehst, komm zu mir. Laß uns noch mal neu anfangen, da, wo wir aufgehört haben.»

Ich kann nicht mehr denken. Ich weiß, daß es komisch klingt, aber die Worte schwappen aus mir heraus wie Sturmwellen.

«Wo wir aufgehört haben, Shawnee Ray. Ich unten und dein schwingendes Haar über mir. Hab keine Angst. Es ist doch nur Lipsha, ein kurzer Besuch, ein paar Blumen, keine Drogen. Ehrlich.» Ich halte inne, sehe, daß sie überrascht ist. Ich ändere den Tonfall. «Vielleicht verhalte ich mich im Moment ein bißchen ungewöhnlich, aber es sind auch ungewöhnliche Zeiten, und es passieren Dinge auf der Welt, mit denen keiner gerechnet hätte. Shawnee!»

Abrupt bin ich still. Sie starrt mich an, verzaubert.

«Verfolgst du die Nachrichten?» fahre ich fort. «Auslandskrisen, Börsencrash, die Japaner kommen. Du kannst mir nicht die Schuld an meinen Gefühlen für dich geben. Du kannst mir deine Liebe nicht entziehen wie eine Decke. Sie ist jetzt ein Teil von mir.»

Ich lege die Hände an meine Jeans und mache den Reißverschluß auf. Ihre Augen verlieren den starren Blick, werden scharf und tief wie die eines Rehs in der Falle.

«Schau nicht so, laß dir doch von mir keine Angst einjagen.»

Sie verschränkt die Arme, dann schüttelt sie sich, spreizt die Finger und geht zu ihrer Nähmaschine.

«Klar, dreh dich weg, schau nicht her. Du könntest ja was sehen, was dir gefällt. Ich bin in deiner Hand. Ob du willst oder nicht. Ich tu alles für dich. Stell mich nur auf die Probe. Alles, jederzeit, sag einfach Bescheid. Oder noch besser: Du brauchst gar nicht Bescheid zu sagen. Eine Flasche Limonade, ein billiges Motel, du. Das ist alles, was ich für mein Geld will. In diesem Zimmer war die Ewigkeit. Ich glaub an keine Religionen, an keine Götter. Ich glaub nur . . .»

Ich verstumme, denn meine Hose rutscht so laut zu Boden, daß es klingt, als ginge sie kaputt, und weil ich mich nicht bewegen kann, bücke ich mich und kicke meine Schuhe weg. Sie starrt mich an, und ihr Gesicht bekommt Farbe. Ich beobachte die Wirkung meiner Worte, meiner zu Boden fallenden Kleider, hoffe, sie wird in Leidenschaft entflammen und sich mir hingeben, doch weit gefehlt. Ihre Wangen werden heiß, und Tränen schimmern in ihren Augen, doch dann beherrscht sie sich, schiebt das volle Haar zurück und sieht mich scharf und kalkulierend an.

«Wenigstens trägst du Socken.»

Ich fühle Worte in mir aufsteigen, so viele, daß ich den Mund nicht halten kann.

«Weißt du, woran ich glaube?»

Ich lasse die Frage so im Raum stehen und starre Shawnee an, bis ihre Gefühle wieder durchschimmern. Ich kann mir nicht helfen. Ich weiß, ich mache mich zum Idioten, es ist gefährlich und dumm, aber ich rede leise weiter, während ich, einen nach dem anderen, die engen Knöpfe meines Hemds öffne.

«Shawnee, ich weiß, daß du damals die Nacht mit mir verbracht hast, war eine unverhoffte Eingebung, undankbar gegenüber Zelda und natürlich auch gegenüber Lyman. Versteh mich nicht falsch. Ich mag Lyman, ich bin zweifach mit ihm verwandt, und ich verstehe seine Gefühle für dich. Du bist ein perfektes Accessoire für seine Zukunft. Du paßt zu seinem Leben, zu seinem Erfolg, zu all diesen Dingen. Du würdest eine hervorragende Senatorengattin abgeben. Tu's doch einfach. Tu deine Pflicht. Und in fünf Jahren wirst du Lyman ansehen, und er wird dir sein Geschäftslächeln schenken, und dann wirst du dich nach meinem Spitzbubengesicht sehnen. Er wird dir mit warmen Worten kommen, aber du wirst heiß auf mich sein. Deine Gefühle für mich werden auftauen. Irgendwas in dir wird sich rühren, zum Leben erwachen, und du wirst dich nach meinen Augen verzehren, die in deine blicken, während wir –»

Sie knallt die Hände auf das Brett ihrer Nähmaschine.

«Tut mir leid, ich schieße übers Ziel hinaus, und ich weiß, daß du solches Gerede nicht magst, aber ich hab es einmal von dir gehört, und es war dir Ernst. Ich hab Fehler gemacht, und es sieht aus, als würde seitdem nichts mehr richtig klappen. Aber Shawnee, bei Lyman, gut, bei dem kommt deine Intelligenz besser zur Geltung. Bloß was dabei rauskommt, ist doch: Alles, was du tust, dreht sich um *ihn*. Was für eine gute Wahl *er* getroffen hat. Wie interessant von *ihm*, daß er zurückgekommen ist und seinen Sohn anerkannt hat und die Mutter dazu, die sich glücklicherweise als clever und hübsch herausgestellt hat. Bei mir wirst du dich um dich selbst drehen müssen. Bei mir bist du die, die du bist. Ja, du wirst noch cleverer sein müssen, noch stärker, noch besser, denn mein Leben wird kein Licht auf dich werfen. Von meinen Taten wird kein Glanz auf dich herabrieseln und dir einen Heiligenschein verschaffen.»

«Das ist jedenfalls sicher.» Shawnee tritt auf das Pedal der Nähmaschine und schiebt geschäftig ein Stück Stoff unter die Nadel, doch ihre Finger zittern.

«Nimm den Fuß von dem verdammten Pedal!»

Es sieht nicht gut aus für mich, aber ich versuche, mich zu beherrschen. «Du mußt mir zuhören, auch wenn ich nur Unsinn rede. Gerade weil ich Unsinn rede, solltest du mir noch genauer zuhören. Wir dringen schneller zur Wahrheit vor, wenn wir die Logik beiseite lassen. Du hast Gefühle für mich, gut versteckt, und willst sie nicht rauslassen, denn die Welt mit ihrem Weh und Ach übermannt dich, und du glaubst, du müßtest anderen mit deinem Leben dienen. Deine eigenen Gefühle sind einen Scheiß wert. Du versuchst, sie einfach zuzupflastern. Deine Liebe zu mir ist nichts als eine Unebenheit auf einer eisbedeckten Straße. Ein Schlagloch, meine Liebste, aber es wird dir die Stoßdämpfer ruinieren. Ich werde immer da sein, wenn du meinst, dein Leben läuft glatt.»

Sie zittert vor Erregung und ich auch, außerdem habe ich nichts mehr zum Ausziehen und komme mir dämlich vor. Sie steht auf und wirft mir ein halbes geblümtes Hemd zu.

«Du tust alles für mich, alles, hast du gesagt?»

Ihr Ausdruck ist wild, die Lippen sind ein gerader Strich.

Ich nicke, richte den Strahl meiner Augen auf ihre, ganz Verlangen und Willfährigkeit.

«Zieh das an», zischt sie mir zu, «und dann hau ab.»

Ich hebe auf, was sie mir zugeworfen hat.

«Das ist ein halbes Hemd», erwidere ich mit gleicher Heftigkeit.

«Raus!» schreit sie.

Doch ich weiche keinen Schritt zurück. Der Abgrund ist so nah. Der traurige Spiegel in diesem Zimmerchen hat mir schon einmal gewunken, noch weiter zu gehen, und diesmal probiere ich es. Ich strecke die Hände aus, und jetzt strömen Worte der Trauer aus meiner Brust.

«Hab ich dir nicht gegeben, was du wolltest? Ich hab's dir gegeben, und zwar so wie bei keiner zuvor. Weißt du nicht mehr, daß du in meinen Armen lagst wie ein verträumtes Wesen und daß du geseufzt hast und daß ich meinen Atem vertrauensvoll mit deinem vereinigt habe, als würden wir gemeinsam in den Winterschlaf fallen, du und ich? Was willst du, was hab ich getan? Ich war so stolz! Ich hab den Liebeszauber!»

Da endlich redet sie, sieht mich dabei fest und traurig an.

«Du hast den Zauber, Lipsha, aber die Liebe hast du nicht.»

Als sie das sagt, einfach so, in diesem Augenblick, bin ich wie erschlagen von der Wahrheit. Ich kann nichts mehr sehen, so schwindlig ist mir, aber ich weiß sofort, sie hat recht. Ich stolpere zurück, aber dann sieht sie, wie mir zumute ist, nimmt mir vorsichtig das Hemd aus der Hand und legt es auf die Nähmaschine.

«Dann laß es mich noch mal versuchen», sage ich mit einer Stimme, die ich noch nie zuvor an mir gehört habe. Ich wringe mir die Worte direkt aus dem Herzen. «Bitte, gib mir noch eine Chance.»

Und so sinken wir zu Boden, direkt vor der Tür, und diesmal ist es anders. Habt ihr schon mal zwei schwarz-orangen Schmetterlingen zugesehen, wie sie sich küssen und durch die Luft taumeln? Was wir tun, ist noch viel zarter. Wie ihre Schatten auf dem Boden. Zwei zärtliche Schatten, die ineinander eintauchen und sich wieder voneinander lösen. Zwei Begierden, die aus dem schwachen Schatten treten, den wir werfen.

Aber wenn das nur unsere Schatten waren, die sich in diesem Raum bewegten, liebten, was war dann mit den anderen, den schwereren Ichs, die mit beiden Beinen auf der Erde danebenstanden und ihr Urteil dazu abgaben, was war mit uns?

KAPITEL ZEHN

Shawnees Glück

Nachdem Shawnee hinter Lipsha Morrissey die Tür zugemacht und gehört hatte, wie er vom Hof fuhr, wirbelte sie herum und lief stracks zurück in ihr Zimmer. Sie riß sich die Bluse vom Leib, sprengte dabei einen Knopf ab, zerrte hastig eine andere hervor. Voller Entrüstung über sich selbst stieß sie ungeduldige, monotone Flüche aus. Sie zog eine saubere Jeans an und kickte sie gleich wieder in die Ecke. Sie zerrte ein lila Kleid vom Bügel, setzte sich dann auf die Bettkante und drückte sich ihren Rock gegen den Bauch. Sie verzog das Gesicht und öffnete die Hände zwischen den Knien, drückte die Handflächen gegen die Schenkel und schob sie nach oben. Schwer atmend ließ sie die Hände an ihrer Körpermitte zur Ruhe kommen und drückte sie fest dagegen. Dann streckte sie plötzlich die Arme aus, warf sich auf die Matratze, ballte die Hände mehrmals vor den Augen zu Fäusten und schlug sich so fest auf die Wangen, daß sie lachen mußte.

Sie warf sich entschlossen zu Boden und machte eifrig Liegestütze, dann rollte sie herum und hakte die Füße unter den Bettrahmen. Sie starrte auf die Stickereien ihrer blauen, mit Sternen besetzten Tagesdecke und machte Klappmesser. Hundert schaffte sie, mit vor der Brust verschränkten Armen, dann ließ sie sich auf den kleinen, ovalen Teppich zurücksinken und schlug die Hände vors Gesicht.

Sie dachte, es sei wohl nichts als schieres Glück, wenn man den Menschen liebte, der zu einem paßte. Oder wenn der einen so liebte, daß man glücklich war, daß es rundum stimmte. Wo war dieser *Mister Right,* von dem die Zeitschriften schrieben? Für sie war er stets ein Porträt in ihren Schulgeschichtsbüchern gewesen oder ein Foto mit Kurzbiographie am Ende eines Kapitels in den Englischbüchern. Optimal ausgeleuchtet, lächelnd, jedes Härchen am richtigen Platz, Geburtsdatum und Geburtsort ordentlich unter die Studioaufnahme getippt – das war ihr Bild von dem Mann, den sie heiraten wollte.

Lyman füllte diese Leerstelle aus wie ein Abzug vom Negativ. Und darunter stand: Lyman Lamartine, Bingo-Boss. Jetzt allerdings nahm sie ein Foto von *Mr. Wrong* gefangen, das in krassem Gegensatz zu diesem Hochglanzlächeln stand. Während eines Besuchs bei Marie Kashpaw in Lulus Wohnung hatte Shawnee den Blick nicht von der tintenverschmierten, freimütigen Offenheit im eingerahmten Fahndungsbild von Lipsha Morrisseys Vater abwenden können. Ihre Augen wurden magisch von dem Regal angezogen, auf dem das Bild stand, und sie suchte nach Ähnlichkeiten.

Sobald sie nun die Augen schloß, sah sie Lipsha. Er war das Chaos in Person, das Hemd aus der Hose gerutscht, das Haar wirr, und auf dem Mund lag ein süßes Lächeln, das sich aus Gründen, die sie interessant fand, urplötzlich verwandeln konnte. Nie wußte sie, was er als nächstes sagen würde. Ein Geheimnis umgab ihn, eine Leichtigkeit, und seine Hände und Lippen strahlten Gelassenheit aus. Jetzt, beim Gedanken daran, wie sie sich eben geliebt hatten, zitterte sie, und in ihrem Kopf schrillte panisches Grillengezirp. Es war unerträglich, es machte sie wütend, all ihre Pläne waren durchkreuzt und nichtig. Sie liebte ihn.

Shawnee stand auf, ging zum Tisch und setzte sich. Sie strich das weiche Stück Hirschleder glatt, das Onkel Xavier ihr geschenkt hatte, und schnitt zwei kleine Mokassinsohlen aus. So wie ihr Onkel es getan hätte, nach der Tradition der Chippewa und nicht der Sioux, fältelte sie das Leder, zog die Fältchen oben zusammen und nähte kleine Stückchen eines alten Flanellbettuchs hinein. Heute abend würde sie auf jede Zehe eine winzige blaue Drossel sticken, als Erinnerung an die, die sie wild um ihre Nester auf dem Zaun flattern gesehen hatte.

Als sie zwei Halbmonde aus Bisamrattenfell für die Fußgelenke zusammennähte, wurde sie ruhiger, wünschte sich aber noch immer, ganz von den Männern lassen zu können. Von Redford abgesehen, machten sie nur Schwierigkeiten. Wer würde, bei Licht betrachtet, nicht lieber in einer Welt von Frauen leben? Männer zu brauchen, sie zu lieben, brachte einem nichts als Ärger und Elend ein. Mit ihren Schwestern in einem Zimmer zu sitzen und zu nähen war, als beträte sie ein Land, in das sie schon immer gehört hatte. Shawnee vermißte Tammy, Mary Fred und ihre Mutter so sehr, daß sie sich unter dem Schmerz ihrer Sehnsucht wand. Sie atmete schwer, legte die Arbeit beiseite und nahm rastlos die Sticknadel zur Hand.

Frauen waren vernünftiger, kannten ihre Prioritäten, schienen genau zu wissen, wer sie waren und woher sie kamen, solange sie sich nicht mit Männern einließen. Das heißt die meisten Frauen, nur nicht Zelda Kashpaw, deren fester Griff jeden, den sie liebte, ins Wanken brachte. Seit Zelda sich darauf versteifte, sich um Redford zu kümmern, wenn Shawnee Ray auf den großen, gutbezahlten Powwows tanzen wollte, seit Zelda so fest zugriff, hatte Shawnee Ray ihre Sachen packen und gehen wollen, aber heimlich, damit sie Zelda nicht verletzte oder ihren Argwohn weckte. Auf ihre eigene Mutter war kein Verlaß, denn der gingen – ein Beweis mehr – die Bedürfnisse und Ansichten ihres neuen Stiefvaters vor. Shawnee war auf sich selbst angewiesen. Letzte Woche hatte sie von einem Gedenktanz beim großen Powwow in Montana erfahren, etwas ganz Besonderes. Dreitausend Dollar für die Gewinnerin des Gesamtwettbewerbs – Tanz in traditioneller Kleidung, Tanz mit Tuch und Tanz im Glöckchenkleid.

Shawnee wußte, den Preis konnte sie gewinnen.

Zelda war ein Mannweib, fand sie. Zelda und Lyman Lamartine hatten sich zusammengetan und sie an ihre Hoffnungen gekettet. Ihre Schwestern hatten keine Hoffnungen, es gab keinen Grund, sie am Gängelband zu führen. Aber jedesmal, wenn sie beschlossen hatte, fortzugehen und zu Tammy und Mary Fred zu ziehen, erfuhr sie, daß wieder mal eine der beiden auf Sauftour war oder verhaftet oder, vielleicht noch schlimmer, bekehrt worden war und Bibelsprüche vom Stapel ließ. Sie würde trotzdem hingehen, beschloß sie jetzt, und eine Weile dort draußen bleiben, wo sie es nicht dauernd allen recht machen mußte. Wo Lyman sie nicht besuchen würde. Aber vielleicht Lipsha. Wo sie ihr Leben ordnen und neue Pläne schmieden konnte.

Shawnee legte die Nadel und den Schmetterling beiseite, den sie auf eine zum Muster ihres Tuchs passende Spange hatte nähen wollen. Sie nahm die kleinen Mokassins in die Hände, verschränkte die Arme und wiegte den Kopf darin, atmete den rauchigen Geruch des gegerbten Leders ein. Rasch wie Regen tropften Tränen auf die Tischkante, doch bald hörte sie auf zu weinen, wischte sich mit der Hand übers Gesicht.

Zeldas Augen leuchteten wie Sterne. Sie stand in derselben Tür, in der Lipsha gestritten, gefleht, geworben und sich die Kleider vom Leib gerissen hatte. Als sie in Shawnees Zimmer kam und über den aus Stoffresten gewebten Teppich ging, senkte Shawnee den Blick und sah weg, während die ältere Frau sie mit unerschütterlicher Selbstsicherheit umkreiste. Sie war entschieden dagegen, daß Shawnee Ray zu Tammy und Mary Fred zurückging.

«Wer hat für dich gesorgt, als es dir schlecht ging? Wen nennt Redford heute noch Grandma?»

«Dich», sagte Shawnee.

«Es ist nur zu deinem Besten», fuhr Zelda besänftigt fort. «Ich will bloß, daß du aufhörst, hinter Phantomen herzujagen. Dieser Tanzwettbewerb – ich kenne die Frau ... die bringt das Geld doch nie zusammen.»

«Sie hat ihre Tochter verloren.»

«Weil sie weggegangen ist, in die Zwillingsstädte, weil sie nie irgendwo richtig zu Hause war. Wie gewisse andere auch.»

«Hast du Angst, ich könnte werden wie Albertine?» Shawnee sah Zelda fest an und sprach dann in beschwichtigendem Tonfall weiter. «Aber sie kommt doch heim, sie wird Ärztin werden. Du hast Glück mit ihr, das weißt du doch.»

«Das nenne ich nicht heimkommen», entgegnete Zelda. «Sie bleibt ja nie!»

«Warum sollte sie auch?» Shawnee verlor die Geduld. «Du treibst ja alle zum Wahnsinn!»

«Ach, tu ich das?» Zelda schlug einen seltsam triumphierenden Ton an. «Ich treibe sie also zum Wahnsinn, wenn ich sie aufnehme, ihre Rechnungen bezahle, sie ernähre, ihnen helfe, ihre kleinen Jungen großzuziehen?»

Schuldbewußt und mit brennendem Gesicht wandte sich Shawnee ab.

«Nein.» Das klang verzagt, aber dann gewann ihre Stimme an Festigkeit. «Du bekommst Albertine nicht zurück, indem du dich an mir festklammerst. Ich zieh erst mal für eine Weile zu meinen Schwestern.»

Zeldas Miene verhärtete sich, sie straffte die Schultern und verschränkte sorgfältig die Hände, um ihre Besorgnis und Erregung zu kaschieren. Dann legte sie los. Die Leute würden denken, sie habe sie rausgeworfen, Lyman sei bestimmt auch nicht einverstanden, sie könne das Geld für die Fahrkarte zum Powwow in Montana sowieso nicht aufbringen, sie schulde ihr, Zelda, Dank, und ihre Schwestern seien, obwohl man sie letzten Sommer im zertretenen Gras vor einem Zelt knien gesehen habe, um den Heiligen Geist zu empfangen, seitdem kein einziges Mal bei den Anonymen Alkoholikern oder in der Kirche gewesen, und die Leute redeten schon, daß die beiden wieder böse abgerutscht seien und sogar ihre schlechtbezahlten Jobs verloren hätten.

«Du kannst da nicht hin», wiederholte Zelda. Ihr Haar wurde von einem perlenbesetzten Reif gehalten, der mit einem spitzen Holzstab festgesteckt war; auf ihren Wangenknochen glänzte dunkles Rouge; der Mund war zu einem festen, abwehrenden Strich zusammengepreßt. Sie starrte auf Shawnee Ray hinab, die ihr bis zu diesem Gespräch noch nie Ärger gemacht hatte. Sie erwartete, daß die junge Frau nun achselzuckend ihre Bücher auspacken und nach der wohlmeinenden Predigt die ganze Sache vergessen würde. Doch Shawnee erwiderte Zeldas Blick voller Trotz und ängstlicher Verstörung, und so sahen sie einander eine ganze Weile in die Augen. Schließlich atmete Zelda tief durch, zuckte ihrerseits die Achseln und ging hinaus.

Shawnee hörte sie in der Küche beruhigend auf Redford einreden und Cornflakes in eine Schüssel schütten. Sie hörte das Plopp des Gummis in der Kühlschranktür, und dann hörte sie den Kaffee durch die kleine weiße Plastikmaschine auf der Anrichte gluckern. Die Hände ruhig auf den Knien, überlegte sie, was sie nun tun sollte. Sie starrte auf den kleinen Nachttisch, hinter dem der Umschlag mit dem Geld von Lipsha Morrissey steckte. Da lag ihre Freiheit, ihre Fahrkarte, ihr Reisegeld, und Zelda wußte nichts davon. Shawnee ging zum Schrank und holte das Kleid heraus, an dem sie spätabends immer nähte. Es war aus Samt, nach alter Tradition bestickt mit wild ineinander verschlungenen Rosen und anderen Blumen aus Perlen, samt Dornen und gestreiften Blättern. Das war das eine Kleid, und sie war auch mit dem fast fertig, das zu dem Tuch mit den Schmetterlingen passen würde. Das war das zweite. Und dann noch ihr Glöckchenkleid, tiefrot, das das Licht auffing und reflektierte. Shawnee Ray erhob sich vom Stuhl und ging in die Küche.

Redford streckte die Arme aus, als er seine Mutter sah. Sie nahm sein Gesicht in die Hände und gab ihm zwei Küsse, und als er sich wieder seinen Cornflakes zuwandte, sah sie Zelda an.

«Redford nehm ich mit.»

«Shawnee Ray!» Zelda sprach laut, angstvoll, zu schnell. «Dir selbst zuliebe, geh nicht. Sie üben einen schlechten Einfluß auf dich aus.»

«Ich komme wieder, wenn die Dinge aus dem Ruder laufen», sagte Shawnee, um einen möglichst erwachsenen und vernünftigen Ton bemüht. «Ich geh sie nur besuchen, und außerdem sind sie jetzt schon über ein Jahr trocken.»

«Das ist nicht wahr!»

«Daß du sie nicht mehr so oft hier im Ort siehst, bedeutet noch lange nicht, daß sie wieder trinken. Mary Fred hat angefangen, mit Onkel Xavier in die Schwitzhütte zu gehen. Er hat sich bei einem alten Mann im Norden kundig gemacht. Er weiß eine Menge über traditionelle Medizin, und er hilft ihnen, vielleicht kann er sie sogar heilen.»

«Für das, was die haben, gibt es keine Heilung», entgegnete Zelda.

Shawnees Miene umwölkte sich, wurde entschlossener. Sie nahm Redford aus dem Kinderstuhl und ging schnell in ihr Zimmer. Er quiekte vor Überraschung, freute sich dann aber, mit seiner Mutter allein zu sein, fing an zu lachen und in kurzen Wortfetzen zu plappern.

Zelda stand unter der brennenden Lampe, verschränkte die Arme vor der Brust und starrte auf die geschlossene Tür. In dieser Stellung verharrte sie reglos; ihr Ausdruck wurde feierlich, Gedanken formten sich zu Vorsätzen. Ihre Gesichtszüge waren hart und fest, angespannt und entschlossen, reine Güte, vor der es kein Entrinnen gab.

KAPITEL ELF

Lipsha

Mindemoya

Ich verlasse Shawnee Rays Zimmer, und als ich durch das Zwielicht dieses Winterschlafhaushalts hinausgehe und in meinen schön reparierten Bingo-Van steige, verfolgt mich ihre Bemerkung über den Liebeszauber. Ich weiß, die werde ich nie mehr los, diese schockierenden, seltsamen Worte. Ich lasse den Motor an, gebe Gas, fahre langsam die Auffahrt runter und merke, daß ich mich verändert habe. Was wir auf dem Fußboden gemacht haben, hatte diesmal nichts mit dem Zauber zu tun, sondern mit Liebe. Wahrer Liebe. Das kann sie nicht leugnen, und ich werde nicht zulassen, daß sie es mit Lyman Lamartine und seiner Art zu lieben verwechselt.

Es stimmt, ich habe den Zauber, aber nicht so, wie sie denkt. Noch nie habe ich eine Frau auf solche Weise geliebt. Ich kann zwar durch Handauflegen Schmerz vertreiben, aber keine Freude bringen. Lyman besitzt diese Fähigkeit, und ich weiß genau, daß er sie bei Frauen und Mädchen angewendet hat, seit er vierzehn war. Er hat die Mädchen schon immer geliebt; er und sein Bruder Henry wollten ständig mit ihnen zusammensein, wollten, daß sie sich in ihren Armen vollständig öffneten, daß sie wild wurden wie Welpen und sie in die Knöchel bissen, daß sich ihre Hände in Kämme, Krallen, Federhandschuhe verwandelten. Na ja, egal. Ich gebe zu, in meinen Händen liegt ein Zauber, aber außer bei Shawnee Ray habe ich ihn noch nie zum Sex benutzt, habe noch nie geliebt. Ich habe immer gesagt, ich will einen bleibenden Zauber, wie ich ihn bei meiner Grandma Kashpaw gesehen habe. Ich habe immer geprahlt, ich wolle die Frau finden, die mich liebt, bis einer von uns stirbt oder verrückt wird. Und ich habe wirklich nach ihr gesucht.

Jetzt fürchte ich, dabei die Orientierung verloren zu haben, so weit vom Weg abgekommen zu sein, daß Shawnee Ray mir im Moment, wo ich sicher bin, in ihr die Richtige gefunden zu haben, nicht glaubt.

«Das hast du echt in den Sand gesetzt», sage ich mir. «Lipsha, du bist mit deinen Händen so geschickt geworden, daß du all die Ecken und Kanten wegpoliert hast. Man kann dir nicht mehr glauben! Und Lyman, der hat sich gerade soviel Kantigkeit zugelegt, daß er unschuldig wirkt!»

Aber das stimmt auch nicht, jedenfalls nicht ganz, und es stört mich, daß ich so wenig durchblicke. Ein kleines Stück vom siebten Himmel teilt das Schicksal jedem von uns zu.

Meines hab ich dann wohl schon gehabt, denke ich, als ich den Schotterweg entlangholpere. Sie vergißt mich todsicher, sobald Lyman sie mit dem nächsten brillanten Redeschwall überschüttet.

Ich fahre zurück zur Bar, gehe hinein, setze mich und versuche mich noch nach dieser letzten Begegnung darauf vorzubereiten, sie zu verlieren. Es gelingt mir nicht. Ich ziehe meine Turnschuhe an und beschließe, etwas Unübliches zu tun, mir die neue Highschool-Aschenbahn zu erlaufen. Also fahr ich rüber. Ich steige aus dem Bus, hinaus in den herrlichen leichten Nachmittagswind, und fange an zu rennen. Obwohl meine Jeans zu eng sind, laufe ich weiter und spiele mit der Vorstellung, daß mich die roten Spuren, die sie auf meiner Haut hinterläßt, an den Rat erinnern werden, den ich mir selbst gegeben habe und hoffentlich auch beherzigen werde. Ich renne die rote Aschenbahn entlang, zuerst verbissen und mit steifen Gliedern, dann freier, lockerer, mehr ich selbst, und schwitze und verbrenne meine begierige Hoffnung zu reiner Erschöpfung. Meine Rippen stechen, und bald verlangsame ich das Tempo zum Dauerlauf, und schließlich gehe ich. Ich erinnere mich an den Versuch, mit dem Liebeszauber aus dem Supermarkt an meinem eigenen Grandpa herumzudoktern, und an das tragische, verworrene Ende dieser Geschichte. Ich erinnere mich an meinen ursprünglichen Wunsch, dorthin zu gehen, wo die Pillager-Frau wohnt, und daran, wie mir fast das Herz stehengeblieben wäre, weil ich ein viel zu großer Morrissey-Feigling war, um es zu tun. Vielleicht war überhaupt mein ganzer Liebeszauber nur aus dem Supermarkt, ein einziger Schwindel, vielleicht habe ich mich zu sehr auf das ganze kommerzielle Zeugs verlassen und verstehe jetzt erst, was man braucht, um das Wahre zu bekommen.

«Wartet's ab», rufe ich in die leeren Zuschauerreihen. «Ihr werdet schon noch sehen.»

Ich tripple auf den Zehenspitzen, ziehe die Knie zur Brust hoch und zische los wie eine Sternschnuppe – doch schon nach fünfzig Metern werfe ich mich zu Boden. Ich bin völlig hinüber, mein Atem ist eine glühende Feder in der Brust, mein schwaches, halb gebrochenes Herz hämmert wie verrückt. Ich rieche das pestizidbesprühte Gras und darunter die gedüngte Erde. Als ich mein Gesicht auf die Erde drücke, denke ich daran, wie es ist, darunter zu liegen. Ich will aber nicht ohne Shawnee Rays Liebe sterben, und um sie zu bekommen, muß ich mir einen Liebeszauber beschaffen, der stärker ist als der von Lyman Lamartine.

Ich gehe durch die Zuschauerbänke zurück zum Bus. Die Sache ist die: Ich kann mir meine Ängste einfach nicht mehr leisten. Der Himmel erstreckt sich kahl und riesig über mir, türmt im Osten Wolken auf, eine Front von Schneeregen oder Regen. Ich werde nicht von meinem Ziel lassen. Die alte Pillager kommt immer in der ersten Trockenzeit des Jahres in den Ort. Sie ist von Rechts wegen meine Urgroßmutter, und sie ist diejenige, die alles in Bewegung gesetzt hat. Ich werde sie finden, ihr folgen, sie um den Zauber bitten. Und ich hoffe, daß ich nicht an ihren dunkleren Zaubern sterben muß.

Als ich schließlich die alte Frau entdecke, die die Leute so fürchten, geht sie den breiten Feldweg entlang, der aus dem Busch in den Ort führt. Es ist ein Frühlingsvormittag mitten in der Woche. Die plötzliche Wärme hat alle überrascht, die Leute gehen nicht direkt zur Arbeit, sondern halten hier und da ein Schwätzchen – das heißt, bis sie die Pillager sehen. Als sie vorbeikommt, hasten Männer wie Frauen in die Gebäude, schieben ihre Karten in die Stechuhr, lenken den Wagen zum Parkplatz. Einige verziehen sich in die Bars und in den Schatten des Postamts; wer nirgendwohin ausweichen kann, bekreuzigt sich oder berührt sein Heiligenmedaillon. Ich mache gar nichts. Ich falle gar nicht auf. Denn während ich auf die Pillager gewartet habe, bin ich zum Inventar geworden, zum Geländer, zu einer Zementstufe vor dem Büro für Stammesangelegenheiten. Doch dann sehe ich beim Ausfüllen meiner Papiere kurz auf, und da ist sie.

Fleur.

Die Leute sagen, es geschehen seltsame Dinge, wenn die alte Frau in der Nähe ist. Ein Hund kippt tot um, und alle

Haare fallen ihm aus. Klatschmäulern verzerrt sich der Mund und bleibt auf ewig schief. Kalte Winde blasen an Orten, wo es nicht mal einen Ventilator gibt. Faltenwespen nisten in Brotteig. Und dann die Sache mit dem Ertrinken: Dreimal war sie im See, und jedesmal riefen die Geister andere Menschen zu sich, wenn Fleur wieder zum Leben erwacht war, als habe sie deren Namen anstelle ihres eigenen auf die Liste für die Todesstraße gesetzt. Diese Dinge sind geschehen, schrecklich, aber es ist auch Gutes passiert.

Man vergißt leicht das Gute, denn das Böse beeindruckt nachhaltiger. Die alte Frau heilt Fieber, schient Knochen, hat die Hälfte der Alten im Seniorenwohnheim zur Welt gebracht. Das stimmt. Sie ist älter als alle, so alt, daß niemand mehr genau weiß wie alt. Sie ist eine Pillager, die adoptierte Tochter des alten Nanapush, diese heilende Hexe. Sie muß hundert sein. Sie ist so alt, daß die Leute ihren Namen nicht mehr benutzen. Sie heißt einfach die alte Frau, *Mindemoya*. Soviel ich weiß, hat sie nur noch ein Kind hier im Ort, meine Grandma Lulu, und jetzt bin ich neugierig, ob sie sie in ihrer Wohnung besuchen geht.

Und da sie direkt an mir vorbeiläuft, ohne Lipsha Morrissey zu beachten, der immer ein Nichts war, bis zum Bingo, kann ich sie mir genau ansehen. Fleur umgeht in weitem Bogen die Verwaltungsgebäude, sieht stur geradeaus und merkt nicht, daß der Weg vor ihr ganz leer geworden ist. Sie ist groß, hat gekrümmte Schultern und ein Gesicht, das wie poliert ist und schwer, wie ein scharfes Werkzeug. Vor jedem Schritt klopft sie mit einem Stock, der wie verbrannt aussieht, in den Staub. Er ist aus einem knotigen Ast gemacht, von einer Sumpfweidenart, die stärker ist als Bewehrungsstahl. Um ihren Kopf ist ein weißes Tuch geknotet, und ihre Ohrringe blitzen, zwei kleine grüne

Flammen links und rechts vom Unterkiefer. Die großen Füße stecken in alten Männerschuhen. Sie trägt ein langes Kleid, das überhaupt nicht zu ihrem schrecklichen Ruf paßt, denn es ist ein Mädchenkleid, mit rosa Blumenmuster und Rüschen. Sie geht so schnell, daß sie schon halb den Hügel hinauf ist, ehe mir einfällt, daß ich ja aufstehen und sie vielleicht ansprechen könnte. In wenigen Minuten ist sie nur noch ein unschuldiger Fleck Rosa und Weiß, der immer kleiner wird, und dann verschwindet sie zwischen den grünen Sträuchern und Büschen vor dem Eingang der Kirche.

Eine Cousine von mir, ein Morrissey-Mädchen namens Layla, die im Büro arbeitet, kommt raus und lehnt sich gegen das Stahlgeländer.

«Ich hab gehört, Mindemoya ist hier draußen.»

«Wo denn?» frage ich zurück.

Ich weiß nicht warum, aber in diesem Augenblick schnappt etwas in mir zu, wie um die alte Frau zu beschützen, obwohl sie mich wohl kaum dazu braucht, obwohl meine Cousine Layla ganz nett ist und nichts Böses will, sondern einfach nur neugierig ist.

«Ich hab sie nicht gesehen», sage ich. «Und ich hab die ganze Zeit hier gesessen.»

Layla schaut sich um, schaut zu den großen Pappeln, die sich über die Klinik neigen, zu den Schulbussen, die in dem großen Hof hinten am Hügel stehen, zu den fleckigen braunen Backsteinen und den dicken grauen Fenstern der Wohnungen im Seniorenheim, zur Straße, auf der Fleur gelaufen ist. Alles ganz normal. Autos fahren vorbei, manche schnell, manche langsam.

«Es heißt, sie kommt an ihrem Festtag hierher», flüstert Layla. «Jedes Jahr.»

«Ach ja?»

Layla schaut mit gerunzelter Stirn zum Hügel.

«Lauf doch rüber und frag, ob sie da ist», schlage ich vor.

Doch Layla scharrt nur enttäuscht mit dem Fuß und geht wieder ins Büro, wo sie die Unterlagen aller Stammesangehörigen für ihre Chefin sortiert – und das ist Zelda, die Daten und Fakten jedes Ahnen und heimlichen Verwandten stets gern griffbereit hat. Ich setze mich wieder. Ich will meine Identität klären lassen, keine einfache Sache im Indianerland. Ich will eine Abstammungsurkunde, versuche aus purer Langeweile nachzuweisen, wer ich bin – der nichtsnutzige Sohn eines kriminellen Vaters und einer Mutter, die mit Schnee in den Händen starb –, doch meine Versuche, den Behörden meine Existenz zu beweisen, sind zum Scheitern verurteilt, denn Zelda ist ein nicht außer acht zu lassender Machtfaktor. Ich habe noch nicht alle Anmeldungs- und Berechtigungsformulare beieinander, noch nicht, und ich habe auch noch keine klaren Vorstellungen von meiner Zukunft. Aber der eigentliche Grund, warum ich hier herumhänge, ist eben die Straße hinabgegangen.

Ich stehe auf der Treppe. Die Kopien von Anmeldeformularen und Ausweispapieren wiegen schwer in meiner Hand.

«Hier.» Ich drücke sie Layla in die Hand.

«Leg sie unter ‹L› ab, für Kind der Liebe», sage ich im Weggehen.

Wie manchmal Dinge geschehen und zusammenkommen, das ist so seltsam wie Musik. Die alte Frau ist, wie gesagt, meine Urgroßmutter, aber ich habe ihr noch nie Auge in Auge gegenübergestanden. Ich beschließe, ihr in die Kirche zu folgen, und wenn ich reingehe, werde ich mich mit Weihwasser bekreuzigen. Dann bin ich vielleicht sicher, wenn ich zu ihr gehe, mich als ihr Nachkomme Lipsha vorstelle und ihr sage, was ich von ihr brauche. Das mit dem Weihwasser kann natürlich auch schiefgehen. Vielleicht hat sie einen Zauber, der ihm entgegenwirkt, vielleicht sagt sie, was sie zu Schöner Flug gesagt hat, und ich muß an ihrer Stelle auf die Todesstraße treten, wenn sie das nächste Mal dort hinbestellt wird. Die Leute sagen, auf diese Weise hätte sie's geschafft, so lange zu leben. Wenn die Gerüchte stimmen, wird ihr Leben nie ein Ende haben. Sie nimmt die Zukunft anderer Menschen und macht sie zu ihrer eigenen, saugt sie durch ein hohles Schilfrohr, durch einen Strohhalm, einen Knochen auf.

Jetzt werde ich nervös, deshalb gehe ich der alten Frau doch nicht in die Kirche nach, sondern laufe lieber rüber zum Seniorenheim, wo meine beiden Grandmas wohnen. Grandma Kashpaw ist ordentlich und immer auf dem *Quivive,* Erinnerungsstücke von entfernten Enkeln zieren ihre Wohnung, und an den Wänden stehen Schränke voller sorgfältig aufbewahrter Papiertüten, gebrauchter Kleider und nagelneuer Heizdecken. Grandma Lulus Wohnung ist nicht so aufgeräumt, bei ihr liegt alles verstreut: Zeitungen, Kongreßprotokolle, Magazine. Die beiden wohnen dicht beisammen, auf dem gleichen Flur, aber zuerst gehe ich zu Grandma Lulu von der Pillager-Seite. Schließlich ist die alte Frau ihre Mutter.

«Mindemoya ist in der Stadt», sage ich ohne Einleitung.

Lulu erhebt sich von ihrem Stuhl, streicht sich das Kleid an den Hüften glatt und geht in die Kochnische, um ein paar Töpfe und Pfannen auf dem Herd herumzuschieben. Der Geruch von Bratkartoffeln und brutzelndem Fleisch mit Zwiebeln dringt herüber, wenn sie einen Deckel anhebt. Früher war Lulu blumenzart und anmutig und roch nach Parfüm, doch mit fortschreitendem Alter ist sie kompakt und verspannt geworden. Ihre Arme sind hart und braun, als würde sie Liegestütze machen, und sie riecht strenger – nach Tinte, Büromaterialien und Korrekturflüssigkeit. Abgesehen von ihrer Freizeit, die sie im Bingo-Palast verbringt, hat sie sich voll in die Politik gestürzt, und an den kleinen Parfümfläschchen, die auf der Kommode stehen, ist der süßliche Duft längst zu Ringen eingetrocknet. Sie hat sich nicht mehr und nicht weniger in den Kopf gesetzt, als das ursprüngliche Reservatsgebiet zurückzuerobern. Es war einst sechsmal so groß.

«Sie kommt an ihrem Festtag, um Vorräte einzukaufen», bemerke ich, als Lulu mir nicht antwortet.

«Nicht an ihrem Festtag. An dem meines Vaters.» Sie ist kurz angebunden, wendet das Fleisch, rührt etwas anderes in einem Topf mit einem Metallöffel um. Ein violetter Duft bestürmt mich. Sie kocht Wildkirschengelee.

«Wer war das?»

Sie dreht sich um, zieht die schmalen schwarzen Augenbrauen hoch und versetzt der Pfanne einen plötzlichen, ärgerlichen Schubs.

Ich weiß, das ist das Zeichen, daß ich aufhören soll, aber diesmal will ich mehr. Die Augen meines Vaters, verschleiert und voll Nanapush-Licht, beobachten mich von Grandmas Krimskrams-Regal. Meine Angehörigen sind voller Geheimnisse, die sie vor anderen und sich selbst verbergen. Ihre Anfänge haben sich in der Zeit verloren, das Ende der Dinge ist unaussprechlich. Zelda zufolge war auch ich eines dieser dunklen Geheimnisse, ein Junge, den seine Mutter im Sumpf zu ertränken versuchte, der aber überlebte und dessen Vater, der Gefängnisheld, von den obersten Behörden des Landes zum Schweigen gebracht wurde. Grandma Kashpaw hat mich großgezogen, und Grandma Lulu hat den Stein ins Rollen gebracht, als sie anfing, mir alles zu erklären. Deshalb zähle ich jetzt darauf, daß sie mir noch mehr erzählt.

«Du redest nicht gern über sie», sage ich. «Aber sie ist deine Mutter.»

«Du bist eine Nervensäge.» Lulu stellt mir einen Teller hin, Wild mit dünnen braunen Zwiebelringen, mit der Gabel zerdrückte Kartoffeln und darüber zerlassene Butter und Pfeffer. Auf ihrem eigenen Teller liegt eine Scheibe weiches Weißbrot mit abkühlendem Gelee. Ihre Augen versprühen winzige schwarze Funken. Sie ist auf der Hut. Die moderne Perücke, die sie heute trägt, hat weiche lange Locken, wie geschlagenes Eiweiß. Ich nehme Messer und Gabel, zerschneide mein Fleisch, fange an zu essen und überlege dabei, wo ich noch mal ansetzen könnte, wie ein Ringer, der den Gegner mit kampfbereit ausgestreckten Armen umkreist. Aber ich finde kein Loch in der Deckung. Und dann packt sie als erste zu und stellt mir ein Bein.

«Selbst wenn ich dir sagen würde, was du wissen willst: Es würde dir nichts nützen.»

«Warum nicht?»

«Du bist zu einfältig. Du denkst, du hast alles verstanden. Aber ihr jungen Indianer von heute lebt auf einem anderen Planeten.»

«Vielleicht bin ich wirklich dumm», sage ich und lege die Gabel hin, zugleich verärgert und einsichtig. «Aber wenn meine Mutter noch am Leben wäre, würde ich sie nicht hassen.»

«Ich hasse die alte Frau nicht», sagt Lulu und fährt nach kurzer Zeit mit ruhiger Stimme fort: «Ich verstehe sie.»

Was mir zu denken gibt.

Außerhalb des Seniorenheims ist die Luft trocken und noch immer ungewöhnlich warm für einen Frühlingstag. Graue Staubringe hängen träge über der Straße. Die frischen Knospen an den Bäumen knacken, und die Kirche streckt sich gähnend vor mir aus, ein großes, leeres Gebäude aus weißgestrichenem Holz mit langen bunten Fenstern und einem quadratischen Kirchturm, der mit dunkelgrünen Schindeln gedeckt ist. Das Reservat erstreckt sich den Hügel hinab, und ich habe einen guten Blick auf den Ort mit seiner Tankstelle, der im Schatten der Bäume liegenden Bar und den kleinen, von der Regierung gebauten Schachtelhäusern. Einige sind in sich zusammengesackt, grau und ungestrichen, andere wirken munter, pink, grün, blau, und strotzen von Schornsteinen, Antennen und kleinen Windmühlen, denn im Moment ist es modern, sein Grundstück mit langen Stäben zu verzieren, an denen sich die seltsamsten Formen aus zurechtgeschnittenen Plastikmilchkannen drehen. Fliegengitter fallen zu. Kinder lassen ihre Spielzeuglaster durch den Staub düsen. Frauen beugen sich auf der Treppe vor und mustern kopfschüttelnd das ausgedörrte Gras. Die Häuser sind wild durcheinander gebaut, die Straßen kamen erst später dazu. Nach Süden hin verlieren sie sich in der flachen Prärie, und gen Norden werden sie von Bäumen geleitet und alsbald vom schnell wachsenden Busch eingehüllt.

Dort, unter den zähen grünen Bäumen hervor, windet sich ein grober Schotterweg durch die Morgenhitze. Ich folge ihm bis zur ersten Kirchenstufe. Oben strecke ich die Hand aus, öffne die schwere braune Tür und gehe hinein. Die Luft ist dunkel und schwer vom Weihrauchduft. Die Bänke sind dunkle Furchen leerer Stille. Beim Hineingehen höre ich den Wind draußen jäh durch die Bäume fahren, und mein Herz schlägt schneller. Mitten in der Kirche sitzt Fleur

Pillager, kerzengerade, angespannt. Ich knie mich neben sie. Sie beachtet mich nicht. Ich hüstele.

«*Booshoo.*» Ich entbiete ihr einen Gruß.

«Was willst du?»

Sie spricht so laut, daß es hallt, benutzt die alte Chippewa-Sprache, die ich kaum verstehe und schon gar nicht spreche. Ich beherrsche nicht mal diese alte Französischmischung, deshalb sage ich ihr auf englisch, daß ich ihr Enkel bin, einfach so, geradeheraus. Sie nickt nur, und ich weiß nicht, ob sie mich richtig einordnen kann. Nach einer Weile sagt sie: «*Geget na?*», «Aha?», wie eine Frage, und zieht dabei die Mundwinkel nach unten. Ich weiß nicht mehr weiter, und so sitzen wir still nebeneinander.

Soweit ich das aus den Augenwinkeln sehen kann, tut sie nichts. Sie regt keine Hand, um etwas Pulver zu werfen oder ein Zeichen zu machen, das dann über mir hängt. Sie hat keine Tasche dabei, in der sie zum Beispiel ihren Medizinzauber aufbewahren könnte, einen Kinderfinger in einem Hirschlederbeutel, wie die Leute sagen. Ich habe schon in den Staub geschaut, um sicherzugehen, daß sie Abdrücke großer Männerschuhe hinterläßt und keine Bärenspuren. Allein der Gedanke an solche Dinge schnürt mir die Kehle zu, darum kann ich nicht antworten, als sie schließlich spricht.

«Ich muß einkaufen.»

Sie stößt diese Worte in perfektem Englisch hervor, wie die Nonnen. Wir stehen auf. Sie gehört nicht zu der Sorte, die vor dem Altar niederkniet, sie macht einfach auf dem Absatz kehrt und geht zur Tür. Ich öffne sie und trete hinaus. Sie hat ihren Stock gegen die Wand gelehnt, und ich reiche ihn ihr.

«Kann ich dir die Vorräte nach Hause tragen?» frage ich.

Als sie mich anlächelt, ohne zu blinzeln, und ihre scharfen alten Zähne entblößt, schnappe ich nach Luft, spüre das Rauschen schwarzer Schwingen im Herz. Wenn sich heftige Freude langsam in ihrem Gesicht ausbreitet, kann ihr Lächeln töten, habe ich gehört. Aber mir geschieht nichts.

«Es ist ein langer Weg, mein Enkel.» Mehr sagt sie nicht, und sie hat recht.

Vielleicht habe ich schon zuviel Teer in den Lungen, oder ich bin vom Zucker geschwächt, ich weiß nicht, jedenfalls halte ich nicht mit ihr Schritt. Sie kann keine hundert sein, höchstens neunzig, so schnell wie sie geht. Ich trage die Tasche, nur ein paar Dinge – Mehl, Haferschrot, Kaffee und ein paar Kartoffeln. Ich bin froh, daß ich die Turnschuhe anhabe, in denen ich Kraft gesammelt habe, und trotzdem beschämt sie mich, diese alte Frau, die vielleicht sogar eine *Djessikid,* eine Zauberin ist.

Auf halbem Weg sage ich ihr meinen Namen – nicht, daß sie danach gefragt hätte. Bei Morrissey runzelt sie die Stirn und meint, mit diesem Clan sei sie überhaupt nicht verwandt. Ich zögere zu erwähnen, daß meine Grandma ihre Tochter ist, aber ich spüre, Fleur Pillager will bloß höflich sein und nicht sagen, daß die Morrisseys Nichtsnutze sind, eine Sippe, die den Lazarres in puncto Schlechtigkeit in nichts nachsteht.

«Vom Blut her bin ich kein Morrissey», sage ich, «jedenfalls kaum.» Ich erkläre ihr, daß mich meine Mutter bei Grandma Kashpaw gelassen hat, weil ich der Sohn eines mit den Pillagers verwandten Nanapush bin. Da nickt sie bedächtig im Takt ihrer Schritte. Der Name Kashpaw sagt ihr etwas.

«Wenn du ein Pillager bist, dann steh dazu. Und sag nicht Morrissey.»

«Würden mich die Pillagers denn anerkennen?»

Sie dreht sich zu mir um und verzieht den Mund. «Warum nicht? Es ist ja niemand mehr übrig von uns.»

Dann gehen wir schweigend weiter, und die Sonne sinkt immer tiefer zwischen die windstillen Bäume. Meine Phantasie spielt in diesem Augenblick zwar ziemlich verrückt, aber ich bin trotzdem davon überzeugt, daß der Wald zu schweigen beginnt, als sie kommt, daß die Vögel ihr Lied verschlucken, die Hasen zu hoppeln aufhören, die Bäume erstarren und das Wild stocksteif im schützenden Gebüsch verharrt. Zuerst fahren noch Autos an uns vorbei – keines hält an, um uns mitzunehmen –, dann werden es weniger und weniger, während wir die Straßen und Schotterwege entlanggehen, die schmaler werden, zu Erde, zu Staub, zu fast zugewachsenen Pfaden, die dennoch weiterführen, sich schließlich in schier undurchdringlichem Gebüsch verlieren und in buschigem Gras und Beifuß enden. Sie muß mitten in der Nacht aufgestanden sein, um so weit in den Ort zu laufen. Ich dachte, ich kenne das Reservat wie meine Westentasche, aber jetzt stellt sich raus, daß ich es nur vom Auto aus kenne, nicht zu Fuß. Es ist, als hätten wir uns verirrt, als wüßten wir nicht, wohin, und bei diesem Gedanken werden meine Beine schwach.

Wir sind jetzt am hinteren Ende des Matchimanitosees angelangt, genau dort, wo Lyman Lamartine sein Spielerparadies bauen will.

Ich war nie daran interessiert, hierher zu kommen. Es ist ein Ort der Geister; gut, wenn man gut ist, und schlecht, wenn man Schlechtes getan hat wie ich. Ich bin froh, daß ich das Wasser selbst noch nicht sehen kann, keine Lichtung im Gebüsch, kein Glitzern dunkler Wellen, in denen sich der Himmel widerspiegelt. Soweit ich sehen kann, führt auch kein Weg tiefer in den Busch, und doch deutet die alte Frau mit ihrem schwarzen Stock nach vorn, und ehe ich mich versehe, geht sie direkt in ein Sumachgestrüpp. Verschwindet einfach.

Ich folge ihr, so gut ich kann. Die Stämme stehen dicht, die Zweige schlagen nach mir, und die Blätter scheinen sich um mich zu wickeln, so daß ich die Frühlingsblumen ihres Kleides aus den Augen verliere. Ich taste mich vorwärts, gleite unter abgestorbenen Ästen hindurch und winde mich durch dichtes Gestrüpp. Die Luft wird dicker, es summt, riecht nach Wald und schwerem Sonnenlicht. Einmal versuche ich zurückzugehen, aber die Zweige und Blätter haben sich in festen Knoten hinter mir geschlossen. Dies ist ein Einbahn-Wald. Jetzt hat sie mich. Zieht mich an einem Zauberfaden, den sie ausgewürgt hat. Sie ist eine Eule, die dort am anderen Ende wartet, mit gespreizten Fängen und einer Zunge wie eine Fleischgabel. Ich kauere mich zitternd hin und versuche, mich zu fangen, doch dann habe ich das Gefühl, daß mir die Zecken eilig in die Socken krabbeln, und springe auf, stürze voran und renne geradewegs auf eine abgebrannte, jetzt mit Himbeeren zugewachsene Fläche vor einem kleinen, grasbewachsenen Hügel hinaus. Ihr Haus steht obendrauf, düster, aber ganz normal im Schatten dichter alter Bäume, hinter denen strahlend blau der See winkt, schmuck wie auf einer Ansichtskarte und trügerisch. Da ist auch Fleur, sie steht mit vorgebeugtem Oberkörper am Brunnen, und ihr Ellbogen fährt auf und ab, während sie den gebogenen eisernen Schwengel einer Wasserpumpe bedient.

«Du hast's geschafft», sagt sie, ohne sich umzudrehen, hebt den Eimer auf und geht zum Haus. Es ist ein altes, flaches langgestrecktes Gebäude aus zurechtgesägten Balken, die Ritzen sind sorgsam mit gelblichem, aus der zweitobersten Erdschicht ausgegrabenem zähem Lehm verfugt. Auf dem Dach ist ein kleiner Blechschornstein. Ich bleibe draußen stehen, bis ich Rauch aufsteigen sehe. Die Fenster sind klein, blankgeputzt und leer, nicht mit Gardinen verhängt. Ich schlucke meine Angst hinunter, erinnere mich daran, daß Fleur Pillager Krankheiten geheilt und Kinder zur Welt gebracht hat. Ich bin von ihrem Blut. Trotzdem wünschte ich, ich hätte einen schützenden Zauber dabei.

«Du hast Durst», sagt sie, als ich schließlich hineingehe.

Ihr Haus erinnert mich an Lulus Wohnung, denn es ist bis an die niedrige Decke vollgestapelt mit Zeitungen, Ordnern, gebündelten Briefumschlägen und Pappkartons, die noch mehr Akten, Zeitungen und Ausgeschnittenes bergen. Es riecht nach Papier, das schimmlig geworden, getrocknet und wieder naß geworden ist, aber dennoch sorgfältig aufbewahrt wurde. Denn alles ist sorgsam und ordentlich entlang der alten, weißgetünchten Wände gestapelt, die von Haarrissen und verworrenen Linienmustern überzogen sind.

«Ich mache Tee.»

Ich setze mich, und mein Blick fällt automatisch auf das abgescheuerte, verblaßte Muster des Wachstuchs auf dem Tisch. Es ist mit Kulistrichen bedeckt, mit geraden, gekrümmten, sich zu Kreisen schließenden Linien.

«Da hat jemand auf dein Tischtuch gemalt», sage ich und halte dann den Mund, denn wahrscheinlich ist es nicht besonders taktvoll, alles so kritisch zu mustern. Aber sie hat nichts dagegen.

«Du hast Durst», wiederholt sie.

«Nein», entgegne ich, «na ja, vielleicht ein bißchen.»

Sie steht auf, reicht mir eine Kelle Wasser aus ihrem Metalleimer, nimmt dann den Kessel vom Herd und wirft eine Handvoll getrockneter, zerstoßener Blätter in einen Topf mit heißem Wasser. Etwas später füllt sie zwei Tassen und stellt mir eine hin. Sie nimmt einen Löffel Honig, der aussieht, als sei er von einem Baum gekratzt. Ihre Hand ist braun und knochig, langfingrig und trocken, wie in der Sonne gebacken. Ich trinke einen heißen, süßen, wohlriechenden Schluck, und mein Blick wird klarer, doch ansonsten bin ich immer noch durcheinander, wie vor den Kopf geschlagen, schwer und unbeweglich. Ich schaue auf die seltsamen Linien an den Wänden, zwischen den ordentlich gestapelten Briefen, und einige Muster kommen mir vertraut vor.

«Da hat auch jemand was hingeschrieben.» Blödsinnig strecke ich die Hand aus, beuge mich vor und merke im gleichen Moment, daß ich Worte lese, einen Satz, etwas, das sich zum Fenster hinschwingt, das für mich keinen Sinn ergibt, das ich nicht verstehen kann. Ich öffne den Mund, finde aber keine Worte, also mache ich ihn wieder zu und mustere meine gefalteten Hände, während Fleur erneut aufsteht und in einem gußeisernen Topf etwas zusammenrührt. Sie hat einen alten Herd, wahrscheinlich aus den dreißiger Jahren, ein riesiges Ding mit geschwungenen Nickelgriffen an den Türen. Auf ihrem durchhängenden Bett liegt ein Bärenfell, das überhaupt nicht tot aussieht, sondern glänzt wie das eines lebendigen Tiers. Am Fußende liegt eine gefaltete Trapperdecke. Das Bett steht nicht auf Beinen, sondern auf weiteren Büchern und Ordnern. Darüber hängt ein Regal, und darauf liegt eine flache, runde Trommel. Daneben hängen Biber-, Hermelin- und Otterfelle, ein Tabaksbeutel, der aussieht wie ein Schulterpatronengurt und ganz mit Perlen besetzt ist, daneben Grasbüschel, Beifußsträußchen und andere Dinge in Beuteln, Dinge, die ich keinesfalls näher betrachten möchte. Auf dem Boden steht eine Schale mit Steinen, ganz runden, vom Seewasser glattgescheuerten Steinen. Bei ihrem Anblick wird mein Mund wieder trocken, denn ich weiß, das sind keine normalen Steine, sondern lebendige Geistersteine, und wahrscheinlich spricht sie nachts zu ihnen, sagt ihnen, was sie für sie tun sollen, wen sie besuchen, wen sie stören sollen.

Jetzt wird es dunkel, und sie stellt mir einen Teller Bohnensuppe hin. Um sie nicht zu beleidigen, greife ich nach dem Löffel, aber während ich esse, versetzt mich der angenehme Geschmack von Rauch und Fett in einen ruhigeren, fast schon normalen Gemütszustand. Ein Teller, noch einer, und dann fühlt sich meine Zunge dick und geschwollen an. Ich trinke noch etwas Wasser aus der Kelle. Die Luft ist dunkel und schwer. Die alte Frau zündet eine gläserne Kerosinlampe an und geht hinaus. Ich stehe auf und spritze mir aus der Schüssel, die noch dasteht, etwas Wasser ins Gesicht, befürchte, daß sie einen Zauber über mich geworfen, ein Schlafpulver in den heißen Tee und Kräuter in die Bohnensuppe gemischt hat, die ich durch das Salz nicht geschmeckt habe. Aber sobald das Wasser mein Gesicht berührt, fühle ich mich wieder gut; ich wasche mich noch etwas gründlicher mit ein bißchen Laugenseife, die mich an ganz früher erinnert. Hier liegt keine rosa Camay wie bei Lulu, und es gibt auch keine Handtücher. Ich trockne mir mit dem T-Shirt Hände und Gesicht ab und gehe dann zur Tür, damit ich gewappnet bin, wenn sie zurückkommt.

Draußen ist es jetzt kühl, und sie trägt einen ausgeleierten grünen Pullover. Sie schiebt sich an mir vorbei, schüttet heißes Wasser aus dem Kessel in eine Schüssel und fängt an, die Teller und Löffel abzuwaschen, wendet mir dabei den

Rücken zu. Ihre Ellbogen bewegen sich rhythmisch, die Hände scheuern, die Lampe strahlt golden, und ich werde ruhiger, weiß, dies ist meine Chance.

«Ich brauche einen Liebeszauber.»

Meine Worte fallen in einen Brunnen. Sie antwortet nicht, arbeitet weiter, und dann, ganz plötzlich, viel zu schnell für eine alte Frau, wirbelt sie herum und richtet im Dämmerlicht den Blick auf mich, schaut mir fest in die Augen, bis ich blinzeln muß, einmal, zweimal. Als ich die Augen wieder öffne, dehnt sie sich und verschwimmt ins Ungreifbare, Unfaßliche. Ihr Gesicht wird dunkler und dunkler, die Knochen verbreitern sich. Die Nase kippt hoch, verwandelt sich in eine schwarze Schnauze, die Augen sinken ein. Ich versuche mich aufzurappeln, aber meine Beine, meine Arme, mein Gesicht sind gefühllos, und dann geht die Lampe aus. Finsternis. Ich sitze reglos da, und in meinem Kopf dröhnt das heiße Schnauben ihrer Stimme.

KAPITEL ZWÖLF

Fleurs Glück

Als Fleur Pillager zum vierten- und letztenmal zurück ins Reservat kam, war sie ganz in Weiß gekleidet. Ihr wattiertes, tailliertes Kostüm strahlte in der Frühlingssonne. Sie bewegte sich in einem leuchtenden Harnisch aus frischem Licht. Sie trug Handschuhe und saubere, hochhackige Schuhe. Von ihrer schmalen Hutkrempe fiel ein getüpfelter Schleier über ihr Gesicht. Wer von uns hinzusehen wagte, stellte fest, daß ihre Zöpfe dick wie Pferdeschwänze geworden waren und daß sie ihr, mit einem roten Stück Stoff zusammengebunden, weit den Rücken hinabhingen. Die Älteren vernahmen dies verwundert, denn sie erinnerten sich daran, daß früher die Krieger ihr Haar hinten zusammengebunden getragen hatten, wenn sie einen Feind erwarteten.

Auch Fleurs Auto war weiß, und es war groß, ein Pierce-Arrow mit einem Nummernschild aus Minnesota. Auf dem Beifahrersitz hockte ein mürrischer Junge, der in einem fort die Hand zum Mund hob, sie wieder senkte und ein weiteres Lakritzestück aus der rotweißgestreiften Tüte zog, die er im Kaufladen unbedingt hatte haben wollen.

Jedermann kannte sie und kannte sie doch nicht. Es gab keine Begrüßungsrufe, keine bewundernd vors Gesicht geschlagenen Hände, kein Lächeln. Niemand strich Fleur zärtlich übers Haar und sagte, *Tochter, wir haben dich vermißt.*

Peendigaen. Setz dich und iß von der guten Suppe. Niemand bot ihr Brot und Tee an. Nur die luchsäugigen Klatschmäuler beeilten sich sogleich, Geschichte an Geschichte zu spinnen, und reckten den Hals, um das weiße Kostüm mit dem fremdartigen Schnitt, die Luxuslimousine und das Kind genau zu betrachten.

Wie berichtet wurde, hatte er im Kaufladen die Lakritze in der Faust gehalten und den Migwan-Mädchen, die zusahen, wie ein dunkles Stück nach dem anderen in seinem Mund verschwand, direkt in die Augen gestarrt. Vom Zucker hypnotisiert, schluckten sie mit wäßrigem Mund und sahen zu Boden, während er weiterkaute und sie ohne jede Neugier fixierte.

Wie ihre Kleider, ihr Hut, ihre Handtasche und ihr Auto war auch der Junge weiß. Keine Spur – da waren die alten Frauen, die das Problem hin und her wälzten, sich einig – keine Spur von Fleur Pillager in ihm. Vielleicht kümmerte sie sich nur um den Jungen, den Sohn eines reichen *Zhaginash*, vielleicht war sie – und da es kein Wort gab, mit dem man das hätte beschreiben können, wurde schnell eins erfunden – gemietete Milch.

Und doch, das Auto und die Kleider waren beunruhigend. Vielleicht gestohlen, obwohl sich die Pillager verhielt, als gehörten sie ihr. Aber andererseits hatte sie sich immer so verhalten, als gehörte ihr alles und nichts: der Himmel, die Erde, alle, die ihren Weg kreuzten, die Straße und das Land der Pillagers. Denn sie gehörte sich selbst, meinten die Leute, sie war eine Frau mit vier Seelen. Wie ihre Großmutter hatte Fleur Pillager mehr Seelen, als ihr zustanden. Das war nicht recht. Selbst jetzt, wer wußte schon, wie viele sie noch übrig hatte? Nichts und niemand konnte sie umbringen, das war nun einmal mehr bestätigt worden. Denn sie war wieder da, eine Erscheinung, die sich jeder Logik entzog. Sie hätte tot sein sollen, aber vielleicht hatte sie gewußt, daß der Tod nahe war, hatte eine Seele als Köder in die Welt geworfen und lebte jetzt unbeschadet weiter.

Und da war noch ein weiteres beunruhigendes Detail, über das gestritten wurde, denn wohin gingen sie, diese Seelen? Wen besaßen, wen verfolgten sie? Als sie die schwere Krankheit überlebt hatte, warum hatte da der Fuchs unter dem Fenster von Zwei Hüte gebellt, und als sie wieder einmal nicht ertrunken war, warum hatte da diese Eule am Kircheneingang, auf dem Kiefernast direkt über der Tür gesessen und mit ihren blassen Augen den Gottesdienstbesuchern zugeblinzelt, von denen nur Josette Bizhieu den Mut aufbrachte, ihr Tabak hinzuhalten und dabei zu sagen: «Großvater, ich sehe, du beobachtest uns, aber bitte geh. Laß uns in Ruhe. Wir waren gut zu dir. Dort, wo du bist, brauchst du nicht nach uns zu verlangen.»

Und schließlich, warum hatte es doch nichts genützt, daß Josette so höflich gewesen war und der Großvater sich lautlos in die Lüfte geschwungen hatte? Josettes Mutter und die kleine Tochter ihrer Schwester starben am gleichen Tag, zur gleichen Stunde. Etwas später stand auf der Straße wachsam der schwarze Hund. Warum geschahen diese Dinge, wenn Fleur Pillager in der Nähe war? Oder geschahen sie vielleicht immerzu, und diente Fleurs Anwesenheit nur dazu, Ordnung in die Willkür zu bringen, mit der der Tod zuschlug?

Was immer es war, bald schwirrten düstere Gerüchte umher.

Der Junge und Fleur gingen zu Nanapushs Haus. Das Auto stand die ganze Nacht, den ganzen nächsten Tag und auch den Tag danach im Hof, niemand fuhr damit, ein richtiges Ärgernis, denn es bedeutete, daß sich all die Neugierigen einen Grund einfallen lassen mußten, um dort vorbeizukommen, wenn sie selbst einen Blick auf Fleurs Fahrzeug oder das Kind werfen wollten.

Der Junge hatte einen blauen Gummiball, den er – nicht allzu weit – im Hof hochwarf und wieder auffing. Er hatte eine Orange, die er schälte und deren glänzende Schale er fortwarf. Er hatte einen schwarzen Schirm, den er aufspannte, wenn der Himmel seine Schleusen öffnete. Es war ein kleiner Regenschirm, gerade groß genug für ein Kind. Er stieß auf großes Interesse. Rief sogar noch mehr Neid hervor als das Auto. Seit wann hatten Kinder Regenschirme? Hieß das jetzt etwa, daß Kinder im Regen nicht mehr naß wurden, und wenn ja, wie sollten sie dann für das Wissen empfänglich werden? Denn es war wohlbekannt, daß gelegentlich Regen auf jene weiche Stelle am Kopf fallen mußte, damit ein Kind die Sprache der Erwachsenen verstehen lernte. Dadurch erfuhren sie dann, wie die Tiere lebten, und heutzutage auch, wie man es den Lehrern der christlichen und staatlichen Schulen recht machte.

Wenn jetzt schon Kinder unter Regenschirmen standen, was würde dann als nächstes kommen? Und überhaupt, welches Kind außer diesem weißen Jungen von Fleur würde es sich gefallen lassen, so reglos herumstehen zu müssen?

Denn er regte sich wahrhaftig kaum. Er stand bei strömendem Regen im Hof und starrte jeden nieder, der ihm einen Blick zuwarf, beobachtete alle, die sich ihm zu nähern wagten, bis ihnen unbehaglich wurde und ihre Neugier versiegte. Diese hellen Augen! Das blonde Haar! Dann kam die Sonne heraus, und jemand bemerkte, daß er keinen Schatten warf. Das erklärte dann allerdings einiges.

Er mußte eine Seele sein, die Fleur dem Tod hingeschleudert hatte. Ein Fehdehandschuh. Ein Köder. Er war ein Teil ihres eigenen Schicksals, jemand, den sie benutzte, um von ihren wahren Absichten abzulenken, über die jetzt wieder eifrig spekuliert werden konnte.

Da der alte Nanapush sie vor dem Tod gerettet hatte, da er ihr einziger Freund im Reservat war, schien es logisch, daß sie ihn besuchte. Aber so lange drinnen zu bleiben? Endlos im Hof mit ihm zu reden? Zuzulassen, daß der Frühjahrsschlamm ihre Füße bedeckte und ihr weißes Kostüm ruinierte, wenn sie jeden Tag mit ihm hinausging und seine Fallen im Wald überprüfte? Oder hatten die beiden etwa anderes vor? Markierten sie irgendwelche Grenzen? Alte Pfade, alte Wege, alten Grund und Boden längst verstorbener Pillagers?

Und nach wie vor das weiße Auto. Und nach wie vor das blasse Kind im Hof. Und bald, sehr bald und wie erwartet, der Agent.

Nachdem die Holzfirma das Land der Pillagers rund um den See abgeholzt und wertlos zurückgelassen hatte und die Holzfäller weiter nach Westen gezogen waren, war es verkauft worden. An einen ehemaligen Indianeragenten, Jewett Parker Tatro, einen Mann, der jetzt reich an Land, aber an wenig anderem war. Er lebte noch immer in seiner kleinen Sozialwohnung am Ortsrand. Er sehnte sich nach den großen gelben Scheunen und den Ziegelhäusern seiner Kindheit in New England, nach der Farm seiner Eltern, die unter den Brüdern aufgeteilt und Stück für Stück verkauft worden war; dorthin wollte er zurück. Aber niemand hatte Interesse daran, das Land zu kaufen, um dessentwillen er so sorgsam und beständig betrogen hatte. Und er war rastlos. Seitdem er sich aus dem Arbeitsleben zurückgezogen hatte, tauchte er überall auf, wo zwei Leute zusammenkamen. Jetzt stand er vorsichtig auf der Seite, hager und ausgemergelt, sein Bart ein kräftiges graues Horn, das vom Kinn abstand, die aufmerksamen Augen so schwarz wie die eines richtigen Indianers.

Der weiße Pierce-Arrow. Seine Augen glänzten, als Fleur aus Nanapushs Haus trat. Die Begierde flackerte darin. Mit der Ehrfurcht eines zukünftigen Besitzers ging er um das Auto herum. Ein paarmal fuhr er mit der Hand über den Kofferraum, strich über den Kühlergrill, trat gegen die Reifen und zog an den verchromten Stoßstangen. Er hielt die Hand so vor die Windschutzscheibe, daß er in den Innenraum sehen konnte, wo an diesem Morgen der Junge in einem schönen beigefarbenen Anzug saß, ausnahmsweise einmal ohne etwas zu essen, und aus dem er dann ausstieg. Jewett Parker Tatro war es in seinem Leben noch stets gelungen, mit gründlicher Leichtigkeit zu erwerben, was immer ihm gefiel – perlenbesetzte Mokassins, Tabakbeutel, Kleider, Trommeln, ausgefallene Körbe und natürlich Land –, darum war für ihn sofort alles klar, als er das Auto sah. Er konnte es von Fleur bekommen, genauso wie er ihr Land gekauft hatte, und er würde es bekommen. Noch wußte er nicht, wie, aber es stand außer Frage, daß er es bekommen würde. Zwischen ihm und der Erfüllung seines Wunsches lag nur die Zeit.

Nicht einmal das Kind lenkte ihn ab, obwohl Tatro sicher genug Fragen gestellt hätte, um zu einer Erklärung zu gelangen, wenn er nur nicht so verblendet gewesen wäre. Das Auto, die Klarheit seiner eigenen Gier, sie nahmen ihn völlig in Anspruch. Er sah den Wagen an, er sah Fleur an, und da wurde uns klar, der Köder war nicht das Kind, wie wir vorher geglaubt hatten, sondern das Auto. Große Briefumschläge und Guthaben würden bald den Besitzer wechseln.

Wo immer Fleur gewesen sein mochte, sie hatte den Überblick behalten, die Chancen auf Gerechtigkeit ausbalanciert, Möglichkeiten geprüft. In ihrer Handtasche fand sich kein normales Puder wie bei einer weißen Frau. In den alten Zeiten trugen die Spieler ein Pulver aus getrockneten, fein zerstampften Menschenknochen bei sich, mit dem sie sich die Hände einrieben. Das tat sie jetzt. Darum überraschte es uns nicht, als sich Fleur und Nanapush ganz selbstverständlich vors Haus setzten und ohne jede Zeremonie ein frisches Kartenspiel hervorholten, ohne sich um irgend etwas anderes oder irgendeinen von denen zu kümmern, die Zeit zum Zuschauen hatten und um sie herumstanden.

Die beiden begannen zu spielen. Jewett Parker Tatro war wie gebannt. Er hielt den Atem an. Intensive Flammen leuchteten in seinen Augen, aber selbst er war klug genug, nicht mit Fleur Pillager Karten zu spielen, deshalb kam er nicht näher. Doch dann begann der Junge mitzuspielen, als nähme er Tatros Stelle ein, und für einige war das der Augenblick, in dem das Gleichgewicht ins Wanken geriet und das heftige Schaukeln begann, das schließlich zum Sturz des Agenten führte – dieser Moment, in dem er sah, wie sich der Junge zum Spielen hinsetzte, und ihn in Wahrheit doch nicht sah.

Der Junge beugte sich über das grobe Tischchen im zertrampelten Hof, zog den Zuschauern eine Grimasse und ließ sich bei Fleur und Nanapush nieder. Jewett Tatro kam mit seinem handgeschnitzten Spazierstock nähergetappt. Er kam so nah, daß er alles sehen konnte, doch obwohl er die Augen zusammenkniff, sah er nicht alles. Und dann, so berichten die, die dabei waren, beobachtete er die falsche Person, denn er richtete sein ganzes Augenmerk auf Fleur, aber diejenigen, die wirklich zu beobachten wußten, ließen die Augen nicht von dem Jungen, seit er sich zwischen die Erwachsenen gesetzt hatte. Sie sahen sein glattes Gesicht, die verschlossene Unschuld, den leeren Blick, der alles interesselos aufnahm. Sie sahen ihn lächeln, einmal nur, und wußten sofort, die Langeweile war nur Fassade. Sie sahen, wie klein er war, wie kindlich dick, wie eng der teure Anzug. Und dann sahen sie seine Hände aus den Ärmeln hervorkommen. Die Handgelenke kamen zum Vorschein, die Handflächen und dann die Finger – lang und bleich, kräftig, spinnengleich, rauh. Der Junge mischte die Karten so schnell, wie ein Organist über die Tasten fährt, und die kleine Zuschauerschar hielt den Atem an. Er teilte aus. Einige verfolgten die schmalen Schatten, andere zogen den Tabakbeutel heraus und drehten sich eine Zigarette, wieder andere rieben sich übers Kinn oder grinsten vor Aufregung, und dann gab es welche, die sich umdrehten und schweigend zurück zur Straße gingen. Nachdem sich der Agent dazugesetzt hatte, war es egal, wer blieb und wer ging. Allen war klar, wie es enden würde.

Fleur nahm nie unüberlegt Rache. Nie vergalt sie Unrecht mit einem fairen Gegenschlag. Sie gab stets doppelt zurück. Wenn der Agent von seinem Stuhl aufstand, würde sie haben, was er besaß, oder der Junge, aber das lief aufs gleiche hinaus. Und was den Agenten anbelangte und das Auto: Einen japsenden Fisch braucht man nicht zu ködern. Wozu auch? Man zieht einfach den Haken raus.

KAPITEL DREIZEHN

Lymans Traum

Äußerlich sah er aus wie jeder andere, als er auf die helle Oberfläche des Videospielgeräts starrte. Mit halboffenem Mund betätigte er die Hebel und Knöpfe, sah die Balken herumwirbeln und vor seinen Augen regelmäßige Formen annehmen. Er spielte *Carribean Gold,* die Suche nach der Schatzkiste. Messer rotierten. Sonnengebräunte Piraten und Ladies. Totenköpfe, Flaggen, Goldmünzen. Das Mysterium steigerte sich. Dann umgab ihn Stille. Langsam, in einer endlosen Entladung, durchzuckte Lyman die Spannung, aber er griff immer wieder in den kleinen Münzbehälter, der sich automatisch nachfüllte, und spielte weiter und weiter, bis er so viele Münzen in den Schlitz geschoben hatte, daß seine Hände ganz rauh waren, steif wie Wachs.

Die Mikroprozessoren in der Maschine fingen an, vor lauter Selbstüberschätzung zu pfeifen und zu jaulen. Lyman lag bei plus minus null, und dann gewann er sogar, als plötzlich Shawnees Gesicht auf dem kleinen Videoquadrat auftauchte. Einmal. Zweimal. Dreimal. Dann klackte Redfords Gesicht daneben. Er schob einen Quarter ein, dann noch einen, dann eine ganze Handvoll, aber sein eigenes Gesicht erschien nicht neben den beiden in der Zauberreihe. Manchmal Zeldas, dann Lipshas. Manchmal sprang ihn das der alten Pillager-Frau zornig aus dem Nichts an. Aber nicht sein eigenes.

Sein Spiegelbild lag am Grunde des Flusses, dort, wo sein Bruder Henry hineingesprungen und ertrunken war. Sein Gesicht war aus Kashpaw-Zügen zusammengesetzt. Shawnees Wünsche bewegten ihn, ihre religiösen Neigungen trieben ihn in den Wald. Ihre Hoffnungen waren die seinen. Die feinfühligen Nerven seiner Mutter durchzogen Lymans Hände. Seine Füße paßten genau in die Spuren seines Vaters – Ehrgeiz, Glück, Berichte über Fortschritte, Hoffnung. Er war alles mögliche, nur nicht er selbst. Und doch bekam er, während Münze um Münze durch seine Finger glitt, eine vage Vorstellung von sich, ein Erkennungsbild, das sich aus seinen wirtschaftlichen Sorgen und Triumphen zusammensetzte, einen privaten Blick von außen. Er war die treibende Kraft. Er war die Notwendigkeit. Wer würde seine Pläne planen, seine Stimme erheben, Ränke schmieden und das Mögliche in die Wirklichkeit umsetzen, wenn nicht er selbst?

Fleur Pillagers Gesicht erschien vor seinen Augen, und die Wände schmolzen zu Blättern und Pappeln, dann zu Gestrüpp, zu einer so intensiven Dunkelheit, daß er vor Schmerzen die Augen schloß. Er saß der alten Frau gegenüber, lauschte, wie Lipsha es beschrieben hatte, dem rauhen Schnauben ihrer Bärenstimme.

Land ist das einzige, was das Leben überdauert. Geld brennt wie Zunder, fließt davon wie Wasser, und was die Versprechen der Regierung anbelangt: selbst der Wind ist beständiger.

Sie sprach zu ihm, aber nicht im ruhigen, weisen Tonfall der Alten, sondern mit einer hungrigen, immer noch wilden, empörten und ungeduldigen Stimme.

Diesmal verkaufst du nicht für einen Sack Mehl voller Rüsselkäfer und verdorbenes Schweinefleisch.

Lyman blinzelte, kehrte ins Hier und Jetzt zurück, schob sich das fettige Haar aus dem Gesicht und legte sich wieder zurück auf die Decken im Hinterhof seines Hauses. Eine leichte, kühle Brise wehte. Über ihm bog sich der geäderte, muskulöse Arm einer alten Eiche und gab hin und wieder ein Stück Himmel frei. Die Luft, die sich über ihm auftürmte, war von einem so herrlichen Blau, daß er nicht wegsehen konnte. Vielleicht hatte er nur geträumt, vielleicht war sie tatsächlich zu ihm gekommen. Vielleicht hatte sie bei ihm gesessen, während er schlief, und ihm diese Worte ins Ohr geflüstert. *Leg deine Gewinne so an, daß du Land erwerben kannst. Nimm das flüchtige neue Geld. Kaufe damit den beständigen alten Boden.* Angesichts dieser Sicherheit, dieser Möglichkeit, hätte er fast gelacht. Irgendeinen Flecken staatlich geschütztes Land, in der Nähe seiner Unternehmensbasis. Und alles, was an Geld reinkam, sofort in weiteren Landerwerb umsetzen, investieren, diversifizieren.

Er sah Getreidefelder hinzukommen, eine Teigwarenfabrik, dann Sonnenblumen. Eine Quadratmeile Sonnenblumen, die sich im Lauf des Tages drehten. Er sah ein potentielles Freizeitzentrum. Einen Jachthafen. Boote, Vergnügungssüchtige. Er sah Shawnee Ray malen und nähen, sah sie in einem kleinen Atelier mit einem riesigen Glasfenster, das auf die Ruhe, die Tiefe und die natürliche Schönheit von Wäldern und Seen hinausging, wunderschöne Dinge herstellen. Er sah Redford, der ihn ab und zu ins Büro begleitete und auf dem Computer Kontoanfragen formulierte. Was immer geschah, er würde ein guter Vater sein, das heißt, er würde er selbst sein – statt mit Lastern würde er Kaufladen spielen. Ein guter Lehrer in Finanzangelegenheiten. Schon jetzt, da war er sicher, hatte Redford das Auge eines Investors.

Lymans Geheimnis war, daß er noch nie, niemals in seinem ganzen Leben aufgegeben hatte. Auch seine Stiefel hatten sich an jenem Abend mit Wasser gefüllt, als er in die grauen, eisigen Wellen gesprungen war, um seinen Bruder zu retten. Lyman konnte nicht besonders gut schwimmen, nicht kraulen und nicht mit den Füßen paddeln, und einen Augenblick lang spürte er die Erschöpfung im Kampf gegen das Wasser. Sein Körper hatte gefährlich nachgegeben, jede weitere Bewegung schien unmöglich. Und dann kam von irgendwoher, von wo, wußte er nicht genau, denn sie war nicht in ihm, sondern außerhalb von ihm, die Kraft, ein Zentimeter, noch einer, ein winziges Stück Vertrauen.

KAPITEL VIERZEHN

Lipsha

Religionskriege

Die Liebe läßt sich nicht beschneiden, sie geht nicht weg. Schieb sie zur Seite, und sie kommt auf der anderen wieder angekrochen. Wirf sie in den Müll, und sie wuchert glatt wieder heraus. Versuch, sie mitsamt den Wurzeln auszureißen, und sie wächst weiter. Die Liebe ist ein Unkraut, ein Löwenzahn, den man nur mit Gift aus dem Herzen bekommt. Die Pfahlwurzeln warten. Die Samen fliegen richtungslos davon und landen in einem Teil des Gartens, der nicht gesprüht ist. Und obwohl man sich abgemüht und sämtliche gezackten Blätter ausgerupft hat, schaut man eines schönen Tages hin und sieht Dutzende goldener Blüten im Gras.

Seit ich das Haus der alten Frau verlassen habe, bin ich nie ganz sicher gewesen, was sie mir alles gesagt hat; es scheint eher, als sei mir das Wichtigste von innen heraus klargeworden. In jener Nacht liefen Szenen ohne Worte ab. Träume. Ich sah Fleur Pillager als junges Mädchen, hörte sie leise reden, mir ihre Bärengedanken mitteilen, in verschiedenen Zungen lachen. Denn obwohl sie Mitleid mit mir hatte, mich als Verwandten anerkannte, gab sie mir nichts, was ich direkt hätte benutzen können – keinen Liebestee, keine getrockneten Froschherzen, keine Ratschläge, keinen speziellen Zauber. *Laß deine Liebe zu,* hat sie, glaube ich, gesagt, *nimm sie an, selbst wenn sie dich zerreißt.* Ich habe sowieso keine Wahl, ich bin verloren. Alles, was ich von Shawnee Ray annehme, bringt mich schwer durcheinander, aber ich lasse es einfach zu. Sie bringt mein Herz zum Stottern wie einen überhitzten Motor. Ich denke an sie und habe das Gefühl, zu einem Tropfen Metall zusammenzuschmelzen. Und ich hoffe, sie wird diese Schmelze in eine Form gießen, die ihr paßt, so wie sie es mit den Mustern ihrer Entwürfe tut. Aber eines Tages höre ich, daß sie einen ganz anderen Plan verfolgt.

«Das Mädchen hat Ehrgeiz», sagen alle, denn Shawnee Ray ist zum Powwow nach Montana gefahren, um den Glöckchentanz zu tanzen und ihre selbstentworfenen Kleider zu verkaufen. College-Geld, erzählt sie allen. Sie will Kunst studieren. Am Telefon hatte sie mir gesagt, sie würde mir das Geld, das ich ihr für den Stoff gegeben habe, bald zurückzahlen. Jetzt weiß ich, wo sie es herkriegen will. Die Chancen stehen gut, daß sie ihre Konkurrentinnen aus dem Feld schlägt und in einer Woche mit dem Preisgeld nach Hause kommt. Und wie ich Shawnee Ray kenne, wird sie es bestimmt nicht beim Bingo verspielen. Sie wird sich davon eine Wohnung besorgen, einen Babysitter anstellen, an die Uni gehen, nach Höherem streben, akademische Grade erwerben, und dann wird sie sich vielleicht in einer Kunstgalerie anstellen lassen oder in die Politik gehen, für eine Kanzlei arbeiten oder für eine Lobby, einen indianischen Verband in Washington, wo sie dann in der Glitzerwelt eines erfolgreichen Lebens verschwinden wird und ich sie nicht mehr erreichen kann.

Ich kann kaum den Mop bewegen. Ich schleudere ihn durch die Bar wie einen Speer, gehe zurück in mein Zimmer, lege mich auf die schaukelnden Plastikwellen meines Bettes und meine, mir zerspringt das Herz unter dem Ansturm von

Liebe, Verwirrung und Zukunftsangst. Ich glaube schon, daß Shawnee Ray mich liebt, da vertraue ich auf mein Augenmaß, aber aus Respekt vor dem Vater ihres Sohnes läßt sie mich wieder mal links liegen. Ich tue, was ich kann, bemühe mich, unwiderstehlich zu werden, indem ich Verantwortung übernehme. Ich ermahne mich, ihr fernzubleiben, keinen Versuch zu unternehmen, ihre Entscheidung zu beeinflussen, aber immer wieder sehe ich sie vor mir, wie ihr Fuß das Nähmaschinenpedal tritt, wie ihre kleine runde Brille beschlägt. Dann schaue ich noch weiter zurück, in die Zeit davor, und bin gefangen. Wieder und wieder sehe ich sie im Motel aus der Dusche kommen.

Sie legt sich neben mich, nimmt meine Hand und schiebt sich auf mich, die Brüste voll und wohlgeformt, ihre Hüfte ein Band schmiegsamer Erregung, und zwischen ihren Beinen eine rauhe, anrührende Lieblichkeit. Und wieder betrete ich mit Shawnee Ray den weglosen Wald. In dieser längst vergangenen Nacht im Motel habe ich kein Auge zugetan. In der Morgendämmerung sah ich das eisblaue Licht über die dünnen beigefarbenen Vorhänge wandern, und mein Herz erschauerte. Ich weiß, das war kurz bevor wir das Zimmer räumen mußten. Es war der Augenblick, in dem der Spiegel zu mir sprach, mich durch seine überschattete Pforte rief. Die ganze Nacht hatte sich Shawnee Ray hin- und hergewälzt, hatte mir Dinge zugemurmelt, um sich getreten und meine Hand berührt. Ich wußte, es klappt einfach nicht immer gleich, wenn zwei zum erstenmal beisammen sind, und das wollte ich ändern, ich wollte unsere Liebe zur Gewohnheit werden lassen.

Hoffnungslos, wie schon gesagt. Ich atme schwer, höre Titus die Bar öffnen, drücke mich gegen mein einsames Kissen und erinnere mich an ihre schicksalsschweren Worte.

Du hast den Zauber, aber die Liebe hast du nicht.

Glaubt sie das auch jetzt noch? Hat sie mich aus ihrem Herzen hinausargumentiert? Nach einer Weile werde ich so niedergeschlagen, daß ich zuviel in dem Buch lese, in der Plastikbibel, die noch immer meine einzige Erinnerung an diese längst vergangene Nacht ist. Ganz vorne stehen Hinweise für Verzweifelte: Hilfe in der Not. Für all die großen Probleme, an denen ich leide, findet sich dort Rat, übersichtlich aufgelistet, mit den dazugehörigen Bibelstellen. Der Weg des Heils, Trost in Trübsal, Hilfe in Leiden, Leitung bei Entscheidungen, Schutz in Gefahr, Mut bei Furcht, Friede in Zeiten der Unruhe, Ruhe in Mühsal, Kraft in Zeiten der Anfechtung, Warnung vor Gleichgültigkeit, Vergebung bei Schuldbewußtsein.

Ruhe in Mühsal paßt in etwa auf mich. Ich schlage das Kapitel bei Matthäus auf, über mein Joch, das sanft ist und die Last, die leicht ist, und bleibe an den Worten *sanftmütig und von Herzen demütig* hängen. Das ist die treffende Beschreibung dessen, was ich nicht bin: Ich kann mich nicht mit dem zufriedengeben, was ich habe. Einen Job. Geld. Menschen, die mich nicht hassen. Ich überlege, ob der Menschensohn nicht auch verrückte Liebesaffären gehabt hat. Wenn nicht, konnte er uns Menschen nie verstehen, da bin ich sicher.

Ich blättere und überlege: Woher kommt sie, diese wunderschöne Krankheit des Herzens? Warum ist es mir lieber, dieses Gefühl zu haben, als es nicht zu haben? Warum bin ich Shawnee Ray Toose dankbar, obwohl sie meine Liebe nicht einmal genauso erwidert? Aber dann fällt mir rechtzeitig ein, daß ein Teil meiner Gefühle für sie ja mit ihrer Liebe zu ihrem Kleinen verknäult ist. Ich liebe sie um so mehr, als sie mir zugunsten des Vaters ihres Sohnes widersteht. Irgendwie bin ich stolz, weil sie ihren Sohn so liebt, daß sie sich von unberechenbaren Typen wie Lipsha Morrissey fernhält.

Und ich werde wirklich jeden Tag unberechenbarer, als sei etwas in meinem Hirn haltlos ins Trudeln geraten. Düstere Gedanken bemächtigen sich meiner. Ich denke an Stan Mahng, einen Bekannten, der sich in ein Mädchen von außerhalb des Reservats verliebte und mit ihr nach Colorado durchbrannte. Ein-, zweimal hörte man von ihnen, und dann kam sie allein zurück und heiratete kurz darauf einen ganz anderen Mann. Nur war sie da schon von Stan schwanger und bekam einen Monat nach ihrer überstürzten Hochzeit das Kind, und als Stan aus den Bergen zurückkam und davon hörte, ging er in der Hoffnung, es sehen zu dürfen, zu ihrem Haus. Sie ließen ihn rein, waren richtig nett, und er hielt sein Baby im Arm. Dann ging er wieder, ohne viel zu sagen, denn er war ein stiller Typ, ging zum Eisfischen im Matchimanitosee, wo sein Cousin ein Haus hatte.

Tja, man sah Stan in die Hütte gehen, aber man sah ihn nie mehr rauskommen. Er nahm einen Stangenbohrer mit hinein, vergrößerte das Loch im Eis mit einer Gartensäge, machte es so groß, daß er mitsamt den Steinen, die er sich an die Füße gebunden hatte, durchpaßte. Da saß er dann, am Grunde des Sees, bis es im Frühjahr taute.

Mir fallen noch andere ein. Stacy Cuthbert, die ihre Rivalin mit einer Schaufel erschlug. Martha May Davis, die einen Supermarkt ausraubte und sich mit dem Geld am nächsten Tag ein tausend Dollar teures spitzenbesetztes Hochzeitskleid kaufte. Ich denke an meine Großmutter Lulu mit ihrer überwältigenden Liebe zu den Männern, daran, daß Nector Kashpaw so heiß für sie entflammt war, daß er ihr Haus niederbrannte. Natürlich denke ich an die erfrorene Hand von Xavier Toose und an die ständigen Gerüchte um

Fleur Pillager, wie sie Männer im Freien liebte, gegen Bäume gelehnt, im Wasser, an den gefährlichen, mit Kristallgläsern gedeckten Tischen der besseren Gesellschaft von Saint Paul, Minnesota. Ich denke an den anderen Pillager, Moses, dessen *Windigo*-Liebesgeheul noch heute von der steinernen Insel, auf der er vor Sehnsucht starb, über den See schallt. Ich frage mich, wie meine Großmutter Marie in Liebesdingen so gelassen bleiben konnte und warum Zelda nach Xavier ihr Liebesglück verloren und nie einen Chippewa geheiratet hat.

Nach all diesen Gedanken komme ich zurück auf Stan Mahng. Es ist, als könnte ich ihn den ganzen Winter lang sehen, dort drunten am Grund des Sees. Endlich war er an einem Ort, der genauso tief war wie seine Gefühle. Ich war beinahe froh darüber, daß er diesen Ort schließlich doch noch gefunden hatte. Die Kälte mochte unangenehm sein, vertrieb aber die Hitze des Kummers. Manchmal schoß ein Lichtstrahl durchs Eis, eine helle Silbersäule, aber meistens, denke ich, war da nur das alles auflösende Dunkel.

Eines Morgens kommt mir, ehe ich aufstehe und meiner Arbeit nachgehe, der Gedanke, daß ich ein Problem habe, bei dem mir das gute Büchlein helfen können müßte, und ich suche die Themenliste nach einer Bibelstelle zum Thema Selbstmord ab. Aber ich finde nichts. Ich suche zwei-, dreimal alles durch, und dann überlege ich, ob es vielleicht unter einem anderen Stichwort steht, wie Verlangen nach Selbstmord oder Gedanke an Selbstmord, aber dieser ganze Bereich wird nirgends erwähnt. Ich bin einfach nur neugierig, nicht, daß ich schon die Schlinge, Pistole, Plastiktüte oder Tabletten in der Hand hätte. Ich denke nur, es wäre nett, einen Spruch parat zu haben.

Ich werde wütend, weil ich nichts finde. So sauer, daß ich

das Buch mit aller Kraft durchs Zimmer schleudere. Es knallt gegen meine Stereoanlage, schaltet sie ein, und durch die Lautsprecher, die Transistoren, die Dioden kommt die Antwort auf meine Frage nach Leben und Tod, und zwar in voller Lautstärke.

... life is but a joke ...

Kalte Luft fährt mir den Rücken hinauf bis zu den Haarwurzeln, als Jimi Hendrix zu mir spricht, mich mit seinem Todeshauch berührt und mich aus meiner Höhle in weite türkisfarbene Fernen zieht, wo Kojoten schreien, Türme zu Sand zerfallen, Berge von Karatehieben einstürzen und ich mir keine Sorgen machen muß. Wenn das Leben nur ein Witz ist, dann werde ich mich darin verlieren. Den ganzen ernsten Mist vergessen. Leben wie er, mit dem breiten, verrückten, schmerzverzerrten Lachen des Genies im Gesicht. Gläubig werden, weil es nichts Lächerlicheres gibt.

Denn ich muß zugeben, das Buch hat auch in mir den Strom eingeschaltet. Wenn das Leben ein Witz ist, dann ist Selbstmord eine schlechte Pointe. Ich hole die Bibel aus der Ecke und glätte die geknickten Seiten; dann lege ich mich vorsichtig wieder aufs Bett und überlege.

Wir wollen diese ganze Hektik und Stille ja gar nicht, das stimmt. Diesen Package deal. Wie so ein wertloser Millionen-Dollar-Brief in der Post. Man wird aus dem Nichts auserkoren, aber man weiß nicht, wozu. Man öffnet die verwirrende Anzeige und denkt: Soll ich das jetzt einschicken, oder soll ich die Möglichkeiten weiter reifen lassen? Einen Scheiß weiß man! Man wird vor der eigenen Haustür ausgesetzt! In einem Korb dort hingestellt, und eines Tages hört man dann das Klopfen, öffnet die Tür und findet das eigene Leben.

Ich lasse mich tiefer ins Bett sinken, und als ich so daliege, passiert etwas Seltsames. Ich spüre, wie die Zeit vergeht.

Beziehungsweise, das tut sie ja immer, aber mir wird ihr Verstreichen bewußt. Ich spüre, wie sie mir durch die Hände gleitet, meine Finger berühren den Saum, mein Mund fühlt den Geschmack, nur ein Hauch von Veränderung auf meinen Lippen. Die Musik dröhnt weiter, die Gitarre züngelt wie heiliges Feuer, verbrennt die Zeit wie Papier, wie ein an Alkohol gehaltenes Streichholz. Meine Gedanken schweifen. Draußen sieben die Bäume Luft, streuen Samen aus und wippen durch die schwarzen Tore der Zeit. Überall um uns: die Zeit. Auch über uns. Der Himmel nie zweimal derselbe, der Fluß nicht einmal. Kein Augenblick derselbe. Die Zeit, ein riesiges Buch, dessen Seiten sich in uns schnell und in Stein langsam wenden. Die geballte Zeit, ein Muskel des Raumes, ein rhythmisches Zucken der Dunkelheit, die sich wie eine Katze krümmt, und ich, Lipsha Morrissey, ein Haar in ihrem Fell.

Warum sich dem widersetzen, warum so eilig? Wer weiß schon, wohin alles noch führen wird?

Danach verläuft mein Tag wie immer. Nichts scheint grundlegend anders, und doch, die riesigen Welten, die in meinem Zimmer zusammenprallen, lassen mich meine Betrachtungen fortspinnen. Gedanken an Gott beunruhigen mich, wollen nicht weichen. Ich überlege, ob ich anfangen soll, Shawnee Ray Bibelzitate aufzusagen, ob es ihr ans Herz gehen könnte, wenn ich eine Art Zeugnis ablegte, ein christlicher Märtyrer würde.

Aber es ist doch so: Man kann groß herumphilosophieren, doch die realen Sorgen sind klein. Intrigen und Hoffnungen. Ich wäre zu jeder Gemeinheit fähig, würde alles tun, um Shawnee Ray zu bekommen. Mir fällt ein, daß auch sie auf einer religiösen Suche ist, wenn auch eher traditioneller Natur, und vielleicht komme ich über ihren Onkel

Xavier Toose an sie ran. Ich weiß, Lyman beschäftigt sich auch damit, und überlege jetzt, ob es mir nicht helfen würde, mich mit der wahren alten, traditionellen Religion zu befassen.

Bei religiösen Fragen habe ich immer so eine Blockade, eine Barriere, die mich daran hindert, überhaupt an einen Gott zu glauben. Wo und wer soll der sein? Mir hat sich noch nie ein Geist offenbart, ich habe keine Botschaft durch einen brennenden Busch erhalten. Ich habe noch nie Stimmen in meinem Kopf gehört, es sei denn, ich war voll auf dem Trip. Zuerst denke ich über die Katholiken nach, vielleicht könnte ich mich denen anschließen. Ihre Rituale faszinieren mich, obwohl, wenn die Nonnen einem ganz ernsthaft erzählen, daß man den wahren, echten, kostbaren Leib des Herrn ißt und sein Blut trinkt, dann kommt man schon ins Grübeln. Wieso machen die Katholiken dann ein solches Theater darum, Kannibalen zu bekehren? Blut trinken, Fleisch essen, das tun die doch bei jeder Messe. Auch mit der Beichte bin ich nicht einverstanden. Ich finde das zu billig. Man kniet sich in so ein Gehäuse und erzählt, was man ausgefressen hat. Und dann kommt man im Grunde ungeschoren davon, muß nur ein paar Gegrüßet seist du Maria oder Vaterunser runterleiern. Keine Wiedergutmachung wird verlangt, kein Dienst fürs Gemeinwohl.

Ich denke, es ist wohl naheliegend, daß ich mich nach all dem Nachdenken und meinem Erlebnis mit der alten Pillager auch für die Religion der Chippewas interessiere. Nicht, daß ich jetzt Illusionen hinterherhecheln würde. Nein, mein Hauptmotiv dabei ist die Hoffnung, Shawnee Rays Aufmerksamkeit auf mein Durchhaltevermögen zu lenken.

Und so mache ich mich auf die Suche nach einem Zuhause

für Shawnee Rays Herz. Ich will einen Ort, wo ich mich heimisch fühle, aber am Ende bin ich Teil einer erstaunlichen Konfiguration: Ich suche einen Gott, dem ich nicht widerstehen kann, versuche durch das Ozonloch in den Himmel zu kommen, auf irgendeinem Stern zu landen. Ich suche nach Frieden, nach Liebe. Und finde mich in einem Religionskrieg wieder.

Ich gehe zu Lyman, um die Möglichkeiten zu prüfen, den richtigen Blickwinkel zu bekommen, seine religiöse Technik und seine Liebesstrategien auszuloten. Es ist ein schöner, frischer Wochentag im Sommer, als ich zu ihm gehe, und ich treffe ihn mit dem Telefonhörer in der Hand und Rauchwolken um den Kopf an. Dosengelächter aus dem Fernseher erfüllt den Raum, und im anderen Zimmer dröhnt das Radio. Sein Blick verrät Besorgnis, und die Heftigkeit, mit der er in den Hörer spricht, zeugt von Erregung. Er winkt mir zu, deutet auf einen Stuhl zwischen seinen Trainingsgeräten, zwischen all den Expandern, Gewichten und Anzeigen. Ich lasse mich nieder und höre sein Gespräch mit. Es geht ums Kasino, um staatliche Verträge, um die Ausstattung fürs Black Jack, und es dauert und dauert, bis ich mir einen Kaffee hole, mich wieder hinsetze und ihn so beharrlich fixiere, daß er schließlich, nachdem er meinem Blick ein-, zweimal begegnet ist, den Hörer auflegt.

«Deine Mutter ist meine Großmutter, du bist mein Onkel, mein Halbbruder und mein Chef», fange ich schnell an, ehe das Telefon erneut klingelt. «Deshalb bitte ich dich um einen Gefallen.»

«Nur zu.»

«Um einen religiösen Gefallen», fahre ich fort. «Ich bin noch nie richtig auf der geistigen Suche gewesen, weißt du, hab nur hier und da mal mitgemacht, du weißt schon, so oberflächliches Zeugs. Ich will eine richtige, echte Vision haben, und ich weiß nicht, wo ich suchen soll, wen ich fragen muß.»

Da tut Lyman etwas, was ich bei ihm noch nie erlebt habe: Er nimmt den Hörer von der Gabel. Er geht in sein kleines Wohnzimmer und schaltet den Fernseher aus. Die Figuren der Seifenoper werden ins Vakuum gesaugt, und Lyman setzt sich mir gegenüber auf einen harten, niedrigen Sessel mit Karobezug. Überall, auf dem Boden, dem kleinen Couchtisch und den Beistelltischen aus Plastik, liegen Teile seines Grastanz-Kostüms herum – Garnbänder, Flaum und Federn, Glöckchen und Mokassins. Ich sehe, daß er gerade an seinen Mokassins gekaut hat, um auf diese alte, traditionelle Art das Leder weich zu machen. Die Vorstellung, daß Lyman das Kostüm seines Bruders repariert, ist schön und schrecklich zugleich, höchst ungewöhnlich für jemand wie ihn. Ich weiß, er tut es, um Shawnee Ray zu imponieren, und ich bin eifersüchtig auf beide, weil sie so gut mit Nadel und Faden umgehen können. Dieser Beweis für die Tiefe von Lymans Liebe irritiert mich.

«Zufällig treffe ich demnächst Xavier Toose. Bring ihm ein bißchen Tabak vorbei. Weißt du, warum?»

Natürlich weiß ich das nicht.

Lyman nimmt ein Armband und die Nadel, verengt die Augen zu konzentrierten Schlitzen und schiebt einen gewachsten Faden durch das Öhr. Er sagt, er muß ein paar Dinge mit ihm besprechen und ihn um Rat fragen. Er überlegt, ob er mich in den Plan, der ihm im Kopf herumgeht, einweihen soll. Ich sehe, wie er mit sich kämpft. Schließlich ringt er sich durch.

«Du hast mir die Pfeife gegeben. Ich kann dir nichts abschlagen.» Er seufzt. «Ich werde Toose fragen, ob er dich auch auf eine Fastenzeit, eine religiöse Suche vorbereiten kann, zur gleichen Zeit wie mich.»

«Mit dir zusammen?»

«Wir sind dann nicht zusammen oder so, wir warten nur zur gleichen Zeit auf eine Vision.»

Die Dinge gehen schneller voran, als ich gehofft habe, vielleicht sogar schneller, als mir lieb ist. Ich hatte nicht direkt an so was Radikales gedacht wie vier oder sechs Tage allein und ohne Nahrung im Busch.

«Bist du sicher, daß du noch nie eine Vision hattest?» will Lyman wissen.

Ich denke nach. Einmal hat mir ein Veteran eine Weinflasche auf den Kopf gehauen. Das war nur ein Versehen, aber in dem Augenblick habe ich beschlossen, nicht zur Armee zu gehen. Ein andermal hab ich im Polarlicht die Gestalt meiner Mutter gesehen. Ich saß mit ihr in einer Bar, redete mit ihr, und wir waren einander so nah, daß sich unsere Finger fast berührt hätten. Oder ich sah Löwenzahn und mich selbst auf der Wiese, wie ich eine Handvoll davon pflückte, die gelben Blüten sammelte und sie mir dann ans Gesicht drückte, während ich an Shawnee Ray dachte. Solche Visionen hatte ich schon. Ich habe Ausschnitte meiner eigenen Vergangenheit gesehen, wie damals, als Zelda mir erzählte, wie sie mich im Sumpf gefunden hat, oder als neulich Jimi zu mir sprach. Ich habe mal hier, mal da Dinge gesehen, aber trotzdem die Kraft des Handauflegens verloren.

«Klar», sage ich, «ich hatte schon 'ne Menge Visionen, aber keine, mit der ich zufrieden war.»

Ich bewundere Lyman ehrlich darum, wie gut er sich im Leben zurechtfindet, und bin froh, daß er mich bei der Hand nimmt, wie damals mit dem Geld, so jetzt mit der Religion; ich bin froh, daß er im Grunde ein guter Kerl ist. Natürlich kriegt er nicht alles mit, weiß nicht, daß ich es, obwohl ich alle entsprechenden Gerüchte abstreite, nach wie vor auf Shawnee Ray abgesehen habe. Er weiß nicht, daß ich ein Spion bin, ein Dieb, der versucht, seinen Liebeszauber zu orten. Ich versuche mir einzureden, daß seine Liebe zu Shawnee Ray, wenn sie wirklich echt ist, in seinem Herzen verborgen ist wie eine Nadel im Heuhaufen. Aber nun, da ich sehe, wie liebevoll er mit dem Grastanz-Kostüm umgeht, muß ich an mich halten, wenn ich an die wehenden Fransen und Bänder denke, weil ich vor Verlangen schwach werde bei der Erinnerung an Shawnees wehendes Haar.

Da haben wir's, doppelte Moral, aber wie soll man dagegen angehen? Lyman versucht, seine Pflicht zu erfüllen. Shawnee Ray hat ehrenwerte Absichten. Nur ich bin eine nichtsnutzige Kreatur. Und nicht nur das, ich wende mich gegen den Himmel selbst. Gegen die übernatürliche Welt. Wenn es im Plan des Universums tatsächlich einen Schöpfer gibt, einen Gott, der unsere Taten persönlich nimmt, dann könnte mein Plan, mir etwas von dieser spirituellen Macht zu greifen, nur um damit einer Frau zu imponieren, sehr wohl für niederträchtig befunden werden, weil er nicht mit den großen Zielen anderer mithalten kann, etwa denen von Lyman.

Aber so groß ist meine Liebe zu Shawnee Ray eben. Der Himmel ist ein gefährlicher Ort, so viel weiß ich, seit ich in ihren Armen gelegen habe. Wieviel schlimmer als ein Leben ohne sie kann ein Leben in der Hölle sein? Ohne recht zu wissen warum, schaue ich aus Lymans Fenster, als sei Gott da oben. Es ist einer dieser immer gleichen Tage, an denen der Himmel wie das Innere einer riesigen weißen

Opalmuschel aussieht. Auf der einen Seite hängen mattschimmernde Streifen am Horizont, die kein Windhauch bewegt. Auf der anderen werfen dunklere Gebilde dräuende Schatten.

Nein, ich hasse Lyman nicht so, wie ich es wohl sollte, wo er doch mein Rivale um die Frau ist, die ich abgöttisch liebe. Ich schaffe es einfach nicht, ihm Fehler anzudichten, er ist ja auch nur ein Mensch. Ich habe nicht mal was gegen ihn, ja, es macht mir sogar Spaß, mit ihm zusammenzusein, ihn beim Billard zu schlagen, ein paar Bier mit ihm zu trinken, über Geschäfte zu reden. An diesem Morgen berichte ich ihm über meine Gewinne beim Bingo und meinen Kontostand, der mit beruhigender Stetigkeit wächst und wächst. Die Zahlen versetzen Lyman in so gute Laune, daß er eine frische Kanne Kaffee macht und mir einen Löffel Milchersatz in die Tasse kippt, den er in seinem eigenen kleinen Laden gekauft hat. Er bedeutet mir, noch ein wenig zu bleiben. Also, weil er mir auch hilft, beschließe ich, ihm ein bißchen zur Hand zu gehen, ihm ein paar Perlen aufzufädeln oder was immer ihm vorschwebt. Er bietet mir ein Stück Leder zum Kauen an, aber das lehne ich höflich ab. Der Räuchergeschmack hilft ihm dabei, sich bei den Zigaretten zurückzuhalten, meint er, und dann fängt er an, in das Leder zu beißen, malmt auf eine traurige, hungrige Art darauf herum, bis ich spüre, wie sich in mir ein Abgrund auftut.

Wir fangen an, uns zu unterhalten. Ich kann nicht umhin, ihn nach seinem gestorbenen Bruder Henry zu fragen, den ich nie kennengelernt habe. Das Thema ist einfach unvermeidlich, und ich bin nervös, aber schließlich sind wir ja verwandt. Lyman lehnt sich einen Augenblick lang, entspannt wie ich ihn noch nie gesehen habe, in seinem Sessel zurück und lächelt dann plötzlich. Gar nicht traurig. Er schaut auf den dunklen Stoff des Fransenhemdes, das einmal Henry getragen hat.

«Ich seh ihn noch richtig vor mir», sagt er, «damals, als wir zum Powwow gefahren sind. Wir hatten in einem Koffer unsere Tanzsachen dabei, und ab und zu saßen wir einfach still in der Laube, und wenn die Trommel aufhörte, lauschten wir den Pappelblättern, die sich in der trockenen Hitze zusammenrollten. Da war so eine Stille, zwischen den Liedern, wenn alle Gespräche so weit weg zu sein schienen, wenn der Ansager anfing, die Tänzer wieder zum Tanzen zu ermuntern – als würde dein eigenes Herz darauf warten, daß es wieder schlagen kann. Du holst tief Luft, einmal, zweimal, und dann lachst du über irgendwas, hast wieder Hunger oder bist bereit, rüber zum Lager der Mädchen zu gehen und ein paar anzubaggern.

Wir haben beide manchmal getanzt, wenn uns danach war, und da, tja, da war mein Bruder Henry der beste, das haben alle gesagt. Der vielversprechendste Grastänzer, obwohl er nicht immer gewonnen hat, aber darum ging es Henry nicht – er tanzte, um sich zu seinen eigenen Gedanken bewegen zu können. Ich war da anders. Ich hab immer um das Preisgeld getanzt.»

Lyman beugt sich vor, lacht leise und steif über sich selbst, aber dann werden seine Züge weicher, er trinkt einen Schluck Kaffee, und nach einer Weile redet er weiter, ohne mich dabei anzusehen.

«Einmal saßen wir auf einem Hügel, im August, das Gras mit seinen fedrigen Ähren stand hoch, es war ein üppiger, regnerischer Sommer. Wir sahen zum gegenüberliegenden Hügel, eine unbeweidete Wiese, wo sich das Gras bewegte, wogte, rauschte, als würde eine riesige Hand von unten dagegendrücken. Du weißt, wie das ist, wie es dazu kommt, daß man das versteht – wie sich das Gras verändert. Manchmal war es, als würde eine zweite Hand von oben, mit gespreizten Fingern, so auf das Gras drücken, daß die silbrige, pelzige Unterseite sichtbar wurde. Das Gras wogte, strömte, floh. Wurde dann vom hügelaufwärts streichenden Wind wieder aufgerichtet, erhob sich wie grüner Rauch.

Und da sagt Henry zu mir, keineswegs betrunken, nur aus tiefstem Herzen: ‹Kleiner Bruder, ich seh die Erde atmen, sie kommt auf mich zu, wie um mit mir zu spielen.›

Ich wollte schon einen Witz darüber machen. Aber dann sah ich, daß er recht hatte, und sagte nichts. Damals hatte uns beide etwas gepackt. Keine allzu große Macht, aber unerbittlich. Das Gras wird ihn zudecken, dachte ich. Denn es wogte über den ausgetrockneten Sumpf und die Gräben entlang. Wind, Erde, Wasser – alles floß zusammen, zu züngelnden grünen Flammen, wie das Gras.

Und dann sagte ich: ‹Henry, *geh nicht.*›

Mehr hab ich nicht gesagt. Er hatte sich zu den Marines gemeldet. Aber er hat mich nicht gehört, ich glaube es jedenfalls nicht. Damals war er schon weit weg mit seinen Gedanken, ganz weit weg.

Genau wie du, kleiner Bruder», sagt Lyman und schaut mir direkt in die Augen. «So wie du immer warst. So wie du immer sein wirst.»

Und ich muß wegsehen, habe fast Angst, daran zu denken oder zu spüren, daß er mich eben kleiner Bruder genannt hat. Weil ich sein Mädchen liebe, kann ich seinem Blick nicht begegnen. Vielleicht hätten wir einander näherkommen können, dort in der Stille seiner Wohnung, aber wir sind zum Scheitern verurteilt, weil uns der Anblick von Shawnee Ray im Kopf herumspukt. Shawnee Ray in der Mitte beim

Totempfahl, hinter dem Adler, vor den Lautsprechern, beim Tanzen in der Laube, wie sie aus geschliffenen Perlen und Glöckchen glitzerndes Licht versprüht.

Ich hole tief Luft. Einmal, zweimal. Der Kummer sticht. Unsere Beziehung ist so verworren, daß ich den Knoten kaum noch lösen kann. Diese ganzen verschütteten Gefühle sind mir unangenehm, und ich kann mein Herz nicht öffnen. Schließlich mache ich eine lahme Bemerkung und schlage vor, irgendwo hinzugehen.

«Was essen», sagt Lyman.

Er schaut auf das Hemd in seinen Händen. Als ich auch hinschaue und wir beide den Stoff betrachten, sehe ich das Licht durch die abgewetzten Stellen dringen, wo das Gewebe dünn und rissig geworden ist. Das Hemd ist alt, zerschlissen, weich wie ein Kleenex-Tuch und ausgeblichen, und die Fäden sehen aus, als würden sie sich jeden Moment auflösen.

Sobald wir draußen auf der Straße sind, wechsle ich unwillkürlich das Thema. In unverbindlichem Ton erkundige ich mich, wie es zwischen Lyman und Shawnee Ray dieser Tage so steht.

«Geht so», sagt er, nicht ganz bei der Sache.

Eine Weile fahren wir schweigend weiter, dann kann ich mich nicht mehr zurückhalten.

«Was meinst du mit ‹geht so›?» hake ich nach.

«Geht eben so», sagt er. «Na ja, geht nicht so gut.»

Das Herz hüpft mir bis an die Kehle, aber er äußert sich nicht näher zu ihren Problemen.

«Shawnee Ray ist so clever», setze ich noch mal an.

«Sie ist ein heller Kopf», sagt er, fast mißtrauisch, als wir die staubige Schotterstraße verlassen und auf den Highway kommen. «Sie könnte was aus sich machen. Aber sie hat zwei Achillesfersen namens Mary Fred und Tammy.»

«Ihre Schwestern.»

«Eine ist die Kugel, die andere die Kette. Das wäre alles nicht so schlimm, aber sie hat Redford bei ihnen gelassen.»

«Warum nicht bei dir?»

Er zuckt die Achseln. «Sie denkt nicht nach. Vielleicht hab ich sie auch zu sehr bedrängt. Sie meint, ich stecke mit Zelda unter einer Decke, versuche, sie hier festzuhalten, sozusagen am Herd. Sie meint, sie will nicht ihr ganzes Leben als Bingo-Ansagerin verbringen, aber wer sagt denn, daß es so kommen muß? Ich bereite sie auf was Besseres vor.»

«Aha.»

Lyman ist wieder ganz der Geschäftsmann, hat die Erinnerungen und die geistigen Aspekte des Lebens abgehakt, und ich muß mich beeilen, ihm zu folgen.

«Sie soll meine Managerin werden», fährt er fort. «Sie kann gut mit Leuten umgehen.»

«Das stimmt.»

«Abgesehen von der Sache mit Redford. Da fehlt ihr jedes Urteilsvermögen. Natürlich hab ich gleich eine gerichtliche Verfügung beantragt, und morgen bekomme ich ihn sicher zurück.»

Das finde ich komisch, daß er plötzlich vor Gericht zieht, und eine glühende Hitze erfaßt mich.

«Du kannst Redford da nicht wegholen – ich meine, du bist doch nicht mal offiziell als sein Vater eingetragen.»

«Woher willst du das wissen?» Lyman schüttelt den Kopf. «Unglaublich. Zelda arbeitet schließlich dort, und ich habe durchaus einige Rechte, auch wenn Shawnee Ray mich nicht heiratet.»

«Lyman, sie ist eine gute Mutter», sage ich jetzt.

«Gut? O ja, eine viel zu gute Mutter, bis jetzt.»

So wie er das sagt, ironisch, mit herabgezogenen Mundwinkeln, kommt es mir vor, als sei er froh, daß sie endlich mal einen Fehler gemacht hat, wenn es denn einer gewesen ist. Er redet, als schätze er ihr moralisches Verhalten nicht besonders hoch ein, oder er verdreht es, stellt es negativ dar, so wie er schon oft versucht hat, sie niederzumachen. Einen Moment lang sage ich nichts, denn plötzlich fällt mir auf, daß ich Shawnee Rays Eigenschaften als kluge Frau und gute Mutter bis jetzt auch nicht genug geschätzt habe. Am meisten denke ich an Sex – darum kreisen tagaus, tagein meine Gedanken. Aber jetzt konzentriere ich mich auf ihre anderen Qualitäten: Ich sehe sie vor meinem geistigen Auge, wie sie Redford in ihren kräftigen Armen hält, wie sie mit ihm in den Wald geht und ihm einen Vogel, ein Blatt zeigt. Ich habe sie heimlich beobachtet, habe gesehen, wie sie ihn eng an sich drückt, wenn die beiden durch den Gang im Supermarkt gehen, um eine Flasche Milch zu holen. Sie wird wild, wenn ihr Kind in Gefahr gerät, deshalb weiß ich, daß unsere Liebe auf dem Fußboden sie so verstört haben muß, daß sie verzweifelt versucht hat zu fliehen und verrückt genug war, den Kleinen bei ihren Schwestern unterzubringen.

Ein stechender Schmerz bohrt direkt unter dem Herzen in meiner Brust. Ich sehe, wie sie Redford wiegt, ihn küßt, sein Gesicht mit den Fingern berührt, und Panik durchzuckt mich. Ich kann mir nicht vorstellen, daß June Morrissey so was jemals mit mir getan hat, und meine Gedanken schweifen sehnsüchtig zurück. Meine Kehle zieht sich vor Neid zusammen. Ich versuche zu schlucken. Selbst wenn *ich* dann eine Woche bei Tammy und Mary Fred verbringen müßte, würde ich mir wünschen, dieser kleine Junge zu sein, würde mir wünschen, ich wäre Redford.

Ich versuche, mich wieder in den Griff zu kriegen, denn ich merke, daß Lyman sich als Redfords Vater betrachtet und ich mich als Redfords Rivalen. Das ist nicht recht. Ich will Shawnee Ray ganz, will sie auch als Mutter. Bloß will ich dabei, daß sie *mich* bemuttert, *mich* heilt. Ich habe ihrer Zukunft genauso im Weg gestanden wie Lyman. Wir drei, Redford eingeschlossen, hätten sie fast in gleich große Teile zerrissen. Ich reiße mich aus diesen neuen Gedanken heraus, diesen Gedanken über Dinge, die ich mit Lyman nicht bereden kann. Ich traue ihm nicht und bin sauer, weil er ihr seinen Willen aufgezwungen hat. Wir sind jetzt beim Dairy Queen angekommen. Ich versuche vergebens, die schweren Brocken des Grolls von meinen Schultern abzuschütteln. Es gefällt mir nicht, den ernsthafteren Lyman kennenzulernen, die Seite von ihm, die seinen Bruder Henry geliebt hat. Das macht es so viel schwerer, ihm eins reinzuwürgen. Wir steigen aus dem Auto und gehen in das klimatisierte Restaurant, wo sich die Kunden kalte Milchshakes in den Mund löffeln.

«Was möchtest du?» frage ich Lyman. Ich zücke meine Brieftasche, die voll ist mit Bingogeld, das ich ausgeben möchte.

«Hot dog. Große Pepsi Light. Ich zahle.»

«Nein», widerspreche ich. «Hab mein Geld schon hin. Ich zahle.»

Das wirft Lyman, der daran gewöhnt ist, immer die Rechnung zu begleichen, fast aus dem Gleichgewicht.

Wir nehmen unser Essen mit und setzen uns an einen kleinen Plastiktisch. Wir packen die Hot dogs aus, und ich beiße ein Stück ab, will mir den Mund vollstopfen, damit ich nichts sage, aber ich kann meinen Ärger nicht länger zurückhalten.

«Du kennst sie gar nicht!» Plötzlich knalle ich den Hot dog auf den Tisch. «Du verstehst sie nicht. Du weißt gar nicht, wer sie ist! Und jetzt versuchst du auch noch, sie schlechtzumachen!»

«Wie?»

Lyman kapiert gar nichts, sieht mich fragend an, beobachtet mich eine Weile, und als ich nicht antworte und ihn nur anstarre, denkt er nach. Er legt den Kopf schief, öffnet den Mund, schließt ihn wieder, lehnt sich dann mit seiner Pepsi zurück und schiebt sich den Strohhalm zwischen die Zähne.

«Shawnee Ray», murmelt er, um sicherzustellen, daß wir das gleiche meinen.

Ich kippe beinahe meine Limo um, als ich mich unversehens zu ihm vorbeuge.

«Ich kenne sie», sage ich. «Ich kenne sie besser als du.»

«Ach ja?» Er fühlt sich noch immer nicht im geringsten bedroht. Es ist frustrierend, denn ich will den Bogen nicht überspannen. Beim Anblick seiner kräftigen Arme und seiner gewinnenden Statur werde ich so aufgeregt, daß sich meine Zähne in dem Plastikstrohhalm verbeißen. Ich hebe den Strohhalm an, und dann blase ich den Oberguru des Reservats mit Limo voll. Sein Gesicht versteinert sich. Er schaut auf sein Hemd.

«Idiot.»

«Arschloch!»

Das trifft ihn. Er springt auf und hechtet über den Tisch. Ich erwarte ihn mit all der aufgestauten Wut. Dieser Kampf ist mit der größte Schlamassel, den ich je angerichtet habe, denn wenn verwandte Freunde plötzlich zu Feinden werden, ist der Haß viel stärker als bei jedem Fremden. Man muß sich zusammen mit der neuen Wut die alte Zuneigung rausprügeln. Leider werden auch ein paar andere Leute in den Kampf verwickelt. Als ich zu einem mächtigen Fußtritt aushole, krache ich in eine Großfamilie, die vorsichtig fünf Eisbecher mit Sahne und Kirschen auf einem Tablett von der Theke wegbalanciert. Kirschen wirbeln durch die Luft, Walnußstücke schießen wie Querschläger davon, und Eiskugeln knallen mit Karacho gegen Wände und Türen.

Der Vater kippt einer Dame Ananas und Schokolade auf die Hemdbrust, und sofort entspinnt sich ein heftiger, mörderischer Streit darum, wer die Reinigung bezahlt. Inzwischen torkelt Lyman mit rudernden Armen rückwärts durch den Raum und sucht nach Halt. Ich habe einen sauberen Kinnhaken gelandet. Seine Hand fährt in einen Teller Super-Nachos. Der verärgerte Esser wirft mit den Resten nach mir, aber ich sehe sie kommen, ducke mich, und das Zeug trifft einen Kunden, offenbar ein Bauarbeiter, der gerade hereinkommt und seinen Schutzhelm abnimmt. Von da an kann ich eigentlich kaum mehr etwas richtig beschreiben oder erklären, bis zu dem Moment, als ich Lyman aus dem Griff eines riesigen Kerls befreie, der ihm ein Bananensplit in die ausgewachsenen Haare schmiert. Es ist wie eine einzige, heftige Explosion.

Dann sitzen wir wieder im Auto, und beim Fahren lecken wir uns alle möglichen kremigen Geschmacksrichtungen von Armen und Händen.

«Mit dir hab ich mich noch nie geprügelt», sagt Lyman aufgeregt und fast überschwenglich.

«Ich mich mit dir auch nicht», stimme ich zu, allerdings nicht sonderlich froh.

«Hey», er streckt mir seine Hand entgegen, von der Erdbeersauce tropft.

«Hey.» Ich schlage ein. «Nichts für ungut.»

Aber in Wahrheit fällt mir das, als ich in den nächsten zwei Tagen nach diesem Vorfall ein bißchen auf Tauchstation gehe, doch schwerer, als ich gedacht hätte. Denn dann führen wir ein Gespräch, bei dem Lyman Dinge sagt, die meinen simplen Haß auf das, was er tut, wieder komplizierter machen.

«Lipsha, ich muß dir was gestehen», fängt Lyman an. «Wahrscheinlich bin ich im Moment wegen Shawnee Ray so daneben. Irgendwas stimmt nicht mit ihr, aber ich weiß nicht was. Es ist nicht nur die Reise, es geht tiefer.»

Mein Herz singt so laut los, daß ich Mühe habe, es zum Schweigen zu bringen. Ich hole tief Luft.

«Ich muß es dir einfach sagen», sprudelt er los, in einem Ton, der wie ein unterdrückter Schrei klingt. «Ich bin so verrückt nach ihr, daß ich sterben könnte, ehrlich, und Redford ist doch mein Sohn. Würdest du ihn bei diesen unzuverlässigen Schwestern lassen, hm? Denk mal drüber nach. Shawnee Ray geht mir einfach nicht aus dem Kopf, aber ich weiß, umgekehrt ist es nicht so. Da sind Sachen passiert, die hat sie mir nie verziehen . . . Einmal hab ich mit ihr Schluß gemacht. Da war sie schwanger, aber das ist lange her. Jetzt liebe ich sie so sehr, daß ich fürchte, sie wird platzen von all ihren Gefühlen, die sie da in sich einschließt, weißt du? Ich weiß nicht mehr weiter, und ich dachte, also, es könnte ja sein, daß du mir einen Rat geben kannst. Ich schlucke jetzt meinen Stolz runter. Du bist jung, Lipsha, vielleicht kannst du besser mit den Mädchen umgehen. Mir was sagen. Mich vielleicht in deine Geheimnisse einweihen.»

Er wird rot im Gesicht, verlegen, als würde er jeden Moment zusammenbrechen und losheulen. Ich komme mir ziemlich fies vor. Was soll ich denn jetzt sagen? Ich suche meine Hirnwindungen ab, finde aber nichts außer Schuldbewußtsein. Ich dachte, *er* würde sich auskennen mit der Liebe, wüßte um die sanften Tricks, die ich ihm vielleicht abgucken könnte, aber jetzt zeigt sich, daß ihn die Liebe genauso verwirrt und bedrückt wie mich. Lyman ist ein so komplizierter Typ, daß er fast etwas Unheimliches an sich hat, das mir Angst einjagt, wie eine Geisteskrankheit, eine Art außer Kontrolle geratene Heiligkeit.

Ich bin versucht, ihm alles zu gestehen. Aber ich muß aufpassen. Plötzlich fällt mir ein Sprichwort ein, das mir eigentlich nicht sehr geläufig ist. *Leg dich mit Hunden nieder, und du wachst mit Flöhen auf. Leg dich mit Heiligen nieder, und du wachst mit Löchern in Händen und Füßen auf.* Ich murmele irgendwas Blödsinniges über meine Ungeschicklichkeit und meine Ängste, von dem ich hoffe, daß es ihn beruhigt, und dann lege ich ihm einen Augenblick die Hand auf die Schulter, um ihm zu zeigen, daß ich ihn voll und ganz verstehe.

Jedenfalls ändert dieser Vorfall mit Lyman weder etwas an meinen freundschaftlichen Gefühlen ihm gegenüber noch an meiner Liebe zu Shawnee Ray, und letztere wird immer schlimmer, so schlimm, daß ich mich schon morgens nach dem Aufwachen winde und stöhne, noch ehe ich mich aus dem Bett wälze. Ich weiß, ich sollte nicht mehr an sie denken, aber ich kann nicht anders, denn sie ist einfach immer da, wenn ich mich umdrehe, sie ist da, wenn ich nicht achtgebe, sie ist da, wenn ich will und wenn ich nicht will. Tag für Tag versuche ich, sie aus meinen Gedanken zu vertreiben. Eine oder zwei Stunden lang bin ich damit zugange, rede und rechte mit mir, kämpfe und widerstehe allen Gedanken an Shawnee Ray Toose. Dann ermüdet mich mein eigener Widerstand, wird mir einfach langweilig. Ich denke an ihre Hand, wo ich sie gerne spüren möchte, oder an ihr süßes Lächeln, das mich über ihre linke Schulter hinweg anblitzt. Ich kann mich nicht überwinden. Also gebe ich einfach auf und sage: «Okay, ich bin eben ein schlechter Mensch.» Ich akzeptiere das, akzeptiere mich und schmecke ihre Brustwarze im Mund. Natürlich betrachte ich meine Liebe zu Shawnee Ray nicht als etwas Schlimmes. Aber daß ich sie meinem Onkel Lyman ausspannen will, läßt sich nur schwer mit meinem Gewissen vereinbaren.

Ich arbeite lange und gehe spät ins Bett, tue so, als hätte ich einen Grund, schlafen zu gehen. Im Wissen um Lymans Gefühle versuche ich, zur Seite zu treten. Doch ehe ich mich versehe, steht Shawnee meinem Entschluß wieder im Weg; was sie betrifft, so ist mein Herz eine offene Tür, eine eingeschlagene Fensterscheibe. Immer wieder rufe ich mir unseren ersten, aufwühlenden Kuß in Erinnerung. Ich esse nur noch komisches Zeugs, die Snacks, die wir beide aus dem Automaten im Waschsalon geholt haben: ein Wurstsandwich und ein Stück Schokokuchen. Ich wünschte, wir hätten auch ein bißchen Obst gekauft, etwas Frisches. Statt des üblichen starken Kaffees trinke ich Tee, weil sie ihn mag, und sobald meine Gedanken ein Weilchen nichts zu tun haben, stelle ich mir ihre weichen, glatten Berührungen vor. Es ist, als hätten diese beiden Male, wo ich Shawnee unter Abschaltung des Verstandes geliebt habe, mein Verlangen ins Unermeßliche gesteigert. Ich kann es nicht abstellen. Und ich kann auch nicht damit leben. Dieses unausgegorene, sinnlose Verlangen ohne Hoffnung auf Erfüllung ist wie ein Fluch. Ein Netz aus brennenden Fäden. Eine Schlinge, die mir lose um den Hals hängt und darauf wartet, daß Shawnee sie anzieht.

Deshalb bin ich erleichtert, als Lyman ein paar Tage später zu mir in die Bar kommt. Wie immer bestellt er eine Pepsi

Light und meint, morgen sei ein guter Tag, um Xavier Toose zu besuchen. Er sagt, Redford und Shawnee seien wieder zurück bei Zelda, wo sie hingehörten. Er sagt, er habe die Dinge geregelt, habe alles unter Kontrolle. Ich solle eine Woche Urlaub nehmen. Nichts, was ich lieber täte. Ich lege die Arme so brüderlich um ihn, daß er überrascht auffährt. Mein Gesicht ist offen und rein, eine strahlende Sonne, und ich warte auf eine Vision, die meinen Geist erhebt – über die Gürtellinie hinaus.

KAPITEL FÜNFZEHN

Redfords Glück

Redford lag auf dem Feldbett und wartete auf seine Mutter. Bald würde sie ihn mit dem Geld, das sie auf dem großen Powwow beim Tanz im Glöckchenkleid gewinnen wollte, abholen kommen. Den ersten Platz, drunter tu ich's nicht, hatte sie gesagt. Er wußte, er mußte auf sie warten und so brav wie möglich sein, aber neben Mary Fred zu schlafen war nicht einfach. Ihre Füße hingen schlaff und braun wie zwei Forellen über das Ende der Lagerstatt im Schuppen hinaus. Ihre runden Arme zuckten und schlugen auf Dinge ein, die sie in ihren Träumen sah. Redford war aus seinem eigenen Traum geknufft worden, wo er sich in einer Waschmaschine versteckt hatte.

«*Tss*», murmelte seine Tante, halb im Schlaf, «nix passiert.» Doch als ihr Atem wieder regelmäßig ging, setzte Redford sich auf und starrte ins Dunkel.

Da kam etwas auf ihn zu.

Es kam von ganz weit weg, aber er hatte das Bild klar vor Augen. Ein riesiges Ding aus Metall, mit vielen Widerhaken, Spitzen und Ketten, so ähnlich wie Grandma Zeldas Kartoffelschäler, nur ganz groß, und es kam aus dem Himmel angerollt, zerfetzte die Wolken und walzte alles nieder, drückte alles platt, was ihm im Weg war.

Redford betrachtete Mary Fred und überlegte. Wenn er

sie jetzt weckte, dann würde sie vielleicht wissen, was man gegen das Ding tun könnte, aber andererseits war es vielleicht besser abzuwarten, bis er es selbst richtig sehen konnte, ehe er sie wachrüttelte. Es gefiel ihm, eine erwachsene Frau so lange und so genau anzusehen, doch irgend etwas in Mary Freds Gesicht machte ihm angst. Er nahm eine Strähne ihrer knisternden, lockigen Haare und hielt sie wie die Zügel eines Pferdes in der Hand. Sie hatte einen salzigen, säuerlichen Geruch an sich, der ihn an junge Hunde erinnerte und nicht sehr angenehm war. Er wollte die Satinrosen auf ihrem rosa Pullover anfassen, doch er wußte, das war keine gute Idee, nicht mal, wenn sie schlief. Wenn sie aufwachte und merkte, daß er die Rosen anfaßte, würde sie es ihm sofort verbieten.

Dann übermannte ihn wieder der Schlaf, er sackte zurück und schob die Beine unter die Decke. Er schloß die Augen und träumte, das Bett würde sich erheben, das Leinentuch plusterte sich auf, und dann flogen sie ganz schnell los, aber in die falsche Richtung, denn als er hochschaute, sah er, daß sie genau auf das riesige Metallding zusteuerten, auf die Haken und Spitzen und all die scharfen Dinge, mit denen es sie aufspießen und ihnen das Blut aussaugen würde. Als das Ding auf sie zurauschte, hörte er aus seinem Inneren ein sanftes Grummeln wie von einem schweren Motor, und dann waren sie mitten in seinem Schatten. Er zog so fest er konnte an den Zügeln, und das Pferd bäumte sich auf, hob ihn dabei hoch. Seine Tante legte ihm die Hand auf den Mund.

«Okay», sagte sie. «Ganz ruhig. Sie sind draußen, gleich geht's los.»

Ihre Stimme war hoch und dünn wie die eines Kindes. Sie legte ihm eine Hand auf die Schulter, und er beugte sich mit ihr nach vorn und spähte durch einen Spalt in den Wänden des Schuppens.

Da waren sie schon. Mary Fred sah sie. Ein Stammespolizist, eine Sozialarbeiterin und Zelda Kashpaw. Da war kein Pfiff gewesen, kein Traum, keine warnende Stimme, daß sie kommen würden. Nur das Geräusch der Autoreifen auf Kies im Hof war zu hören gewesen, der brummende Motor, der Staub, den das Auto in einer feinen, hellbraunen Wolke aufwirbelte und der nun drum herum herabrieselte.

«Mal abwarten, was sie machen.» Sie nahm Redford auf den Schoß und drückte ihn mit ihren weichen Armen an sich. «Keine Angst», flüsterte sie ihm ins Ohr. «Mary Fred weiß schon, wie sie mit denen reden muß.»

Redford wollte nicht auf das Auto und den Polizisten sehen. Beim Anblick von Grandma Zelda würde er sicher losheulen, obwohl Mary Fred ihm erklärt hatte, daß sie gekommen war, um ihn ihr wegzunehmen. Er hatte die nächtlichen Gespräche der beiden Schwestern belauscht, hatte sie über Lymans Sorgerecht reden hören. Worum sorgte Lyman sich? Das Herz seiner Tante schlug so heftig gegen sein Ohr, daß sich die Satinrosen vor- und zurückzubewegen schienen. Vorsichtig drückte er das Gesicht gegen den Stoff und atmete ihren Puderduft ein und auch den darunterliegenden Geruch von Gärung, Hefe und Bier. In ihren kleinen Schminktöpfchen verbargen sich Blumendüfte, wie auch in ihren Bürsten, und sie hingen um die Waschschüssel, wenn Mary Fred mit der Toilette fertig war. Die Rosen fühlten sich an seiner Wange so sanft an, daß er sich unwillkürlich enger daranschmiegte. Mary Fred nahm ihn noch fester in die Arme. Umhüllt vom Duft ihrer weichen Haut und den

Rosen, schloß er darauf die Augen und atmete sanft und schnell im Rhythmus ihres Herzschlags.

Noch trauten sich die drei nicht aus dem Auto, denn in der Einfahrt lungerten Mary Freds große, struppige Hunde herum. Sie waren schlank und wachsam, federten auf ihren gepolsterten Pfoten wie Wölfe, als tanzten sie auf heißem Teer. Sie verschwendeten ihre Energie nicht mit Bellen, sondern stellten sich ruhig zu beiden Seiten des Wagens und vor der ausgebeulten Fliegentür am Haus der Toose-Schwestern auf. Es war sechs Uhr morgens, doch der Wind blies schon heftig, wirbelte Staub umher und zauste ihr dichtes Kojotenfell. Der große braune Hund auf Zeldas Seite hatte seltsame schwarze und weiße Markierungen, fast wie die Streifen einer Hyäne, und er grinste sie mit heraushängender Zunge und gebleckten Zähnen an.

«Schusch!» Mit einem heftigen Ruck öffnete Zelda die Tür.

Der braune Hund wich ein Stück zur Seite aus und sprang dann direkt vor sie. Er verzog die schmutzigweiße Schnauze, und plötzlich verengten sich seine Augen, als peile er durch ein Fernrohr mit Fadenkreuz genau die Stelle an, wo er zubeißen würde. Zelda trat den Rückzug an und warf die Wagentür zu.

«Der ist bösartig», sagte sie zu Officer Leo Pukwan, dem behäbigen Polizisten. Auch sein Vater und sein Großvater waren schon bei der Stammespolizei gewesen. Er verharrte still und unbeweglich auf seinem Sitz, kurbelte, ohne eine Miene zu verziehen, das Seitenfenster herunter, nahm die Pistole aus dem Halfter und zielte auf den Kopf des Hundes. Der duckte sich, sprang unters Auto und war hinter dem Haus verschwunden, noch ehe Pukwan die Waffe wieder eingesteckt hatte. Auch die anderen Hunde verschwanden, versteckten sich irgendwo und jaulten los, und dann ging die Tür des niedrigen Schuhschachtelhauses auf.

«Ihr habt hier nichts zu suchen.» Tammy war für eine Auseinandersetzung gewappnet; sie stand zerzaust, aber ganz gelassen da, eine untersetzte kleine Frau mit kurzem, formlos geschnittenem Haar, in einem Männerpullover und ausgewaschenen Jeans. «Ihr habt keinen Durchsuchungsbefehl.»

«Den haben wir», sagte Pukwan ruhig.

«Und die Papiere vom Gericht?»

«Haben wir auch», entgegnete Zelda.

Tammys grobes Gesicht verzog sich böse und kampfeslustig. Aus verschwollenen Augen starrte sie Zelda an; es sah aus, als würde sie jeden Moment angewidert ausspuken. Officer Pukwan rührte sich nicht vom Wagen weg, ließ sie aber keine Sekunde aus den Augen.

«*Booshoo*, Tammy.»

«Verpißt euch!»

«Wir haben *Papiere*», beharrte Zelda.

«Wir tun das hier nur zum Schutz Ihres Neffen», sagte Vicki Koob, die Sozialarbeiterin, und hielt einen hellbraunen Briefumschlag hoch.

«Schutz vor wem? Wo ist Lyman? Hat wohl Schiß, sein Fettgesicht hier zu zeigen?»

«Gebt uns Redford, und wir lassen euch in Ruhe», forderte Zelda unnachgiebig.

«Redford liebt mich, er liebt uns beide», gab Tammy zurück. «Seine Mutter ist verdammt noch mal unsere Schwester.»

Vicki Koob sah auf einen Blick, daß Redford und Mary Fred nicht im Haus waren; trotzdem schob sie sich an Tammy vorbei und zückte ihr Notizbuch, um alles schriftlich festzuhalten, was diese zweifelhafte Aktion rechtfertigen mochte. Das Haus bestand aus einem einzigen, rechteckigen Raum mit weißgetünchten Wänden, in dessen Mitte ein kleiner Gasherd stand. Den Anbau mit dem zweiten Herd, dem Waschbecken und dem rostigen Kühlschrank hatte sie schon inspiziert. Im Kühlschrank lagen nur ein paar verschrumpelte Kartoffeln und ein Päckchen Putenhälse. Vicki Koob schrieb das in ihr Büchlein. Auf den Betten, die an den Wänden des großen Zimmers standen, lagen zerschlissene Steppdecken und billige Tagesdecken mit verblichenen indianischen Mustern. Niemand versteckte sich darunter. Sie befühlte die verkratzten braunen Holzstühle. Berührte den kleinen Aluminiumbeistelltisch, auf dem ein gelbes Wachstuch lag. An einer Wand standen ordentlich aufeinandergestapelte Kisten – alte Werkzeuge, Sprungfedern und kleine, halbzerlegte Geräte. Daneben waren fünf, sechs Fernseher zu einer Art Pyramide aufgetürmt. Aus den Bedienfeldern quollen farbige Kabel, und mindestens ein Bildschirm hatte einen Sprung von einer Seite zur anderen. Nur das oberste Gerät, auf dem eine Kleiderbügel-Antenne so zurechtgebogen war, daß sie die durchs Reservat streunenden elektromagnetischen Wellen einfangen konnte, sah aus, als würde es vielleicht funktionieren.

Kein Detail entging Vicki Koobs geübtem Auge. Sie registrierte den Schrank, der nur eine Tüte Mehl und Kaffee enthielt, und die unhygienische, mit leeren Schweinefleischbüchsen und Bierflaschen gefüllte Blechwanne unter dem Küchenfenster. Auch Tammys ernstlichen körperlichen und geistigen Verfall erkannte sie auf einen Blick. Als sie ihren Eindruck von dem Raum aufs Papier bannte, notierte sie mit bündigen Worten auch die «unübersehbaren Anzeichen von

Alkoholabhängigkeit in der Verwandtschaft von Redford Toose».

«Doppelt soviel Abstand wie maximal erlaubt zwischen Tür und Schwelle», schrieb sie auf. «Wahrscheinlich keinerlei Isolierung. 5–8 cm breite Risse in der Wand, unzulänglich abgedichtet mit getrocknetem, übertünchtem Lehm.» Den kaputten Sessel und die schirmlose Stehlampe mit der Plastikorchidee im Glasfuß nahm sie zwar zur Kenntnis, sah aber keinen Sinn darin, dies alles schriftlich festzuhalten. Das galt auch für das dreidimensionale Jesusbild, in dem sich auf Knopfdruck Lichter im Wasser unter dem Herrn hin- und herbewegten, so daß es aussah, als laufe er darüber hinweg, obwohl er natürlich nicht vorwärts ging, sondern nur ununterbrochen die leuchtenden Wellen hinter sich schob wie ein Hamster im Laufrad.

Als Mary Fred sah, wie Pukwan mit einem gelassenen Lächeln und hin und her huschenden schwarzen Knopfaugen, die dicken braunen Daumen in den Gürtel gehakt, über den Hof kam, schob sie Redford unter das Feldbett. Vor dem Schuppen blieb Pukwan stehen und breitete die Arme aus, um zu zeigen, daß er den Revolver nicht gezogen hatte.

«*Mon petite niece*», sagte er im Pidgin der kanadischen Trapper, so freundlich, als seien sie verwandt oder als wolle er sie um Benzin oder ein paar Dollar bitten. «Komm doch bitte raus und hör mit diesem Blödsinn auf.»

«Ich bin nicht deine verdammte Nichte!» schrie Mary Fred.

Sie biß sich auf die Lippe, schob das von der Dauerwelle ruinierte Haar aus dem Gesicht und beobachtete ihn durch die Ritzen, sah ihn auf und ab gehen, ein großes, braungebranntes Stehaufmännchen mit soviel Sand in den Schuhen, daß er nie liegenblieb, wenn er zu Boden ging. Innen war er hohl, nichts als abgestandene Luft. Aber er wußte, wie er an sie herankam. Und jetzt ging er hin und her, weil er sich nicht sicher war, ob sie nicht womöglich eine Waffe hatte, ein Messer vielleicht. Pukwan wußte, daß Mary Fred groß und kräftig war, kaum zu bändigen, wenn sie in Wut geriet. Sie hatte breite Schultern, kannte die übelsten Tricks und war vierschrötig wie ihr Vater, der Toose, der beim Dreschen in Belle Prairie umgekommen war.

«Es tut mir leid, daß ich das hier tun muß», rief er Mary Fred zu. «Aber sehen wir doch um Himmels willen zu, daß niemand verletzt wird. Komm raus mit dem Jungen, nun mach schon. Ich weiß doch, daß du ihn da drin hast.»

Diesmal verriet sich Mary Fred nicht. Langsam und geräuschlos zog sie ihren Gürtel aus der Hose und wickelte ihn um die Hand, bis nur noch die große, ovale Schnalle mit dem dicken unechten Türkis in Schmetterlingsform auf den Knöcheln ihrer Faust zu sehen war. Pukwan redete weiter, aber sie hörte gar nicht zu. Sie lauschte nur auf die Tonlage, die Stimme, die sich im entscheidenden Augenblick anspannen oder zittern würde, wenn er beschloß, den Schuppen zu stürmen. Noch redete er langsam und vernünftig, veränderte ab und zu die Ausdrucksweise, erwähnte sogar ihren Vater.

«Er war ein verdammt guter Mensch. Mir egal, was die Leute sagen, Mary Fred. Ich hab ihn gut gekannt.»

Mary Fred sah auf den Steinschmetterling, der seine Flügel über ihrer Faust ausbreitete. Sie waren schmal und kühl, gar nicht schwer. Er war bereit zu fliegen. Pukwan wollte über ihren Vater an sie herankommen, aber sie verdrängte den Gedanken an ihn. Statt dessen konzentrierte sie sich auf den himmelblauen Stein.

«Er war ein verdammt guter Mensch», wiederholte Pukwan.

Mary Fred hörte, wie seine gestärkte Uniform Haltung annahm, ehe seine Stiefel losmarschierten. Eins, zwei, drei. Vier große Schritte brauchte er, bis er da war, wo sie ihn haben wollte. Als er nach der Tür faßte, stieß sie sie von innen auf, daß ihm die Kante gegen den Kiefer knallte. Er zuckte zurück, und Mary Fred traf ihn mit der Schmetterlingsschnalle genau ans Kinn. Sie schlug so fest zu, daß sie den Rückschlag im Arm spürte, als würde ein Seil gespannt. Ihre Hand wurde taub, öffnete sich, und sie ließ den Gürtel abrollen, schloß dann die Hand über dem Ende wieder und ließ den Steinschmetterling in weitem Bogen um sich wirbeln, daß es aussah, als fliege er am Ende einer langen Leine. Als sie so auf Pukwan zukam, trat er hastig ein paar Schritte zurück. Sie dachte schon, er würde hinfallen, aber er stolperte nur. Und dann zog er die Waffe.

Mary Fred ließ den Gürtel sinken. Sie standen einander dicht gegenüber und atmeten heftig. Jeder hörte, wie der andere die Luft in die Brust einsog und wieder hinauspreßte. Jeder las im Gesicht des anderen. Mary Fred sah die kleinen Äderchen, die Alter, Alkohol und ein hartes Leben ihm in die Augäpfel geblasen hatten. Sie sah die Nabe mit den Speichen in seiner Iris und die Arterien, die wie zwei wirre Fäden über seinen Hals liefen.

Sie atmete schnell und flach ein, rührte sich aber nicht vom Fleck. Sie sah schwarze Pfade, in eine Karte gebrannte Straßen, und dann schwebte sie irgendwo in dem Netz aus Venen und Sehnen, das die komplexe Gestalt ihrer Welt ausmachte, und so sah sie auch Zelda, Vicki Koob und ihre Schwester Tammy nicht auf sie zustürzen, sondern empfand die drei als zappelnde Fliegen, die im gleichen Netz wie sie gefangen waren.

«Mary Fred!» Zelda war im Gras stehengeblieben. Ihre Stimme war angespannt wie ein Bogen. «Es ist besser so. Wir helfen dir.»

Mary Fred richtete sich auf, straffte die Schultern und sprang hoch in die Luft, flog auf die anderen zu. Ein leichtes, mächtiges Gefühl ließ sie aufsteigen. Sie schwebte höher und höher, sah das Gras unter sich. Ihre Arme öffneten sich für die Kugeln, doch es kamen keine. Pukwan schoß nicht. Er hob die Faust und schlug ihr die Waffe fest gegen den Kopf.

Mary Fred fiel nicht sofort, sondern blieb einen Moment in seinen Armen stehen. Vielleicht starrte sie noch tiefer durch den Schutzschild seines Gesichts. Vielleicht war sie völlig benommen und dachte gar nichts, als sie zusammensackte und hinschlug. Ihr Kopf rollte nach vorn, und das Haar bedeckte ihr Gesicht, so daß Pukwan nicht sehen konnte, mit welchem Ausdruck sie in das schädelsprengende Rad des Lichts oder der Finsternis starrte, das über sie herabkam.

Pukwan lenkte das Fahrzeug auf den Schotterweg, der zurück in den Ort führte. Redford saß zwischen Zelda und der Sozialarbeiterin. Vicki Koob fiel der Notfall-Schokoriegel in ihrer Handtasche ein, und sie fischte ihn heraus und hielt ihn Redford hin. Der reagierte nicht, also drückte sie ihm das Ding einfach in die Hand und schälte das Papier am oberen Ende ab.

Das Auto fuhr schneller. Redford spürte, wie Straße und Räder aufeinander eintrommelten und der schwere Motor mit hoher Drehzahl brummte. Er wußte, das, was er an diesem Morgen gesehen hatte, dieses Ding mit den Haken und Ketten, das aus dem Himmel kam, hatte ihn jetzt aufgespießt. Irgendwie war er gefangen im trostlosen Konservengeruch der Achselhöhlen dieser bleichen Frau. Irgendwie war er zwischen Pfunden reglosen Fleisches festgeklemmt. Er sah auf die Schokolade in seiner Hand. Er hatte den Riegel so fest zusammengedrückt, daß er geschmolzen war und ein dünnes braunes Rinnsal seinen Arm hinablief. Automatisch schob er ihn sich in den Mund.

Als er abbiß, sah er seine Tante ganz deutlich vor sich, wie sie dagelegen hatte, als sie ihn aus dem Schuppen holten. Bäuchlings auf dem Boden, die Arme um den Kopf, wie im Schlaf. Ein Bein war angezogen, und es hatte ausgesehen, als renne sie geradewegs in die Erde, als versuche sie, in den Boden einzudringen, sich selbst zu beerdigen.

Mary Fred hatte nicht geblutet, aber jetzt schmeckte Redford Blut, als er sie vor sich sah, denn er hatte sich die eigene Lippe aufgebissen. Er aß die Schokolade restlos auf und schmeckte dabei das Blut seiner Tante. Und als sie alle war und er sich die Hände abgeleckt hatte, öffnete er den Mund, um sich bei der Frau zu bedanken, so wie seine Mutter es ihm beigebracht hatte. Doch statt eines Dankeschöns bekam er zu seinem Erstaunen einen lauten, rasselnden Schrei zu hören und dann noch einen, wie aus seinem Körper gerissene Stücke, die loswirbelten und von den scharfen Dingern um ihn herum aufgespießt wurden.

KAPITEL SECHZEHN

Shawnee beim Tanz

Ein frühmorgendlicher Regen erfrischte das Gras, und heftige Winde pusteten die Wolken weg, doch im Lauf des Tages verdichtete sich der Staub zu einem schweren Dunst, der den Tänzern die Luft nahm. Ein Tankwagen rumpelte langsam durch die Anlage, hinten drauf saß gelangweilt ein Junge und verspritzte in flachen Bögen Wasser. Wenn er den Schlauch hin- und herdrehte, bildeten sich bald hier, bald dort Regenbogen, und Shawnee Ray konzentrierte sich auf die schillernden Farben, atmete langsam, versuchte, während der endlosen Erinnerungszeremonie ihre innere Unruhe zu bekämpfen.

So viele mit Geld umwickelte Pappeläste! So viele Dekken, so viele Schals, so viele Kissen, Kopftücher, Taschentücher und Waschlappen zogen an ihren Augen vorüber, daß sie es leid wurde, sich all die Dinge anzusehen. Was es für Sachen gab! Sie bekam Hunger, zählte im Geist ihr Geld nach, wartete darauf, daß ein weiteres Festessen angekündigt wurde. Bis jetzt hatte sie bei jeder Gedenkfeier für Verwandte, die im vergangenen Jahr gestorben waren, zu den Geladenen gehört.

Maissuppe, geröstetes Brot, Birnenkuchen und Marmeladenbrötchen. Kaldaunensuppe, gekochtes Fleisch, Honig- und Wassermelonen. Shawnee Ray fiel ein, daß in ihrem

Leinensack noch ein schweres süßes Brötchen lag. Sie kramte es hervor und verzehrte es dankbar im Stehen, um nicht die Glöckchen an ihrem Kleid zu zerdrücken, das ihr Vater immer Schnupfkleid genannt hatte, weil die winzigen Glöckchen aus den Blechdeckeln dänischer Schnupftabakdosen hergestellt waren. Sorgfältig wischte sie sich die Krümel von den Hüften, glättete die Fransen ihrer Ärmel und dachte an Redfords dichtes Haar. Das Glöckchenkleid war eine ureigene Chippewa-Tradition; ein Mille-Lacs-Indianer hatte es einst von Frauen gezeigt bekommen, die ihm im Traum erschienen waren und dabei zu ihrer eigenen Musik getanzt hatten. Der Tanz im Glöckchenkleid war Shawnees liebster, denn ihr Vater hatte ihr oft beim Einüben der Schritte geholfen – eine schwierige Sache, weil das Kleid so fest und eng saß, aber wenn sie es richtig machte, wirkte es, als hüpfe sie auf einem Luftkissen.

Bei jedem Wettbewerb hatte sie sich die größte Mühe gegeben, sich jeden Wertungspunkt verdient, und die Preisrichter hatten es gut mit ihr gemeint und sie beim traditionellen Tanz der Frauen und beim Tanz mit dem Tuch unter den besten vier plaziert. Auch für den letzten Tanz, den im Glöckchenkleid, standen ihre Chancen gut, und vergangene Nacht hatte sie in ihrem Schlafsack tief und fest geschlafen. Sie hatte sich die Füße wund getanzt, aber vorsorglich eine Rolle Bandpflaster und eine Nagelschere mitgenommen. In ihrem Zelt hatte sie kleine Stücke von dem Band abgeschnitten und sie auf die Stellen geklebt, wo sie sich Steinchen eingetreten oder Blasen getanzt hatte. Und jetzt empfand sie keinen Schmerz mehr.

Als sie den letzten Bissen Maisbrötchen aufgegessen hatte, beobachtete sie die Frau, die den Preis für den Erinnerungstanz an ihre Tochter gestiftet hatte. Das Porträt dieser jungen Frau, mit geneigtem Kopf und einem hübschen, verträumten Lächeln, wurde zusammen mit einem Foto ihres verstorbenen Bruders als Soldat herumgetragen. Die Frau, die beide Fotos hochhielt, war stämmig und muskulös, doch die Füße unter ihrem kräftigen Körper bewegten sich mit der Anmut eines Rehs. Shawnee beobachtete sie – als Preisrichterin hatte sie ihre schwere, prankenähnliche Hand auf Shawnees Schulter gelegt, sie auserwählt und zur Reihe der Gewinnerinnen geführt, und Shawnee hatte gelächelt. Doch Ida, die Frau, hatte gar nicht darauf reagiert; sie war einfach weggegangen, nicht eben höflich, mit langsamen, wiegenden Schritten, unerbittlich in ihrer anhaltenden Trauer.

Shawnee schämte sich, als ihr bewußt wurde, daß diese Langsamkeit an ihren Nerven zerrte, denn sie war froh über diesen Preis und wollte ihn unbedingt gewinnen. Die alte Frau hatte alle Zeit der Welt und nahm sie auch den anderen – manchmal, wenn die Sonne brannte, spannte sie einen weißen Schirm mit einer Cartoonfigur auf. Manchmal legte sie sich einen Waschlappen auf die Stirn. Sie redete nur mit wenigen Verwandten, schien größtenteils damit zufrieden, über allem, was sie sah, zu thronen wie ein Denkmal oder ein Teil der Landschaft.

Ein kühler Wind kam auf, wehte von den Schemen des olivblassen Berggürtels herunter nach Norden. Die Abenddämmerung senkte sich stundenlang in violetten Lichtstreifen herab. Über dem Camp breitete sich eine riesige blaue Nachtwolke aus, entrollte sich langsam wie ein Cape, und dann, als der Ansager die Tänzerinnen aufrief, schob sich ein rotes Feuerrad darunter hervor.

In der Stille zuckte Schwarzlicht auf. Die Luft erwachte

zitternd zum Leben. Als die Tänzerinnen in ihren Glöckchenkleidern in die Mitte des grasbewachsenen Platzes traten, bebten ihre Kleider anmutig. Die Frauen stellten sich im Kreis auf und verharrten dort, die Ellbogen an die Seite gepreßt, das Kinn vorgestreckt, Adlerfächer, Papageienfedern, perlenbestickte Handtäschchen und Traumfänger fest in den Händen. Shawnee Ray stand ganz im Osten, den Blick nach Westen gerichtet, ins Land der Geister. Als sie ihr Gesicht dem roten Lichtband jener Wolke zuwandte, als sie auf den ersten Trommelschlag wartete, auf das Startzeichen, auf ihre letzte Chance, darauf, daß der Ansager ein Ende fand und beiseite ging, trat ihr plötzlich, deutlich wie ein Foto, eine Szene aus ihrer Kindheit vor Augen: Sie sah ihren Vater, der sich über den geschwungenen Kühlergrill ihres alten grauen Autos beugte.

Dunkle Schweißflecken überzogen den Rücken seines Arbeitshemdes – er hatte stets ausgebleichte Hemden in wolkenschattigen Blautönen getragen. Sein ausgewachsenes, rabenschwarzes Haar fiel ihm in die Stirn. Als er sich aufrichtete und umdrehte, sah Shawnee Ray, daß er einen Schmetterling in der Hand hielt.

Sie mußte acht oder neun gewesen sein und eines der T-Shirts der Jungs getragen haben, das ihre Mutter gebleicht hatte. In den abgearbeiteten Händen ihres Vaters lag der spröde Schmetterling, längst tot, aber noch immer perfekt geformt. Er war schwarz und gelb-orange, verkohlte Linien und Feuer. Shawnees Vater streckte die Hände aus, befahl ihr, still stehen zu bleiben, und dann lächelte er, schaute ihr direkt in die ernsten Augen und zerrieb die Schmetterlingsflügel an ihrem Schlüsselbein, auf der Schulter und die Arme hinab, bis die Farbe und der feine Staub mit ihrer Haut verschmolzen waren.

Dann flüsterte er: «Bitte den Schmetterling um Hilfe, um Anmut.»

Während er sie einrieb, verspürte Shawnee eine seltsame Leichtigkeit in den Armen und der Brust. Als sie seine Worte hörte, verstand sie alles vom Wesen des Schmetterlings. Die scharfen, zerbrechlichen Flügel, wie er übers Gras schwebte, wie er zu atmen schien, wenn er die Flügel in der Sonne bewegte, die Klugheit, mit der er sich farblich den Blüten anglich oder sich in ein Blatt verwandelte. Shawnee spürte in sich die gleichen Möglichkeiten und schloß vor Schreck darüber, wie leicht und mächtig sie in diesem Augenblick war, die Augen. Dann packte ihr Vater sie und warf sie hoch in die Luft. Sie konnte sich nicht daran erinnern, in seinen Armen gelandet zu sein, überhaupt gelandet zu sein. Sie erinnerte sich nur noch daran, daß ihr die Abendsonne in die Augen gefallen und die Welt hinter ihr weggekippt war, aus dem Blickfeld verschwunden.

KAPITEL SIEBZEHN

Lipsha

Schuß in den Ofen

Ich glaube an den wandernden Sohn, den verlorenen Vater und die nackte Seele des Heiligen Geistes. Ich glaube an die tiefschwarze Nacht, an die Löcher in den Füßen des Gipsjesus, durch die man die Drähte sehen kann. Ich glaube an den Single Malt Whiskey, wenn man reich ist, und an die Flasche Port, wenn man pleite ist. Ich glaube an das heilige Konkubinat. Ich glaube an die Himmelsleiter und an den kampfbereiten Engel mit dem verzerrten Mund. Ich glaube an den fairen Kampf, an die Hände und die Stimme von Jimi Hendrix und daran, daß ich Shawnee Ray immer lieben werde, obwohl ich sie von einer Seite kennengelernt habe, die mir Angst einjagt.

Ehe ich mit Lyman auf die Suche nach einer Vision gehe, ist es mir wichtig, noch mal mit Shawnee Ray Toose zu reden, mich ganz normal mit ihr zu unterhalten. Schließlich ist sie es, von der ich mir das Festmahl erhoffe, wenn wir zurückkommen. Wegen ihr breche ich zu einer Mission auf, die mir immer verzweifelter und törichter vorkommt, je länger ich darüber nachdenke. Ich finde es auch bedrückend, wie Zelda Kashpaw und Lyman es angestellt haben, Shawnee wieder unter die Fuchtel zu bekommen, obwohl sie ihre Ankündigung wahr gemacht hat, Geld zu verdienen und sich nach einem guten College umzusehen.

Zelda hat Redford mit Hilfe ihres Netzwerks aus dem Haus der beiden Toose-Schwestern geholt, und jetzt, wo Shawnee Ray als fast grandiose zweite Siegerin vom Glöckchentanz zurück ist, hört und sieht man nichts mehr von ihr. Sie wohnt wieder bei Zelda. Aber keiner bekommt sie zu Gesicht, keiner weiß, was sie vorhat, keiner berichtet wie früher über das, was sie tut. Sie ist wie vom Erdboden verschluckt. Vielleicht wird sie auch bei Wasser und Brot in Zeldas Haus gefangengehalten. Aber zusammen mit Lyman darf ich sie dann doch besuchen.

Wir brettern Zeldas Auffahrt hoch, steigen aus, und sofort kommt Shawnee Ray mit einem schokoladenverschmierten Redford die Treppe runter und wirkt so angespannt und erregt, daß es mir das Herz zusammenzieht. Sie zögert. Irgendwie sieht sie traurig aus, und sie bewegt sich langsam, wie unter Schock. Abwesend reicht sie Redford seinem Vater, der ihn ganz selbstverständlich auf den Arm nimmt und sofort anfängt, den Kleinen abzuputzen. Man sieht, daß sie zusammengehören, Lyman und sein Sohn, und in meinem Herzen klingt eine Saite an.

«Hey», begrüße ich Shawnee Ray.

Sie nickt. Suchend schaue ich in die unbekannte Welt ihres Gesichts.

Unvermittelt stößt Redford einen tiefen Schrei aus. Wenn Lyman sich als Vater unter Beweis stellen will, kann er ihn jetzt nicht einfach Shawnee Ray zurückgeben, deshalb versucht er alles mögliche, um den Kleinen abzulenken. Er wippt, hopst, hüpft herum, spricht mit hoher, verstellter Stimme, gurrt, aber nichts hilft. Schließlich wendet er sich von Shawnee Ray und mir ab und geht hinters Haus, zu dem kleinen Sandkasten und den Plastiklastern.

Ich nutze die Gelegenheit und drehe mich hastig zu

Shawnee Ray um. Die Freude, mich zu sehen, steht ihr ins Gesicht geschrieben, da bin ich mir sicher. Ich denke, gleich wird sie mir entgegenblühen wie die Blumen in meinen Träumen. Obwohl mir klar ist, daß Lyman nur um die Ecke gegangen ist, öffnen sich meine Lippen, und mein Gesicht strebt ihrem zu, so daß ich die Arme hinter dem Rücken verschränken muß, damit sie sich nicht um ihre Hüften schlingen, ihr über das sanfte, dichte Haar streichen, über die zarte Muschelstruktur ihres Kinns, die Wangen, die Lider und die süßen, kurzen Brauen fahren. Ich stehe mit offenem Mund da und warte auf eine Eingebung.

«Willst du mich heiraten?»

Zuerst zuckt Shawnee Ray zurück, als sei diese Frage eine Beleidigung, ein Witz. Sie zieht die Mundwinkel herab und will sich schon von mir abwenden, doch dann blickt sie mich kurz an und sieht etwas in meinem Gesicht. Etwas Kaputtes, Gehetztes. Die Wurstsandwiches, die altbackenen Kekse, all die Träume, die Qual und den Tee, den Verlust meines halben Verstands, den Glauben. Sie fixiert mich, und ich warte zärtlich auf das erwiderte Verlangen in ihrem Blick. Ich strecke die Arme aus, aber sie winkt nur ab, beugt den Oberkörper zurück, und ihre Miene verändert sich.

«Sei vernünftig!» Ihre Stimme klingt schrill, angespannt, und ihre Augen leuchten zu hell.

«Ich bin vernünftig.»

Ich stoße die Worte so verzweifelt aus, daß mir die Beine zittern. Ich gehe vor ihr auf die Knie, strecke die Arme aus und umfasse zärtlich die zerschlissenen Knie ihrer Jeans. Noch nie habe ich etwas so Wunderschönes gesehen wie diese beiden herrlichen Stoffetzen, die ganz glattgescheuert sind. Sie versucht, sich mir zu entziehen, doch ich packe unwillkürlich fester zu, lasse sie nicht los. Fast verliert sie das

Gleichgewicht. Sie bleibt einen Augenblick reglos stehen, dann beugt sie sich vor und stößt mich voller Panik von sich. Überrascht lasse ich sie los, und dann tritt sie mir mit dem Fuß so kraftvoll gegen das Kinn, daß ich rückwärts stolpere.

«Geh mir aus dem Weg . . .» Ihre Stimme ist zu gemessen, zu tief, zittert heftig unter dem drohenden Tonfall, den ich so noch nie bei ihr gehört habe. Ich weiche im Krebsgang zurück, aus der Reichweite ihrer harten Lederzehen, weg von dieser schneidenden Stimme.

«Was hab ich denn getan?»

«Was *hat* er denn getan?»

Das ist Lyman, der jetzt mit einem schokoladen- und sandverschmierten Redford um die Ecke kommt. Die beiden nähern sich uns langsam, doch Shawnee geht plötzlich zu Lyman hinüber und nimmt ihm Redford aus den Armen. Zu überrascht, um zu protestieren, sieht uns der Kleine mit großen Augen an, schaut von einem zum anderen.

«Was er getan hat?» schrillt Shawnees Stimme. Das ist nicht meine süße Shawnee, nicht mein zartes Airbrush-Bild. Plötzlich scheint ihre Grundierung durch, der grobe Pinselstrich, aus dem sie in Wahrheit geschaffen ist. Das herabfallende Haar fließt ihr wie Schlangen um den Kopf, und in ihrer verkniffenen Wut wiegt sie Redford so heftig auf dem Arm, daß seine Wangen auf und ab tanzen.

«Er hat mich gefragt, ob ich ihn *heiraten* will!» Sie stößt diese lieblichen Worte mit intensiver, schrecklicher Abscheu aus.

«Es ist mir Ernst», sage ich demütig und falle wieder auf die Knie, benommen und dösig wie ein Schaf.

«Halt die Klappe», sagt sie. «Und du», zu Lyman gewandt, als der auf mich zukommt, «laß ihn in Ruhe. Dich heirate ich auch nicht. Schlag dir das aus deinem Bingo-Kopf.»

Lyman bleibt wie versteinert stehen, als hätte ihn ein Lasergewehr paralysiert.

«Shawnee Ray», sagt er sanft, «du weißt nicht, was du sagst.»

Alles ist still, und dann holt sie tief Luft und stößt einen Schrei aus – einen abgehackten, seltsamen Schrei, wie ein Pavian in der Einöde. Die Luft bebt. Ich lege die Hände auf die Ohren. Noch einmal stößt sie diesen Schrei nackter Hilflosigkeit aus, bei dem sich mir die Nackenhaare sträuben. Ihr Gesicht verzerrt sich zu einer so furchterregenden Hexenfratze, daß Redford das seine in ihrem T-Shirt verbirgt und sich wie ein Äffchen an ihr festklammert, während sie herumwirbelt. Sie scheint zu wachsen, ihre Bluse bauscht sich auf, die Haare sind dunkle Blätter im Sturm.

«Haut ab! Ich heirate keinen von euch. Basta. Du . . .», sie sieht mit zuckenden Mundwinkeln zu mir herab, «redest groß von deinen Gefühlen daher und kriegst nicht mal die Schule zu Ende.»

Lyman tritt einen Schritt vor.

«Komm mir bloß nicht zu nahe, ich warne dich. Wenn du noch einmal vor Gericht gehst, wenn du dich mir noch einmal in den Weg stellst . . .»

«Ich bin Redfords Vater», sagt Lyman vorsichtig.

Sie dreht sich um, geht mit Redford zurück zum Haus, redet in beruhigendem, vertraulichem Ton auf ihn ein. Sie öffnet die Tür, geht hinein, und wir hören eine Schranktür zuknallen. Ein kurzes Geheul, dann wieder beruhigende Worte. Lyman scharrt mit den Füßen, und ich gehe zurück zum Auto. Wir sind beide verunsichert, hoffen, daß die Szene jetzt vorbei ist. Aber nein, gerade als wir drauf und dran sind abzuhauen, kommt sie wieder die Treppe runter und baut sich vor Lyman auf. Sie stemmt die Arme in die

Taille, sieht aus wie das knallharte Cowgirl in dem Film *The Big Valley*, die Hüften in der engen Hose vorgeschoben, hochhackige Schuhe, ein höhnisches Lächeln auf den Lippen.

«Du bist Redfords Vater? Ach ja? Du warst nicht da, als es drauf ankam. Jetzt kommst du zu spät. Ich bin Redfords Mutter.»

Ihre Stimme wird zu einem fürchterlichen Singsang, voll falschem Charme mit haßerfüllten Untertönen. «Denk mal zurück», säuselt sie. «Du warst damals nicht der einzige. Ich hatte noch drei andere, und nur bei einem hab ich nicht aufgepaßt.»

Sie beugt sich mit vorgerecktem Kinn dicht zu ihm hin, schiebt ihm ihr Gesicht entgegen.

«Bluttest gefällig?»

Jetzt lächelt Lyman wie ein Idiot, in glasiger Verwunderung. Ich lege ihm die Hände auf die Schultern, schiebe ihn zum Auto, öffne die Tür und drücke ihn hinein, und noch immer hat er diesen belustigten, fragenden und nachsichtigen Ausdruck im Gesicht. Wie aus Porzellan, es kann jeden Augenblick ins Gegenteil zerschellen, und ich weiß, es ist an der Zeit zu verschwinden.

Das Komische daran ist, nachdem wir losgefahren sind, breitet sich kein Schweigen zwischen uns aus, wir können nicht auf das reagieren, was eben geschehen ist. Nach nicht mal zwei Meilen unterhalten wir uns schon über belanglose Dinge. Wir betrachten den Himmel, überlegen, ob es bald regnet oder schön bleibt. Wir raten, was wir als nächstes auf der Straße sehen werden. Wir haben eine Menge nachzudenken, aber wir können nicht darüber reden. Wir können die vergangene halbe Stunde nicht wirklich werden lassen. Es ist, als ginge uns beiden nicht in den Kopf, was für eine

Shawnee Ray wir da gesehen haben. Wir können es nicht verstehen, nicht aufnehmen, nicht zugeben, wir können die Frau nicht sie selbst sein lassen.

Wir fahren die kleinen Straßen entlang, die Schleichwege, die uns langsam, aber sicher zum Haus von Xavier Toose bringen. Er lebt am Rand der Siedlung, die in das Land am Matchimanitosee übergeht, das Land, das Fleur Pillager gehört. Hier kann ich mir Lyman gar nicht vorstellen. Wir nähern uns den sanft ansteigenden, bewaldeten Hügeln, die er für das große Kasino vorgesehen hat, den Glücksort, das Midas-Projekt, mit dem Kindertagesstätten und Stipendien finanziert und die Übel der Abhängigkeit bekämpft werden sollen, die das Kasino selbst verursacht. Ich weiß, Lyman hat die Folgen und den langfristigen Nutzen bedacht, aber ich glaube, er hat sich keine Gedanken über die persönliche Seite der Sache gemacht. Vielleicht geht es bei seiner Suche nach einer Vision eben darum, um den Überblick des Organisationsgenies. Aber vielleicht ist Lyman Lamartine im tiefsten Innern auch ein religiöser Mensch. Und andererseits, wenn man berücksichtigt, was wir gerade hinter uns haben, gibt es natürlich auch eine Menge über Shawnee Ray nachzudenken.

Wir biegen ab, und das Unterholz wird dichter. Ich bin immer noch ganz benommen davon, wie nah mir ihre Knie waren, ihre Knöchel, zum Greifen nah. Gott sei Dank konzentriert sich Lyman gerade auf die jenseitige Welt und denkt nicht mehr an diese Schlußszene. Während wir das letzte Stück Weg zu Xavier entlangholpern, das nur noch aus zwei Furchen besteht, versucht er, mir etwas über die Schwitzhütte zu erzählen, wie man richtig reingeht und darin herumkriecht, aber ich bin nicht bei der Sache. Da war ein klitzekleiner Augenblick gewesen, wo ich gespürt habe, daß Shawnee Ray nicht wirklich böse war, sondern daß sie nur so laut schrie, um ihre wahren Gefühle zu mir zu verbergen. Ich versuche, die Szene in Gedanken nachzustellen. Ich frage mich, ob sie diesen Anfall nur wegen Lyman inszeniert und vielleicht vorgehabt hat, mir noch schnell zuzuwinken, als wir losfuhren. Ich hab mich ja gar nicht umgedreht! Ich hab ja gar nicht in den Rückspiegel geschaut! Wenn ich's getan hätte, was hätte ich dann gesehen? Wäre ich doch nur dageblieben, denke ich jetzt, hätte Lyman abgehängt, hätte sie sich in meinen Armen austoben lassen, dann hätte sie sich vielleicht auf ein Leben mit mir eingelassen. Ich fürchte, ich hab's vermasselt, meine winzige Chance vertan. Ich kann mir immer noch nicht eingestehen, daß sie vielleicht zu Recht wütend ist. Sie hat doch keinen Grund, oder? Welchen denn? Ich habe nichts anderes getan, als sie etwas zu heftig anzubeten.

Im Hof von Xavier Toose halten wir an und steigen aus. Xavier kommt leichten Schrittes auf uns zu, beschwingt, als seien seine Gelenke frisch geölt. Er trägt Jeans und ein hellgrünes Hemd. Er sieht immer völlig unscheinbar aus. Jedenfalls würde ihn kein Mensch aus einer Menge als Heiligen oder so herauspicken. Er wirkt nicht wie ein Auserkorener, nicht wie ein Priester und auch nicht gespenstisch wie Fleur. Er ist nicht von der Sorte «Wer mich anrührt, fällt tot um». Ein bißchen rundlich, nicht zu groß, nicht zu klein, weder fett noch mager im Gesicht und immer fröhlich. Er ist auch nicht wie Russell Kashpaw, der mit ihm zusammenarbeitet und eher wie ein in Stein gehauenes Indianerdenkmal aussieht. Nein, Xavier hat eine große gebogene Nase, tiefschwarze leuchtende Augen, dünne Augenbrauen, die ihm einen erstaunten Gesichtsausdruck verleihen, und einen humorvollen Mund. Das einzige, was außer seiner Hand, an der die Finger fehlen, auffällt, ist sein Ohrring, eine kleine Muschel. Wir klopfen ihm auf den Arm, und sofort beruhigt mich die warme Ausstrahlung seiner Erscheinung. Er ist kein Mensch, der zuläßt, daß ich zugrunde gehe und sterbe oder von wilden Tieren aufgefressen werde, sei es in Gedanken oder in der realen Welt. Die freundliche Art, mit der er mich ansieht, seine gemütvolle Nachsicht ermutigen mich.

«Fast hätte ich gekniffen», sage ich zu ihm.

Er sagt nur: «Das kommt vor.»

Er bedeutet uns, um sein kleines braunes Haus herum nach hinten und dann einen Pfad entlang zu gehen. Ich atme tief durch, rechne jeden Moment damit, daß mich ein Blitzschlag trifft, daß ein Stromkreis anspringt, daß mir eine Botschaft aus diesem heiligen Land, das sich von Xaviers Hof bis hin zum Matchimanitosee erstreckt, durch die Füße dringt. Bei jedem Schritt warte ich darauf, daß eine überirdische Stimme losquäkt, befürchte, daß mich etwas aus der Zeit der Vorfahren heimsucht. Aber das einzige, was passiert, ist, daß Xavier uns arbeiten läßt.

«Harte Arbeit stählt die Muskeln», sagt Lyman nach einer Stunde.

«Ich dachte, wir wären hergekommen, um uns erleuchten zu lassen», grummele ich. Es ist ein drückend, juckend heißer Tag, und wir stehen mitten im windstillen Busch, suchen nach kräftigen, biegsamen Weidenästen, stapfen durch dampfendes, schwammiges Gras nahe einem Sumpf. Ich habe ein kleines, viel zu stumpfes Beil, mit dem ich den Stamm eines widerspenstigen jungen Baumes bearbeite. Lyman, der wie immer Glück hat, ist mit einer scharfen schwedischen Bogensäge bewaffnet, mit der er dreimal so viele Bäume fällt wie ich.

Als wir genug Äste abgeschlagen und entlaubt haben, schleppen wir sie zurück, und dann geht's weiter, werden die Äste mit festen Knoten sorgfältig zusammengebunden, die Löcher für die Pfähle gegraben, geeignete Steine gesammelt. Und als wir auf der Suche nach solchen Steinen am Ufer des Sees stehen, über den ich nicht nachdenken will, entspinnt sich eine heftige Auseinandersetzung darüber, welche Steine sich am besten erhitzen lassen. Nicht, daß ich davon genug verstehen würde – es ist nur so, daß ich inzwischen total sauer auf Lyman bin.

«Ist doch egal!» Ich hebe einen auf, hoffe, daß Fleur ihn verflucht hat. «Nehmen wir diesen glatten schwarzen hier. Die werden doch alle gleich heiß.»

«Eben nicht», antwortet er. «Es gibt unterschiedliche Arten von Hitze. Nimm den gefleckten da drüben.»

«Der sieht aus wie ein Ei, als ob er gleich explodieren würde.»

«Steine explodieren nicht.»

«Wenn sie richtig heiß werden und sich in den Spalten Wasser sammelt, dann schon.» Das hab ich mir ausgedacht.

Lyman beißt sich auf die Lippen, versucht sich zu beherrschen.

«Steine überhitzen kann ganz schön gefährlich sein», fahre ich fort, verärgert darüber, daß er meinen wissenschaftlichen Theorien nicht glaubt. «Man muß auch die physikalischen Eigenschaften in Betracht ziehen.»

«Ich hab es satt, dich dauernd zu bemuttern.»

«Wer hat dich darum gebeten?»

Lyman seufzt und hebt mit seinen muskelbepackten Armen einen weiteren riesigen Stein hoch. Für ihn gilt: je schwerer, desto besser erhitzbar.

«Jetzt wär ein Bananensplit toll.»

Lyman stößt einen Lacher aus.

«Wie heiß werden die denn so?» überlege ich nach ein paar Minuten.

«Verdammt heiß», antwortet er genüßlich.

Später finde ich das selbst raus. Die Hütte sieht viel zu klein aus, als daß wir alle reinpassen würden, und ich wünschte, wir hätten sie dreimal so groß gebaut. Da steht jemand, der sich um das Feuer kümmert, ein riesiger Schwarzenegger-Typ, der aussieht wie ein geflohener Häftling, mit vielen Tattoos – wahrscheinlich hat Russell Kashpaw sie ihm alle umsonst gemacht. Das Weiße in seinen Augen sticht hervor, und er grinst zu oft. Um den Kopf hat er ein rotes Stirnband, und auch er erhält seine Anweisungen, sogar während er das Feuer für uns vorbereitet und dann die Steine bis zur Rotglut erhitzt. Sie liegen in einem kleinen Halbkreis neben einem Altar aus Erde, auf dem kleine Zypressenzweige aufgehäuft sind. Daneben steht eine Schale Tabak, nur eine kleine Holzschale. Als Xavier sagt, daß er soweit ist, schaufelt Joe, der andere, die Steine ins Feuer. Xavier geht in die Schwitzhütte. Lyman und ich ziehen uns aus und folgen ihm. Joe macht die Klappe zu. Lyman schüttet eine Kelle Wasser auf die Steine, und dann wird es richtig heiß.

Xavier betet und gibt uns Anweisungen. Unvermittelt fängt Lyman mit einem sehr einsichtsreichen, langen, bedeutungsschweren Gebet an, das sich gut als Begrüßungsrede bei einem Kongreß eignen würde. Ich überlege unruhig, was ich sagen soll, weil ich nicht direkt an den oder das glaube, zu dem ich sprechen soll, aber als ich an der Reihe bin, merke ich, daß die Hitze mir auf die Sprünge hilft. Die Worte strömen aus mir heraus, als seien die Silben verdünnter Honig. Verblüffend heiß, erstaunlich heiß. So heiß, daß ich es nicht aushalten kann. Aber dann halte ich es aus, und es wird noch heißer. Ich versuche, mich etwas abzukühlen, indem ich schneller rede, lauter bete, als sei meine Zunge ein kleiner Fächer, aber dann gebe ich auf und schweige. Xavier hat uns darüber belehrt, daß die Schwitzhütte weiblich ist, die Urmutter, und um wieder in sie hineinzugelangen, müssen wir auf der Erde kriechen. Er hat uns gesagt, wir müßten wieder die Verbindung spüren, die wir längst vergessen haben, und es gelingt mir ohne Anstrengung, denn während ich schwitze, während ich bete, merke ich, daß ich aus der Gegenwart fort in einen dunklen Traum rutsche, in dem es kein Vor und kein Zurück gibt. Ich höre auf zu reden, zu denken, spüre nicht einmal mehr die glühende Hitze, die aus den Steinen zischt, wenn Xavier sie mit Wasser besprüht. Ich existiere nur, schwebe, meine Ohren sind verstopft, das Hirn ist abgeschaltet. Nach einer Weile wird die Hitze erträglich, dann ist sie die perfekteste Umarmung, die es gibt. Lyman sagt, er möchte es heißer haben, und spritzt mehr Wasser auf die Steine.

Ich könnte ihn umbringen. Ich bin ein Steak im Ofen. Mein Atem fühlt sich kalt an auf den Händen, und ich bin sicher, ich komme hier nicht lebend raus. Panik ergreift mich. Ich bete mit schriller, verzweifelter, reiner Stimme, bis ich aus der Gegenwart fortrutsche, fort von Xaviers Stimme, die weit entfernt ist und beruhigend wie der Himmel. Ich verstehe zwar seine Anweisungen nicht, empfinde aber deren Trost. Wieder der Wunsch zu bleiben in mir, und ich bleibe, doch dann ist alles vorbei. Wir treten ins Sonnenlicht hinaus, in den Tag, der vorher stickig und feucht war, jetzt aber zart, frisch und kühl wirkt. Ich sollte mir eigentlich wie neugeboren vorkommen, fühle mich aber seltsam schwummrig, habe keinen festen Boden unter den Füßen. In meinem Kopf braut sich ein Schrei der Enttäuschung zusammen.

Ich sehe mich um, suche June, zwischen den Bäumen, auf der Straße, als hätte ich ihren blauen Wagen in den minzefrischen Tag davonbrausen sehen. Doch es gibt kein Zeichen von ihr, keine Rückkehr.

Ich blase Trübsal und höre nur halb auf Xaviers Anleitungen, bin bloß körperlich anwesend. Wir gehen zum See, springen rein, waschen uns richtig sauber. Das Wasser zieht mich nicht an, will mich nicht. Ich schließe die Augen vor dem Dunkel und gehe so bald wie möglich wieder raus, schaue weder auf Lymans irritierend perfekten, muskelbepackten Ringerkörper noch auf die fleischigen Kollisionen von Wunden und Tattoos von Schlangen und Frauen in aufregenden Stellungen auf Joes Schenkeln. Auch Xavier spült sich ab und zieht Joe mit seinen Schlangen und Frauen auf. Aber ich kann mich auf die Stimmung des Augenblicks gar nicht einlassen, bin erfüllt von Trauer.

«Was ist los?» flüstert mir Lyman ungeduldig zu; er denkt wahrscheinlich, ich bin verletzt wegen Shawnee Ray.

Ich überlege. Was ist los? Wo liegt mein Problem?

«Ich vermisse meine Mutter», sage ich.

Lyman schnaubt, schlägt sich die Hand vors Gesicht, und ich weiß, es tut ihm leid, daß er mich überhaupt auf diese spirituelle Reise mitgenommen hat. Ich versuche, mich wieder in geistige Form zu peitschen. Ich schaffe es kaum, die allernotwendigsten Anweisungen zu befolgen, lasse mich einfach treiben und trotte in den Wald hinter Xaviers Haus davon. Allein wandere ich in den langen Nachmittagsschatten umher, suche mir einen Platz, wo ich so lange bleiben kann, bis mir eine Vision kommt. Es gibt viele Möglichkeiten, aber ich soll mir eine ganz persönliche Stelle aussuchen, um Kraft zu gewinnen.

Ich versuche es, stolpere aber nur herum, ewig lang, bis

ich nicht mehr weiß, wo ich bin, aber das ist nun auch egal. Zu diesem Zeitpunkt ist es schon unerheblich, daß ich mich verlaufen habe.

Ich lasse mich auf einem harten, kalten Stein nieder und werde noch trauriger, als ich aufschaue und feststelle, daß dieser verdammte See noch immer in Sichtweite ist, der See, an dem so schlimme Dinge passiert sind, wo ich die alte Frau besucht und angsterfüllt ihren Bärenreden gelauscht habe. Fleur ist darin ertrunken und wieder zum Leben erwacht, und ihr Vetter Moses geistert mit seinem Katzengejaule auf der Insel herum. Aber das ist mir egal. Wenn das gehörnte Etwas, das schwarze Ding mit seinen Krallen, das da unten lebt, mich holen will, werde ich nicht weglaufen. Warum auch? Keine Bibel kann mir jetzt helfen, und wieder einmal habe ich kein Motiv, keinen Grund, am Leben zu bleiben.

«Na toll», sage ich laut und baue mir ein Nest aus Kiefernnadeln, Moos und Blättern, «wenn ich ich wäre, hätte ich so 'n Schiß, daß ich kein Auge zutun würde.»

Ich habe nur drei Dinge bei mir – den Schlafsack mit den aufgedruckten Wapitis auf dem Innenbezug, eine Plastikflasche mit Wasser und einen Müllbeutel. Der sollte eigentlich als Regenplane dienen, aber ich fülle ihn mit Blättern, als Matratze. Das ist sicher nicht in Ordnung. Ach ja, ein bißchen Tabak habe ich auch noch und einen kleinen Zypressenzweig, den Xavier mir in die Hand gedrückt hat. Sonst nichts. Obwohl es noch Tag ist und Lichttupfer durch die Äste und Zweige fallen, krieche ich in meinen Schlafsack.

Ich weiß nicht, wie spät es ist, als ich aufwache. Im Schlaf ist meine Niedergeschlagenheit verschwunden und dem normalen Selbsterhaltungstrieb gewichen, nur daß der jetzt sinnlos überdreht ist. Ich kann nicht glauben, daß ich mich selbst in eine solche Lage gebracht habe. Der Wind frischt auf, die Dunkelheit ist rein und intensiv, und ich höre das schreckliche Rascheln von Tieren rings um mich, sogar der Monsterschrei von *Ko ko ko*, der Eule, klingt mir in den Ohren.

Von allen Seiten streckt die Furcht ihre Arme aus und greift nach mir. Ich vergrabe den Kopf in den Händen, wiege mich hin und her, wünsche, ich hätte mir wenigstens eine Zuflucht auf einem Baum bereitet. Hier unten auf der Erde könnte mich das Wild zertrampeln. Ich denke an spitze Hufe. Dann an Zähne. Fangzähne, Hauer, scharfe Schneidezähne. Reißende Kiefer. Haie. Vergiß die Haie. Bären. Waschbären. In dieser Finsternis werde ich sie nicht mal kommen sehen. Aufschlitzender Tod. Natürlich weiß ich, daß es hier noch nie Angriffe von Bären gegeben hat, keine Wolfsrudel, die über einsame Camper hergefallen sind, keine Schwärme von Eulen oder Eichhörnchen, die einen Menschen zerfleischt hätten, nicht seitdem ich hier lebe, aber trotzdem, trotzdem kann es immer das erste Mal sein. Das sind dann die Ereignisse, aus denen Nachrichten gemacht werden.

Ich stöhne laut auf, rolle mich zusammen, und sobald mich im weiteren Verlauf dieser Nacht ein Geräusch erschreckt, springe ich hoch, schreie auf, lege mich wieder hin und warte auf den nächsten Angriff der Natur. So vertreibe ich mit viel Geschrei die unsichtbaren Eindringlinge. Ich starre unentwegt in das gesichtslose Dunkel, das nicht mal von wild glühenden Augen erhellt wird.

Morgen. Morgen. Nacht. Nacht. Morgen. Ich durchlaufe zwei Zyklen und verliere dann den Überblick. Am ersten Tag habe ich Hunger, und all meine Visionen bestehen aus Big Macs. Am nächsten Tag ist mir alles egal. Ich trinke

Wasser aus dem See und warte darauf, an einem alten, lähmenden Fluch zu sterben, aber nichts passiert. Als ich etwas später wieder wach werde, fange ich an, mich für meine Umgebung zu interessieren. Ich sehe zu, wie eine Ameise ein Insekt tötet, es in kleine Teile schneidet und wegträgt. Ein kleiner brauner Vogel hüpft von einem Zweig auf einen anderen und dann wieder zurück. Einmal saust ein Wiesel vorbei, sieht mich neugierig an und ist sofort wieder weg. Ein Blauhäher landet, kreischt und verschwindet. Ich versuche, diese Dinge als Zeichen für etwas Größeres zu interpretieren, kann aber nichts in sie hineindeuten.

Ich schlafe, werde schwächer, und als ich aufwache, ist mein Kopf leicht und dick wie ein Ballon. Eine träumerische, eher unangenehme Stimmung überkommt mich, und dann bin ich mit einemmal sauer, daß ich als Indianer geboren bin. Wenn ich was anderes wäre, etwa Franzose oder vielleicht gar nichts oder vielleicht Norweger, dann würde ich es mir jetzt gutgehen lassen und Pfannkuchen essen. Oder Chinese. Sehnsüchtig schließe ich die Augen und stelle mir vor, wie ich im Ho Wun gebratene Wantans zerkaue. Ich schmekke den süßsauer gebratenen Teig. Heiße Reisnudeln. Wie unfair. Ich bin wütend über die Macht, die mein Blut über mich hat. Im Geiste räche ich mich, stelle mir vor, was passieren würde, wenn plötzlich alle Indianer von diesem Land verschwänden, wenn sie wieder dorthin gingen, wo sie hergekommen sind.

Vor meinem inneren Auge sehe ich uns Chippewas zurück in die große Muschel springen, die uns hervorgebracht hat, die Mandans rutschen an ihren Kürbisranken hinab, die Navajos klettern ins Erdreich und decken sich zu, die Winnebagos lassen sich vom Erderschaffer wieder in den Urklumpen Ton verwandeln, die Senecas schwingen sich in den Himmel, und die Hopis folgen ihrem Schilfrohr in die Unterwelt.

Und dann? Ich brauche nur einen Augenblick zu überlegen, ehe ich die Antwort weiß. Lyman Lamartine würde sich irgendwie an der großen indianischen Apokalypse vorbeidrücken. Endlich und endgültig hätte er ganz allein das Sagen. Eine Flut von politischen Thesen und Programmen, die dieses Problem untersuchen, würde von seinem Schreibtisch strömen. Er würde mit einer der Katastrophe entsprungenen Ruhe Richtlinien aufstellen, all seine Kräfte bündeln. Selbst wenn kein einziger Indianer auf diese Welt zurückkehren würde, Lyman Lamartines Dokumente würden überleben, ja zu neuem Leben erwachen, denn Typen wie er sind so eng mit dem System verbunden, daß man sie gar nicht davon trennen kann, ohne dessen Innereien mit herauszureißen. Ganze Schränke voller Akten würden neue Prioritäten setzen, sich in doppelt so dicken Berichten niederschlagen.

Trotzdem rechne ich in diesem Tagtraum mit Lyman ab. Er verliert seine wertvollen Ringe, seine Hush-Puppies, seinen noblen Zweihundert-Dollar-Anzug mit Krawatte für Washington und steht da wie jedermann sonst. Ich lasse ihn mit allen anderen Chippewas zu der Muschel rennen, doch zu spät. Die Muschel schnappt hinter mir, Shawnee Ray und Redford zu und segelt davon, und Lyman bleibt allein am Ufer zurück. Er sieht ihr nach, bis sie nur noch eine Perle in der Ferne ist, bis sie ihm vom Rand der Welt aus zublinzelt.

Natürlich ist das nur ein Traum. So leicht wird es nicht sein, ihn loszuwerden.

Dadurch, daß ich mich mit Lyman zusammengetan habe, bin ich ein Teil von etwas sehr Großem, sehr Undurchsichtigem, sehr Trägem geworden. Ein Megalith des Mittelmaßes, hat mal einer gesagt, aber das war ein Angestellter des Bureau of Indian Affairs, den sie gefeuert haben. Unsere Schicksale und Wege sind miteinander verschlungen wie die Wurzeln zweier benachbarter Pflanzen. Ich klammere mich noch immer an das angenehme Gefühl, das wir geteilt haben, als Lyman mir von dem Tag erzählte, als er und sein Bruder Henry in der Laube unter den Powwow-Bäumen lagen, dösten und zuhörten, wie die Tänzer auf den Boden stampften, daß der Staub aufwirbelte.

Heute legen sie die Tanzfläche mit Kunstrasen aus, und es gibt keinen Staub mehr, der einem zwischen den Zähnen knirscht. Schließlich schlafe ich mit dem Gedanken an diese guten, satten Tage und an weitere, die dank dem vielen Bingogeld noch vor uns liegen, ein. Ich wache mit dem Wunsch nach einem Buch auf, nach meinem Walkman. In Gedanken spiele ich alle Hendrix-Songs ab, dann Heavy metal, und als die Sonne untergeht, mache ich die erstaunliche Entdeckung, daß ich eigentlich gar keine Stereoanlage brauche. Ich bin mit meinem eigenen Gehirn verkabelt. Das ist keine sonderlich aufregende Vision, hilft aber, die Zeit rumzukriegen. Kinofilme kommen wieder. Bücher. Ich sehe sämtliche Folgen des *Paten,* lese noch mal alle Sciencefiction-Thriller und *Moby Dick,* das Lieblingsbuch meines Kashpaw-Vaters. Immer weiter durchkämme ich mein Gehirn, immer tiefer. Natürlich begegne ich an jeder Windung Shawnee Ray. Der Gedanke an sie ist so beruhigend, besonders, wenn ich zum See schaue, daß ich versuchen muß, ihn zu vertreiben. Ich stelle mir einen kleinen Pappkarton vor, wickle Shawnee Ray behutsam in Geschenkpapier und lege sie hinein. Ich schicke sie per Post an mich. Bei Erhalt öffnen. Als ich sie erst mal so weggepackt habe, bin ich erleichtert.

Mittlerweile habe ich mich an das Rascheln, Quaken und Rufen gewöhnt. Ich hab es aufgegeben, mich zu fürchten. Mir ist einfach nur langweilig, und ich merke, das war noch nie so. Immer ist in meinem Leben etwas passiert, in jeder Minute, verglichen mit dieser Zeit hier im Wald. Was ist bloß so toll, so großartig, so faszinierend am Wald? Das frage ich mich, während ich so dasitze. Hier gibt es nichts zu tun, einfach gar nichts, außer nachzudenken. Immer wieder befällt mich der Überdruß. Ich fange an, Selbstgespräche zu führen, verfluche alles, was ich sehe.

«Soll Lyman doch sein Scheiß-Kasino hier bauen, na und? Ist es nicht egal, wo er das Ding hinstellt? Wenigstens wären dann Stimmen von anderen Menschen zu hören. Ich hätte gar nichts dagegen, wenn hier ein kleiner Spielautomat stehen würde, direkt bei dem Stein da, mit einem schicken Essen und kostenloser Pepsi. Das käme mir gerade recht.»

Für Lymans Zwecke ist dieser Ort ideal: Blick auf den See, perfekt für ein großes Freizeitzentrum. Jetzt, wo ich stundenlang mit abgeschaltetem Kopf hier sitze, muß ich ihm recht geben.

Morgen. Nacht. Nacht. Morgen. Ich habe keine Ahnung, was hier verstreicht, Zeit oder Raum. Immer wieder falle ich in tiefe Löcher der Verzweiflung, noch dazu bahnt sich rein gar nichts an, was man eine Vision nennen könnte. Wo bleibt sie? Wenn ich erst den Hunger überwunden habe, der bisweilen so schlimm wird, daß ich mir ein paar Blätter in den Mund stecke, darauf kaue und sie dann wieder ausspucke, hoffe ich, wird ein strahlendes Bild in mir aufscheinen. Ich bin jetzt in einem Gemütszustand, wo mich nichts mehr ängstigt oder überrascht, wo ich mich schon über einen Bären freuen würde, der in mein Camp spaziert käme und ein bißchen mit mir plaudern würde.

Das ist auch so ein Punkt: Ich werde immer einsamer. Nach einer Weile wird es ein Kampf zwischen Einsamkeit und Hunger. In einer meiner wacheren Phasen kommt Shawnee Ray, und ich kann nicht anders, ich öffne das Päckchen und nehme die Erinnerung an sie heraus. Von da an steht ihr Gesicht, wie es vor ihrem Wutausbruch war, direkt neben dem Bild von dem Hot dog, den ich zu meinem größten Bedauern damals im Dairy Queen nicht aufgegessen habe. Ich schmecke Senf, Ketchup und, am schlimmsten von allem, den leicht salzigen Schweiß auf Shawnees Nakken. Wie ich diese Verschwendung von Eiskrem bereue, die auf den Leuten und dem Boden gelandet ist. In meinen Gedanken türmen sich nahrhafte Kreationen. Walnußsauce. Shawnee Ray löffelt mir große Mengen Eis in den offenen Mund, schiebt ein Nacho nach dem anderen hinein. Ich versuche, das Bild zu erhöhen, eine Art Vision daraus zu machen, die mir den Weg erleuchtet, aber ich weiß, es ist nicht das Gelbe vom Ei. Ich werde trotzig. Ich bin ganz sicher, Lyman kann sich vor lauter Eins-a-Bilderbuch-Visionen nicht retten, und ich werde dumm dastehen, wenn ich dem nicht etwas Tiefsinniges, Erstaunliches entgegensetzen kann. Aber nichts passiert, überhaupt nichts, rein gar nichts, bis ich anfange, das ganze Unterfangen einen Schuß in den Ofen zu nennen.

Dann, am frühen Morgen, passiert doch etwas. Aber natürlich nicht so, wie es sollte. Als ich wach werde, ist das Licht in den Bäumen grau wie altes Silber, und der Schlafsack ist schön kuschelig, wärmer als sonst. Ich döse ein paarmal wieder ein, ehe mir zu Bewußtsein kommt, daß mich tatsächlich *etwas warm hält*. Mit einemmal spüre ich das Gewicht, die Präsenz eines anderen Wesens, und als ich den Kopf hebe und aus dem Schlafsack schiele, trifft mich der Geruch, noch ehe ich den zotteligen runden Pelzball sehe, der da auf meiner Hüfte liegt. Schwarzer Pelz, weiße Streifen. Die Mutter aller Stinktiere. Ich weiß nicht warum, aber ich bin sicher, es ist ein Weibchen. Vielleicht liegt es an der Selbstsicherheit, mit der sie es sich auf dem bequemsten Teil meines Körpers gemütlich gemacht hat. Ich versuche, unter ihr wegzurutschen, will sie auf keinen Fall runterwerfen oder ihr weh tun oder sie gar wecken, aber natürlich habe ich keine Chance. Urplötzlich öffnet sie die schwarzen, strahlenden Augen, reißt den Mund auf und zeigt ihre spitzen Zähne.

Dies ist kein Bauland.

Eine heisere, kehlige Stimme dringt in meinen Kopf. Sagt das das Stinktier, oder habe ich jetzt tatsächlich eine Macke? Der Gedanke, daß ich vielleicht am Ausflippen bin, erschreckt mich, und ich robbe ein Stück nach hinten, werfe sie dabei unsanft von der Hüfte. Sie stellt sich auf die Zehenspitzen, versteift sich. Und ich schwöre: Ich sitze wie erstarrt da und sehe, wie sie mit den Vorderpfoten zu klopfen beginnt, einen Rhythmus trommelt. Und ehe sie ihren buschigen Schwanz hebt, schaut sie mich über die Schulter an und wirft mir ein befriedigtes Lächeln zu.

Dies ist kein Bauland, denke ich, und dann bin ich umgeben, erfüllt von etwas so Mächtigem, daß ich es zunächst gar nicht als Geruch erkenne.

Es gibt kein Vorher, kein Nachher, keine Flucht vor diesem Augenblick, der mich aus den Socken haut. Ich stehe da, komplett eingenebelt, aber ich bin nicht mehr allein, denn der Geruch eines Stinktiers ist etwas ganz Eigenständiges. Eine lebende Wolke, in der ich mich bewege. Etwas, das ich sehen und anfassen kann – und dann kommt Xavier Toose. Er steht so plötzlich da und sieht so wirklich aus, daß mir glatt die Luft wegbleibt. Zuerst denke ich, er ist von einer Kugel getroffen, hat einen Herzanfall, jetzt hat's ihn erwischt, denn er stürzt zu Boden und rollt von einer Seite auf die andere, so schnell, daß es aussieht, als winde er sich in Todeskrämpfen. Aber dann, als ich zu ihm renne, ihm helfen will, flattern seine Arme hilflos, und sein Gesicht ist verzerrt, aber nicht vor Schmerzen. Er lacht, lacht so heftig, daß es keinen Sinn hat, ihn anzusprechen, überhaupt keinen.

Ich gehe schweigend zurück, ohne meinen spirituellen Führer. Ich betrete den für uns vorbereiteten, mit einer Plane überdachten Bereich neben Xaviers Haus. Ein Stück vor mir verdrückt sich Joe, so schnell er kann. Auf einem Picknicktisch, der mit sauberen weiß-blauen Tischtüchern bedeckt ist, steht Essen für uns bereit. Aber das Stinktier hat meine sinnliche Wahrnehmung lahmgelegt. Ich muß mir alles aus der Entfernung vorstellen. Naturreis mit Pilzen, Felsenbirnengelee auf frischem Fladenbrot. Ich muß mir den Geschmack von Kool-Aid-Limonade und Eistee vorstellen und auch, wie heißer Kaffeedampf in den Thermoskannen aufsteigt. Melonenscheiben und Kuchen. Zitronenkuchen. Ich stürze mich drauf, und keiner hält mich zurück. Der Stinktiergeruch schrillt so laut in meinem Kopf, daß ich die anderen nicht hören und nicht sehen kann. Ich weiß nur, sie sind irgendwo in der Nähe, lachen sich tot über mich. Ich schlinge etwas Warmes runter, mit Hackfleisch und Tomaten. Ich kaue Trockenfleisch – Rind und Büffel.

Niemand wagt es, sich mir zu nähern. Sie stehen im Kreis am Rand von Xaviers Hof und rufen mir etwas zu. Aber es ist zu weit weg, und ich antworte nicht, esse nur weiter, obwohl ich viel schneller satt bin, als ich dachte. Ich sehe den Rauch des kleinen Feuers, das sie entfacht haben, gehe aber nicht hin. Sie haben alle Tränen in den Augen vor Lachen, sind ganz berauscht von meiner Geschichte.

So komme ich nie gegen Lyman an.

Schließlich schleiche ich mich zu dem Kreis, der sich um die niedrigen Flammen gebildet hat.

«Ich habe um eine Vision gefleht», fängt Lyman ruhig an, ganz leise, aber sehr erfreut über das, was dann kommt. «Ich habe um eine Vision gefleht», wiederholt er seine Einleitung.

Welch ein Drama! Unglücklich schaue ich von einer Seite zur anderen, und aller Augen sind in feierlicher Erwartung auf Lyman gerichtet, auch wenn sie sich wegen mir dezent die Nase zuhalten. Wie immer steht Lyman im Mittelpunkt. Niemals Lipsha. Im Angesicht meiner Niederlage schrumpfe ich zusammen und sitze stumm da, die Hände im Schoß. Ich hasse Lyman von ganzem Herzen, aber auf mein Gesicht drängt sich ein Ausdruck erwartungsvoller Zuneigung.

KAPITEL ACHTZEHN

Lyman beim Tanz

Am dritten Tag stand Lyman auf und begann in der sonnigen Lichtung am Rand des ausgetrockneten Sumpfes, inmitten der langen, scharfen gelbgrünen Grashalme zu tanzen. Es war das erste Mal seit Henrys Tod, daß er nicht in dessen Kleidung tanzte. Und es war das erste Mal überhaupt, daß er nicht für Geld tanzte. Die Luft war kühl, die Sonne sandte sanfte Strahlen herab. An manchen Stellen war der Schlamm zu einer ebenen Fläche mit sandigen Rissen festgebacken, und obwohl seine nackten Füße keine Spuren hinterließen, war der getrocknete Schlick angenehm weich. Zwischen den Grasbüscheln bewegte er sich mit dem Wind, wiegte sich im alten Stil hin und her. Er zitterte mit dem Gras, schüttelte sich, ließ die Schultern zucken. Er verspürte weder Hunger noch Durst und war auch nicht müde, obwohl er kaum geschlafen hatte. Als der Wind auffrischte und er mit ihm ausschritt und sich drehte, hörte er, wie der Gesang, der am frühen Morgen als Murmeln und Stöhnen in seinem Kopf begonnen hatte, Form und Gestalt annahm.

Der Gesang kam näher, vierstimmig, wurde voll und rund, kam noch näher, wurde langsam, dann wieder schneller, bis er wußte, daß irgend jemand – wer, konnte er nicht sagen – direkt hinter dem ihn umrahmenden dichten Gebüsch eine Trommel plaziert hatte. Dazu gesellten sich die verschiedenen Stimmen; eine war tief wie Froschgequake, die nächste klang hohl, ein Eulenruf, dann eine Frauenstimme wie das *kier* eines Falken, ein uralter Siegesschrei, hoch und markerschütternd, und dann konnte er die einzelnen Stimmen nicht mehr unterscheiden – es war ein ganzer Chor, der da sang.

Alle dachten, wenn Lyman tanzte, dann für Shawnee. Aber nein, er tanzte all seine Tänze für Henry. Früher hatte er oft großen Widerwillen dabei empfunden, im Schatten seines Bruders tanzen und immer die Worte des Ansagers hören zu müssen: *Hier unser vielversprechendster Grastänzer, Henry Lamartine Junior. Und auch sein Bruder Lyman ist nicht schlecht*. Es hatte Zeiten gegeben, da überlegte er schon, seinem Bruder nicht die Hand zu schütteln, wenn er mit den anderen Gratulanten an den Gewinnern vorbeidefilierte, nur gelang ihm das nie, denn Henry streckte immer eifrig die Arme nach ihm aus und drückte ihn an die Brust.

Während die Sonne hochstieg und den Boden aufheizte, tanzte Lyman weiter und fing an, sich nach dem Schatten seines Bruders zu sehnen. Denn Henry hatte immer vor ihm getanzt und damit nicht nur die Sonne von ihm ferngehalten, sondern auch die Hitze. Henry hatte sie aufgesogen und Lyman in seinen freundlichen Schatten geschoben.

Wenn du tanzt, Lyman Jr., dann tanzt du mit meinem Geist.

An diesem Tag, als die Sonne zwischen die Hügel sank und die kühle Brise aufkam, spürte Lyman erneut den Schatten seines Bruders. Er tanzte auch noch, als die Schatten länger wurden und sich in der Dämmerung verloren. Die Sonne verschwand, und dann hörte er, ganz deutlich, direkt hinter den Bäumen, wie Henry zu ihm sagte, er solle endlich die alten Tanzkleider wegpacken.

Sie sehen fertig aus, Alter, und du genauso.

Und sie lachten beide, denn wenn Lyman in diesen Kleidern tanzte, dann um Henry am Leben zu erhalten, um ihm sein Herz zurückzugeben, denn sein ertrunkener Geist war rastlos und traurig. Jetzt erklang der Gesang lauter, die Worte wurden deutlicher, und Lyman bog sich mit dem Schilf hin und her, vor und zurück. Sein Tanz drehte sich um jene Abenddämmerung im Frühjahr, in der Henry in den Fluß gesprungen und, die Stiefel voller Schmelzwasser, ertrunken war. Lyman tanzte das Wasser, das sich über ihm schloß und dann wieder dahinfloß, weiterströmte und dahinfloß, und er tanzte seinen Bruder, dessen Kraft nachließ, der schwach wurde und seinen Körper der Strömung überließ. Dann tanzte er seinen eigenen Kampf mit dem eisigen Muskel des Wassers, in das er vergeblich gesprungen war, um Henry herauszuholen. Als Lyman aus dem Wasser kam, wischte er sich die Füße am Rand des Sumpfes im Gras sauber, streifte wieder und wieder den Schlamm vom Grund des Flusses ab, vorsichtig, anmutig, sorgfältig, Stunde um Stunde, bis er endlich von der Trommel und den Sängern direkt hinter der Lichtung hörte, daß Henrys Stimme in den Himmel emporgetragen wurde.

Es ist still, ganz still,
An dem Ort, wo ich bin,
Mein kleiner Bruder.

KAPITEL NEUNZEHN

Albertines Glück

Schlaftrunken wachte Albertine in dem kleinen Zimmer auf, das ihre Mutter immer für Gäste bereithielt, drehte sich noch mal um und drückte das Gesicht wieder ins nestwarme Kissen. Der Geruch von gebräuntem Toast, Kaffee, brutzelnder Butter und Beerensaft, der auf dem Herd eindickte, hatten sie aus dem Schlaf geholt. Sie fuhr sich mit den Händen übers Gesicht und strampelte die Decken ihrer Mutter bis an die Knie hinunter, stolperte dann über den kalten Linoleumboden, zog sich Socken, Jeans und ein Sweatshirt an. Sie hatte ein paar Tage frei, und auf dem Weg nach Hause hatte ihr Auto zweimal schlappgemacht. Mitten in der Nacht, viel später als erwartet, war sie in die Auffahrt eingebogen. Jetzt umbrauste sie das Dröhnen von Erschöpfung und ausgeschüttetem Adrenalin. Ihre Ohren brannten vom eisigen Wind, und in ihren Schläfen zwackte und pulsierte es.

«Auch 'n Schluck?»

Das war Shawnee Ray, mit einer Tasse, auf der in roten Lettern «Juhu, auf nach Kalamazoo!» stand. Albertine nahm die Tasse mit beiden Händen und blies sachte auf den dampfenden Kaffee. Das dünne, bittere Getränk hinterließ einen brennenden Faden in ihrer Brust, als es die Speiseröhre hinabrann.

«Wo ist Mom?»

«In der Kirche.»

«Und Redford?»

«Mitgegangen.»

Die beiden jungen Frauen hätten Schwestern sein können, obwohl Albertine älter war und mit den dunklen Ringen um die Augen müde aussah. Das eine Spur hellere Haar fiel ihr über die Schultern, und die Sonne spielte mit ein paar rotblonden Strähnen. Sie warf Shawnee einen Blick zu, senkte dann die Augen, überlegte, was sie sagen sollte und ob sie die Kraft hatte, überhaupt etwas zu sagen. Ihr Verhältnis zu ihrer Mutter war durch eine sorgsam gewahrte, beiderseitig ausgewogene Distanz gekennzeichnet. Früher hatte es offene Konfrontationen gegeben, und irgendwann hatten sie dann einen stillschweigenden Pakt geschlossen. Albertine würde nichts mehr erzählen, was das Bild, das ihre Mutter von ihr haben wollte, stören oder erschüttern könnte. Zelda wiederum würde ihre Nase nicht in Albertines Angelegenheiten stecken. Diese Übereinkunft hatte den beiden das Leben so erleichtert, daß es jetzt schwierig, wenn nicht unmöglich geworden war, bei ihren Gesprächen eine ernstere Saite anzuschlagen.

Zelda reichte es zu wissen, daß Albertine Medizin studierte. Weitere Erklärungen brauchte sie nicht abzugeben. Albertine wiederum reichte es zu wissen, daß ihre Mutter eine Arbeit hatte. Somit gab es genug unverfängliche Themen und Möglichkeiten, über dies und das zu klagen. Sogar Shawnees Anwesenheit hatte sich anfangs positiv ausgewirkt, denn sie nahm etwas von dem Druck, unter dem Albertine früher oft gestanden hatte, weil Zelda sich eine Hochzeit wünschte, ein Enkelkind, eine umfangreichere Familie mit sich selbst als Mittelpunkt.

«Geht's wieder besser?» Albertine wurde jetzt etwas lebhafter, weil sie wußte, sobald Zelda zurückkam, konnten sie nicht mehr offen miteinander reden. «Hast du Pläne?»

Shawnee schob sich eine Haarsträhne hinters Ohr. Sie schaute auf ihre Knie, rieb mit der Hand an der ausgebleichten Jeans herum. Sie trug einen Gürtel mit einem türkisfarbenen Steinschmetterling als Schnalle.

«Ich geh weg», sagte sie in Albertines Schweigen hinein.

«Ganz bestimmt», fügte sie hinzu.

Albertine spürte, wie sie abglitt, wegrutschte, wieder in die verschwommenen Gefühle ihrer Kindheit zurückfiel. Sie war immer unter die Decken des Betts gekrochen, in dem ihre Mutter auf dem Rücken lag und schlief – steif, allein, unberührbar, wie eine geschnitzte Statue –, und hatte ihre Wärme eingeatmet, die rauchige menschliche Wärme, den Kaffee, den abgestandenen Geruch von Gewürzkaugummi und Zigaretten.

Früher war Zelda stets in eine wabernde Rauchwolke gehüllt gewesen, und der fade Mentholgeruch machte einen Teil von Albertines Liebe zu ihr aus. Egal, daß sie jetzt alles über die Auswirkungen des Passivrauchens wußte, egal, daß sie selbst nicht rauchte und auch ihren Patienten half, davon loszukommen – dieser Geruch bedeutete für sie Sicherheit. Nie wagte sie es, sich an ihre Mutter zu schmiegen, sie fest zu umklammern; sie ließ nur die Lippen über die poröse, weiche Haut ihrer Wange gleiten, berührte die abgearbeiteten Hände. Selbst das tat weh, und einmal, als Albertine mit einem Mann im Bett lag, den sie eigentlich nicht mochte, gelähmt von dem, was sie da tat, da merkte sie, daß die Verzweiflung, mit der sie sich seinen Berührungen hingab, nichts anderes war als der Kinderwunsch, sich enger an die

Mutter zu schmiegen. Ganz zu schweigen von ihrem Vater, diesem gerahmten Bild.

Was sie von einem Mann, einem Liebhaber brauchte, kannte keine Grenzen. Das war Albertine damals bewußt geworden, und sie hatte auch verstanden, daß es nur einen Weg zur Befriedigung ihrer Bedürfnisse gab, nämlich indem sie anderen auf dieselbe Weise half, wie sie selbst Hilfe brauchte. Sie hatte gemerkt, daß vielen Ärzten – selbst den besten, selbst den besessensten – etwas fehlte, ganz tief im Innern, etwas, das sie auf geheimnisvolle Weise selbst ergänzten, indem sie es ganz und gar weggaben.

Jetzt, hier in dem kleinen sonnendurchfluteten Zimmer, in dem Shawnee Ray ihr gegenübersaß, lehnte sich Albertine zurück und versuchte, alle Fäden aufzunehmen. Zuerst schien es keine Möglichkeit zu geben, die Sehne der Bedürfnisse ihrer Mutter zu zerreißen. Je heftiger man daran zog, desto fester hielt sie.

In Albertine war eine Stelle ausgesägt, in die ein Kind gepaßt hätte, und als Redford ins Haus gerannt kam, öffneten sich sehnsüchtig ihre Arme, obwohl er sie wahrscheinlich nicht so begrüßen würde, wie sie es sich erhoffte. Shawnee hatte recht gehabt mit der Bemerkung, daß er seit dem Vorfall mit der Polizei vorsichtiger und mißtrauischer geworden war. Zelda hob ihn kurz hoch, setzte ihn ab, und mit robuster Behendigkeit stand er wieder auf den eigenen Beinen. Mit nicht mehr als einem kurzen Seitenblick auf Albertine rannte er zu seiner Mutter und schmiegte sich an sie, krabbelte ihr die Beine hoch, zog mit den Händen an ihren Taschen, ihrem Gürtel, bis sie ihn hochhob und an die Brust drückte. Er schlang die Beine um ihre Hüfte und hing dort ein paar Minuten, ehe er sich umdrehte, und da erst brach in Form eines an Albertine gerichteten Hallo die Erleichterung aus ihm heraus. Bald würde er mit offenen Armen auf sie zugehen, doch zuerst mußte er sich versichern, daß seine Mutter im Zimmer blieb.

Den ganzen Tag über sah Albertine, während sie den Kleinen und die beiden Frauen beobachtete, wie sich in der Luft Muster formten. Fadenspiele. Fäden wurden straff gezogen, wieder locker gelassen und zu vielsagenden Formen verschlungen. Später, am Abend, vor dem Einschlafen, erinnerte sie sich daran, wie ihr Onkel Eli ihr dieses Spiel beigebracht hatte. Mund. See. Hexenbesen. Milchstraße. Schmetterling. Die Figuren bewegten sich vor dem Dunkel wie Lichtspuren.

Zelda nähte immer alles zu fest, zog am Faden, bis er riß, und wurde unzufrieden mit ihrer Arbeit, noch ehe sie halbwegs damit fertig war. Während die drei Frauen gemeinsam an Redfords Tanzkostüm arbeiteten, sah Albertine, daß Shawnee Ray ihre Kraft wie einen Bogen krümmte, um sich Zeldas Bedürfnissen anzupassen, daß viel Energie in der Ruhe lag, mit der sie Zelda die Nadel wegnahm und weiterstickte, wenn die wütend wurde, die Arme hochwarf und zum Herd ging. Bei den Gerichten, die Zelda am liebsten zubereitete, kam immer alles in einen Topf – angedünsteter Reis, Butter, Hühnerbrühe und tiefgekühlte Erbsen. Shawnee Ray drehte sich um, um zu sehen, was Zelda da kochte, und ihr Blick traf auf den von Albertine.

«Das findet ihr wohl witzig», bemerkte Zelda. «Ich kann eben nicht nähen, na und – dafür kann ich tagelang tippen. So bin ich halt.»

«Eintopf?»

Zelda drehte sich zur Seite, öffnete den Mund, schob die

Hüfte vor. Sie war gut gelaunt, ließ sich bereitwillig auf den Arm nehmen, freute sich über die ihr entgegengebrachte Aufmerksamkeit.

«Beklagst du dich etwa? Nach all dem Krankenhausessen in der Cafeteria?»

«Ich meine nur, daß du früher immer so eigen warst, immer alles perfekt haben mußtest, wie Grandma. Ich meine nur, daß ich mich daran gewöhnt habe.»

«Das mach ich nicht mehr, nicht seitdem unser Kleiner da ist.»

Shawnees Lippen wurden schmal, und obwohl sie sich über die Nadel beugte und schnell das Ende eines verknoteten Fadens abriß, erkannte Albertine das Muster.

«Was meinst du mit ‹unser Kleiner›, Mom? Was ist, wenn Shawnee wieder zur Schule gehen will?»

«Dann werde ich mich hier um Redford kümmern.» Zeldas Stimme war zu fest, ihre Augen zu weit geöffnet, der Löffel schlug zu heftig gegen den Topf. «Er braucht jemand, der ihn den ganzen Tag betreut.»

Albertine sah Shawnee an, überließ ihr die Antwort und das Schweigen. Doch der jungen Frau gelang es nicht, Worte über die Lippen zu bekommen. Sie biß den Faden ab, sah dann auf ihre Hände und schüttelte einen Finger, weil sie sich gestochen hatte.

«Ob Shawnee Redford mitnimmt oder nicht, kann sie doch selbst entscheiden, oder?»

Albertine bemühte sich um einen heiteren Tonfall, um freundliche Normalität, unverbindliche Leichtigkeit.

«Nicht, wenn sie mit so einem nichtsnutzigen Morrissey anbandelt.»

Shawnee legte den Stoff weg und hätte fast die kleinen Plastikbehälter mit den Perlen umgestoßen, als sie die

Näharbeit, mit der sie alle beschäftigt gewesen waren, nachdrücklich glättete und dann fortträumte. Albertine drückte sich die Finger gegen die Augen, war mit einemmal erschöpft, als habe sie die ganze Nacht Krankenhausberichte gelesen und müsse jetzt Entscheidungen auf der Grundlage von Einzelheiten fällen, die sie noch nicht ganz verarbeitet hatte. Die medizinische Praxis hatte anscheinend ihre Fähigkeit gesteigert, sich schnell über eine ungewisse Zukunft klarzuwerden, denn als sie jetzt das Geflecht von Gefühlen und ihr unbekannten Tatsachen durchschnitt, brachte sie es fertig, das Unmögliche deutlich auszusprechen.

«Damit ich dich recht verstehe: Du redest von Lipsha?»

«Sollte eigentlich Lyman sein», sagte Zelda knapp und stieß den Löffel in den Eintopf. «Er ist ständig hier, erkundigt sich nach ihr, schüttet mir sein Herz aus. Dauernd fragt er sich, warum Shawnee so böse auf ihn ist, will wissen, was los ist, warum sie sich so verändert hat. Schließlich ist er Redfords leiblicher Vater.»

Da kippte Shawnee eine gelbe Plastikdose mit Perlen auf den Boden, und das plötzliche Durcheinander lenkte alle ab. Albertine krabbelte den Perlen nach, ebenso Redford und Shawnee. Sie rollten die winzigen Glasperlen auf dem Boden hin und her, machten ein Spiel daraus, sie einzufangen und sie von den Fingerspitzen zu streifen. Zelda blieb am Herd stehen, und erst als Shawnee aus dem Zimmer gegangen war, um Redford zu waschen, wandte sie sich wieder an ihre Tochter.

«Du denkst, ich stell mich ihr in den Weg.»

«Vielleicht empfindet sie ja etwas für Lipsha.»

«Sie wird drüber wegkommen.»

Albertine schwieg einen Augenblick nachdenklich und

schnitt dann ein Thema an, über das die beiden noch nie gesprochen hatten.

«Und du? Bist du je drüber weggekommen?»

Zelda hielt inne, den Löffel in der Luft, dann drehte sie sich langsam um und musterte Albertine.

«Über wen weggekommen? Deinen Vater?»

«Nein. Über ihn. Den davor.»

Zelda stieß ein heftiges, fast hysterisches Gelächter aus und wandte sich wieder dem Herd zu, hantierte geschäftig mit Salz, Pfeffer und Gewürzen und schmeckte den Eintopf ab. Sie ging nicht auf die Frage ein und erwähnte das Thema den ganzen Abend nicht mehr, sondern erhielt einen plätschernden Gesprächsfluß zwischen ihnen aufrecht, einen sanften Schauer von Unverbindlichkeiten, der jedes ernste Thema unmöglich machte, aber gerade damit signalisierte sie Albertine, was für einen Schlag sie ihrer Mutter versetzt hatte, was für einen Schock der Selbsterkenntnis.

KAPITEL ZWANZIG

Lipsha

Eine kleine Vision

Meine Cousine Albertine, die von der Uni nach Hause gekommen ist, lenkt mich mit einem sanften Stupser von dem Menschenauflauf um Lyman ab und bugsiert mich zu ihrem Auto. Als wir Xaviers Grundstück verlassen, springt mir jedes einzelne Blatt an den Bäumen, jeder Queckenhalm, jeder dornige Zweig klar ins Auge. Habt ihr schon mal einen Kojoten über ein Feld laufen sehen? Er läuft nicht einfach, er bewegt sich vorsichtig inmitten von unsichtbaren Gefahren und winzigen Sinnesreizen, die wir von unserer trüben Welt aus nicht wahrnehmen können. So schweifen auch meine Gedanken umher, als wir über den von einem dünnen Nieselregen abgekühlten Schotter gehen. Wir steigen ins Auto und fahren hinaus auf die mit Schlaglöchern übersäte Straße, und ich bemühe mich, meine Sorgen nicht allzusehr zu hätscheln. Statt dessen frage ich Albertine nach den ihren. Nicht, daß sie viele hätte. Albertine tut, was sie will, und obwohl es sie ermüdet, ist sie sich ihres Weges sicher.

Das Fenster ist offen, der Wind bläst herein, wahrscheinlich schwer vom Duft von Heu und Samen, aber ich kann sie nicht riechen, diese letzte warme Sommerbrise. Von jetzt an wird es betrübtere, wolkige Abende mit Regenschauern geben, und dann kommt der Schnee, der früh einsetzen und sich endlos hinziehen wird, bis wir alle matt und grau sind, wie schlaffe Gespenster.

«Ich komm nicht weiter», sage ich zu Albertine. «Ich will nicht mehr leben.»

«Nimm ein Bad in Tomatensaft», rät sie mir.

«Das hat nichts mit dem Stinktier zu tun», entgegne ich. «Das ist was Emotionales.»

«Wegen Shawnee Ray?»

«Genau.»

Es folgt eine lange, rauschende Stille; Bäume verschwimmen, Sümpfe fliegen vorbei.

«Laß sie mal ans College gehen», meint sie dann. «Laß sie zufrieden, bis du zu dir selbst gefunden hast.»

Ihre Stimme ist leise, dringt aber mit dem Wind, der durchs Auto weht, deutlich an mein Ohr.

«Du bist genauso ein harter Brocken wie deine Mutter», sage ich, aber meine Stimme trägt nicht so weit wie ihre, sie fliegt direkt hinaus in den Wind, der um uns singt und pfeift.

Ich will Albertine wenigstens dafür danken, daß sie mich abgeholt und mir geholfen hat, und ich will ihr auch sagen, daß ich nicht von Shawnee Ray lassen kann, selbst wenn mein Kampf sinnlos ist. Ich will mein Bedauern darüber ausdrücken, daß ich alle enttäuscht habe, weil ich keine gescheite Vision hatte und so weiter, aber als ich zu dieser Rede ansetze, merke ich, daß mir in den Tagen des Schweigens die Zunge eingerostet ist. Alles, was ich zustande bringe, ist ein mattes Winken, eine Geste.

Es ist ein stiller Tag, und ich schleiche mich durch den Hintereingang ins Haus, will niemanden sehen; schleiche mich einfach hinein, öffne die Tür zu meinem Zimmer und verschwinde. Ohne das Licht einzuschalten ziehe ich mich aus, tue nichts anderes als sinnlos lange duschen, trinke nichts als ein Glas Wasser, lasse mich in die tröstenden Wellen meines Betts fallen und sinke in einen unruhigen Schlaf. Versinke einfach darin und bin komplett abgemeldet.

Mitten in der Nacht werde ich wach.

Beim Aufwachen geschieht etwas mit mir, gegen das ich mich zuerst wehre. Ich versuche, wieder einzuschlafen, mich vom grünen Flaum einhüllen zu lassen, aber nein, ein Gedanke spinnt sich an den anderen, und mir fallen Dinge ein, an die ich gar nicht denken will. Meine Gedanken schweifen zurück in die Tage meiner Jugend, dann weiter in meine Kindheit, bis zurück in die Zeit, als ich ein Baby war. Die Gefühle, die ich damals hatte, stehen mir jetzt ganz klar vor Augen. Zum erstenmal erkenne ich, was in dem Moment geschah, als ich in mein erstes Wasserbett geworfen wurde und darin versank. Eine Dunkelheit wie die jetzige umgibt mich, und ich sinke immer tiefer. Ich spüre die Hand, die mich hineingeworfen hat. Den kalten Schock. Ich liege mit den Steinen im Sack auf dem schlammigen Boden. Ich öffne den Mund, versuche zu schreien, und Wasser schießt mir in die Lungen.

Das war's! Ich bin allein, wie tot, und dann bin ich tatsächlich tot. Das Wasser preßt mir das Leben heraus.

Den Rest der Nacht und auch den nächsten Tag verbringe ich weinend am Grund des Sumpfes. Es ist, als habe sich mein ganzer Körper über all die Jahre mit einer geheimen Grundwasserschicht gefüllt, einem tiefen Kummer. Jetzt kommt das Gefühl, das ich mein Leben lang verdrängt habe, wieder in mir hoch. Der heftige Ruck, die Steine, die nach unten ziehen, das tiefe Dunkel. Ich höre die Stimme meiner Mutter, spüre ihre Berührung, und so erkenne ich die Wahrheit. Ich weiß, sie hat genau das getan, was auch ihr angetan wurde – ein kleines

Mädchen, das man im Wald allein ließ und das von Kiefernharz und Wurzeln lebte.

Der Schmerz kommt von tief drinnen zu uns, von da, wo er im Körper des Menschen gewachsen ist. Schmerz zieht mehr Schmerz an, und wir wissen nicht, warum. Er lebt, und wir bergen seine gesamte Last. Und wenn es ganz schlimm kommt, werden wir auch nicht anders handeln: Wir werden tun, was uns gelehrt wurde, wir, die wir unsere Lektion im Dunkeln lernten. Wir geben sie weiter. Wir wurden verletzt und verletzen andere, ein ewiger Kreis.

Ich bin schwach und klein, eingeschlossen in meinem winzigen Zimmer, aber ich bin sicher. Keiner, der mich stören, keiner, der mich finden, keiner, der sich erinnern könnte, nicht mal mein Kumpel Titus, der glaubt, ich sei noch immer bei Xavier. Keiner ruft nach Lipsha, keiner klopft. Es ist, als sei ich da unten am Grunde des Sumpfes geblieben.

Und ich tauche wieder hinein, immer tiefer, denn ich habe nicht die Kraft, mich am eigenen Schopf rauszuziehen.

Ihr habt gehört, was Zelda mir über die Theke hinweg gesagt hat. *Warum bist du nicht ertrunken?* Darüber habe ich nie nachgedacht, aber irgendwann in dieser Nacht wird mir eines klar: Ich kann es nicht allein geschafft haben. Ich bin gerettet worden. Aber nicht von Zelda, sondern erst mal von etwas anderem, von etwas, das da unten bei mir war. Ich weiß nicht, von wem oder wie, und dann schaue ich irgendwann auf und sehe das Gesicht im Dunkel.

Schwarz und naß kommt es von jenseits des Ertrinkens auf mich zu – preßt seinen Mund auf meinen, hält mich mit seinen Flossen und Hörnern und schaukelt mich mit seinen langen, schimmernden Pflanzenarmen. Es hat die Kieferknochen eines Löwen, dieses schaumgeborene Ding. Es sieht ein bißchen aus wie ein Kreuz-Bube. In seinem Gesicht steht der Schock der noch nicht verschütteten Güte, der Hilfsbereitschaft. Sein Gesicht ist das wolkenverhangene Schicksal, das mich eines Tages einkreisen wird, wenn ich bereit bin zu sterben. Was es ist, weiß ich nicht, ich kann es nicht sagen. Ich werde es nie wissen. Aber ich weiß, daß ich geschaukelt, gewiegt und gerettet werde.

Kein Wunder, daß ich gelächelt habe, wie Zelda sagt.

Jetzt, wo ich die ganze Vergangenheit unwillkürlich wieder hervorgeholt habe, beschließe ich, aufzustehen und ein neues Leben anzufangen, als ganz normaler Mensch, aber wie schon gesagt, bin ich so schwach, daß ich einfach in meinem Wasserbett liegenbleibe. Die Bilder und Geschichten hören nicht auf. Ich mache weiter, sehe mehr. Ich spule meine ganze Kindheit ab, komme schließlich zur Gegenwart, überhole mich und gelange in die Zukunft. Sie ist so normal und zugleich so anstrengend, daß ich sie erst gar nicht verstehe. Kein Höhepunkt, keine heftigen Dramen, ich bin ganz bestürzt, daß alles so belanglos ist.

Und jetzt kommt's, was ich sehe und höre. Eine Stimme, oh ja, aber sie spricht aus diesem verdammten Stinktier. Das lästige Viech! Nicht mal hier in meinem Zimmer bin ich vor ihm sicher. Gewieft und selbstbewußt kommt es angeschlendert und springt mir wieder auf die Brust. Ich sehe es durch das Dunkel.

Dies ist kein Bauland, beharrt es.

Ich bin es leid, auf eine Vision zu warten und immer nur diesen unerfreulichen Refrain zu hören, deshalb lege ich los.

«Geh zurück, wo du hergekommen bist», herrsche ich es an. «Halt den Mund und laß mich in Ruhe. Ich hab genug nachzudenken.»

Das Tier blinzelt mir mit seinen leuchtendschwarzen Murmelaugen voller Neugier zu.

«Es ist mir Ernst», drohe ich.

Sie haben recht, du bist wirklich schwer von Begriff, trotz deiner guten College-Tests.

«Du mußt dich von hinten reingeschlichen haben», sage ich. «Oder bist du in meinem Schlafsack mitgekommen?»

Keine Antwort.

«Okay», gebe ich schließlich auf. «Erzähl mir was Neues.»

Und dann kommt meine Vision.

Das neue Kasino nimmt seinen vielversprechenden Anfang. Ich sehe das Baugerüst, die Bagger, die die wild wuchernde Vegetation abziehen wie eine Haut, immer höhere Erdhügel und verdrehte Wurzeln auftürmen. Straßen werden gebaut, Bäume gefällt, Teer wird auf die neuen, kurvigen Straßen ausgebracht. Steine, Zementblöcke und Holz werden in den Wald geschleppt, der kein Wald mehr ist, jetzt, wo das Gebäude hochgezogen wird. Es beginnt ein Geldregen. Ich sehe Dollars aus Wolken in die offenen Münder der Stammeskonten regnen. Leichtes Geld, in raschem Strom. Kein Problem. Ich sehe Geld wie die Sonne auf Lyman Lamartines Leben herabscheinen. Es kommt dick, schnell und mit Wucht.

Dies ist kein Bauland, wiederholt das Stinktier.

Natürlich hat es recht, denn der Gebäudekomplex ist auf Pillager-Land geplant, das zum Teil in Fleurs Besitz und zum Teil Stammesland ist, das allen gehört. Aber es ist aufgeteilt und zersplittert durch die Toten und vereinzelte Unnachgiebige, die die Verträge nie unterzeichnet haben, mit denen wir auf so vieles verzichtet haben, was wir unser nannten.

Wo Fleurs Hütte steht, wird ein asphaltierter Parkplatz planiert werden. Über den vom Wind zerfurchten und abgerundeten Grabmarkierungen der Pillagers: große Black Jack-Tische. Wo Bäume braunen Vögeln Schutz bieten: glitzernde Reihen von Spielautomaten. Und nach draußen auf den See, wo das Ungeheuer lebt, wo Pillagers ertranken und lebten, wo noch immer runde schwarze Steine ans Ufer rollen, wird man vom großen Spielsalon aus durch riesige Panoramafenster sehen können. Bingo rund um die Uhr. Ich sehe die protzige Schönheit des Ganzen, die zehn Meter hohen Monitore, auf denen ein junges Mädchen mit reizender Stimme tagaus, tagein die Ballnummern verliest. Bequeme Zuschauersitze, Kaffee, kostenloses Mittagessen, modernste Marker, elektronische Anzeigen. Ich sehe das pfirsich- und limonenfarbene Interieur, die Menschenschlangen in gehorsamer, gespannter Erwartung der Zahlen und Buchstaben, die auf den beiden Monitoren aufleuchten und ihnen sagen, wie nah, wie fern, wie dicht vor der perfekten Erfüllung ihrer Träume sie sind.

Ich versuche höflich zu sein, sogar freundlich.

«Entschuldigung», sage ich. «Ich habe die falsche Vision. Könntest du nicht ein anderes Programm einschalten?»

Welches denn?

«Ich weiß nicht. Vielleicht ein paar Pferde, die mit ihren Hufen den Himmel teilen. Oder ein Bär, ein Adler mit kahlem Kopf und langen, braunen Schwingen, der mir einen Zauberspruch bringt, mit dem ich Lyman verwirren kann.»

Das ist noch nicht alles.

Und jetzt werde ich laut.

«Ich sehe es aber anders!» rufe ich. «Ich sehe die Kuppel des Kasinos, die runde Form, vielleicht wie der Panzer einer großen, steinernen Schildkröte. Ich sehe sie glitzern und blinken unter all den Lichtern. Die Alten sagten immer, iß ein Schildkrötenherz, und du gewinnst beim Kartenspiel. Ich höre anhaltendes Glockengeläut, das hohe, klingelnde Murmeln des Münzgelds und das glatte Seufzen, wenn Scheine den Besitzer wechseln. Ich spüre das Geld in meinen Fingern. Neue Zwanziger, so glatt, daß sie aneinander klebenbleiben. Ich höre das silbrige Scheppern von herabregnenden Münzen, Quarter um Quarter und Spielmarken und Silberdollars. Und jetzt kommt das Beste. Mir werden die Karten mit dem Bild nach oben ausgeteilt, und ich kriege tolle Blätter, gewinne immer, einmal, zweimal, und die anderen sagen *Gut gemacht, Lipsha,* sie setzen ihr Geld genau wie ich, immer mehr Geld, stapelweise, haufenweise. Denn ich habe Glück, begreifst du das nicht, siehst du das nicht?»

Und das sind seine nächsten und letzten Worte.

Das Glück bleibt dir nicht treu, wenn du es verkaufst.

«Meins schon», widerspreche ich, aber im Innersten weiß ich, der verdammte Skunk hat recht.

Dann schlafe ich lange, und als ich aufwache, ist es hell, es ist Morgen, und ich bin frisch und bereit für den neuen Tag. Draußen ist ein kleiner Streifen Wiese zwischen dem müllübersäten Parkplatz vor der Bar, den ich mal kehren müßte, und der Wohnanlage mit den kleinen, windgebeutelten Trailern und Fertighäusern, wo Lyman Lamartine lebt. Ich gehe raus, und voller böser Gedanken stehe ich bei den Pappeln, im hohen, vom Wind gebeugten Gras, das hart ist, grün und trocken. Aus meiner niederen Warte betrachte ich die bescheidene menschliche Ansiedlung. Und ich weiß schon, wie alles ausgehen wird in dieser Grauzone harter Verhandlungen. Es geht nicht einfach um Tradition gegen Bingo. Man muß überleben, um die Traditionen aufrechterhalten zu können. Jeder weiß, daß Bingogeld keine solide Grundlage ist. Trotzdem hat Mindemoya etwas für Lyman übrig, sie ist ihm sogar im Traum erschienen, hat er jedenfalls gesagt. Früher haben die Leute gemeint, sie würde auf mich warten, auf meinen Besuch, um ihr Wissen weiterzugeben, aber das stimmt nicht. Fleur Pillager ist eine ausgebuffte Kartenspielerin und eine Zauberin dazu. Sie will einen größeren Fisch, einen, der weiß, wie man den Köder stehlen kann, einen cleveren Geschäftsmann, der das Glück, das gelegentliche Gesetzeslücken uns Indianern bringen, ergreifen und für höhere Dinge, für beständigen Fortschritt nutzen kann.

Und trotzdem frage ich mich jetzt, wo ich das Auf und Ab des Bingolebens kenne, ob wir nicht doch den falschen Weg eingeschlagen haben, ob wir nicht zu eifrig mit offenen Armen losmarschiert sind. Geld ist flüchtig, hat keine Substanz, am Abend ist nichts übrig als ein Packen Quittungen. Geld bringt Geld, aber wenig mehr, nichts Schönes, das man ansehen, berühren oder bis in die Knochen spüren kann. Ich finde, Fleur Pillager hat das Beste getan, was hier überhaupt zu tun ist, indem sie langfristig auf Lyman gesetzt hat. Kurzfristig aber ist richtig, was der Skunk gesagt hat: Unser Reservat ist kein Bauland, das Glück schwindet, wenn es verkauft wird. Der Reiz des Geldes hält nicht ewig vor, es hat kein Gewicht, keine Seele.

KAPITEL EINUNDZWANZIG

Gerrys Glück

Monate vergingen, und er lebte nur für seine Träume – helle, monotone, blasse Träume, in denen er ein langweiliges Durchschnittsleben führte. Wo er in einem Bett schlief, das breiter war als er selbst, wo er ein richtiges Klo benutzte, eine kurvige Straße entlanglief, eine gerade Straße, einen Graben. Wo er liebte und wieder liebte, ohne Ende, wo er Steaks aß und braungebratene Kartoffeln. Röstkartoffeln. Brötchen. Brot. Wo er seiner letzten Frau Dot zusah, wie sie feierlich und wild entschlossen stickte und bei jedem Stich das Gesicht verzog. Wo er seine Kinder erblickte. Wo er ganz still dastand und ein Reh aus dem schützenden Unterholz treten sah, wo er das Gewehr weglegte und nicht mehr an Wildbret mit Senf dachte, sondern zuschaute, wie das Tier mit seinen schlauen Ohren wackelte, wo er Enten beim Landen beobachtete und sah, wie sich das Licht in den dunkelblauen Augen seiner Frau sammelte, wo er seine Tochter sah, seinen Sohn, wo er in einem Haus herumlief, hinausging und wieder hinein, wo er eigenhändig eine Tür öffnete.

In der Einzelzelle starrte er auf seinen Fuß, bis der sich in eine Pfote verwandelte. Er kaute seine Pfoten wund und weinte, ließ sein Haar den Rücken hinabwachsen. Jeden Morgen sagte er tausendmal den Namen seiner Frau. Dot,

Dot, Dot. Ein Mantra. Morsezeichen. Sie rief ihn jede Woche an, auch nach der Scheidung. Selbst nachdem sie wieder geheiratet hatte, rief sie ihn noch an, aber nach einiger Zeit begann eine andere Frau seine Gedanken zu beherrschen. Er malte Junes Gesicht auf einen Notizblock, eine Frau aus Blättern, Regen, Schnee und Wolken. In seinen Träumen war sie ein Gewitter, und ihre Zähne waren Blitze. Sie war ein kleiner brauner Nerz, der ihm die Beute aus der Falle stahl, eine durch die Luft gezogene Kurve, ein blinzelndes Komma. Den ganzen Tag lang starrte er auf den Riß neben der Tür und dachte *Windigo, Windigo,* denn er hatte Grippe, ein Fieber, das die Zelle aufblähte und wieder in sich zusammenfallen ließ, und er erinnerte sich an die Geschichten des alten Nanapush.

Mit einer Stimme wie windgepeitschtes Schilfrohr sprach Nanapush von seinem Bett aus, in dem er den ganzen Winter verbrachte und in das er sich nachts zum Einschlafen einfach zurückfallen ließ. Er erzählte von dem Eisriesen, der sich riesige Schollen zwischen die Schneelippen schaufelte, mit Eiszähnen Eisknochen kaute und zu sehen war, wenn er gefroren aus Eiswolken herabsank. Zwei Tage lang schien Gerrys Zelle zu atmen; die Wände verschwanden, dann schrumpfte die Welt wieder in sich zusammen, und sein Geist versteckte sich unter schwarzem Tuch. Sein Geist war tiefblauer Himmel, traumlos und rein, seine Gedanken schwarze Erde. Er roch Schmutz und frischen Regen. Im Gefängnis roch es nach Chemie, nach Schweiß, nach milchigen Desinfektionsmitteln, nach Pisse, alter Pisse, metallischem Atem, nach dem After-shave der Wachen. Sein eigener Geruch war der eines Hundes. Des Hundes seiner Mutter – verlaust, langbeinig und halb wild.

Seine Intuition sagte ihm, es würde sich mit einem leisen

Pfiff ankündigen, mit einer Warnung, aber nichts dergleichen. Nur Papiere. Papiere vom Stammesrat, auf denen der Name seiner Mutter nicht hervorstach. Der Stamm hatte sich für ihn eingesetzt, und nach dem Gesetz zur freien Religionsausübung für indianische Bürger durfte er nun in die Nähe seiner Medizinmänner verlegt werden. Lulu Lamartines Name war zwar nur einer unter vielen, doch steckte ihr vehementer Einsatz hinter all den anderen Unterschriften, das wußte er. In den Gefängnissen von Minnesota wurden Zellen vermietet. In der neuen Hochsicherheitsvollzugsanstalt dort war eine frei, und dahin würde er verlegt werden. Super! Toll! Wahnsinn! Etwas wie wahre Liebe wallte in ihm auf bei dem Gedanken, woanders, irgendwo anders hinzukommen, und er freute sich auf den Transport wie ein Kind, konnte es kaum erwarten, die Macht anderer Wolken, den Hauch eines anderen Windes zu spüren.

Er bekam eine Jacke, Stiefel, eine Mütze und Armeehandschuhe. Die Mütze hatte Ohrenschützer, die man oben zusammenbinden konnte wie ein Holzfäller. Erst würde er in der Eiseskälte auf das Flugzeug warten müssen, und wenn er da war, hatte er sicher auch die Möglichkeit, einmal im Freien herumzulaufen. Minnesota, Land der ausgeprägten Jahreszeiten. Land der zehntausend Seen und fröhlichen Wikinger. Land der Chippewas, Land der Sioux, Land des dünnen Kaffees und der Glasaugenbarsche. Freundliches, rechtschaffenes Minnesota, Land der Fitnessgeräte, der tiefgekühlten Doughnuts und, aus welchem Grund auch immer, Land der endlos vielen Geburtstagstorten. Warum sah er die ganze Nacht vor seinem geistigen Auge die riesigen Quadrate rosafarbener, tiefgekühlter Geburtstagstorten, zuckersüß, mit Aufschriften aus geschwungenen weißen Buchstaben? Land der zehntausend Geburtstagstorten.

Land der schlammigen Sümpfe, der kanadischen Wildgänse, herumstreifenden Wölfe und schönen Frauen, ernster schwedischer Frauen mit festen politischen Überzeugungen.

Als er um halb fünf durch das grelle Licht wach wurde, machten sie alles – packten seine Sachen in eine Tasche, legten ihm Handschellen an, brachten ihn zu den Sicherheitsbeamten, die ihn höflich baten, stillzustehen, während sie ihm Fußketten und einen Transportgurt anlegten. Mit den Ketten an seinen Fußgelenken lief er wie jemand, dem die Hose bis auf die Füße herabgerutscht ist. Seine Arme waren fest an den Gurt um die Hüfte gekettet. Er umarmte sich selbst. Und als das Auto losfuhr, als sich die Aussicht änderte – so viel zu sehen, so viele Bäume –, war es besser, viel besser, als er es sich in seinen kühnsten Träumen hätte vorstellen können.

Pfeif auf die Träume! Seine Gedanken hatten Feuer gefangen, drehten sich in schillernden Farben. Bäume zu sehen, Felder, die seltsamen weißen Rauchhäuser vor den Toren der Stadt, Gruppen von Trailern und was sonst noch alles an seinem Auge vorbeiflog. Es war viel zuviel! Und aus dem Flugzeughangar, in dem es knackte wie in einem kaputten Heizkörper, drangen Gelächter und ein unverständlicher Wortwechsel zwischen den Sicherheitsbeamten und dem Piloten.

Als sie abhoben und ihn die Schwerkraft in den Vinylsitz drückte, spürte er, daß sein Glück zurückkehrte, daß es um ihn herabfiel wie ein Nylonnetz, um ihn herauszuziehen. Er schloß die Augen, spürte das Gewicht seines Körpers, roch verbranntes Plastik, bitteren Kaffee. Ein Glücksgefühl überkam ihn so heftig, daß er dachte, die Knochen würden ihm brechen. Dann hatten sie den Steigflug hinter sich, hielten die Höhe, und er sah rosafarbenes Licht, als die Sonne aufging und ihm in die Augen brannte.

Da er so lange im toten Winkel des Glücks gesessen hatte, wußte er, daß das Schicksal kein Zufall war. Das Glück war voller verschlungener Pfade und leiser Geräusche, voller Vergebung und Betrug, voller List und Tücke. Das Glück bestand aus so komplizierten Mustern, daß wir keinen Namen dafür haben, aber es war vorhersehbar. Es gab durchaus eine Struktur, nur war das Muster so riesig, daß man es aus der Nähe nicht erkennen konnte, aber wenn man lange genug dasaß und gar nichts tat, so lange, bis einem das Hirn weh tat, dann konnte man vielleicht eines Tages einen winzigen Blick auf das größere Ganze erhaschen.

Es gab Leute, die zweimal vom Blitz getroffen wurden. Manche waren einfach vom Pech verfolgt. Das Schicksal schlug Falten wie eine Decke. Manche wurden an einer glatten Stelle geboren, andere genau im Knick. Als der Motor einen Augenblick stotterte und aussetzte, um gleich wieder normal weiterzulaufen, öffnete Gerry hellwach und angespannt die Augen und fragte, ob man ihm während des Fluges nicht die Fußfesseln abnehmen könne.

«Geht nicht.»

Die beiden Sicherheitsbeamten traten bestimmt und professionell auf; sie waren gleich groß und schlank, hatten aber einen unterschiedlichen Teint, und der Altersunterschied zwischen ihnen betrug etwa zwanzig Jahre. Der eine war ganz hellhäutig, mit blondem Haar und dichten Wimpern, der andere hatte schwarzes Haar, blaßgrüne Augen und ein vorstehendes Kinn. Der Blonde lehnte sich in seinem Sitz zurück und fing an zu dösen, und der Dunkle fixierte wie abgesprochen den Gefangenen. Sie waren gut ausgebildet und gelassen, brauchten sich nichts zu beweisen, und Gerry fühlte sich sicher bei ihnen.

Wieder verdunkelte sich der Himmel.

«Wir müssen durch eine Gewitterfront», rief der Pilot nach hinten, und dann hörten sie nur noch, wie er sich abmühte, den kleinen Flieger in den Wind zu steuern. Eine ganze Zeitlang folgte eine Turbulenz auf die andere, und mehrmals schien die Luft unter ihnen weggezogen zu werden wie ein Zauberteppich, so daß sie plötzlich an Höhe verloren.

«Ach, Scheiße.»

Das war der Pilot. In seiner Stimme schwang Bedauern mit. Gerry blickte aus dem Fenster und sah die weiße Erde und die kahlen Äste der Bäume so schnell von unten heraufschießen, daß er in seiner Überraschung kaum Zeit hatte, sich zusammenzurollen wie ein Ball. Die Bruchlandungsposition. Doch der Aufschlag auf der Erde war nicht so sehr ein Aufprall als vielmehr eine Verzerrung von Zeit und Raum, in der sich die Dinge lautlos bewegten, und hinterher erinnerte er sich nur noch an ein Gefühl beinahe fließender Erschütterung und dann an Stille. An stillen Schnee. Ein Auge war zugeschlagen wie eine Schranktür. Rings um ihn schien die Sonne, und die weiße Welt strahlte wie die Innenwände einer riesigen Kaffeetasse.

Der blonde Sicherheitsbeamte hing still in seinem Sitz. Der andere – den konnte er nicht sehen, und auch den Piloten nicht. Aus dem zerfetzten Hinterteil der Maschine stieg Rauch auf, und Gerry machte sich ganz klein, ließ sich von dem geborstenen Sitz rollen und schob sich durch einen Riß in der Kabinenwand ins Freie. Als er draußen war und inmitten der Wrackteile im herabfallenden Schnee lag, rappelte er sich auf die Knie hoch, um das Gleichgewicht zu finden, stand dann auf und hoppelte los. Er durchquerte dichtes Unterholz, schlug Bögen um Rohrkolben- und Schilfdickichte und hüpfte weiter. Und als er so dahinhüpfte und wegen der Anstrengung kein bißchen fror, spürte er das Leben in seine Füße und die zusammengeketteten Handgelenke zurückkehren, spürte es hervorquellen wie schwarzes Wasser, wenn man auf dünnes Eis tritt, und in seinen Armen hochsteigen, bis es ihn fast erstickte, ihn mit der Wucht der Freude fast umbrachte.

KAPITEL ZWEIUNDZWANZIG

Lipsha

Flucht

Seit Albertine mir den Rat gegeben hat, Shawnee Ray in Ruhe zu lassen und mich um mich selbst zu kümmern und am Riemen zu reißen, gehe ich tief in mich. Wie sich herausstellt, habe ich sowieso keine andere Wahl. Nachdem Shawnee das Sorgerecht für Redford zurückbekommen hat, ist sie aus dem Reservat fortgezogen, und eine Weile höre ich nichts von ihr, bis mir zu Ohren kommt, daß sie sich am College eingeschrieben hat. «Für Kunst, für Kunst», sagen die Leute mit einem Singsang, der bedeutet, wenn das Ganze auch merkwürdig ist, so hat doch ihre Zukunft jetzt immerhin einen Namen. Ich lege die Hand aufs Telefon, ziehe sie wieder weg, rufe schließlich bei der Auskunft an. Ich trage ihre Nummer in der Brusttasche wie ein Glückslos, lese sie mir gelegentlich liebevoll vor. Manchmal wähle ich sie sogar, lasse es nur einmal klingeln und lege wieder auf. Dabei sehe ich mich als ihren Schutzengel, der ihr seine ferne Gegenwart verkündet, aber nicht mal den Aufwand eines freundlichen Hallo am Telefon von ihr verlangt.

Denn seit sie mit ihrem Feuer meine Liebe entzündet hat, ist diese gewachsen. Sie war eine alleinstehende Pflanze, eine hübsche Kiefer, aber jetzt sind die Samen bei den hohen Temperaturen aus den schützenden Zapfen gefallen, schweben überall hin, wurzeln in jedem Stück freigerechten

Bodens. Ehe Shawnee so wütend wurde, drehte sich meine Liebe nur um das, was für Lipsha Morrissey am besten war. Aber seit diesen endlosen Augenblicken der Wut und Wahrheit in Zeldas Hof habe ich nachgedacht. Wenn meine Liebe was taugen soll, muß sie größer sein als ich selbst. Was nicht heißt, daß ich nicht mehr von Motels träume, von ihrem sich windenden Körper, und nicht mehr Pornohefte, Thriller und meine Gideon-Bibel lese, um mich inspirieren zu lassen.

Eines Nachts komme ich an die schwindelerregend blutrünstige Stelle, wo König David wie ein Wilder um sich schlägt, und versuche herauszufinden, was ich daraus lernen könnte. Aber ich sehe nichts als einen Ninja in altmodischen Klamotten. Lest Samuel und seht, ob es euch nicht genauso geht. Ich blättere weiter zum ersten Buch der Könige, 17. Kapitel, wo sich Elija dreimal auf ein Kind legt und darum betet, daß dessen Odem zurückkehrt. Schließlich holt er das Kind ins Leben zurück und gibt es seiner Mutter wieder. Dieses Szenario sagt mir schon eher zu, und ich stelle mir mich als Elija vor, der Shawnee Rays Kleinen rettet. Diese Bilder sind so befriedigend, daß ich das Licht ausmache, mich im Dunkeln aufs Bett lege und mir eine Karriere als eine Art Erlöser ausmale, dem Shawnee Ray so dankbar sein wird, daß sie sich nicht nur entschuldigt, sondern meinen Kopf mit Öl salbt und meine Füße mit ihrem Haar trocknet, wie die Frauen es damals zum Zeichen der Dankbarkeit für eine Gefälligkeit getan haben.

Ich spüre ihr Haar um meine Füße, an den Knöcheln. Ich spüre ihre Tränen der Reue und Dankbarkeit an meinen Beinen, als sie mit dem Gesicht sanft über mein Knie streicht, sich gramerfüllt auf meine Schenkel stützt und dann zufällig, ganz zufällig ein bißchen das Gleichgewicht verliert und nach meiner Gürtelschlaufe faßt, sich aufrichten will, aber auf dem Wasser und dem Öl ausrutscht und ihr warmes Gesicht an meinen Körper drückt. Wie von Zauberhand teilt sich mein Gewand. Mein Gott, wie das Rote Meer brennt! Ich spule das Band zurück, will es noch mal von Anfang an durchlaufen lassen, wo ich Shawnee Rays Sohn rette, wo ich ihn, sagen wir, aus dem Wasser ziehe und mir dabei die Erste-Hilfe-Techniken aus der Highschool zunutze mache, als ich plötzlich aufrecht im Bett sitze.

Ich bin sicher, daß sie mich jetzt sieht, ich bin sicher, daß ich sie sehe, und ich weiß, wir werden irgendwann zusammenkommen. Wir können nicht erkennen, was uns die Zukunft bringt, wir sind blind für unser Schicksal. Ich kann nur hoffen, daß mein langer, vertrauensvoller und mühseliger Marsch gen Himmel belohnt werden wird. Ich muß einfach glauben, daß wir irgendwann, in irgendeinem Teil jener besseren Welt, zusammenkommen werden.

Fröhlich gehe ich zum Bingo, um für die Zukunft zu sparen. Trotz der vielen dunklen Gerüchte geht jeder davon aus, daß ich gewinne. Man hält mich für einen Glückspilz, so einfach ist das. Die Leute beneiden mich, die Leute grummeln, aber keiner zieht das in Zweifel. Ich bin der einzige, der die wachsende Summe auf meinem Konto sieht.

Jeden Abend lasse ich sie weiter wachsen, bis ich eines Tages zufällig zur Bank gehe. Da erfahre ich dann, daß das Konto leer ist, nicht von irgend jemand abgeräumt, sondern von Lyman Lamartine, dem Mitinhaber persönlich. Ich sage nichts zu ihm, obwohl mir das Schema, das der Sache zugrunde liegt, plötzlich sonnenklar ist: Mit meinen Gewinnen hat mein Onkel Darlehen abbezahlt, fragwürdige und notwendige Transaktionen vorgenommen. Jetzt hat er sich gesundgestoßen. Ich war der Kanal, die Leitung, das Zwischenlager. Ich war der private Wunschbrunnen. Lyman hat sein Geld im Kreis laufen und arbeiten lassen, seine Dollars durch mich recycelt. Trotzdem werde ich nicht böse oder wütend, und ich beschwere mich auch nicht. Ich gehe einfach nicht mehr zum Bingo.

Denn mein Glück ist unbeständig geworden. Es ist ein Blatt im Wind. Nur Lymans Machenschaften haben es mir hingeweht; es war das Glück des Dummen.

Buntes Laub sammelt sich um mich, und dann kommt der Schnee. Den ganzen Herbst lang, bis zum Winter, tue ich nichts als langsam und beharrlich arbeiten. Dann ist Weihnachten, und ich ignoriere die fröhlichen Feiern in Kneipen und die Parties, und auch Silvester mit den lauten Besäufnissen. Ich will keine Vorhersagen wagen und habe keinen Anlaß zu guten Neujahrsvorsätzen. Ich verfalle in eine geistige Winterschlafphase, um nachzudenken und Pläne zu schmieden. Auch im Januar bin ich allein und starre an die Decke über meinem Bett, als die Botschaft kommt. Ich hab nicht mal das Radio oder den Fernseher an. Ich hab nicht mal das Telefon wieder angeschlossen, nachdem ich es eines Nachts mit rotunterlaufenen Augen zum Klingeln zwingen wollte und schließlich den Stecker aus der Dose riß.

Ich denke an nichts Besonderes, als der Bildschirm in meinem Hirn verschwimmt, summt, als sei er statisch aufgeladen, und dann nur noch weißen Nebel zeigt.

Was ist los? frage ich mich.

Ruckzuck bin ich eingeschlafen und nicht nur das, ich träume einen schlimmen Traum, bin im Gefängnis, in der Nacht, die niemals Nacht ist, sondern immer voller Seufzer und Geschrei, voller Getöse und nie richtig dunkel, so daß man ganz wirr im Kopf wird. Ich hasse diesen grauen Flaum, diese falsche Nacht, und ich weiß, wenn ich aufwache, werde ich mich noch mieser fühlen als vor dem Einschlafen.

Dies ist die Nacht meines Vaters, und plötzlich stehe ich neben ihm, in der Wäscherei, wo er die ganze Nacht lang Wäsche sortiert und faltet. Ich sehe ihn zwischen Haufen von Kleidern, Kopfkissen, Trainingsanzügen, Unterwäsche, Socken und ähnlichem. Er ist von schweren Maschinen umgeben und faltet, faltet und trocknet, zieht verknotete, nasse Teile aus riesigen Trommeln. Als ich aufwache, leuchtet das quadratische Gefängnislicht noch immer in meinem Kopf. Ich habe meinen Vater schon oft im Traum gesehen, wie in echt, aber noch nie hatte ich eine Phantasie wie diese, so authentisch, von einer so vollkommenen Klarheit.

Ich warte ab, will herausfinden, was das bedeutet, und am nächsten Mittag sickern Gerüchte in die Bar. Die Leute, die rasch zum Mittagessen vorbeikommen, erzählen mir von dem seltsamen Ereignis. Zuerst erfahre ich von Titus davon, der meine Blutsbande zu dem Flüchtigen kennt. Bei früheren Ausbrüchen hat Gerry Nanapush Wachen überlistet, hat sich durch eine Maueröffnung gezwängt, die nicht größer als eine Pizzaschachtel war, hat es irgendwie geschafft, sich ans Fahrgestell eines Lasters zu klammern, der dann mit ihm unten dran durchs Tor fuhr. Er hat sich im Kofferraum von Junes Auto versteckt, und ich saß am Steuer. Er ist Fallrohre runtergeklettert und auf öffentlichen Plätzen aufgetaucht. Dieses Mal scheint er geflogen zu sein. Er war unterwegs – keiner weiß genau, wohin, aber die Gerüchte kreisen um Lulus Bemühungen, seine Verlegung zu erreichen. Ja, das ist Gerry Nanapush, der Chippewa, den kein Gefängnis der Welt halten kann. Ganz der alte, wieder auf der Flucht.

Ich stürze zurück in mein Zimmer, wo der Telefonstecker noch immer neben der kleinen Dose liegt, und verbinde mich wieder mit der Außenwelt. Ich hoffe, daß mich jetzt eine Welle aus dem Äther ruft. Meine Nummer steht im Telefonbuch; der gezinkte Knochen liegt in meiner linken Hand, der Hand des Sündigen, der Hand des Spielers. Ich weiß, es wird klingeln.

Mitternacht.

«Hey.»

«Du.»

«Genau.»

«Telefonzelle?»

«Fargo.»

Ich will fragen, wo in Fargo, und einen langen Moment überlege ich, wie, falls das Telefon angezapft ist. Aber er nimmt mir die Entscheidung ab und raunt ein paar Worte in der alten Sprache in die gähnende Leere zwischen uns. Die Silben rauschen schnell vorbei, aber ich kriege sie zu fassen, ehe es im Hörer leise tutet. Ich merke mir alles, doch als ich versuche, herauszufinden, was mein Vater in der nächsten Stunde vorhat, werde ich unsicher. Entweder spielt er in Art's Arcade Star-Wars, oder er hat sich in der Bibliothek von Fargo eingenistet, oder aber er versteckt sich in der großen Mülltonne der Kneipe Sons of Norway.

Hier kommt das Problem. Abgesehen von dem Abend bei Fleur Pillager, wo mich der Schreck all ihre Worte klar und deutlich verstehen ließ, bin ich mit unserer alten Sprache nicht allzu vertraut. Das rächt sich jetzt. Zu meinem Schrecken stelle ich fest, daß ich mir nicht sicher bin, was mir mein Vater am Telefon offenbart hat. Ich schreibe jedes einzelne Wort mit dem Bleistift auf und radiere es wieder aus. Ich konzentriere mich auf jede einzelne der aalglatten Silben. Doch letztlich komme ich auf nichts anderes als diese drei seltsamen Möglichkeiten. Dann wird mir klar, daß ich besser daran täte, nach Fargo zu fahren, ehe die Bibliothek zumacht, ehe meinem Vater das Kleingeld zum Spielen ausgeht oder die Müllabfuhr kommt.

Also ziehe ich meine dicksten Sachen an, nehme aus der Bar noch ein paar Tüten Nüsse und Trockenfleisch mit und laufe zu meinem Van.

Wenn man über die schönen, leeren Straßen von hier nach Fargo fährt, ist man von den endlosen Möglichkeiten der Leere umgeben. Ich mag diesen Anblick ewiger Gleichförmigkeit: Himmel, Felder und die Versuche der Menschen, das alles zu verändern, scheinen so klein, bedeutungslos und schnell vergessen, wenn man vorbeibraust. Ich tauche gern in diese Endlosigkeit ein. Wenn ich an den Baumreihen und Feldern vorbeifahre, die die Welt in Rechtecke aufteilen, muß ich immer an das darunterliegende Chaos denken. Die Zeichen, Grenzen und Markierungen an der Oberfläche sind rigide und so neu, daß sie mich daran denken lassen, wie wenig Zeit verstrichen ist, seitdem hier alles hohes Gras war, höher als wir selbst, dichter, endlos. Tiere lebten hier. Millionen Vögel. Bisons. Wenn man still an einem Ort saß, paradierten sie an einem vorbei, drei Tage lang, Kopf an Kopf. Gänseschwärme verdunkelten die Sonne, ihre Schreie wie tosende Gewitter. Bären. Keine Gräben. Sümpfe, Flüsse, und über alles fegte und rauschte der Wind, der endlose Wind, und nichts, was ihn aufhalten konnte – kein Gebäude, kein Zaun, kein Autokino, ja nicht mal Bäume.

Ich parke vor Art's Arcade, einer rund um die Uhr geöffneten Spielhalle. Noch keine Spur von Gerry. Ich gehe rein, und nachdem ich vorsichtig die Herrentoilette, die Gänge und die anderen Spieler inspiziert habe, fange ich selbst an zu spielen, um kein Mißtrauen hervorzurufen. Etwa eine Stunde lang spiele ich, und dann kommt auf einmal Leben in die Bude, eine ganze Horde junger Leute, die blaumachen. Hektisches Piepsen, Massenvernichtung, virtuelle Kriege. Lichtpunkte entkommen Monstern und Grubenunglücken, Karatekämpfer stöhnen und fluchen. Manchmal meine ich, Gerrys Blick durch meine Jacke zu spüren, seine Stimme am Ärmel zu hören. Doch die Minuten zerfließen zu Stunden, und die Münzen rinnen mir durch die Finger. Ich spiele immer weiter, denn ich will, daß er mich gewinnen sieht, wenn er reinkommt. Also schiebe ich eine Münze nach der anderen in den Schlitz, rette namenlose Welten, nur um bei jedem Blick in die Runde festzustellen, daß er immer noch nicht da ist.

Der Vormittag verrinnt träge, es wird Nachmittag.

Ich versuche mir auszurechnen, was passiert sein könnte. Er könnte draußen in der schneidenden Kälte ein Auto gestohlen haben, um dann festzustellen, daß die Batterie leer ist. Wahrscheinlich sind die Zündkerzen korrodiert, die Benzinleitung zugefroren, die Reifen zerstochen. Vor meinem geistigen Auge sehe ich meinen Vater mit einem Starthilfekabel in den Händen. Ich sehe ihn das Ding geduldig an die Pole klemmen und dann zurücktreten, während ich Gas gebe. Der Motor erwacht dröhnend zum Leben. Doch Gerry taucht noch immer nicht auf. Der Nachmittag zieht sich hin, und ein neues Bild formt sich in meinem Kopf. Diesmal sitzt mein Dad, mit Handschellen gefesselt, auf dem Rücksitz zwischen zwei Bullen, die etwas in ihre Notizbücher schreiben.

Gerry Nanapush wird von der gesamten Polizei Nordamerikas gesucht, aber jedesmal, wenn sie ihn gefangen haben, sprengt er die Ketten. Er ist kein Mensch aus Fleisch und Blut. Regen läßt ihn schmelzen. Schnee verwandelt ihn in Ton. Die Sonne belebt ihn wieder. Er ist ein Chippewa. Aber trotz seines Geschicks wird er immer wieder gefaßt, und darum meine Angst, darum spiele ich hier Stunde um Stunde, bis mir nur noch ein Quarter bleibt.

Vorsichtig drehe ich mich um, doch Art, der Besitzer, sieht mich und deutet auf das Schild: Alle halbe Stunde ein Spiel oder raus hier. Er steht hinter der Kasse, knackt Erdnüsse und pustet die Schalen weg. Ich ziehe mein Geldstück heraus und halte es hoch, damit er es sieht. Die Münze ist feucht und glatt vom Anfassen, ist mehr als ein Geldstück, ein kleiner, kühler Kreis der Hoffnung. Ich werfe es in die Höhe, fange es auf und spiele einen alten Klassiker.

Eine besondere Spannung durchzuckt mich, als die Asteroiden von allen Seiten angewirbelt kommen. Die Verzweiflung hat meine Reflexe rasiermesserscharf werden lassen. Die Knöpfe des Spielapparats erwärmen sich unter meinen Fingern, verschmelzen mit meinen Nervenenden, so daß ich gar nicht danebenzielen kann. Mein Geist löst sich vom Körper, vom Monitor, schwebt über mir, unergründlich, ruhig steuernd. Die Zuschauer drängen sich um mich, schmatzen mit den Lippen, boxen in die Luft, feuern mich an. Ich brauche sie nicht. Meine Punktzahl steigt und steigt. Ich komme ganz nach oben, wo es keine Konkurrenz mehr gibt und die Maschine mit mir spielt. Ich dringe bis zum Limit vor. Und gehe darüber hinaus. Durch alle Widerstände schieße ich mich bis ins weiße Zentrum meines Kopfes.

In dem mir klar ist, daß er nicht warten wird.

Da setzt es aus. Meine Hände fliegen von den Knöpfen. Ich drehe mich um, dränge mich durch die Menge, und jemand anders hüpft an meinen Platz und feuert weiter. Aber er schafft es nicht. Riesige Felsbrocken stürzen herab, teilen sich im Flug und zerschmettern in einem grellen, pulsierenden, krachenden Lichtblitz seine Rakete.

Draußen ist es derart kalt, daß der Wind mein Gesicht so steif werden läßt wie eine Maske aus Pappmaché. Es wird früh dunkel, und ich klettere sofort in meinen Bingo-Van, um ihn warmlaufen zu lassen. Ich drehe den Zündschlüssel im Schloß. Es klickt. Einen Augenblick bin ich völlig leer, dann erwache ich wieder zum Leben. Ich drücke das Gaspedal durch, lasse es wieder los. Noch einmal drehe ich voller Zuversicht den Schlüssel. Ein scharfes Klicken diesmal. Ein schlimmes Geräusch mitten im Winter. Frierend warte ich ein bißchen und drehe dann noch mal den Schlüssel. Ich werde hektisch, aber egal wie sehr ich mich abmühe und flehe, immer das gleiche. Ich habe den ganzen Tag das Licht angelassen, und jetzt ist die Batterie leer. Kein Mensch vor oder hinter mir auf der Straße. Ich hab nicht mal mehr das Geld, um einen Abschleppdienst anzurufen.

Ich ziehe den Reißverschluß meines Anoraks hoch und schiebe mir die Skimütze ins Gesicht, stecke die Hände in die Taschen und mache mich zu Fuß auf den Weg in die Bibliothek, die zweite Möglichkeit, die ich am Telefon herausgehört habe oder zu haben glaube. Ich kann nur hoffen, daß mein Dad, wenn ich ihn finde, weiß, wie wir das Auto wieder flottkriegen. Zumindest wird ihm wohl was einfallen, wie wir an Geld kommen.

Der Wind bläst mir ins Gesicht, und ich ziehe die Hände in die Ärmel zurück. Die Luft ist bedenklich dünn und scharf wie ein Messer. Meine Schritte knirschen. Kein Mensch ist auf der Straße. Ich gehe weiter, halte durch die Gucklöcher meiner Mütze Ausschau nach einer Kneipe, einem Hotel, einer Tankstelle, nach irgendwas, wo ich einen Augenblick lang vor dem Wind Schutz finden könnte. Aber die Abstände zwischen den Gebäuden werden größer. Die Straßen werden länger, breiter, und ich komme zum Einkaufszentrum. Es ist einfach zu kalt für Lebewesen in Fargo, selbst für solche wie mich. Ich fürchte schon, daß ich als Kunst am Bau enden werde oder als Parkuhr – mein starrgefrorener offener Mund der Schlitz für die Münzen –, als mich zwischen den übriggebliebenen Weihnachtskrippen und den Hydranten ein hellerleuchtetes, burgähnliches Gebäude über die schneebedeckte Straße zieht. Die Bibliothek.

Große Glasquadrate, Rechtecke voll goldener Wärme, die sich einladend über den Schnee ergießt. Ich gehe die Steintreppe hinauf, drücke mit den Ellbogen die Tür auf und bleibe wie angewurzelt stehen, ein verblüfftes Tier. Warme Luft weht mich an, angenehm und von weit her. Meine Mütze ist verrutscht, ich kann kaum etwas sehen, und meine Arme sind noch immer fest vor der Brust verschränkt.

Solange ich herumlaufe und so tue, als würde ich nach etwas zum Lesen suchen, wird mich wohl keiner rausschmeißen. Hinter meiner Gesichtsmaske sehe ich ganz normal aus, nicht mal besonders indianisch, sondern nur wie ein halberfrorener Fan der Minnesota Vikings. Ich schiebe die Hände durch die steifgefrorenen Ärmel und halte den Atem an. Dann gehe ich nach oben und weiter auf dem Läufer zwischen den engen Buchreihen hindurch.

Als Nachtwächter bin ich auf Bücher angewiesen. Ich lese Gruseliges, um mich wach zu halten, befasse mich mit rätselhaften Verbrechen, bis ich vor Angst so schlottere, daß jedes Knarzen Verderben von der Hand eines Untoten oder Psychopathen bedeutet und erst die aufgehende Sonne mir Sicherheit gewährt. Jetzt, in der Bibliothek, suche ich nach Horror, nach Krimis, Abenteuern, Science-fiction oder seltsamen Begebenheiten, um mich bei Laune zu halten. Während ich zwischen den Regalen nach Gerry Ausschau halte, wird mir zu schnell wieder warm, und plötzlich bin ich müde. Arme und Beine werden riesig und schwer. Ich sehe Sterne, möchte mich auf dem Boden ausstrecken, in einen gesegneten Schlaf versinken. Aber ich muß weitergehen, immer weiter, Bücher herausnehmen und so tun, als würde ich sie anlesen. Ab und zu stolpere ich, fürchte, daß man mich für betrunken hält und rauswirft. In meinem Kopf fällt Schnee.

«Kann ich Ihnen helfen?»

Eine männliche Stimme. Ich tue so, als hätte ich nichts gehört, und verschwinde rasch hinter einem Schutzwall dikker Bände.

Schicksalhafter Zufall. Es geschehen seltsame Dinge, die man nicht leugnen kann. Guter Rat ertönt aus Gräbern, Liebesgeflüster aus dem Herzen der Bäume. Licht strömt in einer Sommernacht durchs offene Fenster. Pferde zählen mit den Hufen. Es werden Kinder geboren, die unglaubliche Zahlen addieren können. All das gibt es.

Durch die Augenlöcher in meiner Gesichtsmaske sehe ich das Buch wie durch ein Visier, und meine Hände greifen ganz ohne Auftrag durch mein Gehirn danach. Glücklicherweise weiß ich mich zu wappnen, ehe ich den Titel lese.

Furcht und Zittern, steht da, *und Krankheit zum Tode*.

Ich schließe die Augen, und einen Augenblick schwanke ich im Angesicht des Mysteriums, starre von einem Brükkengeländer hinab in einen tückischen Fluß voller Strudel und gefährlicher Unterströmungen. Ich habe schon einmal in diesen Fluß geschaut und dachte, ich hätte ihn ein für allemal überquert, indem ich zurück nach Hause, zurück ins Reservat gegangen bin. Der Buchtitel greift nach mir wie die Strömung dieses Flusses, der geradewegs nach Norden fließt, zielstrebig, ohne Kurven. Ich spüre, wie prekär mein Herz über diesen Fluß gespannt ist, eine Brücke aus Spinnweben.

Ich öffne die Augen. Es ist ein kleines dunkles Buch mit einem Einband wie verbrannte Haut. Wieder zieht mich der Titel an, es gibt kein Zurück. Ich starre darauf. Vorsichtig nehme ich das Buch in die Hände, öffne es aufs Geratewohl, will mein Schicksal sehen oder einen Namen darin lesen. Ich lasse den Finger auf die Worte sinken: *Wenn es am Grund der Dinge nur eine wilde, unbeständige Kraft gäbe . . .* Ich lese. Ich überlege. Ich denke an den Fluß, der in die falsche Richtung fließt, an die trügerische Strömung und die Fluten, die Brükkenpfeiler und Veranden unterspülen. Ich will an den Geist glauben, an die Ordnung, den Willen, die Schuld. Ich will an das heilige Buch glauben, wo kein Stein brechen, kein Pfeil fallen kann. Aber Gott wird nicht hinsehen, wenn sie meinen Vater den Hügel hinaufführen.

Das Sons of Norway ist eine große Kneipe, so groß wie ihre strammen, unerschrockenen norwegischen Besitzer. An der Rückseite des Gebäudes finde ich unter einer großen Schneewehe die Mülltonnen und versuche, mich mit den Händen zu ihnen durchzugraben. Es ist, als wollte ich Steine spalten, und ich schaffe es nicht, der Schnee ist viel zu dicht gepackt. Da drin muß Dad sein, denke ich verzweifelt, lebendig begraben.

Ich wende mich von den schneebepackten Tonnen ab und suche nach einer Schaufel, aber in den umliegenden Straßen gibt es nichts, was ich brauchen könnte – nur verrammelte Gebäude. Die großen Lampen glühen von hoch oben auf mich herab, und ich zähle die verschwommenen Lichtkegel, um die Orientierung nicht zu verlieren und den Weg zurück zu finden. Aber obwohl ich diverse Straßenblocks ablaufe, finde ich nicht, wonach ich suche. Ich komme nur an klaffenden Toreingängen und verriegelten dunklen und leeren Fenstern vorbei, als bestünde ganz Fargo aus zugeklebten Kartons und die Menschen säßen darin, stumm und steif wie Schuhe.

Und dann, als ich durch eine düstere Gasse zurückgehe, schleudert mir eine zudringliche Windböe wie eine riesige Frisbee-Scheibe einen Mülltonnendeckel aus Aluminium gegen die Brust, der mir zwar den Atem nimmt, aber ein passendes Werkzeug ist. Ich renne zurück, schütze mich mit dem Deckel gegen den Wind. Als ich da bin, grabe ich mich damit tief in die Schneewehe, schaufle und schiebe den Schnee weg. Endlich bin ich am Deckel der Tonne. Ich stemme ihn auf, hebe ihn an und warte darauf, daß mein Vater wie ein Springteufel herausgeschossen kommt.

Um mich herum bläst und fegt und pfeift der Wind zwischen den Lampen und Dächern der Stadt wie eine Schar verdatterter Schwäne. Nichts. Ich klettere hoch, schaue hinein. Niemand in der Tonne, nicht mal Müll, nicht mal ein Pappkarton, ein Papierschnipsel. Sofort erblühen in meiner Phantasie Ahnungen und Bilder. Ich sehe meinen Vater, aus dem Schlaf gerissen und verschluckt von einem riesigen weißen skandinavischen Müllaster, und ich höre die großen Walzen mahlen, die kräftigen Kiefer knirschen. An dieser Vorstellung fressen sich meine Gedanken fest, mein Hirn ist überanstrengt. Ich stolpere an der Außenmauer der Kneipe entlang, bis ich ihm in die offenen Arme laufe.

Dort, im peitschenden Wind, steht Gerry Nanapush. Live und in voller Lebensgröße.

Vielleicht nicht ganz so groß, wie ich ihn in Erinnerung habe, denn er scheint mir, obwohl er in vielen wollenen

Hüllen, unter einer Kapuze und einer Decke steckt, kleiner geworden zu sein, irgendwie geschrumpft. Sein Gesicht hat sich um die Knochen zusammengezogen, und um die Augen hat er Erschöpfungsfurchen, so tief, daß ich sie im schwachen Widerschein der Parkplatzbeleuchtung sehen kann. Wir stehen schwer atmend an der Mauer. Keiner sagt ein Wort. Einen Moment lang hören wir nur den Wind seufzen und tosen. Schließlich beugt er sich vor und fragt, wo der Wagen steht, und da muß ich ihm sagen, daß Junes Auto gestohlen worden ist und mein Bus nicht anspringt. Als er das begreift, rastet er aus. Er wirbelt herum, schlägt mit den Armen gegen die Hauswand. Dann dreht er sich wieder um und hüpft hin und her, um Blut in seine Füße zu pumpen. Er zieht mich in einen kleinen Kellereingang gleich neben der Haustür, wo uns aus einem Entlüftungsschacht heiße Luft entgegenbläst und meine Lippen enteist, so daß ich wenigstens wieder reden kann. Wir übergehen die Begrüßung, das Wo-zum-Teufel-hast-du-bloß-gesteckt, und kommen direkt zum verzweifelten Was-zum-Teufel-machen-wir-jetzt?

KAPITEL DREIUNDZWANZIG

Zeldas Glück

In den ersten Monaten, nachdem Shawnee und Redford Zelda Kashpaws Haus verlassen hatten, kam Zelda eines Nachmittags nach Hause und sah auf der gemusterten Anrichte in der Küche die weichgegerbte, mit Federn geschmückte Tasche, in der die Zeremonienpfeife ihres Vaters lag – ein Gegenstand, den sie lange vor seinem Tod das letzte Mal gesehen hatte. Sie wußte, daß die Pfeife über Marie an Lipsha gegangen und von dem in Lyman Lamartines Hände gelangt war. Sie wußte, daß Lyman ihr auf diese Weise das unausgesprochene Scheitern ihres Abkommens mitteilte. Den ganzen Abend lang schlich sie um die Pfeife herum, ohne sie zu berühren, kochte sich ihr Abendessen, brühte sich nach alter Weise in einem blauen Emailletopf auf dem Herd Kaffee auf.

In dieser Nacht riß sie der kräftige Schlag ihres Herzens aus einem dunklen Schlaf. So plötzlich begann das Trommeln in ihrem Brustkorb, daß sie es zuerst gar nicht ihrem Körper zuordnen konnte. Eine schmerzhafte Leichtigkeit erblühte zwischen den Rippen, und ihr Herz legte mächtig los, wurde immer schneller, galoppierte, bis sie nach Luft schnappte und sich vor Angst kerzengerade im Bett aufrichtete. Sie sah ihr Herz aus der Brust bersten und heiß und feurig davontanzen, allein über die schneebedeckten Felder, durch die gefrorenen Sümpfe, an Zäunen entlang. Es wirbelte aus ihr heraus und zerbrach im tosenden Dunkel.

Zelda schüttelte den Kopf, streckte die Hand aus und drückte auf den Schalter der Nachttischlampe. In ihrem weichen Lichtschein holte sie vorsichtig Atem und versuchte die Ventile und Pumpen zu beruhigen, doch die Luft drängte heftig aus ihr heraus und wieder in sie hinein. Ihre Brustmuskeln schmerzten, sie rang nach Luft, und schließlich wurde ihr klar, daß das ein Herzanfall war. Sobald sie das verdaut hatte, wurde sie ruhiger. Mit dem Tod kannte sie sich aus. Sie schob sich geschäftig die Kissen hinter den Rücken und lehnte sich dagegen, drapierte sich so, wie sie gefunden werden wollte. Sie strich sich durchs Haar und glättete die Bettdecke. Sie rief nach niemandem, denn sie wollte nicht gerettet werden. Keine künstliche Beatmung. Sie nahm eine gelassene Haltung ein, setzte ein Lächeln auf, ließ den Rosenkranz durch die Finger gleiten und sprach ein perfektes Reuegebet.

Zunächst fiel ihr nichts ein, was ihr leid tun könnte, doch als sie an Redfords erstauntes, schokoladenverschmiertes Gesicht und seine nächtlichen Panikanfälle dachte, umklammerte sie die Perlen fester. Dann erinnerte sie sich an ein paar Kleinigkeiten: wie sie die Geduld verloren hatte, wie sie ihre Wut auf Vater und Mutter nicht hatte bezähmen können. Sie sagte ein frommes Bußgebet auf, und dann, mitten im Gegrüßet-seist-du-Maria, drang das Bild auf sie ein. Zelda sah sich im Bett, nackt, die Arme um einen Mann mit langen dunklen Haaren geschlungen, und sie holte so heftig Luft, daß der jähe Schmerz sie aufschreien ließ. Jetzt folgte ein Bild auf das andere. Die Szenen, die sie nicht erlebt hatte, wollten nicht aufhören, nicht verschwimmen, und da erkannte sie, daß sie in erster Linie nicht die Dinge bereute, die sie in ihrem Leben getan hatte, sondern die, die sie nicht getan hatte.

Die falschen Dinge! Sie bereute die falschen Dinge!

Es wurde heller, das Licht fing sich in den grauen Fenstern ihres Schlafzimmers, und ein Wind kam auf. Weit draußen auf der Weide eines Nachbarn hörte sie eine Kuh stöhnen, und obwohl sie das Geräusch erkannte, stellte sie sich dabei etwas anderes vor. Ihre Hände zitterten, ihr Atem ging wieder flach. Das Geräusch kam immer näher, und ihr ganzer Körper schüttelte sich.

Sie war ein einstürzendes Haus; die Nägel schoben sich seufzend aus dem Holz, die Bretter stürzten herab, wirbelten peitschend im düsteren Wind davon und flogen über die Felder, das in Stücke gerissene Haus glitt über dunklen Schnee, und das Gebälk stöhnte wie eine Gebärende.

Sie schloß die Augen. Ein grelles, schmerzhaftes Licht durchflutete sie. Eis brach. Ihr Herz taute, wurde unerträglich groß, eine zum Leben erwachende Faust.

Noch etwas! Sie schleuderte wütende Blicke, ruderte mit den Armen. Im Geiste sah sie jemanden vor sich stehen. Noch etwas! Sie hatte gehört, daß diese alte Medizin noch immer wirkte. Jemand versuchte sie umzubringen. Jemand hatte ein Baumrelief von ihr angefertigt, hatte fein säuberlich mit allen Details ihr tiefstes Inneres in die Rinde geritzt. Und in diese Linien hatte die Person dann roten Ton gerieben, Ocker, Rouge, das dicke Blut der Eule, bis die Farbe den Astknoten ihres Herzens erreichte. Sollte es doch zerspringen! Ihr Herz war ein altes Bügeleisen, das ihr heiß und zischend gegen die Rippen schlug. Wie gern hätte sie diese schwere Last abgeworfen.

Aufhören, befahl sie. *Aufhören!*

Doch das Leben behielt sie so fest im Griff, daß sie erstaunt und angeekelt war. Sie sammelte sich, stand auf, um sich ein Glas Wasser zu holen, und das Haar fiel ihr wie dichter Regen über die starren Schultern. Sie hatte Angst, in den Spiegel zu schauen, befürchtete, eine alte Frau mit dem ernsten Gesicht ihres Vaters darin zu sehen, deshalb blickte sie ins morgengerötete Fenster. Doch da war ihr Vater, sah sie aus ihren eigenen Augen an, und das Feuer des Sonnenaufgangs umspielte seine Züge.

Es war das gleiche Feuer, das vor dreißig Jahren hinter ihm aufgelodert war, ganz plötzlich und heftig, eine Wand aus zuckenden Blitzen. Wieder stiegen jetzt Flammen in ihren Augen auf, der Makel und die Schande von Lulu Lamartines Haus, sie flackerten wild und unbezähmbar. Und sie war da und sah alles, auch ihren Vater; und sie hatte ihn nach Hause zu ihrer Mutter schleppen müssen, während sie die Hexe verbrennen ließ. Doch die war nicht verbrannt.

So also wirkte sich die Leidenschaft auf ein Leben aus. Zelda nickte, wie gebannt, das alles noch einmal zu sehen. Sie hielt die Hände vor Nector Kashpaws Gesicht und schob es zurück in den Fries von züngelnden Flammen. Er hatte das Feuer entfacht, das katzengleich durch Papiermüll und Stoffetzen sprang, eine Gasleitung erklomm und das Haus seiner Geliebten zerstörte. Zur Strafe löschte Zelda ihn in sich aus. Nie sollte sie sich der Liebe unterwerfen, sich von ihr überwältigen lassen. Abwägen, den Kopf benutzen und das Herz aushungern, das war Zelda. Sie konnte sich die ganze Nacht lang unter einer Decke in einem Zimmer verkriechen, in dem sich ihr Atem hob und senkte wie eine Feder des Verlangens. Sie konnte in der dunklen Zelle ihres Körpers existieren. Sie konnte sich alles Zärtliche, Unausgesprochene, Süße, Großherzige und Verzweifelte versagen. Sie konnte es, weil sie es wollte. Sie konnte in der

Muschel ihrer Bettdecke leben, wenn sich die kalte Nacht hinzog, und sie konnte das Feuer eines Mannes lodern und brennen, lodern und brennen lassen, bis es erstickte. Noch einmal sah sie Xaviers Finger sinnlos zu Stummeln schrumpfen, wie Kerzen.

Ihr Herz hämmerte, daß ihr schlecht wurde, und sie stolperte zurück ins Bett. Gewiß konnte sie diese Gefühle beherrschen – das hatte sie ihr Leben lang geschafft! Doch nun schrie sie so laut auf, wie sie es sich nicht einmal bei der Geburt gestattet hatte, und in ihrem Schrei lag das alte Verlangen, ein tiefes Stöhnen wie von einem im Sturm umgeworfenen Baum. Wurzeln wühlten sich aus dem Boden. Gekrümmte Ausläufer zerrten Felsbrocken ans Licht. Als die Pfahlwurzel heftig herausdrängte, beugte Zelda sich in der Gewißheit vor, daß sie nun sterben würde, doch es geschah etwas anderes.

Sie tat einen ruhigen Atemzug, dann noch einen, und dann besänftigte sich ihr Herz. Es schwang aus wie gedämpfter Glockenschlag. Durch dieses verhaltene Läuten drängten sich beunruhigende Gedanken – verschwommene Bilder, Porträts. Sie sah Xavier Toose, dessen Hände ein ganzes Jahr lang bandagiert gewesen und schließlich so mißgestaltet waren, daß er sie nie würde umarmen können. Sie sah sein Gesicht, die gehetzte Starre seines gefrorenen Lächelns. Hohlwangig, ausgelaugt hörte sie ihn in den Jahren danach zum Klang der Trommel singen. Er trug das Haar offen, wie in Trauer; es hing ihm schwer über die Schultern herab und roch wie das eines Tieres. Sie stand hinter ihm, und im Dunkel seines Nackens, seines Halses, atmete sie den Rauch des Holzfeuers, seinen sauberen männlichen Schweiß und das Tannin seiner gegerbten Schuhe ein. Sie hörte seine Stimme – gelöst, tief und rauh –, die Geisterstimme, die ihn mitten im Singen überkam, ein freudiges Geheul. Ihr Leib war heiß, weit geöffnet. Scham überkam sie, als sie sich daran erinnerte, wie sie einmal neben ihm gesessen und nur flüchtig zugehört hatte, wie er sich mit ein paar jüngeren Männern unterhielt. Sie erkundigten sich, wie er es nur schaffte, so viele Frauen zu haben, wollten sein Geheimnis wissen, und er hob seine fingerlose Hand.

«Es stimmt», sagte er, «ich hab nicht alles, was ihr habt. Und doch . . .» Gedankenverloren starrte er hinab, an der Gürtelschnalle vorbei, und aller Augen folgten ihm und sahen die plötzliche folgsame Munterkeit dort.

Wütend hatte sie sich von den Lachenden abgewandt. Jetzt aber kämpfte sie gegen die Erkenntnis an, daß sie ihm ihr ganzes Erwachsenenleben lang insgeheim ein Gefühl entgegengebracht hatte, das nicht absterben wollte, das stärker war als alle Säuren, das nie verlosch, ein Kohlenfeuer, das in ihr war und ihr beständig das Blut erhitzte. Sie liebte Xavier Toose.

«Und ich werde ihn immer lieben», sagte sie laut und schlug sich mit der Faust gegen die Brust.

Sie schlug sich wie jemand, der darum fleht, in sein eigenes unwürdiges Haus eingelassen zu werden. *Mea culpa, mea maxima culpa.* Beharrlich und monoton hämmerte sie auf ihren Brustkorb ein, bis ihr der Arm mit erschlafften Muskeln zurückfiel, bis der Tag richtig anbrach und sie einschlief.

Als sie langsam wieder aufwachte, kam ihr jäh die Pfeife ihres Vaters in den Sinn. Auch ohne sie zu sehen oder anzufassen, konnte sie sich vorstellen, wie sie dort auf der Anrichte lag. Die Schnittstelle zwischen Erde und Himmel, dazwischen das Feuer, das in jedem Lebewesen brannte. Sie lag da und sehnte sich nach den gewohnten Geräuschen, mit denen der Tag begann, den leisen, angenehmen Lauten einer Frau, die sich um ihr Kind kümmert, und dann fiel ihr ein, daß sie ja allein war. Ein heiliges Feuer lebt in allem, was wir berühren, dachte sie, selbst in den Flammen, die das Temperament meines Vaters speisten. Im Gefängnis ihrer Seelenqual spürte sie, wie ihre Züge die Unergründlichkeit der seinen annahmen.

Nun war es zu spät für sie und Xavier, sie konnten nichts mehr tun als gemeinsam die Pfeife rauchen. Doch diese kleine Geste war möglich. Sie stand auf, ging duschen, wurde ruhiger, als das Wasser auf sie herabfloß, und geschmeidiger, als sie sich einseifte und abrubbelte. Sie wickelte sich in ein durchgescheuertes Handtuch, trocknete ihr dickes Haar, in dem noch immer so wenig Grau war, und putzte sich zweimal die Zähne. Sie war weder hungrig noch aufgeregt. Ihr Herz schlug wieder brav in ihrer Brust, außer wenn sie an Xavier dachte. Dann klaffte es wie der Schnabel eines gierigen Vogeljungen, das auf Futter wartet.

Als sie in seinen Hof am Matchimanitosee einbog und anhielt, wurde ihr plötzlich klar, daß dieser Besuch seltsam und unnatürlich war. Dreißig Jahre waren vergangen. Seitdem hatten sie kein Wort mehr gewechselt, und beim Gedanken daran, was sie sagen könnte, legte sie unsicher und ängstlich eine Hand an die Wange. Was immer sie tat, es wäre nicht nachvollziehbar, das Verhalten einer Verrückten. Trotzdem fuhr sie nicht wieder weg, sondern blieb eine ganze Zeitlang im Wagen sitzen und starrte auf sein Haus, wartete auf ein Zeichen. Die Hütte war klein, selbstgebaut, kein billiger staatlicher Fertigbau, sondern so alt wie ihre eigene, hatte all die Jahre überstanden. Sie war sauber gestrichen und sorgfältig freigeschaufelt, und der Schnee lag aufgetürmt zu beiden Seiten der Zufahrt. Zelda wußte, daß Xavier sich spezielle Geräte hatte anfertigen lassen, damit er alles selbst machen konnte, und daß er sich nie als einen Mann betrachtet hatte oder hatte betrachten lassen, dem etwas fehlte; es schien vielmehr, als habe er mehr als andere Menschen. Die Jungen kamen zu ihm, suchten ihn auf, so wie sie ihn jetzt aufsuchte. Er hatte ein reines Herz.

Sie sah die Gardine fallen, dann kam Xavier heraus. Obwohl sie sich nicht mehr in die Augen gesehen hatten, seit sie ihn inmitten schnaubender Pferde abgewiesen hatte, obwohl sie einander fremder waren als Fremde, verriet Xavier keinerlei Befangenheit, als er sich ihr näherte. Er trug eine schwere, schwarzrote Jägerjacke, Lederstiefel und eine alte Schirmmütze. Er beugte sich ans Fenster der Fahrertür, und Zelda blühte ihm entgegen, als strahlten seine Gesichtszüge Wärme ab. Tiefe, senkrechte Altersfalten liefen von seinen Augen zum Kinn herab, bildeten mit ihren symmetrischen Furchen einen Fächer. Lange blickten sie einander an, verharrten wortlos, und ein seltsamer Friede senkte sich auf sie herab. Licht ergoß sich über Zelda, doch sie ließ sich nicht stören. Ihre Hände lösten sich vom Steuer und gestikulierten, aber keineswegs hilflos. Sie stieg aus und stand vor Xavier, unbeholfen, als sei sie nackt, doch ohne Scham. Sie gingen ins Haus und ließen die Pfeife in ihrer Ledertasche auf dem Beifahrersitz, sorgsam angeschnallt wie ein Kind.

KAPITEL VIERUNDZWANZIG

Lipsha

Ich bin ein tollwütiger Hund, der sich selbst beißt, um Mitleid zu erregen

Wir sind im Metro-Drugstore im Einkaufszentrum von Fargo und warten auf den günstigen Augenblick. Wenn der nächste Zug in den Bahnhof zwei Blocks nördlich einfährt, läßt vielleicht jemand sein Auto mit laufendem Motor und dem Schlüssel im Zündschloß davor stehen. Das ist unsere Hoffnung, aber wir trauen uns nicht, zu nahe beim Eingang herumzulungern. Etwas so Großes wie ein Auto habe ich noch nie geklaut, und es fällt mir schwer, meinen Kopf abzuschalten. Ich laufe durch die Gänge des riesigen Supermarkts und lasse mich von Weihnachtsliedern aus der Konserve berieseln, während Gerry stirnrunzelnd eine Zeitschrift durchblättert.

«Vielleicht gibt es den Weihnachtsmann ja doch», meint er. «Vielleicht haben wir Glück.» Ich gehe weg von ihm, und dann sehe ich nicht das Glück, sondern den Vogel.

Man denkt, man wüßte alles über sich, zum Beispiel wieviel jemand einem bieten müßte, damit man das Ding einfach mitnähme. Wie man reagieren würde, wenn man dabei erwischt wird. Aber dann ist man gerade dabei, einen Autodiebstahl zu planen, und marschiert tatsächlich mit einem riesigen Stofftukan zur Tür raus. Ich kann's nicht genau erklären, wie ich dazu komme, aber ich gebe mir ganz allein die Schuld. Vielleicht als eine Art Lockerungsübung für das große Ding, das wir drehen wollen, oder um zu sehen, ob ich dabei erwischt werde, was natürlich passiert. Oder vielleicht einfach nur, um uns beide abzulenken, was mir ebenfalls gelingt.

Und dann ist da auch noch Shawnee Ray. Ich denke an Weihnachten, daß der Vogel eigentlich unter ihrem Baum hätte sitzen sollen. Sobald ich den Tukan sehe, wünsche ich mir, ich hätte ihn für sie auf dem Jahrmarkt gewonnen, obwohl wir noch nie auf einem waren. Ich sehe mich beim Ballwerfen, wie ich sechs hölzerne Milchkrüge hintereinander treffe, oder vielleicht beim Ringewerfen. Aber bei beidem gewinnt man eh nie, weil all die Wurfgeräte manipuliert sind, doch das ist nur eine weitere Entschuldigung. Nie hätte ich diesen Tukan für Shawnee Ray geklaut, wenn das Leben nicht ein einziger Betrug wäre.

Ich nehme den Vogel mit.

Draußen auf der Straße geht der trostlose Tag seinem Ende zu. Eben hat es ein bißchen geschneit, aber nicht so viel, daß es liegenbleibt. An den Rändern der breiten Straßen ist sogar noch gelbes Gras vom vergangenen Jahr zu sehen. In den letzten paar Stunden ist die Temperatur gestiegen. Ich mag den Geruch, der jetzt in der Luft hängt, den trockenen Schmutz, sogar den sich ankündigenden Neuschnee am düsteren Abendhimmel.

Die üblichen Neugierigen drehen sich nach mir um wie auch nach Gerry, der vor mir auf den Bahnhofsvorplatz zugeht und meinen kleinen Diebstahl nicht bemerkt hat. Der Vogel ist ein flauschiges Ungetüm mit an der Unterseite giftgrünen schlaffen Flügeln und dick ausgestopften orangen Füßen. Ich weiß nicht, warum sie so was hier verkaufen. Vielleicht eine Werbeaktion, vielleicht ein vom Sommer übriggebliebenes Sonderangebot. Und dann schreit der Filialleiter von der Tür aus hinter mir her. Ich bin schon halb die Straße runter, als ich ihn höre. «Kommen Sie zurück!» Wahrscheinlich zeigt er auch mit dem Finger auf mich, obwohl das gar nicht nötig wäre, denn mit dem Ding bin ich sowieso ziemlich auffällig, um so mehr, als ich jetzt anfange zu rennen.

Ich laufe an Gerry vorbei, werfe ihm über die Schulter einen Blick zu, und er stürzt los wie angestochen, schnellt auf die Fußballen hoch und ist sofort neben mir.

Zuerst klemme ich den Vogel unter den Arm, aber da stört er mich beim Rennen, also drücke ich ihn mir gegen die Brust. Auch nicht besser. Im nachhinein hätte ich ihn einfach fallen lassen und durch die Gassen abhauen sollen. Natürlich tue ich das nicht – sonst wäre nichts von dem passiert, was dann passiert ist. Ich setze den Vogel auf die Schultern, klemme mir seine dicken Füße unters Kinn und rase los, als ginge es um die Goldmedaille. Meine Beine wirbeln. Ich sprinte über Bordsteinkanten, quetsche mich an alten Männern in langen, grauen Mänteln und Babys in Kinderwagen vorbei, springe hoch über Kühlerhauben, bis ich zum Bahnhof komme, zu dem neuen Wellblechschuppen direkt neben dem alten Backsteingebäude. Da wollen wir schließlich hin, deshalb schlüpfe ich durch die Tür und schaue zum Fenster raus, gerade als der Zug auf uns zugeschnauft kommt.

Eine wachsende Menschenmenge verfolgt uns zusammen mit dem Filialleiter. Eine Politesse, ein paar Schaulustige, Neugierige. Sie diskutieren und fuchteln wild mit den Armen, um die Größe des Tukans anzudeuten. Sie kommen näher.

Das ist der Augenblick, in dem das Schicksal – ob zum Guten oder Schlechten, bleibt unklar – eingreift. Gerry steht schwer atmend neben mir und wirft wilde Blicke in die Runde. Da fährt ein weißes Auto auf den Parkplatz, mit einem soliden weißen Plastikdachgepäckträger. Ein Mann springt heraus, will wohl einen Verwandten abholen, und er läßt den Wagen im Leerlauf tuckern. Wir schleichen uns aus dem Schuppen heraus zu dem Auto. Und dann scheint es, als würden wir von den Ereignissen überrollt. Ich klappe die Halterungen des Gepäckträgers hoch und stopfe den Tukan darunter. Niemand achtet darauf. Das macht uns Mut, und wir steigen ganz lässig ein, Gerry auf der Fahrerseite. Er legt den Rückwärtsgang ein, und wir rollen aus der Parklücke. Dann fährt Gerry bis zur Straße, hält an und schaut nach links und rechts.

Da sitzen wir also in einem Auto. Es gehört uns zwar nicht, aber im Moment ist das schnuppe. Wir stehen an der Kreuzung und schauen nach links. Alles frei. Wir schauen zur anderen Seite, wo noch immer ein paar Leute diskutieren und gestikulierend versuchen, uns zu beschreiben. Egal, in welche Richtung wir fahren, die Straße führt auf jeden Fall direkt aus der Stadt hinaus.

Gerry legt den Leerlauf ein, sieht mich fragend an.

Ich weiß, ich sollte mich besser nicht im Reservat blicken lassen, nicht mit Gerry, nicht mit dem Tukan, schon gar nicht mit dem Auto, aber andererseits: Wir können nirgendwo sonst hin. Ich denke an den Vogel. Irgendwie hat Shawnee Ray uns da reingeritten, sage ich mir, obwohl ich weiß, das ist eher Wunschdenken und hat nichts mit der Wirklichkeit zu tun. Vielleicht nehmen ihre schlimmen Schwestern meinen Dad auf, verstecken ihn, bringen uns über die Grenze. Also deute ich in Richtung Norden, und Gerry fährt an. Aber in dem Augenblick entsteht eine weitere Komplikation, obwohl mir das nicht gleich klar wird, denn urplötzlich taucht der Mann vom Bahnhof, dem das Auto gehört, im Rückspiegel auf.

Wir sind kaum losgefahren, da höre ich von hinten einen dumpfen Schlag. Völlig überraschend. Stellt euch das mal vor. Er hängt auf dem Kofferraum wie von einem Magneten festgehalten. Greift nach oben, packt die Streben des Dachgepäckträgers, findet besseren Halt und zieht sich zur Heckscheibe hoch. Im Außenspiegel kann ich seine wild strampelnden Stiefel sehen, blaue Doc Martens, und den Saum seines schwarzen Mantels. Ich höre ihn schreien, und seine Stimme ist so unmenschlich und verzweifelt, daß Gerry fürchterlich erschrickt und das Gaspedal durchtritt.

Wir müssen an allen vorbeigerast sein, aber es kommt mir vor wie im Traum, wie in Zeitlupe. Ich sehe die Gesichter, die aufgerissenen Münder, die ausgestreckten Arme. Als wir um die Ecke biegen, fliegt der Mann vom Kofferraum und kugelt davon wie eine Robbe im Wasser. Er knallt volle Pulle gegen unsere Verfolger und schmeißt sie ebenfalls um. Da liegt er ihnen im Schoß, und sie halten ihn. Dann legen sie ihn hin wie einen scharfen Torpedo und rennen hinter uns her.

«Skandinavier», sage ich zu Gerry, weil Tante Zelda mit einem verheiratet war. «Die geben einfach nie auf.»

Ich will losschreien, will ihnen zurufen: «Okay, es ist geklaut! Es ist weg! Na wenn schon! Ist doch nur ein billiges Plüschtier, und das Auto lassen wir irgendwo *stehen*. Versprochen!»

«In Devil's Lake sehen wir nach dem Öl. Keine Panik, Dad.» Ich rede, als hätten wir alles fest im Griff. Zeige auf die schöne Gegend, durch die wir brettern, aber ich kenne sie ja schon. Wir fahren gerade unten am Fluß entlang, als das Schlimmste passiert, als ich plötzlich verstehe, warum der

Mann so verzweifelt mit den Augen gerollt und mit den schweren Stiefeln gestrampelt hat. Ich verstehe die verzerrten Gesichter der Leute, ihre Schreie: «. . . Baby.»

Denn auf dem Rücksitz beginnt es zu plärren.

Meine erste Reaktion: Ich habe keine Ahnung, was ich da höre. Ich denke an ein Tier, an einen Defekt am Auto, an alles mögliche, nur nicht an das Naheliegende. Gerry fährt rechts ran, und ich drehe mich hektisch um. Ich kann immer noch nicht erkennen, daß es ein Baby ist, weil ich mich mit der modernen Kindersitztechnik nicht auskenne. Es liegt in einem stabilen runden, football-ähnlichen Teil, an Brust und Hüfte angegurtet, auf einem dicken, gepolsterten Kissen. Ich denke, es ist ein Junge, weil es blau angezogen ist. Auf seiner Decke sind fliegende Baseballschläger und Hockeystöcke zu sehen. Vor seinem Gesicht, aber so weit weg, daß es nicht dran kommt, baumeln ein paar Plastikdiamanten, Schlüssel und blitzende Kugeln.

Sein Gesicht ist klein und dunkel, fast kupferfarben, und die Finger, die es gespreizt an die Brust drückt, sind so winzig wie Spatzenzehen. In einer Tasche neben ihm steckt ein Fläschchen mit Saft. Ich greife nach hinten, schiebe ihm den Sauger des Fläschchens in den Mund, und der Kleine fängt an zu nuckeln, kann aber die Flasche nicht selbst halten.

«Laß sie ja nicht fallen», sage ich, als das Auto schlingernd anfährt.

Gerry lenkt den Wagen unter hektischem Geschnaube zurück auf die Straße.

«Nichts wie weg hier.»

«Wir sollten das Baby dalassen», sage ich.

«Nein, das nehmen wir mit.»

Gerry brettert los. Wieder fängt der Kleine an zu schreien, und ich wünschte, ich könnte ihn irgendwie beruhigen. Ich weiß, er spürt die Verwirrung, die in der Luft liegt, die merkwürdige Stimmung, den Hauch des Bedrohlichen. Ich sollte ihn davon überzeugen, daß alles wieder in Ordnung kommt, aber ich weiß nicht wie, und außerdem bin ich mir da selbst nicht sicher. Ich müßte lügen. Gerry bremst ab, weil Verkehr aufkommt. Martinshörner heulen in Richtung Interstate, fahren mit quietschenden Reifen an uns vorbei, was mich überrascht. Dieses Auto mit dem Vogel obendrauf ist doch so auffällig. Ich schlage Gerry vor, es beim King Leo's stehenzulassen und zu Fuß abzuhauen. Aber dann sind wir schon dran vorbei. Über uns am Himmel ziehen sich die Wolken immer dichter zusammen, und ich denke, bald wird es richtig losschneien. Weiße Weihnacht, wie die Musik in meinem Kopf. Ich weiß, daß Gerry sich erst wieder daran erinnern muß, wie man im Schnee fährt, aber das Auto hat gute Reifen. Das spüre ich. Sie rutschen nicht weg, schlittern nicht über die Straße. Sie rollen allesamt brav in dieselbe Richtung und summen dabei so monoton, daß mir nach einiger Zeit alles wieder ganz normal vorkommt.

Das Baby hört auf zu schreien und schläft ein. Es sollte nicht hier sein, ich muß der Situation ins Auge sehen. Es hat keinen Zweck, die Zeit zurückzudrehen, mir zu sagen: *Du hättest diesen verdammten Vogel einfach nicht klauen dürfen,* denn ich hab's nun mal getan, und dann, na ja, ihr seht's ja selbst, sind mir die Dinge aus dem Ruder gelaufen.

Natürlich wartet ein paar Meilen weiter ein Polizeiwagen auf uns. Wir wußten, das würde passieren, wir wußten nur nicht, ob er vor oder hinter uns auftauchen würde. Jetzt wissen wir es. Er kommt aus einem Feldweg, schaltet das Blaulicht ein und fährt hinter uns her. Wir beschleunigen auf achtzig Meilen, dann auf hundert, wir rasen so schnell, daß der gefrorene Schnee auf den Feldern wie wehende Schals an uns vorbeifliegt und zu beiden Seiten silbrige Fahnen aus dem Nichts aufwirbeln, und was von vorn auf uns zugeschossen kommt, ist ein Gemisch aus Straße und Erde.

Ich habe überhaupt keine Angst, merke aber erst jetzt, warum ich so sicher bin, daß sie ihre Waffen nicht benutzen werden. Das Baby. Ich kann nicht glauben, daß Gerry es aus diesem Grund mitnehmen wollte, und versuche den Gedanken zu verdrängen – aber er kommt immer wieder. Wir fahren weiter, und dann, als wir an eine Kurve kommen und einen Bahnübergang queren, höre ich, wie der Dachgepäckträger aufschnappt. Ich wirble herum und sehe den Vogel aus dem Himmel herabtauchen, dick und flauschig, ein großer lila Fleck, der seinen gelben Schnabel in die Windschutzscheibe des Polizeiwagens hinter uns bohrt und ihn aus der Bahn wirft, so daß er ins Schleudern gerät, sich einmal überschlägt, mit Schwung wieder auf die Räder kommt und erst dann still stehenbleibt, wie im Schock.

Wir verlangsamen auf achtzig Meilen. Nun fliegt auch der Dachgepäckträger weg, und ich denke, jetzt ist das Auto nicht mehr so leicht zu erkennen. Darauf hätte ich gleich kommen sollen, aber dann hätte sich der Vogel nicht losreißen und den Angriff fliegen können. Und jetzt, wo der Tukan weg ist, überlege ich, ob es überhaupt Sinn hat, weiterzufahren. Ob wir nicht einfach beim nächsten Bauernhof anhalten, das Auto und das Baby dort stehenlassen und über die Felder abhauen sollen. Ich werde immer zuversichtlicher, daß mich Shawnee Ray, auch wenn ich mit leeren Händen und einem geflohenen Verbrecher ankomme, nicht abweisen wird. Sie muß mich einfach aufnehmen, mich auf dem Sofa schlafen lassen. Im Geiste spule ich vor. Irgendwann wird sie mit einem anderen Mann zusammenleben, mit einem Typ, der Erfahrung hat. Sie wird Restaurants und Zoos besuchen, in der Wildnis campen, Ski laufen. Sie wird neue Dinge kennenlernen, und ich werde immer noch so sein wie an dem Tag, bevor ich den Anruf von meinem Vater bekam. Jetzt bin ich froh über die Sache mit dem Tukan; ich hätte mich doch bloß lächerlich gemacht – wenn ich mit so einem Stofftier angekommen wäre wie ein Pennäler, wo sie doch gerade so einen erlesenen Geschmack entwickelt. Ich hätte ihr lieber Pralinen schicken sollen, in einer hübschen rotgrünen Verpackung. Ich wünschte, ich hätte es getan. Und dann sehe ich auf die Straße vor mir und merke, daß es jetzt richtig losschneit.

Schon auf den ersten Blick sieht es nicht aus wie gewöhnlicher Schnee. Es ist wie in diesem Gedicht oder Märchen, wo der Himmel auf die Erde stürzt. Einfach runterfällt. Ich denke mir: Gut, soll er doch runterfallen. Gerry fährt weiter. Ich weiß, ihr werdet es aussprechen, ihr werdet euch fragen, was passiert mit dem Baby auf dem Rücksitz, diesem Kleinen, der kaum ein Jahr alt ist? Denn natürlich hat er ein Alter und alles, aber woher soll ich das wissen?

Gerry spricht mit dem Kind. Mit einer ulkigen Stimme sagt er: «Du kleiner Scheißkerl du, was machst du hier?»

«Nenn ihn nicht Scheißkerl.»

Mein Mut sinkt. Ich kurble das Beifahrerfenster runter. Der Schnee weht auf die Windschutzscheibe, ich kann die Straße vor uns gar nicht mehr erkennen. Ich schaue auf den Straßenrand, versuche, die weiße Markierung zu verfolgen, ehe sie in einem wirbelnden Schneezyklon verschwindet. Aber als das Baby wieder losschreit, ist es mit meiner Aufmerksamkeit zu Ende. Meine Ohren drohen zu platzen. Es brüllt, und ich höre den Wind jaulen, wie sein Vater auf dem Kofferraum gejault hat, aber irgendwas an dem Kleinen lastet wie ein Gewicht auf mir, schwerer als ein geschrumpfter Stern, älter als die Schwerkraft. Irgendwie verstehe ich den Kleinen, sein Elend, seine Sehnsucht nach dem Bekannten, dem Vertrauten. Ich spüre, er weiß, daß etwas nicht stimmt, daß seine Welt kopfsteht, daß etwas ganz Wesentliches schiefgegangen ist.

Der Himmel wird dunkler, der Schnee steht wie etwas Festes in der Luft, und wir sehen gar nichts mehr. Der Himmel hängt uns im Gesicht. Das Auto ist ein nichtsnutziges Spielzeug, und wir kommen schon kaum noch weiter, als wir plötzlich einen Schneepflug vor uns sehen. Fast wären wir reingerauscht, aber dann sehe ich den schwachen Schein der Rückleuchten und die Blinklichter. Gerry stößt einen Freudenschrei aus, hämmert auf das Lenkrad ein, und das Baby schreit noch lauter. Sicher und behäbig attackiert der Pflug den Schnee und rumpelt vor uns her, geradewegs nach Norden. Wie ein riesiger, tolpatschiger Engel, ein dröhnender, klagender Ozeanriese teilt er die Wellen und bahnt uns einen Weg.

Wir schlittern in die breite Fahrspur hinter ihm und bleiben stur darin, während er durch das endlose Land vor uns pflügt. Wir werden langsamer, wenn er langsamer wird, halten an, wenn er nach Atem ringt, dringen dann weiter vor in die tieferen Gefilde der Nacht. Er rumpelt an Lichtern vorbei, an Farmhäusern und beleuchteten Silos. Wir behalten seine Rücklichter im Auge, atmen ruhiger. Gerry bittet mich, ihm eine Zigarette anzuzünden, und dann nimmt er seinen ersten langen, tiefen Zug in Freiheit. Es scheint alles so einfach in diesem kurzen Augenblick, es kommt mir vor, als seien wir gerettet. Egal, daß wir das Auto gestohlen haben, ganz zu schweigen von dem Baby, das gewiegt und gefüttert werden will, egal, was als nächstes kommt.

Ich greife nach hinten, um das Plastikei zu schütteln und das Baby zu beruhigen, ihm verständlich zu machen, daß jetzt alles besser wird, aber ich muß mich festhalten, denn ich spüre, wie das Auto auf der Straße rutscht, wie es zittert und schwankt, als ein anderes Fahrzeug neben uns auftaucht. Ganz plötzlich, aus dem Nichts wie eine Sternschnuppe, rast es windschnittig dahin. Es strahlt ein eigenartiges Licht aus, ein Blitzen von Feuer und dunklem Blau, und es bleibt auf gleicher Höhe, beinahe glühend in der Wand von Schnee. Seite an Seite mit uns kämpft es sich durch die unmöglichen Schneewehen, gleitet geräuschlos darüber hin wie ein eisblaues Skiff.

Eigentlich müßte ich erstaunt sein, als ich sehe, daß es Junes Wagen ist und daß sie am Steuer sitzt. Wir sehen ihr Profil, ganz verschwommen, der Kopf hoch erhoben, die Hände am Lenkrad, ein Ellbogen am offenen Fenster, ihr Haar ein schwarzes Netz, der Rücken durchgestreckt. Wir sehen sie achselzuckend durch Wolken und Frost herüberlächeln.

Mein Dad beugt sich vor, packt das Steuer, und seine Stimme ist ganz verzerrt vor Verblüffung.

«June!»

Er ruft nach ihr, fleht sie an stehenzubleiben, obwohl sie ihn natürlich nicht hören kann. Und dann folgt er ihrem Auto, verläßt den Schutz des Schneepflugs. Er kommt ins Schleudern. Ich beuge mich rüber, packe das Lenkrad, versuche ihm das Steuer zu entreißen und schaffe es, ihn kurzfristig wieder in die Spur zu lenken. Plötzlich zittere ich vor Kälte und Schrecken. Er beugt sich zur Windschutzscheibe vor, starrt ihr hinterher und reibt am Glas, um durch das dichte Schneetreiben einen Blick auf sie werfen zu können. Er verzehrt sich so nach ihr, daß er mich damit ansteckt und ich ihn nicht länger zurückhalten kann, denn nun stehe auch ich unter diesem bangen Zwang. Schlingernd bringt er uns in die Spur des blauen Wagens. Er folgt ihr auch dann noch, als sie seelenruhig vom Pfad des Pflugs abweicht und den asphaltierten Highway verläßt.

Die Schneedecke ist so fest, daß wir problemlos und mit unvermindertem Tempo über die Felder fahren können, immer hinter ihren roten Rücklichtern her, durch das vollkommen flache Land neben der Interstate. Natürlich ist es hier und da ein bißchen uneben, bucklig, unsicher. Jedesmal, wenn wir ins Schleudern geraten, drehe ich mich zu Gerry um und öffne den Mund, doch noch ehe ich einen Ton herausbringe, schlägt er mir auf die Schulter und schreit, ich soll ihn ja nicht aufhalten. Er ist fasziniert, gepackt, will jetzt nicht mit mir reden und merkt gar nicht, daß sich die Spuren zu einer einzigen verengen und wieder auseinandergehen, daß es erst Radspuren sind, dann plötzlich keine mehr, nur noch unberührter Schnee.

Als der Schneesturm unversehens nachläßt, hält Junes Wagen vor uns an. Wir sehen ihn ruhig dastehen und warten, still und dunkel. Wie in einem Zeichentrickfilm, wie Dumbo, den fliegenden Elefanten, der plötzlich merkt, daß er eigentlich gar nicht fliegen können dürfte, packt Gerry plötzlich die Panik, und sofort bleiben wir stecken.

«Dad?»

Schweigen. Keine Antwort. Langsam dreht er den Kopf und sieht mich traurig und verwirrt an, als ringe er um eine schwere Entscheidung. Ich will ihn bitten, nicht zu gehen, aber meine Lippen sind zugefroren, vereist. Seine Augen liegen tief in den Höhlen, und die Schatten in seinem Gesicht dröhnen mir in den Ohren, zurückweichendes Blau; sie strömen aus meinem Leben, als würden sie von der Schöpfung zurückgesaugt. Irgendwo weiter hinten, im tosenden Blizzard, zeigt sich der schwarze Mond. Ich sauge den schalen, verzweifelten Zigarettengeruch meines Vaters ein, aber da ist er schon halb aus der Tür. Stürzt sich in das diamantene Gewirbel von Glanz und Glück. Der Sog seiner Gefühle zieht ihn zu June.

Die Tür schlägt zu. Ich warte einen Augenblick, hoffe, schaue ihm nach. Ich sehe ihn auf der Beifahrerseite des blauen Wagens einsteigen, eine kurze Pause, dann gehen die Scheinwerfer an. Nicht, daß ich ihm egal wäre, das weiß ich wohl, nur ist sein Verlangen so heftig, daß er nicht widerstehen kann. Junes Scheinwerfer strahlen in die Nacht, schlagen Schneisen in den dunklen Wind, und der Wagen setzt sich in Bewegung. Ich sehe ihm nach, bis der Schnee über uns hereinbricht und die Windschutzscheibe bedeckt.

Ich bin mitten im Nichts, in einem Sturm, der drei Minuten oder drei Tage anhalten kann. Und noch etwas: Wir haben ein weißes Auto gestohlen. Das ist kaum zu sehen. Ich kann mich nicht genau erinnern, was im Herbst immer in der Zeitung steht, wie man in einem Schneesturm überleben kann. Ob es besser ist, im Auto auf der Straße zu bleiben oder zu Fuß nach Hilfe zu suchen. Und dann das Baby. Ich weiß, ich sollte den Motor nicht laufen lassen, nicht das Benzin für die Heizung verbrauchen, aber eine Zeitlang tue ich es. Ich krieche nach hinten, nehme das Kind aus dem Sitz und halte es in den Armen. Der Ventilator dröhnt, obwohl er auf der niedrigsten Stufe läuft, und im Hauch der Wärme werde ich plötzlich furchtbar müde.

Ich denke an meinen Vater und meine Mutter, daran, daß sie mir alles über die Kälte beigebracht haben und daß ich jetzt keine Angst zu haben brauche. Aber das Baby weiß es noch nicht. Die Kälte sinkt ein, setzt sich fest, bleibt. Und die Menschen, die verlassen einen natürlich. Es gibt kein Zurück. Nur die Leere um dich herum, in dir, als ob du vom Grund eines Brunnenschachts hinaufsingen würdest, Leere wie sonst nichts, bis du dich gegen dich selbst wendest, bis du ein tollwütiger Hund wirst, der sich selbst beißt, um Mitleid zu erregen. Aber es gibt kein Mitleid. Keine Hand, die sich dir entgegenstreckt. Keine Frau, die sich zu dir herabbeugt, um dich in die Arme zu nehmen.

Mein Vater hat mir seine letzte Lektion erteilt in diesen Stunden, in dieser Nacht. Er und meine Mutter waren stets in mir, dunkel und leuchtend, und die Leerstelle dort, so groß wie eine Münze, war etwas, das ich ständig zu erreichen versucht habe und an dem ich immer wieder abgeglitten bin. Jedesmal, wenn das passierte, rief ich verblüfft: «*Was ist das?*», und erst jetzt ist mir klar, daß es ein Stück dünnes Eis war, das sie da hingelegt hatten.

Egal, was geschieht, wenn wir gefunden werden, ich bleibe schützend an das Baby gekuschelt. Die Heizung geht aus, der Motor stirbt ab. Ich krame auf dem Rücksitz herum, suche nach etwas, das uns wärmen könnte, finde ein paar kleine Decken, Babygröße. Ich weiß, es wird eine lange Nacht, die vielleicht nie endet. Aber als ich anfange, mich gehenzulassen, als die Kälte in mich eindringt, als ich das Baby fester an mich drücke, es mit in meine Jacke packe, kann ich wenigstens sagen: Hier ist ein Kind, das nicht verlassen wurde. Wie der besagte Hund beiße ich mir in die Hände, aber sie sind schon taub. Die Sternschnuppe ist in meinem Mund, ein kaltes Feuer, das ins Nichts stürzt, aber das Baby war jedenfalls nie allein. Immerhin hatte der Kleine immer jemanden, und wenn es nur ein Nichtsnutz war wie ich, eine Last für das Reservat.

Als ich in den Schlaf sinke, bin ich fast glücklich, daß alles so gekommen ist. Ich fürchte mich nicht. Vor uns öffnet sich ein unbekannter Weg, ein leerer Pfad schließt sich hinter uns. Der Schnee bedeckt unsere Fährten und wogt dann wie Ebbe und Flut. Keine Spur weist auf unseren Verbleib. Kein Pfeil deutet auf den Ort, dem wir zustreben. Wir sind der weglose Raum, das unsichtbare Licht, der wortlose Gedanke. Vergossenes Wasser, ein abgebranntes Streichholz. Wir sind der Augenblick vor dem Nichts.

KAPITEL FÜNFUNDZWANZIG

Lulus Verhaftung

Es heißt, sie sei auf die Polizisten vorbereitet gewesen, als die die Einfahrt raufkamen, obwohl sie leise waren und die Reifen kaum im Schnee knirschten. Wir anderen hatten zwar keinen blassen Schimmer, waren völlig ahnungslos, lagen aber zumeist schon wach im eisigen Dunkel dieses Tages, der mit einem Temperatursturz begann. Der strenge Frost brannte sich uns durch die Decken in die Füße. Wir zitterten und kuschelten uns tiefer hinein. Alte Knochen brauchen warme Höhlen. Von draußen, aus den schallgedämpften Fluren, durch die Türen hindurch hörten wir das Rumpeln, die Stiefelschritte, den Lärm, als sie hereintrampelten, doch die meisten von uns drehten sich in einem Schlaf, der bald für immer währen sollte, noch mal um. Wir träumten junge Träume und verpaßten so den Anfang der Geschehnisse, verpaßten Lulus Verhaftung.

Andererseits war da natürlich Josette Bizhieu, die uns erzählen konnte, was geschehen war. Da war Marie Kashpaw, die ruhig blieb und durch ihre Befrager hindurchlächelte. Da war der umtriebige Maurice Morris, der gerade nach Hause kam, als die Polizisten Lulus Tür aufbrachen.

Sie klopften nicht an, ließen ihr keine Zeit zu antworten, sondern stürmten einfach in ihr Zimmer und sahen sie dort sitzen, gewappnet. Und wie. Alles war auf ihre Ankunft vorbereitet. Ohne jeden Zweifel. Denn wer sonst hätte zu dieser Stunde in voller Montur dasitzen sollen, in einem traditionellen Kleid aus schwarzem Samt mit auf den schimmernden Flor gestickten Perlenblumen – rote Rose, gelbes Herz, weiße Blätter und wippende Blüten –, wer außer Lulu zog sich so an? Sie hielt ihren Fächer aus weißen Adlerfedern. Vier Federn, aufrecht in der Hand einer verführerischen alten Dame. Am Handgelenk des anderen Armes baumelte ihre perlenbestickte Handtasche mit Schminksachen, Papieren und Ausweis. Die nahmen sie ihr mit vorgehaltener Waffe weg, als sie ihre Wertsachen durchwühlten.

Nehmen wir an, sie fanden ein Messer, eine Waffe, irgendwas außer all den technischen Geräten und den gebündelten Zeitungen und Kongreßunterlagen, aus denen sie immer zitierte, wenn sie uns beim Kartenspielen das Geld aus der Tasche zog. Vielleicht fanden sie auch ein Streichholzbriefchen aus Illinois oder ein Paar zersägte Handschellen, einen klaren Beweis dafür, daß ihr Sohn dagewesen war. Oder sie fanden gar nichts, aber es reichte schon aus, daß sie Mutter war.

Jedenfalls wurde sie verhört. Bei dieser Vorstellung müssen wir lachen.

Wir verstecken unser Lächeln hinter vorgehaltener Hand, denn wir wollen höflich sein zu den Vertretern unserer Regierung, für die so viele unserer Männer gelitten haben und gestorben sind, auch viele unserer Frauen, aber wir müssen doch sagen, es war ein nutzloses Unterfangen, daß sie Lulu Lamartine ihren eigenen Kaffee aus der eigenen Kanne vom Herd anboten, sie aufforderten, sich doch hinzusetzen, in ihren eigenen Sessel, es sich doch gemütlich zu machen in ihren eigenen vier Wänden. Es war nutzlos, daß sie den

Kassettenrecorder auf den Tisch stellten und Stift und Papier zur Hand nahmen. Denn was für Fragen sollten sie ihr schon stellen, auf welche Fragen würden sie eine verläßliche Antwort erhalten? Die Wahrheit erfahren? Wo es um ihren Sohn und um ihren Enkel ging? Welche Wahrheit konnten sie erfahren außer Lulus eigener? Und was sonst?

Vielleicht dachten sie, Indianer wären immer so aufgetakelt. Vielleicht dachten sie, Indianer würden sich zum Schlafen so anziehen. Keiner sagte ein Wort zu Lulus Kleidung, die festlich war und so prächtig, als habe sie sich auf eine Ehrung vorbereitet. Ihre Mokassins, die sie immer Kunstwerke nannte: geräuchertes Hirschleder, fachmännisch gegerbt. Auf die Zehen waren kleine Rosen aus Perlen gestickt, und immer waren sie mit Kaninchenfell ausgekleidet, während wir anderen in ganz normalen Hausschuhen und dünnen Steppmorgenröcken herumliefen. Wir standen lauschend an den Türen und raunten uns vor Kälte zitternd Dinge zu. Wir waren uns sicher, daß Lulu unter ihrer Powwow-Kleidung eine lange rote Unterhose trug. Der Winter ist nicht nett zu uns Alten, und natürlich rechnete sie damit, daß es ziehen würde, wenn sie reinkamen und sie verhafteten.

Sie waren clever, diese Polizisten. Zweifelsohne klug. Sie hatten schon eine Menge schwierige Fälle hinter sich, hatten viele Übeltäter gejagt und Verbrechen aufgeklärt, bei denen wir simplen Chippewas mit unserer Weisheit am Ende gewesen wären. Aber einer wie Lulu waren sie noch nie begegnet. Und so verwendeten sie viel Zeit darauf, einen Fisch im Fluß zu befragen, und noch mehr, mit einer Schildkröte in ihrem Panzer zu sprechen. Sie versuchten eine Dächsin einzuschüchtern, die den Eingang ihrer Höhle bewacht, wollten ein altes Kojotenweibchen überlisten, das weit entfernt von den Spuren seiner Jungen schnürt. Viele Stunden, in denen sie besser den gewitzten Flüchtling gesucht hätten, brachten sie damit zu, Lulu eine einzige Frage zu stellen, immer wieder, immer anders, bis sie schließlich zusammenzubrechen schien, mit den Händen fuchtelte und sich in vorgetäuschter Verzweiflung Luft zufächelte.

«Ja, ja», flüsterte sie, «es ist etwas passiert.»

Und dann bekamen sie ihre Geschichte. Eine Stunde verging, dann zwei, aber es ist natürlich auch schwierig, eine alte Frau zu verhören, deren Gedächtnis nachläßt. Sie verwechselt vor lauter Schreck die Vergangenheit mit der Gegenwart und weiß einfach nicht mehr, wie alt ihr Sohn jetzt ist oder wann genau diese Dinge geschehen sind, die die schlauen, eifrigen Häscher ihr beschreiben, und als sie dann eine einfühlsamere Frau dazuholen, gibt es natürlich jede Menge neue, verwirrende Geschichten zu erzählen, all das Gewöhnliche und Ungewöhnliche aus der Kindheit ihres Sohnes, das damals so beeindruckend gewesen ist.

Alle sind schon ganz wirr im Kopf, aber genau in dem Augenblick, als sie die Zunge von innen gegen die Wange drücken und die Augenbrauen hochziehen, da erinnert sie sich ganz genau.

«Aber natürlich war er hier. Natürlich ist er nach Hause gekommen.»

Bei diesen Worten stellen sich die Ohren auf, die Tonbandgeräte surren los, doch dann zieht sich der Verstand wieder zurück, die arme Alte erleidet einen Schwächeanfall, sinkt wie tot zusammen und muß mit einer Tasse frischem, starkem Kaffee wiederbelebt werden.

«Wo sonst hätte er hingehen sollen?» sagt sie, als sie wieder bei sich ist, und Stunden später stellt sich raus, daß sie vorhin erst wiedergekommen ist, daß sie ihn in ihrem

Wagen nach Norden über die Grenze gefahren hat. Wohin? Bis das geklärt ist, vergeht wieder eine Weile. Sie ist ehrlich bemüht, aber ihre Welt verschwimmt, gerät aus der Form, alles kommt durcheinander in ihrem stolpernden Hirn, obwohl sie angestrengt die Stirn in Falten legt und immer wieder irritierend vor sich hinsummt, um ihrem Gedächtnis auf die Sprünge zu helfen.

«Wohin? Wohin?»

Sie lächelt verträumt, hält sich wohl in ihrer eigenen Zeit und an ihrem eigenen Ort auf, aber jetzt sind sie ihr vielleicht auf die Schliche gekommen. Vielleicht haben sie tatsächlich die Geduld verloren oder endlich kapiert, daß sie mit einer Katze spielen, die die Krallen eingezogen hat. Sie haben alles auf Fingerabdrücke untersucht. Haben jede Oberfläche nach Nagelresten und Haaren inspiziert, in jede Schublade geschaut und die Wände nach hohlen Stellen abgeklopft. Sind dann einzeln ihre Habseligkeiten durchgegangen. Einschließlich des hübsch gerahmten Fahndungsbildes.

Wir haben ihr immer wieder gesagt, daß das nicht recht war. Wir haben sie gewarnt, haben ihr klargemacht, daß sie da Staatseigentum auf dem Regal stehen hat. Wegen dieses Vergehens nehmen sie sie schließlich mit, verhaften sie, führen sie ab, doch mit einem Brimborium, das keinen von uns überrascht, denn sie hat alles so geplant. Perfekt geplant! Inzwischen drängt sich nämlich draußen vor der Tür, im Flur, die gesamte Presse von North Dakota. Jede Menge Blitzlichter, jede Menge klickender Kameras. Die Mitarbeiter der Stammesverwaltung. Die Polizei der Chippewas. Juristische Probleme? Na klar, jede Menge, über die man sich gleich Gedanken machen wird.

Da geht Lulu Lamartine, wie zum Powwow, in Handschellen, aber immer noch mit dem Adlerfedernfächer in der Hand. Lulu Lamartine, begleitet und abgeführt von muskelbepackten Bundespolizisten, als könnte sie fliehen, alt und gebrechlich wie sie ist! Abgeführt aus einem Seniorenwohnheim! Lulu Lamartine, die die Meute ablenkt, alle Aufmerksamkeit auf sich zieht, einen Riesentumult veranstaltet und mit ihrer Geschichte die Beamten auf eine neue falsche Fährte lockt. Das Ganze ist perfekt, und es ist eine Sünde, aber jeder von uns hätte ihnen vorher sagen können, daß sie ein Labyrinth betreten würden, wenn sie mit dieser Frau sprachen.

Sie hätten gleich wieder gehen sollen. Hätten sie nicht vorläufig festnehmen, ihr nicht die Möglichkeit geben sollen, mit schlichter Würde die gefesselten Hände zu schwingen. Sie hätten nicht zulassen sollen, daß geschah, was dann geschah und womit sie in die Sechs-Uhr-Nachrichten kam, landesweit.

Auf dem vereisten Bürgersteig tanzt Lulu Lamartine den traditionellen Tanz der alten Frauen, einen einfachen Schritt, der aber sehr komplex ist in seiner ruhigen Ausgewogenheit, höchst beeindruckend. Sie tanzt ihn mit verhaltener Wildheit, genau wie die alten Pillagers. Und dann, an der Tür des Polizeiwagens, ehe sie sie hineinschieben, hebt sie den Fächer. Totenstille tritt ein, die Kameras laufen. Aus ihrem Mund ertönt der alte Schrei, der Siegesschrei, bei dem es uns kalt den Rücken herunterläuft. Mikrofone quietschen. Kinder weinen. Lulus Schrei macht die Leute frösteln. Was können wir schon tun? Wir holen tief Luft und stimmen zitternden Herzens in den Schrei ein.

KAPITEL SECHSUNDZWANZIG

Shawnees Morgen

Direkt unter ihr hatte sich das Gestein oder die Erde verschoben, oder vielleicht waren diese Studentenwohnheime einfach wie die meisten neuen Gebäude – billig und wakkelig. Jedenfalls schrak Shawnee Ray jeden Morgen frierend hoch. Zitternd lief sie dann durch die kleine Wohnung, in einer Hand eine Tasse Kaffee, in der anderen ein Kleidungsstück oder ein Handtuch, und meist fand sie die Stelle, wo es zog, ehe sie Redford weckte. Die Risse an den Fenstern, wo sich der Rahmen und das billige Mauerwerk voneinander gelöst hatten, waren mit Waschlappen ausgestopft. All ihre Sommer-T-Shirts dichteten die kalten, dunklen Quadrate ab, durch die die Rohrleitungen zur Duschzelle führten. Der Großteil ihrer Unterwäsche war unter ein breites Fensterbrett an der Nordwestseite geklemmt. So verteilte sie ihre Kleidung nach und nach auf die Wände, wehrte mit Schals und Socken die dünnen Finger des Windes ab.

Eines Morgens erwachte sie wohlig warm aus einem Traum. Endlich mußte sie es geschafft haben, alle Fehler der Maurer auszubügeln. Die Fenster waren mit blassen Radierungen glitzernder, seltsam feingliedriger Farne überfroren. Der Traum war noch nah, und sie sah Lipsha.

Es bleibt so wenig Zeit, nur die Wärme eines Atemzugs.

Sie faßte sich ans Gesicht, holte tief Luft. Sie drückte ihre warmen Finger gegen das eisige Fenster, zog sie nicht zurück, obwohl der Frost brannte. Sie starrte durch den geschmolzenen Fleck auf dem Glas, sah, wieviel Schnee gefallen war. Ein nächtlicher Blizzard hatte die Welt dick eingepackt, zum Stillstand gebracht, in einen Ort plötzlichen Friedens verwandelt.

Im Radio wurde aufgezählt, was alles ausfiel. Keine Seminare, keine Kinderkrippe. Keine Milch. Sie stellte das Radio auf einen der Berieselungs-Sender, erfuhr, daß Gerry Nanapush noch immer nicht gefaßt worden war. Sie aß mit Redford ein paar Handvoll Cornflakes, trank Orangensaft aus einer Flasche, die schon Eis angesetzt hatte. Etwas später am Vormittag gab es noch mal Nachrichten. Gerry Nanapush weiter auf freiem Fuß. Eine Geisel bei guter Gesundheit gefunden. Sie schaltete das Radio ab, und als Lyman anrief, schickte sie Redford ans Telefon. Er sprach ernst, nachdenklich, war voller Pläne. Die Sonne strahlte durch dicke Wattewolken. Nach dem Telefonat aßen sie wieder ein paar Cornflakes zum Mittagessen, und dann packte Shawnee Ray Redford in seinen dicken Nylon-Schneeanzug, schob ihm die warmen Wollhandschuhe über die Hände und stopfte seine mit drei Schichten Socken bekleideten Füße in die Stiefel. Sie gingen hinaus, und Shawnee befreite ihr Auto von der riesigen Schneewehe, die die Kühlerhaube völlig zudeckte. Diese Arbeit machte sie gern, und als sie sich niederbeugte und zu schaufeln begann, wurde sie munter, genau wie ihr Sohn, und sie schippten drauflos, bis Redfords Füße vor Kälte weh taten.

Als sie wieder im Haus waren, schlief Redford ein, während Shawnee Ray sorgfältig ihre Muster, Stoffe und Schnittbögen auf dem Kühlschrank ausbreitete und zu arbeiten begann, zuerst im immer schwächer werdenden

Tageslicht, dann im hellen Schein der Lampe. Sie nähte ein Hemd mit Bändern für Lipsha, Zinsen für sein Darlehen, das jetzt in einem sorgfältig zugeklebten braunen Briefumschlag steckte. Brauner Kattun, blaue, beige, lachsfarbene Borten – sie setzte den Kragen an die Schulterteile, überlegte, wie sie die Bänder daran anbringen sollte. Ans Ende jedes Bandes wollte sie einen billigen Ehering nähen. Als Gag, nur daß es keiner war. Lipshas Abwesenheit schmerzte sie ständig. Vielleicht würde sie von den zweihundert Dollar zwei Ringe kaufen.

Reste von anderen Näharbeiten, türkisfarbene, schwarze und gelbe Satinfetzen, lagen auf dem Boden und wurden herumgeschoben, als sie rastlos gegen den Tisch trat. Sie hatte mit Malen und Zeichnen angefangen, und ihre Nähkästchen und Materialschächtelchen standen ordentlich nebeneinander auf der Anrichte. Während sie nun Lipshas Hemd entwarf, merkte sie, daß sie mit den Gedanken woanders war. Etwas tief in ihr lauschte. Ab und zu wurde der Wind draußen stärker, schwang eine Sense, hieb Schnee von den Dachziegeln, scheuchte ihn in Wolken in die eiskalte Nacht. Wenn er dröhnend gegen das Fenster schlug und an der rissigen Holzverkleidung des Studentenwohnheims entlangpfiff, hob Shawnee Ray den Kopf und starrte auf das dunkle Fenster, wie um die unsichtbaren Geister zu befragen.

In ihrem Traum hatte Lipsha sie mit prosaischer Freude geküßt, innig und lang. Noch immer kam ihr der Kuß so wirklich vor, daß sie den Tabakrauch an seiner Jacke riechen konnte. Sie schloß die Augen – wieder streiften seine Lippen die ihren, einmal und noch einmal, um sich sodann zu einer dunklen Blüte zu entfalten.

KAPITEL SIEBENUNDZWANZIG

Die Knochen der Pillagers

Mitten im eisigsten Winter ging Fleur Pillager hinaus. Die, die zu ihr gekommen waren, ihr mit unterschriebenen Dokumenten das Haus hatten wegnehmen wollen, erzählten, daß sich die alte Frau, damit sie sich überhaupt bewegen konnte, die Gelenke mit Fett einreiben mußte, das sie neben der Tür stehen hatte. Sie studierten die Details, enträtselten, was sie enträtseln konnten, und dachten sich den Rest. Nachdem Fleur Ellbogen und Knie mit Bärenfett eingerieben hatte, verbrannte sie einen Zweig Salbei, atmete den reinen Rauch ein und schloß die Augen. Sie blieb in der trüben, schwindenden Wärme ihres Hauses sitzen, bis die Sonne im Zenit stand und voll aufs Dach schien. Dann schob sie ihre dünnen Zöpfe unter ein weißes Kopftuch und stand auf, ausgemergelt und gebeugt. Langsam schob sie die Arme in einen eleganten schwarzen Mantel, der nach verbrannten Blättern und Zypressen roch. Das glatte Futter, bettuchschwerer Satin, lag ihr um die Schultern. Der Kragen war ein dicker Wulst aus gekräuseltem Fell. Sie hielt einen Augenblick inne, runzelte, den abgewetzten Saum ans Gesicht gedrückt, die Stirn, nahm dann ein Paar Kindermokassins von Lulu von der Wand und schob sie sich in die Tasche. Die kleinen Lederschuhe hatten winzige Löcher, damit Fleur immer ein Argument hatte, wenn sich Lulu der Tod näherte.

Meine Tochter kann nicht mit dir kommen, siehst du nicht die Löcher in ihren Schuhen? Der Weg ist viel zu weit für sie. Geh jetzt. Fleurs eigene Mokassins, kniehoch und mit ineinander verschlungenen Blumen bestickt, waren mit dem Winterfell von Kaninchen gefüttert, die sie selbst gefangen hatte. Ihr Hut war aus Eulenfedern geflochten. Und über die Hände zog sie sich ein paar Lederfäustlinge.

Sie nahm die beschriebenen Wände nicht mit, sie nahm ihre Berge von Informationen nicht mit. Auch nicht das Gekritzel auf dem Tisch, am Kopfende des Betts, an den Wänden, die verblichenen, venenartigen Schriftzüge auf den Balken und Brettern. Auch nicht die vergilbten, an den Rändern vollgekritzelten Zeitungen, die spröde und brüchig waren wie Schmetterlingsflügel, die gebundenen Kursbücher oder die Leinenbettücher und die bekritzelten Matten. Nein, alles Geschriebene, die ganze spurenübersäte alte Hütte, hinterließ sie uns. Fleur Pillager nahm nur mit, was sie ihr ganzes Leben immer bei sich gehabt hatte.

Sie ging hinaus in einen leuchtenden, eiskalten Tag, wie er oft auf einen heftigen Blizzard folgt, und dachte an den Jungen dort draußen. Ärgerlich trat sie jetzt an seine Stelle. Im Hof reflektierte der tiefe Schnee das Sonnenlicht, und auch der Schlitten, den sie aus dem Schuppen zog, ein simples, mit in Fell gewickelten Päckchen beladenes Holzgestell, war mit glitzerndem Eis bedeckt. Die silbriggrünen Kreise ihrer Ohrringe glühten am Kinn ihres scharfgeschnittenen, unveränderlichen Gesichts. Die hölzernen Kufen, die den Schlitten trugen, quietschten im festen Weiß, als sich ihre dunkle Gestalt zu bewegen begann, ein schwarzes Loch in der blendenden Luft.

Das Ufer des Matchimanitosees war bis an die breite Felskante völlig zugefroren, und die unerbittlichen Nachtwinde hatten den Schnee auf dem Eis zu zarten Wellenmustern verweht. Die Insel in der Mitte des Sees war ein weiteres Zentrum der Dunkelheit, auf das Fleur jetzt mit ihrem alten Schlitten voller Knochen zusteuerte.

Den ganzen Nachmittag ging sie, und weiter durch die schnell herabsinkende Abenddämmerung. Anfangs war ihr Schritt schnell und zielstrebig, doch dann wurde er langsamer, sie mußte oft ausruhen. Ihr Atem rasselte, die Kälte brannte ihr in den Lungen. Auf der Insel gab es eine Höhle, dort saß ihr Vetter Moses und grinste von seinem Totenkopfstuhl; er wartete darauf, daß sie sich neben all ihren Verwandten im Weiß des wirbelnden Schneestaubs niederließ. Langsam und gleichmäßig preßten sich ihre Fußabdrücke zwischen den Spuren der Kufen in den Schnee. Sie blieb im Wind stehen und lauschte.

Ihre Schwestern zankten und stritten, warfen mit Pflaumenkernen um sich, spielten um Ringe, Perlen und Kupferarmbänder. Ihre Großmutter Vier Seelen, die Fleur die schwere Gabe mitgegeben hatte, fast alle zu überleben, die sie liebte, sang ruhig und mit weit ausgestreckten Armen und wartete auf sie. Auch Nanapush war da, um ihr Gesicht zu streicheln, und er war wieder ein junger Mann, aufrecht wie eine Birke, rieb sich die geschickten Hände mit Blütenstaub ein und redete ununterbrochen. Mit einem Kiefernzweig strich ihre Mutter ihrem Vater das Haar über die Schultern. Das Kind, das sie verloren hatte, wimmerte und schaukelte sanft im Wind, der die Höhle sauber fegte, in der Moses Pillager mit seinem Kind und der einzigen Liebe, die zwischen ihm und dem *Windigo* stand, geschlafen hatte. Als sie über die gefrorenen Wellen lief, spürte sie, wie sich tief unter ihren Füßen der Grund des Sees aufbäumte. Das Wasser bebte im Schlaf. Sie blieb stehen, um Luft zu holen, spürte die Jahre durch ihre Arme fließen und wappnete sich gegen das Schwindelgefühl, fast in Tränen, weil der Weg noch so weit war.

Aber dann kam diese alte Kraft zurück, die ihr durch die schlimmsten Zeiten geholfen hatte, hob sie hoch und setzte sie wieder auf dem spurenlosen Weg ab. Später sollten einige behaupten, sie hätten ihre Spuren gefunden und seien ihnen gefolgt, bis an die Stelle, wo sie sich veränderten, wo ihr Schritt breiter wurde und sich ihre Tatzen in den Schnee gruben. Andere hörten Lieder aufsteigen, schwungvolle alte Lieder, die seit jenem Winter nicht mehr gesungen werden. Aber es gibt schon so viel, was wir uns nicht erklären können, wir brauchen nicht noch mehr davon. Ihre Spuren hätten verschwinden, sich mit Schnee füllen müssen. Sie hätten verwehen müssen, zusammen mit den rauhen Liedern der wilden Toten, die wir nicht zum Verstummen bringen können. Irgendwie sollten wir gelernt haben, in Ruhe zu lassen, was uns unverständlich ist. Und trotzdem, an hellen, klaren Tagen und in Nächten voll schwarzer Sterne werden sie bisweilen wieder gesichtet, Fleurs Spuren, und drum heißt es, sie sei noch immer unterwegs.

Wir wissen, daß sie von ihrer Insel aus schnell zu uns kommt, wenn der See fest und tief gefroren ist, daß sie von dort herübereilt, um zu sehen, was wir in unseren schönen Häusern treiben. Wir glauben, daß sie mit ihren Unterwasseraugen unsere Hände beobachtet, wenn wir auf dem grünen Flor die Karten austeilen, wenn wir vor Gier nach Veränderung unsere Vergangenheit ersäufen, wenn sich das Geld vor uns anhäuft, wenn wir über den Umgang mit dieser Last Privatkriege anzetteln und Brände legen, wenn wir mit unseren unbeständigen Hoffnungen voranschreiten.

Sie klopft nicht an unsere Fenster, hinterläßt keine Tatzenspuren an Dachgesims oder Tür. Sie hüstelt nur tief, damit sie bemerkt wird. Ihr habt dieses Bärenlachen auch schon gehört – dieses unverwechselbare, schnaubende Geräusch. Aber wie sehr wir uns auch darum bemühen, es zu enträtseln, nie wird es uns ganz verständlich, nie erlöst es uns von der Gewißheit oder dem Verdacht, daß da mehr zu erzählen ist, mehr, als wir wissen, mehr, als das Sieb unseres Denkens auffangen kann. Denn an dem Tag hörten wir die Stimmen, das Trillern und die hallenden Schreie, mit denen die alte Frau begrüßt wurde, als sie auf der kieferndunklen Insel ankam, und die ganze Nacht hindurch, während dieser angstvollen Stunden, in denen wir nach dem Sinn unseres Lebens fragen, schlugen unsere unwürdigen Herzen im Takt der Geistertrommel.

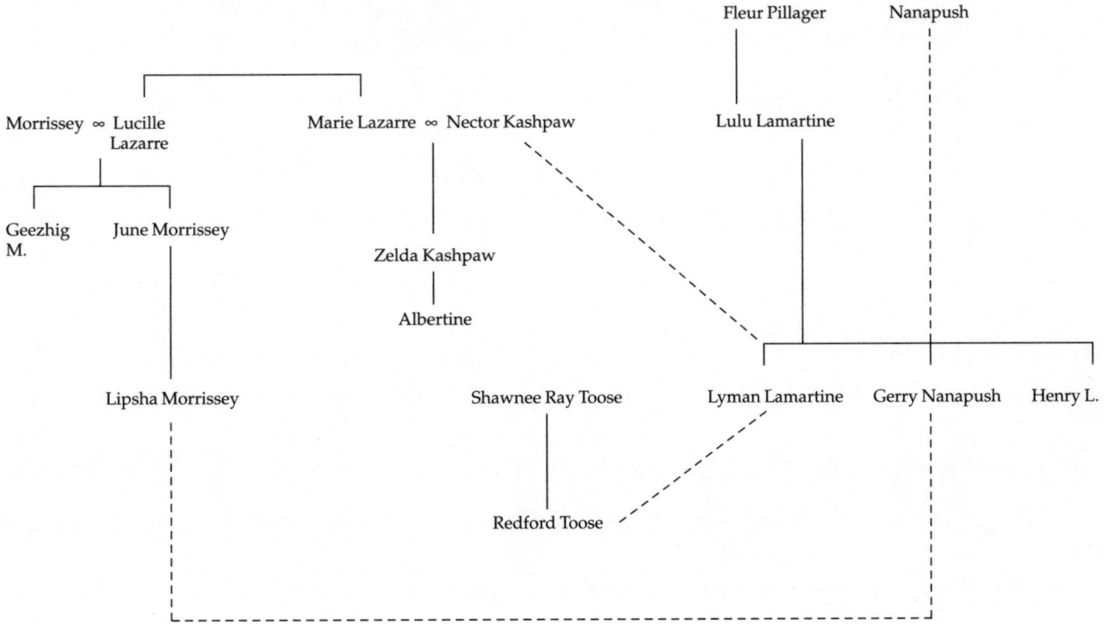
Fleur Pillager
Nanapush
Morrissey ∞ Lucille Lazarre
Marie Lazarre ∞ Nector Kashpaw
Lulu Lamartine
Geezhig M.
June Morrissey
Zelda Kashpaw
Albertine
Lipsha Morrissey
Shawnee Ray Toose
Lyman Lamartine
Gerry Nanapush
Henry L.
Redford Toose